庫

無用の隠密

未刊行初期短篇

藤沢周平

文藝春秋

目次

編集部より

本書に収録した作品のなかには、差別的表現あるいは差別的表現ととられかねない箇所が含まれています。が、著者は既に故人であり、作品が時代的な背景を踏まえていること、作品自体は差別を助長するようなものではないことなどに鑑み、原文のままとしました。

尚、本文中で、厳密には訂正も検討できる部分については、基本的に原文を尊重し、最低限の訂正にとどめました。明らかな誤植等につきましては、著作権者の了解のもと、改稿いたしました。

本文庫は、『藤沢周平 未刊行初期短篇』(二〇〇六年十一月文藝春秋刊)を改題し、短篇「浮世絵師」を追加したものです。

無用の隠密

未刊行初期短篇

暗闘風の陣

一

寛政十年（一七九八）秋。ここは出羽庄内領《でわしょうない》の南端、大朝日岳が北走して竜門山《りゅうもんやま》と重蔵山《じゅうぞうやま》の二つの支脈に分れるあたりである。人が住むとも思えぬ原始林の底に、突如として澄んだ鐘の音がひびきわたり、一筋赤い火柱が闇をこがした。

それを合図のように、暗い谷間にひしめき合う人の気配の中を、錆《さ》びた老人の声が触れてまわる。

「風の衆、御堂《みどう》の下に集まれ。菊四郎どのが出奔《しゅっぽん》なされた。しかも、ヨハネ・主水《もんど》様の黄金埋蔵の図面を持ち出されてじゃ。風の衆、即刻集まって、御《み》あるじの君の御指図を聞け」

唱《うた》うように緩慢な声である。その声を後に、地を摺《す》るように、大焚火《たきび》めざして走る黒衣、覆面の者達の姿があった。焚火に照らされたのは、意外にも高く積んだ尖塔の上に、黒い十字架を掲げた天主堂である。堂の正面の階段の上に小柄な人物が一人立っている。ガウンのように寛《ひろ》い紫の服、光沢《つや》のある同色の頭巾《ずきん》の中で、眼のところだけ、ぽっかりと黒い。胸に、キラリと光ったのは、夜目にも眩《まば》ゆいクルス（十字架）である。

階段の下の地面に、いつの間にか黒黒とうずくまったのは、十名余りの黒衣の者たちである。その中の一人が、うやうやしく叩頭《こうとう》してから、

「風の組のもの、参上仕《つかまつ》りました」

と言った。小柄な人物は、細い指を挙げて、空《くう》に十字を切った。風の組の者も、背後に一列にならんだガウン姿の者たちも一斉に胸もとに十字を切った。

「弟が、われに叛《そむ》いてこの谷を捨てた」

張りのある声でそう言ったのは、意外にも、若い女性の声である。

「彼と一味のものを捕え、ヨハネ様の図面を持ち帰れ。仕損じなば、このマリアの谷は破滅じゃ。手向うときは斬ってよい」

二

江戸に、冬が訪れていた。夜目にも、地上に敷いた霜が白いある夜、箱崎町の松平伊《まつだいらい》豆守《ずのかみ》の下屋敷に客があった。

松平伊豆守信明《のぶあきら》は、三十五歳。明和七年（一七七〇）、八歳で父信礼《のぶうや》の遺領《いりょう》三河吉田《みかわよしだ》七万石を継いで、この時すでに老中の席を占めていた。聡明果断、当時の人、その人となりを敬愛して小伊豆《こいず》と呼んだと言う。智恵伊豆松平信綱七世の孫にあたる。

客は北町奉行小田切土佐守直年《おだぎりとさのかみなおとし》である。

「残っておるのは、多量の血と、地面に印された争いの痕《あと》だけでござる。探索の結果、

かなり多人数の暗闘に相違ないことも判明致し申したが、そのほかは皆目見当もつきませなんだ」

土佐守は肥った軀《からだ》をひと揺《ゆす》りして、それから太い息を洩《も》らしたが、急に、大きな眼をきっと伊豆守に向けて言った。

「夜半御無礼を顧みず、お伺い申したは、実は、昨夜配下の者が容易ならざることを報告致したで、一存では扱いかねてでござる」

伊豆守は、鼻筋の細い、面長の顔をややうつむけて、片手を火桶《ひおけ》にのばして聞いていたが、穏やかな眼を上げて、土佐守を見た。

「何と致したな？」

「は。昨夜神田若松町の路上に残された血塊《けっかい》の中より、この品を拾ったと」

土佐守はそう言って、袂《たもと》の中から出した紙包みを開いて膝の前にひろげた。明るい行《あん》灯《どん》の光にキラリときらめいたのは、銀色のクルスである。

「ほう」

伊豆守は嘆息するように声を洩らして、手を伸ばすと、それをつまみ上げた。

「御老中。つきましては、何分《なにぶん》のお指図を願いたく存じまする」

土佐守は、言うと、寒い冬の夜更けというのに、大きなてのひらで、額の汗を拭った。

土佐守が帰ると、伊豆守は、つくねんと手を火桶にかざしていたが、やがて、机を引き寄せて手ばやく書状をしたためると、手を打って宿直《とのい》の者を呼んだ。そして、

「これを、雉子橋《きじばし》の伊十郎《いじゅうろう》がもとに届けよ」

と一通の封書を渡した。それからあくびをひとつもらして、愛妾が籠《こも》っている寝間に、さっさと引き揚げて行った。

三

巣鴨の町を通り抜けた右手、石神井川《しゃくじい》の清らかなひびきを聞く位置に、加州侯《かしゅうこう》の下屋敷がある。

その手前で、左に一本、右に一本、道が分れる。板橋中宿のとっかかりで左に折れる道は雑司ケ谷道、右に曲る細い道が、岩屋弁天に行く雑木道だ。

この雑木林の中の道に踏み込むと、しばらくして道が三本になる。ひとつは滝之川村に通じ、一本は御薬園《おやくえん》裏の密集した林の中を曲折して西ケ原に至り、建部内匠頭《たてべたくみのかみ》の下屋敷を右に見て、染井村まで伸びる。

この御薬園の広大な地所の裏側、黒松、樫《かし》、楢《なら》などが鬱鬱《うつうつ》と枝を交している雑木林の中に、巣鴨村近辺のものが、鴉屋敷《からすやしき》と呼ぶ宏大な荒れ屋敷がある。

白い月光が、伸びるにまかせた芝草の上を、隈《くま》なく照らしている。その芝の上を、屋敷の影から水の涸《か》れた泉池《せんち》にかけて、黒く秋めいた夜風が吹き抜けた、と見えたのは、顔を盗っ人被《かぶ》りの黒い布に包んだ男の影だった。

軽く跳躍して泉池の窪みから築石《つきいし》の影にひそむと、尻下りにするすると塀の際《きわ》まで後退する。冴えた月光も、ここでは密集した樹の枝に遮られて地上に届かない。これまできて、男は始めて動きを止めた。じっと建物の気配をうかがう眼が鋭い。

それから、男はゆっくりと立ち上ると、塀の下に歩み寄った。塀の高さを眼で測る、と見えた瞬間、がっしりと緊《しま》った身体が、猫のようなしなやかな屈伸を一度見せて、もの音もなく塀の屋根に腹這《はらば》った。

そのまま外に飛び降りようとした男の身体が、突然硬ばった。三間《げん》と離れぬ外の、欅《けやき》の巨木に寄りかかって、人が男を見ている。男の身体の中で、一瞬血管がカッと膨れ上って、それは次第に水のように冷えていった。

露《あら》わに月光に照らし出されたのは、黒の着流しの浪人風の男だ。組んだ腕を解こうともしないで、冷たい刺すような眼を、塀の上の男にあてている。頬がそげ、月代《さかやき》も、揉《も》み上《あ》げも長く伸びて、額にえぐったように黒い凹《へこ》みがある。

「どうした?」

始めて浪人者が声をかけた。相変らず樹に寄りかかって腕を組んだままだ。眼だけが、蛇のように冷たく塀の上の男を凝視して、もの言いは、低くもの憂い。

「もう一度中に戻るか。それとも、持出してきたものをこちらに渡すか、だが……」

そう言って、一息ついた。

「考えたがよかろう。中で騒ぎ出すには、多少間がある。そういうことになっておる」

そう言って顔をゆがめて、笑ったのだった。盗っ人被りの男の眼は、じっと距離を測っている。そして、男は、この死地《しち》を脱する方法がないことを確かめた。男の眼に、始めて焦燥《しょうそう》の色が浮かんだ。

その時、荒れた建物の奥に、ほのかに明りのともるのを、男の眼の隅がとらえた。風のざわめきのような慌《あわただ》しい動き。

「答えは、出たか」

と、浪人が言った。

すると、それに答えるように、林の奥から何者かが、朗朗と謡《うたい》の声を張って近付いてきた。

月はほどなく入汐《いりしお》の、けむり満ちくる小松原、

いそぐしるしかまだ暮れぬ、日高の寺につきにけり。

声は、迅速に近付いてきた。浪人者の冷たい眼が始めて動揺し、腕を解いた。その一瞬前を、塀の上の男がとらえた。男のとった行動は思い切ったものだった。飛び降りることを予想している浪人の身構えの裏をかいて、腹這いのままの恰好をそのままに、塀に沿って水平に転げ落ちたのである。

三間の距離を、滑るように縮めた浪人の右手が、烈《はげ》しい気合と一緒に、横なぎに豪放な刃うなりを立てて、男を斬った。と、浪人は思ったが、男は、一髪《いっぱつ》の差で地面を嚙《か》むように、ぴったりと地上に吸いついていた。

浪人の、第二撃を避けるのに、盗っ人被りの男は、余裕をもってした。そして後退《あとずさ》り

に林の際まで下ると、獣類の素早さで、灌木《かんぼく》の繁みの中に消えた。小暗《おぐら》い木立の奥を、微《かす》かな、風の渡るに似たひそやかなざわめきが遠ざかった。

「仕損じたようですな」

朗らかな声に、浪人は素早く振り返った。これが謡の主であろう。藍色無地の袷《あわせ》に、同じ色の覆面、長身の男である。浪人は、刀を鞘《さや》に納めると、じっとその姿を見据えたが、

「同類かな」

と言った。

「いやいや。そういう訳ではない。身ども、たまたまこの場を通り申した」

「この夜更けに、巣鴨くんだりまで散策でござるか」

「さよう。あまりに月が冴えているゆえ」

浪人の冷たい眼が、ふと狂暴な光を宿した。

「貴様、白ばっくれるな」

急に、ドスの利いた声を荒らげた。

「何を、ですかな」

「黙らっしゃい。今更なにを言うか」

不意に、二、三間するすると後退すると、カッと音立てて刀の柄《つか》を摑《つか》んだ。

「おう。お主、結着をつけようじゃねえか。もう、どうにも我慢ならねえ」

「身ども、格別同類というわけでは」

「そんなこたあ、もう、どうでもいいぜ。斬り損なったんで、こやつが……」

ぴしゃぴしゃと刀の柄を叩いた。

「我慢ならねえとよ。お愛嬌だ、ま、一丁来いよ。え？」

多弁になり、青白い顔に血がのぼって、身のこなしさえしなやかな軽さを加えてくるようだ。覆面の侍は、浪人のそういう変化をじっと見ていたが、

「望みならばな」

と言った。

「よっぽど使いそうだな」

「いやいや」

「断わっておくがな、俺は狼参左《おおかみさんざ》と呼ばれた人殺しだぜ。なめちゃいけねえよ」

「なるほど、貴公があのけだものか」

白刃《はくじん》が同時に青い月光を弾いて向き合った。俄《にわ》かな殺気に目ざめたか、鴉が一羽、欅の梢で短く啼《な》いて、四、五片の落葉が黒くひるがえって地に落ちた。

狼参左と呼ばれて、いまから三年前、江戸の夜を恐怖の底に陥れた旗本桑原参左衛門の名はまだ耳に新しい。

子《ね》の一点を、死神の合図のように江戸の町角に立って、武士、町人の区別なく桑原参左衛門は凶刃をふるった。しかもことごとく月が真昼のように明るい夜に限られていた

ことと、喰い破ったように喉《のど》を斬り破る残忍な手口から、狼と恐れられたのがこの男だった。

四

二百を越える捕方《とりかた》に追い詰められ、南町奉行所の同心小泉三七郎の十手に額を割られた桑原参左衛門が、怪鳥《けちょう》の羽搏《はば》きに似た黒い姿を、永代橋から水中に躍らせたのは、三年前の冬の夜だった。死体は綿密な捜索にもかかわらず発見されなかったが、以後、江戸の町からその不吉な影は消えた。

その桑原参左衛門が生きていた。血に飢える狼性《ろうせい》は、いまもこの男の血の中に脈打っているとみえて、刀身《とうしん》を右肩《うけん》に引きつけた姿にも、蛇のように相手を探る眼にも、邪悪な喜びがのた打つ。

覆面の侍は、相手が狼参左と知っても、さして驚きはしなかったようだ。青眼《せいがん》にとった剣は、冴え冴えと月光を映して、水のように静かな構えだ。

「行くぜ。おい」

参左が威嚇《いかく》するように声をかけた。踵《かかと》を擦って、目立たぬほどに右に回る。剣先《きっさき》が、心もち高く上った。覆面は無言だが、参左の動きをうけて、風に吹かれる柳のように、おだやかに右に、右に回る。

寝ほうけた鴉が、また力なく一声啼いた。

その声を待っていたように、参左の黒影がすさまじい跳躍をみせ、同時に、右から撃つと見せた剣先が、矢のように直線にのびて、覆面の喉をえぐって走った。その刺突《しとつ》の姿勢のまま、なお二間程走った参左が踏みとどまると、素早く振り返った。

ぞっとするような笑いが、その頬に刻まれ、眼は凄い光を宿して覆面を視《み》た。

「やるじゃねえか、なあ」

そう嘲《あざけ》るように言った参左の顔が、月影にもはっきり読み取れるほど急速に血の色を失った。同時に、刀身を握った左手首が、がくりと落ちて刀身と一緒に地面に転がった。ぶちまけるように、血が噴き出す。眼は覆面を睨《にら》んだまま、参左の身体が大きく揺れると、死魚の投げ出されるように、地上に転がって一回転した。

覆面は、終始無言でそういう参左を見ていた。剣は異様な構えをとっている。丁度眉のあたりに刀身が捧げたように横たわり、左手の指も、軽く峰に副《そ》えられている。弦月《げんげつ》のように、鋭利な刃は上を向いて。

参左が動かなくなると、覆面の侍は懐紙《かいし》を出して切先《きっさき》を拭い、それからチラリと塀の上に視線を投げて、刀を納めるとゆっくりと背をめぐらし、急ぐでもない足どりで立ち去った。後に、降るような虫の声が湧いた。

やがて、暗く繁り合う雑木林の奥に、朗朗たる謡の声が遠ざかっていった。

その声を聞いたのは、いま荒れ果てた鴉屋敷の門をくぐって、外に出てきた異形《いぎょう》の一団である。眼のところだけ洞穴《ほらあな》のようにぽっかりと黒い頭巾を肩まで被り、着ているものは、僧衣のように黒くひだの多い裾長の衣服である。腰を荒縄で結んでいる。およそ二十名程もいるだろうか。黒い眼を宙に上げて、黙然と微かになっていく謡の声を聞いた。

五

「小父さん、一緒に洗って上げるから、そこに出しときなさいよ」

「いやいや、そうたびたび御ぞうさをかけては相済まぬゆえ今日は拙者が……」

「まあ、他人行儀ね」

プッとふくれた顔をしてみせたのは、お信《のぶ》という娘である。パッチリした一重《ひとえ》瞼《まぶた》の眼が、目尻が切れて男の子のように、りりしい感じだ。父親の船平《ふなへい》は、昼は大工の手間取りをして夜はお信と一緒に、裏店《うらだな》から遠くもない薬研堀《やげんぼり》べりに麦湯の屋台を開いている。しっかりした身体つきの五十男だが、無口で、長屋の者ともろくに口を利かない変り者だ。お信だけは、ハキハキした明るい娘で、長屋の人達から可愛がられている。

ひと抱えもある洗いものをかかえて、いまお信とうだうだ争っているのは、如月《きさらぎ》伊十郎という三十恰好の、独り者である。痩《や》せて、長身である。

船平親子が、この裏店に越して来たのが一年ばかり前、それから三月ばかり後に、その隣に住みついた浪人者だが、品行方正で、侍には珍しい気のよい人物なので、ごく品行の悪い御亭主を持っているここの内儀《かみ》さん連中には人気がある。いまも、

「よう、ようお信ちゃん」

と、井戸端から声をかけた定斎屋《じょうさいや》のお内儀などは、焼きもち半分で、

「旦那に、ちょっと御相談があるんだからさ。まあ、いいじゃないのよ、御自分で洗わして上げなさいよ」

などと言っている。

「だって、男の人が、みっともないですよ」

お信は下町娘らしく活潑《かっぱつ》に言い返したが、その時、

「え、お早うございい。歯磨きはいかがでしょう」

と触れてきた歯磨き売りをみると、フトロを噤《つぐ》んで、家の中に引き返した。

洗いものを抱えて、伊十郎は定斎屋のお内儀だの、お楽という渋皮のむけた飲み屋勤めの女だのが、天下太平に喋りまくっている井戸端へ歩きながら、眼の隅で、いなせに髪を手拭いで包んだ歯磨き売りが、スルリと船平親子の戸口に滑り込んだのを見た。

それと入れ代りに、箒《ほうき》を持ったお信が出てくると戸の前をせっせと掃き出した。

六

ここは鴉屋敷の奥にある大広間。どういう目的で作られたのか、三方を黒塗りの壁で囲んだ三十畳敷きの大きな部屋である。

正面に金襴《きんらん》で包んだ祭壇を祭り、上段に、幼いキリストを抱いた黒いマリアの像が飾

られている。その下の段に、木彫りの幾体かの立像がならび、これを百匁蠟燭《ひゃくめろうそく》の光が煌《こう》煌《こう》と照らしている。

蠟燭を立て連ねた金属製の西洋燭台が、キラキラと揺れ動く灯影《ほかげ》を映して、秋の末とは思えぬ、ムッとする熱気が部屋の中に立ちこめている。

祭壇を背にして端然と坐っているのは、細面《ほそおもて》の、眼が切れるように鋭い若者である。髪を総髪《そうはつ》に後に垂らし、白い顔が仮面のように無表情だ。白衣に赤い袴《はかま》、赤い羽織という異様なこしらえが、背後の金色燦然《こんじきさんぜん》と輝く祭壇の飾りに、奇妙に釣り合っている。

「殿。すでに今宵《こよい》で三晩じゃが、いつまで待たれるお積りじゃ。来ないものは、待っても埒《らち》明くまいと存ずるが」

若者の前に、整然と四列に居ならぶ人影の背後から、突然陰陰たる声を挙げたのは、左手首を白く包んだ狼参左である。

額の十手の傷が、蠟燭の明りにえぐったように黒い影をつくって、ぞっとするような醜貌だ。

殿と呼ばれた若者は、ジロリと参左に視線をあてたが、にべもなく、

「来る」

と吐き捨てた。

「先夜、船津《ふなつ》が持ち去ったのは偽の図面じゃ」

「しかしですなあ。風か雨かわからんが、どだい俺ァ、そんな奴らにかかわりあうのが、

馬鹿馬鹿しいと思うんだなア。さっさとその軍資金を掘ってよ、集まれと声かけりゃ、あんた」

「これ、無作法なもの言いは慎しめ」

四列に並んだ人数の先頭の列から、白髪の老武士が、たまりかねたように叱りつけた。小刀《しょうとう》だけを前半《まえはん》にたばさんで、深く窪んだ眼に、貫くような烈しい気力の見える老人である。石堂丹波《いしどうたんば》であった。

「無作法は俺の性分だ。いったい、あんた方こうやって屁もひらねえでしーんとしていられると、こっちは頭がおかしくなってしまうぜ。まったくじれってえ」

「参左」

丹波が威嚇するように声をひそめて、半ば後を向くと、

「お主、二度も命危ういところを菊四郎君《ぎみ》に助けられたを」

じろりと凄い眼で睨んだ。

「はや、忘れたらしいの」

「なーに。忘れはしねえがよ」

参左はうそぶくように言って顔をそむけた。

「やるんなら、早くやったらいいじゃありませんかと言ってるんだ。俺も幕閣に対しちゃ、深い恨みがあるしな。その金を掘り出して、人を集める段になりゃひと働きしてお見せするぜ」

「貴様。軍資金云云と、さきほどからよほど興味ありげに言うが……」

「やめい、丹波」

菊四郎が声をかけて顎《あご》をしゃくった。弱弱しく聞えていた草むらの虫の音が、止《や》んでいた。

「今宵こそ、みなごろしに屠《ほふ》る」

左手に刀を摑んで、菊四郎がすっと立った。

丹波が手を挙げてこれをとどめた。

「お待ち召され。われらだけで片付き申す故、殿にはそのまま」

そして背後をふり向くと、

「出よ」

と低く命じた。

身じろぎもせず坐っていた人数が、一斉に立ち上った。黒の衣服に黒の袴の今夜の軽装は、樹の上の鴉が降りて群がったかに見える。列を作って、忍びやかに部屋を幾つか通り抜けると、縁に出た。

外は静かな月夜である。森閑《しんかん》と音もない荒れた庭に向って、丹波がしわがれた声を張った。

「風の衆。ようござった」

その声に応じて、灌木の繁みが、枯れた葎《むぐら》が微かにざわめくと、黒い人影がひとつふたつと、月光に長い尾を曳《ひ》いて静かに庭の中央に出てきた。総勢で八人である。

「久しいな、丹波」

と、その中の一人が、覆面の中から落ちついた声で応じた。

「菊四郎様をそそのかして、天下に乱れを呼ぼうとする企《たくら》みを挫《くじ》こうと、今宵は推参した」

「そういう声は、風の頭領《とうりよう》船津左門か」

「左様。思慮分別衆に優れた老人の、このたびの企て、何としても解《げ》せなんだ故、後を追ってきたわい。しかるにたびたびの当方の申入れを黙殺して、いたずらに私闘を挑むは、ますます以て不審の至りだ。あくまで企てを貫こう所存か」

月影に、声もなく丹波が笑った。

「左門。いまさらそなたの説教を聞く耳は持たぬ。知れたこと、あくまで初志を貫くわ」

「ならば、我等にも覚悟があるぞ」

「待て。左門、お主こそ聞けい。ヨハネ・主水様マルチリヨ（殉教）を遂げられてから、かれこれ二百年じゃ。この間われら切支丹《きりしたん》のものには、夜ばかりが続いて、夜明けは一度も来ぬ。今日も明日も、信仰を持つ故に、みだりに虐殺される者は続いておる。露見せぬ者も、生命ある限り、安き眠りを結ぶことがかなわぬ」

「丹波」

「まあ聞け、左門。折しも安逸腐敗の天下の乱れを何とみる。ヨハネ・主水様黄金埋蔵の御遺志を世に顕《あら》わす、いまが機会と思わぬか」

「丹波。ヨハネ・主水様の御遺志は、いまひとつあることを忘れたか。マリアの谷の繁栄、ひいてはデウスの教えを拡める仕事を何とする」

「それが気に喰わぬて」

丹波の、月に照らされた半面が、再び精悍《せいかん》な笑いにゆがんだ。

「これ以上何ゆえの忍従だ」

「言うところは相解った」

そう言って、左門は地面にのびた己れの影を踏んで、一歩縁に近づいた。

「しかし丹波。おぬしらを呼び戻すは、御あるじ様、ひいてはデウスの厚き志だと思わぬか」

七

「船津、無用にせい」

いつの間にか、縁に出てきていた菊四郎が声をかけた。

「おう、菊四郎様」

左門と、背後の風の者が頭を下げた。

「御姉君が、お待ちかねでござるぞ。われらとともに、お帰りなされませい」

「いまさら妙なことを申すな。考えた末じゃ。それよりも」

菊四郎の冷たい眼が、左門を無表情に見た。

「一味に加わらぬか。風のものを率いて」

「お戯《たわむ》れは、ひらに」

左門は一足退いて幅広い胸を真直ぐに張った。

「場合によっては、犯し奉《たてまつ》れと、仰せつかっておりますぞ」

「無礼だぞ、船津」

丹波が、刀の柄に手をかけて叫んだ。

「じれってえな。いつまでうだうだ喋ってやがんのか。派手にやろうじゃねえか。派手によ。役者は揃ったじゃねえか」

陰惨な声を挙げたのは、桑原参左だ。その声にあおられたように、丹波が叫んだ。

「船津。しょせん道が違うな。やるか」

「止むを得ぬようだの」

船津左門が片手を挙げた。彼の背後に、それまでかたまっていた七人がさっと散って、一斉に刀を抜いた。

それは、すさまじい斬り合いだった。真黒に縁から駈け下りた丹波の配下が、一斉に斬りかかるのを受けて、船津と風の組の者の影が躍った。打ち合う刀身が、あちらにも、こちらにも美しい火花を散らして、はやくも地上に崩れる黒い影がある。烈しく斬り合いながら、双方ともに無言なのが、異様な風景であった。

冬近い冴えた月が中天《ちゅうてん》にあった。その下で、刀身がキラリキラリと閃《ひらめ》いて、庭に血の匂いが立ちこめる。

桑原参左は、風の組の一人に追いつめられて、岩のようにそびえる庭石を背に、右手だけで剣を構えている。だが、こういう時にも、この男の醜悪な面貌は、月明りに酔ったような喜悦の表情を刻んでいるのだ。

「おい、斬り込んできやがれ。景気よく、パン、パーンと来い」

歯を剝《む》き出して嬉しげに叫んでいる。無言の鋭い切先が斜めに、下から上に、参左の胴を払う。とみる瞬間、返す刀が、真向《まっこう》から参左の額を割りつけて来た。

「おう。あぶねえ、あぶねえ」

刃風にあわせて、背後の石の上でクルリと一回転した参左が、陽気にわめいた。

「おめえ、なかなかいけるぜ。え？　こいつは味な気分になってきたぞ。じっくり行こうじゃねえか」

「かわれ」

音もなく駆けよってきた覆面が、低く言った。船津と呼ばれた男だ。参左の相手は、軽く一礼すると、後方に駆け去った。

「新顔か。こいつは面白《おもしれ》え趣向だな」

参左は、いまの激闘で傷ついた額を、手首のない左手の肱《ひじ》を上げて拭うと言った。

「おめえら、いやに俺をねらってやがるな？　どういうわけだ」

「貴公。われらが組のものを一名殺《あや》めておる。今宵は斬る」

「ほう。そいつは結構な趣旨だ。そうこなくっちゃ話が面白くねえや」

参左はわめくと、用心深く剣先を上げて、右肩に構えた。参左得意の型だ。船津と呼ばれる覆面が、この時早口に言った。

「それにな。先夜の礼もする」

「なに？」

青眼に構えた相手の剣が、素晴らしい迫力で胸もとを圧してくるのを、じっと測りながら、参左の顔に不審な表情が走る。

「わからぬか」

覆面の中で、含み声が笑った。

「先夜、世話に相なった泥棒だ」

「おう、先だってのねずみか？」

参左の顔から陽気な影が消えた。その構えが、一瞬乱れたのを、覆面の眼が、チラと憐れむように読んだ。青眼の剣先が、徐徐に上る。参左の額に、始めて脂汗が浮かび、粒になった。

八

その頃、庭の争闘《そうとう》を後に、奥の大広間を目ざして、音もなく廊下を走る黒い影があった。全身藍《あい》の忍び装束に同色の覆面姿は、風のものである。だが、膝を折り、上体を屈して、するすると廊下の端を進む姿が、いかにも小柄だった。

影はやがて襖《ふすま》に手をかけると、音もなく中に消え、中から襖を閉めた。こうして幾つかの部屋を通り抜け、遂に欄間《らんま》に明るい燭光《しょっこう》のまたたく大広間の次の部屋まで忍び込んだ。そこで立ち止ると、忍者は部屋の隅にうずくまって、静かに気息を調える風だった。

それから、腰から刀を抜き上げ、素早く斜めに背に負うと、襖際で深く身をかがめた、と思った次の瞬間、軽い跳躍が欄間にその姿を蜘蛛《くも》のように貼りつけた。

それから、腰の袋を探った左手が、部屋の隅の暗がりに、何かをそっと転がした。次いで、片足がのびて、その爪先が二度、三度軽く襖を叩いた。

大広間の襖が、さらりと開いて、出てきた黒衣の男が、

「誰だ?」

と咎《とが》めた。その瞬間、部屋の隅で、昼をあざむく火光が走った。「あっ!」と眼を焼かれた男が、思わず畳にのめる。

「どうした、佐々木」

広間の中から声をかけた男が、倒れている男をみて駈け寄った。その時欄間の上の忍

者の手が上り、続けざまに手裏剣《しゆりけん》が飛んだ。鋭利な武器は、襲いかかる牙のように、正確に一人の喉を、もう一人の首筋を深深と刺した。

重なって倒れた二人には眼もくれず、飛び降りた忍者は、つかつかと広間に入ったが、祭壇の正面に飾られたマリア像をみると、素早くひざまずいて十字を切った。

立ち上ると、ためらいなく手前の燭台から灯《ひ》を消して、指で脚を叩き、蠟受けの皿をねじる。確固とした目的があるらしく素早い動作だ。灯《あか》りがひとつひとつ消されて、白い煙が部屋の中にゆらめく。燭台は、あと五ツを残すだけとなった。小柄な忍者の手がふと止る。しかし思い返したように、もう一度十字を切ると作業を続けた。

その時、遠い廊下に慌しい足音が起り、それは急速に大広間に近づいてくるようだった。忍者はチラと眼を上げたが、そのまま、手はいそがしく仕事を続ける。覆面からのぞいている白い額から、汗が滴《しずく》になって落ちた。襖を開ける音が近づいて、それが隣の部屋まで来た時、最後の燭台の灯が消され、広間は闇が埋めた。

「いかが致した。遠藤、佐々木」

そう叫んだ声は菊四郎だ。覆面の忍者は広間の入口の襖の陰に身をひそめ、指は正確に同じ仕事を続けている。

ふと、その口を吐息が洩れた。燭台の皿が軽くくるくると廻り、脚に突込んだ指に、厚い羊皮の手触りがあったのだ。

「真暗ではないか。どうしたのだ？」

甲高い声で叫んだ菊四郎が、

「おっ！」

と声を上げたのは、倒れている二人につまずいて、たたらを踏んだためだった。その横を、忍者が黒い風のように走った。

「何者だ？」

叫んだのと、菊四郎の剣が反射的に黒い影を斬り払ったのが同時だった。切り取られた藍の忍び装束の一片が、ひらりと畳に落ちた。

「丹波！　捕えろ。地図を奪われたぞ」

菊四郎の絶叫が、奥の大広間で起ったのを聞きながら、小柄な忍者は、ひらりと縁から地面に飛んでいた。そのまま建物の陰に沿って、争闘がくりひろげられている正面に向って走る。

惨たる死闘が月下に繰りひろげられていた。るいるいと横たわる黒い屍《しかばね》の群。散らばった刀身が、あちこちに光っている。その中に、狼参左は歯を剝き出して、すでに月光に凄惨な死相をさらしている。

その間を縫って、まだ必死に斬り合う一団の人人がいる。風の組のものは、船津左門を数えて四名に減っている。乱戦の間に覆面を捨てたとみえて、四名とも顔をむき出しにして、激しい息をしている。これを囲む丹波の一味も、すでに十人を数えるだけだった。

斬りつける剣の下を、すいと潜《くぐ》って、左門のそばに寄り添ったのは、小柄な忍者である。眼を正面の相手から離さず、左門だけは、さすがにまだ息を乱していない。静かに訊《き》いた。

「信絵か。首尾は？」

「お見込みどおり。確かに」

と答えた声は、女である。

「よし。そなた、谷を指して一心に走れ」

「御助勢を」

「いらぬ」

「でも」

と、小柄な忍者が身を揉んだ。その時、円陣の後から、

「丹波、その覆面を斬れ。そやつ図面を盗みおったぞ」

菊四郎の喚《わめ》き声がした。それを聞いて、正面にいた三名が切先を揃えてどっと斬り込んできた。すい、と信絵と呼んだ忍者をかばった左門の手から、流星のような剣の光芒《こうぼう》が、激しく繰り出されて、斬り込んできた中《うち》の二名が倒れた。凄まじい顔をふり向けて、始めて息を切った左門が言った。

「帰って如月氏を頼め。父にかまうな」

「御めんこうむりまする」

追いかける二本の剣を、数歩あざやかな退足《ひきあし》で避けた忍者の姿が、背後の巨大な椎《しい》の根もとにうずくまった、とみるとふいにその姿が消えた。

九

行灯の灯を掻《か》き立ててから、如月伊十郎は端然と坐り直し、机の上にひろげた書籍に眼を戻した。

朱筆をとり上げ、それから、じっと耳を傾けて、何かを聞く眼になる。

ひそやかに、表の戸が叩かれたのは、九ツ（午前零時）を幾らか過ぎた時分である。音もなく、伊十郎は立ち上って、灯を消すと、戸の内に佇《た》った。

「どなたじゃ」

「お信でござりまする」

「よし」

がたぴしと開けた戸を、外から開くようにして、どっと土間に転げこんだのは、信絵と呼ばれた小柄な女忍者である。素早く伊十郎が戸を閉めた。慌しく忍者が囁《ささや》いた。

「お信でござります。暫時《ざんじ》おかまい下さりませ」

「相解った。安心せい」

伊十郎は、力尽きたように土間に倒れ伏したままのお信を意外な腕力で軽軽と抱え上げると居間に運び、行灯に灯を入れた。

「あ、灯りは」

「案じまい。つけられておるか」

「はい。両三名ほど」

漸《ようや》くお信は起き上って、覆面をとった。

「如月さま。いかい御迷惑をお掛け致しまする」

これが同じお信かと思うほど、礼儀正しく、大人びた口調で、そういった。髪が乱れ、頬が、血の色を失って白い。黒瞳《くろめ》が、きらきらと光り、いつも一重の瞼が、烈しい追跡を逃れるために、全力を費した疲労で二重に凹《へこ》んでいる。

「傷の手当をしてやりたいが、しばらく待て。ほどなく追って来ようほどに」

伊十郎はそう言って、いたわるように微笑してお信をみた。お信の眼が信頼をこめてうなずいた。

「来たらしいの」

と伊十郎が囁いた。

微かな、物音とも言えぬ風のような気配が、伊十郎の住居《すまい》の前を通り過ぎ、お信の家の軒下まで這い、そこで止った。そして、そのまま森閑とした時刻が移る。やがて、突然、恋猫が三匹、凄まじい唸《うな》り声をめいめいにあげたと思うと、身体をぶつけ合いながら、路地を遠ざかった。伊十郎は、お信の手を握りながら、じっとその物音を測っていたが、

「もうよかろう。手当をして進ぜよう」

と、いつもの声音に戻って言った。

パックリと口を開いた袖を開いて、その腕の傷を調べる。白い腕が、血にとっぷりとまみれて、かなり深い傷だ。

「我慢せい」

「はい」

お信は、素直な少女に帰って行くようだった。焼酎で傷口を洗い、軟膏《なんこう》を擦りこんで、きりきりと黒布で巻いた。

「如月さま」

礼を言って坐り直したお信が、改めて呼びかけると、懐《ふところ》から図面をとり出して、伊十郎の前に置いた。

「この図面を頼みまする。もし私が今宵ここまで戻りませぬ節《せつ》は、どうぞ、これを私の故郷にお届け下さりませ」

「そなたの故郷」

「はい」

お信の眼が、きっと伊十郎を見つめると、腰の袋を解いて紙包みを出した。

「羽州庄内より、南に入る山奥でございます。この図面の裏に、くわしく書いてございます。ここに路銀《ろぎん》をそえます故、母にお届け下さりませ」

「それを、わしに頼むか」

伊十郎の眼が、キラリと光ってお信をみた。

「はい。父が如月さまを頼めと。お願いでござります」

「そなたは？」

お信は、よろめきながら立ち上ると、手早く身繕《みづくろ》いし、刀の目釘《めくぎ》を調べて背負った。

それから頭巾をとり上げると、

「いまから、父を助けに」

「待たれい」

厳しい声で伊十郎が言った。すっと立ち上ると、付け足した。

「わしが行こう。そなた、ここで図面を守れ」

思わず眼をみはるお信の前で、伊十郎は、押入れから行李《こうり》を出して、素早く着換えを始めた。あっと見る間である。上衣、たっつけ袴、足袋《たび》、手甲《てっこう》まで、享保《きょうほう》以後、幕府のお庭番が好んで使用した柿色の忍び装束に身を包む。きりきりと大刀一本だけを斜めに背負うと、覆面の中から、じっとお信をみた。

「案じることはない。そなたは休んでおれ」

といった。戸を静かに開く。われに返ったように立ち上ったお信が土間に出てきた。

「あの、場所は……」

と、言いかけるのを、静かに手で制して、

「巣鴨、鴉屋敷」

と囁いてから、伊十郎の右手が、そろそろと腰の袋を探った。音もなく手裏剣をつかみ出す。ハッと息を呑むお信を振り返って、覆面の眼が笑った、と見えた瞬間、伊十郎の長身が、無言のまま、すさまじい飛躍を見せて、路上から消えた。

その後に、月が白い地上に、呻《うめ》き声も立てず横たわっているのは、石堂丹波の手の者に違いなかった。首筋を深深と貫いているのは、黒い手裏剣である。

その頃、御薬園裏の鴉屋敷では、すでに死闘が終りを告げていた。さきほど身をひるがえして屋内《やうち》に走り込んだ菊四郎が火を放ったものらしい。荒れ屋敷の軒がチロチロと火を吐き出し、やがてどっと吹き出す煙と炎が建物を包んだ。その炎を、椎の木の根もとに身をもたせた船津左門の眼が、確かめていた。

「使命は終った」

微かに唇を動かすと、おののく右手の指が、胸の前に十字を切った。信絵の顔が大きく浮かび、それが急速にかすんで行った。

この時、虚空にすさまじい羽搏きと鴉の啼声が舞い上った。赤赤と照らし出された空に、それは何百という数の鴉の群だった。

十

マリアの谷を望む雪解けの高原に、如月伊十郎と信絵が立ったのは、それから五ケ月後であった。

遅い春が、高原に訪れていた。

「やっと、参りました」

信絵が、遥かな崖の下、霞の奥底に見える緑色の谷間を指して言った。鴉屋敷に、父を失って、この娘は、いくらか大人びた表情になっている。

険しい道であった。恐らく、他の里の者が、この谷に近づいても、谷への降り口を見つけることは出来ないだろう。けだものの道よりも、更に細い、岩から岩、樹から樹への道がマリアの里に降りる道だった。

伊十郎と信絵は、遂に柔らかな谷間《たにあい》の土を踏んだ。それはうすく湿り気を帯び、絶壁の上から射し込む日の光に、温かく、豊醇な土の香を漂わせているのだった。

しかし、信絵は、ふと立ち止り、伊十郎の顔を問いかけるようにみた。伊十郎も立ち止り、ゆっくりと谷間《たにま》の村を見渡した。

藁《わら》葺《ぶ》き、丸木造りの素朴な家家はそのままだったが、そのことごとくが戸を閉じているのだ。中央の広場にそびえる天主堂も扉は閉ざされ、まわりに遊ぶ子供の姿もない。村を貫流する谷川の音はしても、人の声はない。鶯《うぐいす》の声がはなやかに、しかし虚《うつ》ろに谷間にこだまを呼んでいるばかりなのだ。

「信絵どの。お家を訪ねてみよう」

伊十郎は顔を曇らして、そういった。信絵の顔は、すでに白く血の気を失っている。

る。

中に駈け込んだ。伊十郎は警戒を解いた眼で、静かに、荒廃のまだ新しい村を眺めてい

一軒の丸木造りの小屋の前で、信絵が震える声で呼んだ。答えはない。信絵が、家の

「母上」

それにしても、この豊かな土地を捨てて、あのデウスの子たちは、どこに去ったのだ? 旅の道道、信絵が語った、牛は、鶏は、犬はどこへ行ったのか? 何故だ?

「如月さま」

青白い顔をキッと挙げて、信絵が目の前に立っていた。

「母の置手紙が、ございました」

「置手紙?」

「一村を挙げて蝦夷地《えぞち》へ渡る、とございました」

「何故だ?」

「この里を、麓《ふもと》の者に見られた由《よし》にござります」

信絵の眼を涙が溢《あふ》れた。信絵は黙って先に立つと、広場の天主堂に向って歩いた。黙然と、伊十郎がその後に従う。

堂の尖塔の上に、かつて豊かな実りを約束した十字架が、日の光に柔らかく霞むようにそびえている。信絵は堂にのぼると、うやうやしくひざまずき、何度も十字を切って礼拝を繰り返した。それから、立って太綱をひいて鐘を鳴らした。

澄んだ異国の鐘の音が、鶯の共鳴きと、さわやかな渓流の響きを縫って、無人の谷間に鳴りひびいた。

「どうなさるか、信絵どの。身どもと共に江戸に戻るか」

信絵が堂を降りてそばに戻ってくるのを待って、伊十郎は、考えていたことを口にした。信絵は青ざめてはいたが、しっかりした口調で答えた。

「蝦夷地へ、後を追いまする」

「そうか」

止むを得ぬ、というふうに、伊十郎は二、三度うなずくと、信絵の手をとって近近と引き寄せ、その眼をのぞいた。

「よいか。よく聞かれい。もし蝦夷地に渡り、母者人《ははじゃびと》らが見つからなんだ時は、江戸に、身どもを訪ねて参るがよい。よろしいか。雉子橋門の身どもの屋敷にじゃ」

信絵はうなずくと、もう一度新しい涙をこぼした。

「さ、蝦夷地は遠いぞ、しっかりせい」

伊十郎は、背の荷を揺すって、わざと快活にそう言い、信絵をうながして歩き出した。後に、鶯の声が、うつろに響き渡った。

如月伊十郎《きさらぎいじゅうろう》

一

大江戸の西空に、糸で吊したようにひっかかっていた新月が落ちると、そのあとに、闇がきた。

広くはないが、よく手入れされている。その隅の築石の陰に寝ころんでいた新吉が、むっくり起き上った。待つことには馴《な》れていた。さっきから、濃く桜の花が匂うのは、小路をへだてた真福寺の境内の八重桜だ。

新吉は中腰にしゃがむと、両手を後にまわして、腰から、ももひきの尻っぺたあたりを念入りに払った。それから懐《ふところ》から紺無地の手拭いをつかみ出すと、きりきりと頭を包み、顎《あご》の下にきつく結んだ。

「……？」

築石の陰に、ぬっと立ち上った新吉が、突然ぎょっとしたように身をひいた。隣の戸田惣左衛門家寄りになったあたり、鎧小路《よろいこうじ》から何者かが塀を乗り越えて、屋敷内《やしきうち》に降り立ったのである。

（同業か？）

思わず舌打ちの出そうになった新吉が、もう一度ぎょっと身震いしたのは、別に小便がたまっているわけではない。塀を乗り越えてくる気配が、ひとりだけでないからであった。

息をひそめ、貼りつくように石の陰から眼だけ光らせている新吉は、塀を乗り越えてきた影を五人まで読んだ。

五ツの黒い影は、いったん塀の下にかたまると、今度は一列に長くなって建物の方に歩き出した。足音もしなかった。

ここは、愛宕山《あたごやま》の下、愛宕下通りと、西久保通りから抜けてくる鎧小路がぶつかる角にある井上伊右衛門《いえもん》政英《まさひで》の屋敷である。

当主の伊右衛門は四十八歳。そろそろ老境に近づいているのに、女房運と子宝に恵まれず、淋しい暮しを送っている。始め西ノ丸の御書院番《ごしょいんばん》を勤めたが、六年前にお小姓組《こしょうぐみ》に転じている。どういうものか、妻子の運に恵まれないで、最初の妻、佐野宇右衛門の娘と死別、その妹を後妻に迎えたがこれとも死別して、いまは、中根本馬の養女分にしてあった園《その》という三十恰好の婦人を妻にしている。死別した最初の妻との間に、銕蔵《てつぞう》、平次郎の男の子二人があったが、いずれも早世《そうせい》している。それで、いまのところ井上家には、夫妻のほかに、部屋《へや》住《ず》みの弟作之助と用人が五、六人住んでいるだけである。

人数の少ない家らしく、晩春の温かい夜というのに、早くから灯が消えて、いまは森閑《しんかん》と寝静まっているようだった。

新吉が眼を光らしているとも知らずに黒い五ツの影は、井上家の奥座敷と思われる位置に黒黒とかたまり、雨戸を一枚はずすと、外の夜色よりも濃い、穴のような闇が覗《のぞ》く。洞穴《ほらあな》のような、その闇の中に、五人がひとりずつ吸い込まれて、そのまま静かな時が経った。

石の陰から出た新吉は、こでまりの花の繁みの下に腹這《はらば》いになっている。仕事はフイになったが、この成行は、新吉の弥次馬気分を刺戟《しげき》した。手馴れた物腰でするする入り込んだ様子が、ただのねずみとも思われないのだ。新吉は見届けるつもりになった。

二

星明りに、道が白い。

(だいぶ、遠いところからのお客さんだな)

新吉は、いささかうんざりしながら、小さく地面に唾《つば》を吐いた。

三十歩程前を、ひとかたまりになった五人の人影が、急ぐでもない足どりで歩いて行く。覆面、脚絆《きやはん》、草鞋《わらじ》、なかなか厳重な身ごしらえに、二本差した侍姿だったのは意外なことだった。

御丁寧に、外した雨戸までもとどおりにはめて、もう一度塀をのりこえた五人組は、巧みに辻番所《つじばんしょ》や自身番《じしんばん》を避け、昌平橋《しょうへいばし》を渡った。渡ると、神田川沿いに北上して小日向《こびなた》町《ちょう》を抜け、新吉が気がついた時には、一行は駒込近辺にさしかかっていた。

急いでいるとも見えない足どりが、意外な速度で、新吉は、首廻りから腋《わき》の下のあたりに、びっしょり汗をかいていた。

目赤不動の南谷寺《なんこくじ》の門前まで追って、そこで、新吉は、フッと五人組の姿を見失った。南谷寺の続きが養昌寺《ようしょうじ》、その向い側が吉祥寺である。星明りの門前通りには、犬の子一匹の気配もない。新吉は途方に暮れて立ち止ったが、気がついて、吉祥寺の手前を右に入る細い雑木道に踏み入った。

その奥に古い寺のあることを思い出したのだ。

右側にチラリと灯影《ほかげ》が動いて、すぐに消えた。新吉の勘が当って、一行のものは、養源寺というその古寺のあたりにひそんだようであった。

門という程のものもない。柴垣の荒れた垣根の奥に、黒黒と寺院の構えがそびえている。新吉は用心深く垣根を廻り、そういう習性を持った動物のように、狭い垣根の破れから門内に這い込んだ。

黒松、樫《かし》などの喬木《きょうぼく》の間に、木瓜《ぼけ》や躑躅《つつじ》などの灌木《かんぼく》がびっしりと枝を交していて、新芽の匂いが新しい。庭というよりも、門内にまた雑木林があるのだった。

枝葉を分け、もの音を忍んで、膝で進む。漸《ようや》く本堂の横手の空地に首を出した時、新吉は、奇妙な物音を耳にして凝然《ぎょうぜん》とうずくまった。

それは花にまつわって飛び廻る虫の羽音のようだった。そして、もっと重重しく、もっと、新吉がいままでに聞いたことのない美しい旋律をもっていた。新吉の心は少しばかり昂《たか》ぶった。

（念仏かな？）

その声が、どこから出てくるかを確かめるために、新吉は野猿のように、四肢で地を擦って、本堂の縁の下にもぐり込んだ。

籠《こも》ったような、かなりの人数の声が、彼のうずくまった足の下、湿ったかびの匂いが立ちこめている地の下から湧いてくるのだった。新吉は、手さぐりで、奥の方へ進んだ。須弥壇《しゅみだん》の下あたりと思われる場所にきて、新吉は、地底から聞えてくる声を、かなりはっきりと聞くことができた。

しかし、それは、新吉には理解のとどかない言葉を沢山含んでいるようだった。

――ましますす女人の中において――わきて御果報いみじきなり――また御胎内《おたいない》の御身にてましますデウスは――たっとくまします。

――デウスの御母――サンタマリア――いまもわれらが最後にも――われら――悪人のために――頼みたまえ――。

「アーメン」

というような合唱が、新吉の耳を打った時、彼は、突然両腕を何ものかに抱えられた。

三

「何をしやがんでえ。おう、ガキじゃねえんだから、放しな。逃げやしねえやな」

縁の下の闇から、新吉を連れ出した力は、意外に強引だった。一、二度もがいてみたが、両腕を左右から一本ずつ抱え込んでいる男たち二人は、蝿《はえ》が騒ぐほどにも感じないらしかった。右側の無精ひげの親爺《おやじ》が、空いている方の右手で、無造作にひとつ、新吉の頭を張っただけである。

力をこめたとも思われないその一撃がしびれるほど脳天にひびいて、新吉は無駄なあがきをやめることにした。

「なあ、親爺さんよ。どうするつもりなんだねえ、おいらをよう」

屈強な身体つきの親爺は、薄闇の中にチラと無表情な眼を新吉にくれただけである。新吉の左手を押えている若者に、

「ヨイ」

と、声をかけた。と、新吉の身体が軽軽と宙に浮いて、本堂にのぼる階段を走り上った。

「町人」

と、呼んだ声が、若若しく冴えているのを、新吉は意外に聞いた。広い本堂の、須弥壇の横に、赤赤と蠟燭《ろうそく》が一本燃えている。その灯に照らされて、須弥壇の上の仏像の群や、装飾《かざり》の一部がキラキラと光り輝いて、影がのびたり縮んだりする。静かだ。縁の下で聞いた奇妙な合唱も、止《や》んでしまったのか、それともここまでは聞えてこないのか、森閑と静まり返っている。

新吉の前に立った中背の、覆面の男はもう一度静かな声で呼んだ。

「これ、町人」

「へえ」

新吉は神妙にかしこまった。

「そなた、何でこんなところをうろうろしているな?」

「へえ」

と言ったが、新吉は困ってしまった。まさか、あとをつけてきたとも言えないし、さりとて遊びにきたと言えるわけのものでもない。

「そなた、夜盗だな?」

ズバリと、覆面の男が言った。

「へ。さいでございますで」

かえって、ほっとして、新吉が苦笑いを洩《も》らした時、鋭い声で覆面が言った。

「町人、そなた、今宵《こよい》、ここで何を見たな?」

「え、あっしは何も、へえ、見ませんが」

「では、何を聞いたな?」

「へ? まあ、聞いたったって、別にそのつもりじゃなかったんですがねえ……」

「御託《ごたく》はいらぬ。何を聞いた?」

「へえ、念仏を」

「神名様」

新吉の後に立っている親爺が、図太い声をはさんだ。

「この男、生かしては帰せませぬぞ」

「冗談じゃねえぜ、兄い」

新吉がパッと立ち上ると、帯の間にはさんでいた剃刀《かみそり》を逆手に握った。

「おう。おめえら、何様のつもりか知らねえが、見そこなってもらっちゃこまるぜ。何でえ、生かして帰さねえたァ、きいたふうな科白《せりふ》を言うじゃねえか。俺アな、今夜は妙などじを踏んじまったらしいが、普段なら、めったにとっつかまるようなへまアやるこっちゃねえ、流れ星と言われる泥棒だぜ。なめてかかると、どういうことになるか、試してみるかい？」

「まあ、まて。そういきばるな」

覆面が、静かな声で制した。

「別に好きこのんで、そなたをどうこうしようという訳ではないが、どうも困ったな」

覆面の中の澄んだ眼が、困惑したようにじっと新吉を見つめた。

「そなた、我らの秘密に手を触れたでな」

四

「どうじゃ。こういうことなのじゃ」

老中松平伊豆守信明は、巻紙に、さらさらと幾つかの名前を書いて、伊十郎に押しやると、答えを知っている者が、まだ知らないものに謎解きをかける時のように、ゆとりを持ったほほえみを浮かべて言った。
「これがいままで黒い手に襲われた家じゃと小田切が言っておる。その名前をみて、伊十、そなた何か心当りはないか」
「は」
使いをうけて、永代橋際の松平家の屋敷にきている如月伊十郎《きさらぎいじゆうろう》は、珍しく月代《さかやき》をきれいに剃《そ》り、黒の袷《あわせ》に袴、花杏葉《はなぎようよう》の紋の羽織に威儀を正している。肩が痩《や》せて、眼が優しく、これが弦月剣《げんげつけん》と呼ぶ、あの激烈な剣の使い手かと疑われるほどだが、さすがに肩幅はゆったりと広く、旅に出ることが多いせいか、面長な顔は、引き緊《しま》って浅黒い。
井上壱岐守正紀《いきのかみまさのり》
〃　図書正方《ずしよまさかた》
〃　右京正喜《うきようまさよし》
北条筑後守乾《ほうじようちくごのかみ》
巻紙に記された名前をうつむいて見ていた伊十郎が、顔を上げると、
「伊右衛門政英どのが、抜けておりますな」
と言った。
「さすがに、鋭いの。で、黒い手と申す盗賊《ぬすつと》どもは、これは一体何者かのう」

「ここにあるとおり、井上、北条両家のみがねらわれたとなれば、見当は御推量のとおり、異教にかかわりあるものかと存じます」

そう言って、伊十郎は気乗りのしない面持で、天井を見上げた。

井上家の先祖清兵衛政重が、大目付、兼宗門《しゅうもん》改め役として活躍したのは、寛永十七年（一六四〇）から万治元年（一六五八）までの約二十年間。はじめ、二百俵の書院番《しょいんばん》にすぎなかった清兵衛が、死ぬ時には上総国山辺《かずさのくにやまべ》、市岡、下総国香取《しもうさのくにかとり》、印旛《いんば》など一万石を領する小さいながら大名の端に名を連ねていた。もう戦争のような功名手柄の機会もなくなっていた当時において、これは異例と言える躍進ぶりだったに違いない。宗門改め役を兼ねると同時に、六千石を一挙に加増された清兵衛（寛永四年、筑後守に任官している）は、以後死亡するまでの二十年を、宗門の吟味に精励したようだ。これは異常とも言える処遇に答えて、当然のことだった。在職中に、およそ二千名の切支丹《きりしたん》宗徒を捕縛《ほばく》して処刑し、また転宗させたという。五人組制度によるお互いの監視、賞金を与えて訴人を奨励させる、寺請証文《てらうけしようもん》を差出させる、九州地区の踏絵など、後の切支丹宗門を探索する一つの形式が出来上ったのもこの時代である。

これには、井上筑後守が、宗門改め役に就任早々、芝で、寛永十五年（一六三八）仙台で捕えたフランシスコ孫右衛門、十六年山形でつかまえた同じ日本人バテレンのベルナルドウ市左衛門の二人を火あぶりの刑にしたところ、その最後がまことに立派で、処刑を見に集まった群衆ことごとくが感動して、二人をもやした火がまったく冷たい灰になっても、老若男女誰一人その場を立ち去るものがなかったということがあった。それで火あぶりなどの極刑は逆効果を呼ぶということで、この二人の日本人バテレンを最後にやめてしまった。そのかわりに以後宗門改めの形式を吟味すると同時に、なるべく転宗させるような懐柔策が用いられるようになったのである。

北条安房守氏長《あわのかみうじなが》は井上筑後守が万治元年（一六五八）に大目付をやめると、その後を襲い、次いで宗門改め役も引き継いだ。この北条家は代々新蔵《しんぞう》を称して、貝を吹き太鼓を打つ法を相伝《そうでん》していることで知られている。先祖は小田原北条家の一族北条常陸介氏繁《ひたちのすけうじしげ》の四男新蔵繁広《しげひろ》で、氏長は繁広の長男、大目付に就任すると同時に安房守となった。宗門改め役を兼ねると同時に千石の加増があり、井上筑後守の異例の累進という先例があるので、安房守も宗門吟味の仕事には、ずいぶん精出している。

この二人の宗門改め役の宗徒狩りによって、切支丹宗門は、少なくとも表面上全く壊滅し去ったと言ってよいほどであった。

如月伊十郎が、いま松平老中に問われて答えたのは井上、北条の名前からいまから百年も前に行われた宗徒迫害を、とっさに思い浮かべたからであった。

「いかが致したな？」

「どうも、拙者、このたびは……」

「そうは言わせぬぞ、伊十郎」

かぶせるように、伊豆守が言った。

「十年前に、そなたに、各地の切支丹を探らせた。それには、このような不穏な動きの兆しなど記されてはおらぬ。先年の風騒動にしてもそうじゃ。その後の情勢の変化はあっても、そなたにも一半の責任はあろう」

「は。止むを得ませぬな」

「小田切が困っておるのじゃ。切支丹には、盲目同然、全く不案内な男だからの」

「で、その黒い手とやらいう盗賊どもが、何をしでかしてござる？」

「金子《きんす》は、止むを得ぬとしても、女を奪いおったそうじゃ」

「女？」

「北条筑後の娘、希恵《のりえ》とか申すそうじゃ」

五

暮六ツというが、日足が伸びて六ツ半（午後七時ごろ）になっても、まだ薄ら明りが外に残っている。

新道の鳶頭《とびがしら》岩五郎は、中床《なかどこ》の兼七に、元結《もとゆい》をきつく縛らせながら、ぼんやりと暗くなっていく露地を眺めている。すると、ここの親方、新吉の女房お敏が、

「暗くなったでしょう」

と言いながら、大蠟燭をともした灯り台を土間におろした。店の中が突然はなやかに明るくなる。兼七が、小僧の竹造に、

「竹やん、鬢盥《びんだらい》を換えてくんな」

と言いつけてから、もう一度櫛《くし》をやわらかく使って、髪を丁寧になでつけると、

「お待ちどおさんでした」

と言って、パッパッと岩五郎の肩先を指で払った。

「やあ、有難とよ。さっぱりしたい」

岩五郎は穴のあいた腰掛け板から立ち上ると、大きくひとつ伸びをして、それから、土間に降りて履物《はきもの》など片づけているお敏に、

「ところで、親方はどうしたねえ。その後お上の方からは、音沙汰《おとさた》なしかね」

と言った。

「へえ」

と言ってお敏は顔を上げたが、思いなしか、頰のあたりにやつれが見えた。

「今日も、横山町の清治親分が見廻ってくれましたんですが、何ですか、足どりもつかめないのだそうで」

うつむいた眉のあたりからきれいな鼻筋、形よく緊った唇、こぼれるような年増の色気がある。美人で評判のお敏だが、亭主の新吉が突然失踪してからもう五日も音沙汰なしで、気の毒なほどしおれ返っている。

新吉の店は、米沢町では古い髪床《かみどこ》で、親方の新吉は、仮元結を使わないで、ぶっつけで元結をかける腕自慢の職人で、親方でなきゃならないという客もかなり持っている。

腕はよし、気っぷはよしで、いつもなら今頃の時刻は店内にとぐろを巻く町内の者で、むんむんするぐらいの人集まりがあるのに、さすがに新吉の行方が解らなくなってから、お敏に遠慮してか、ひっそりと誰も寄りつかなくなってしまった。新吉は「神隠し」にあったのだという評判が立っていた。

新道の岩五郎親方を送り出すと、お敏は、板からびんつけ油をはがしたり、剃刀をといだりしている兼七と小僧の竹造に、

「もうお客もないだろうから、今日はもう仕舞ったら？」

と言った。兼七は向島から通ってくる手間職人で、竹造は、子供なので親元から預かって二階に寝起きさせている。礼を言うのもそこそこに兼七が帰り、竹造が湯屋に行ってくると出かけたあと、お敏はぼんやりと茶の間の上《あが》り端《はな》に腰かけて、細長い炎を吹き上げている灯り台を見つめていた。

（一体どこに行きやがったんだろ、うちのひと）

夜になって出かけるのを、お敏は新吉が言うように手慰《てなぐさ》みに行っているのだとばかり思っている。まさか深夜他人の家の中をのし歩く泥棒だとは思っていない。だから、いかさま博奕《ばくち》のもつれか何かで間違いがあったのではないかと思い、目明《めあか》しの清治親分にも打ち明けてみたのだが、皆目手がかりもないと言う。表の戸が、ギ、ギ、ギときしんで隙間が開いた。

「竹ちゃんかい？」

パッと立ち上って、そう呼んだお敏の眼が、次には飛び出るほど大きく開いて、一点を、凝然と見つめた。

戸の隙間にのぞいた暗い外の闇から、その闇にそまったような、黒い片手が、緩慢にお敏の方にのびると、ポトリと土間に何やら落し、またゆっくりと外の闇の中に引っ込んだ。

呪いが解けたように、戸に飛びついて、お敏が引き開けた戸外には、温かい宵の口のことで、幾人かの人の行き来があったが、格別怪しい風体のものが歩いているとも思われなかった。

お敏は足もとから、白くまるめた紙屑を拾い上げた。紙屑の中には、新吉が使っている古い剃刀と、辛うじて判読出来る次の文字があった。

いのちに別じょうはない。そのうち帰る。さわぐな。新。

六

「いらせられませ」

「や。これは御雑作《ごぞうさ》に相成《あいな》る」

井上伊右衛門と話していた如月伊十郎は、茶を運んできて丁寧な挨拶をした三十前後の婦人を、この家の妻女とみて、丁寧に礼を返した。婦人は、濃く匂う茶と、干餅の菓子を盛った器を、主客の間に置くと、春風のように柔らかな立居を見せて、室を出て行った。眉目が涼しく、細面《ほそおもて》が雪のように白い。しかも、雪の冷たさとは反対に、ほのぼのと人の心をなごませる春気のような気配がつきまとっている。

これが中根家の養女として養われ、伊右衛門政英の三度目の妻となった人かと、伊十郎は婦人の立ち去る気配を見送った。

「では、結局盗られたものは、何もない、しかし、黒い手と称する盗人《ぬすっと》が侵入したことは確かだ、と仰有《おっしゃ》るわけですな」

「いかにも」

背が低く、浅黒い顔が、糸瓜《へちま》のように長い。左右の耳が、異様なほど飛び出している。伊右衛門は、顎が長くて喋るのがおっくうだとでも言うように、せかせかと口先でものを言い捨てる。

「いかにも左様。これをごらん下さい。これが奥座敷のしかも、床の間に貼りつけてござったわい」

そう言って、手文庫を引き寄せると、

「ごらんに入れよう。わしはその、何でも、こうして蔵《しま》っておくことが好きでな。これです」

と言って、二尺程の長さの巻紙を、さっと畳の上にころがしてひろげた。

不日参上
と書いて、その下は五指を揃えた黒い手型が、ペタリと捺《お》されている。

「これは……」

と言って、伊十郎はいささか拍子抜けのした顔で伊右衛門をみた。

「これは、一体どういう意味でござるかな。文字どおり、また忍んでくるという意味と解してよろしいのかのう」

「いや如月氏、これはそうではござるまい。単なる捨科白でござろうよ。本家にしろ、井上図書、あるいは右京の家にしろ、金持でござる。拙者が家では、忍びこんではみたものの、つまり盗るべきほどのものもなかったということでござろう」

伊右衛門は笑いもしないで、せかせかとそう言った。

「こちらの御親戚筋が軒並み被害を被っていることに、何か心当りはござるまいか」

伊十郎は無駄だと思ったが、最後にそう聞いた。すると、驚くべきことを伊右衛門は言った。

「実は、われ等が一族は、昔切支丹伴天連《ばてれん》とかかわりがありましてな。多分その関係からねらわれておるかも知れませぬて」

「これはまた、思い切ったことを申されますな」

「いやなに」

伊右衛門は生真面目な眼を、ぴたりと、伊十郎に当てて、

「当方は、昔のことでな。しかも本家などは、もう養子が続いておりまして、もうほとんどおぼえもありませんわい。しかし、先方としたら、そうもなりかねるところもあり

ましょう。どうでも、その辺が臭いですぞ、如月氏」

伊十郎の頰に微笑がのぼった。そして耳は隣室の襖際にうずくまる者の呼吸を聞いていた。その呼吸の、おだやかな繰り返しは、さきほど茶菓を運んできた、園というこの家の妻女に紛れもなかった。

七

長い間、伊十郎は待っていた。細い弦月が今宵はまだ愛宕山の森の上にある。鎧小路に面した真福寺の塀の内に、伊十郎はしゃがんでいる。いつの間にか、顔は黒い布で包まれている。

ギイ、と微《かす》かな音がして、井上家の潜《くぐ》りが開いたのは、四ツ（午後十時）の鐘を聞いてしばらくしてからだった。潜り戸から出てきたのは、頭巾《ずきん》に顔を包んだ女である。板塀の隙間からみて、伊十郎は、すらりとしたその立ち姿が、紛れもなく伊右衛門の妻女であることを確かめた。

軒を伝う、蝙蝠《こうもり》のように、園の黒い姿は巧妙に暗がりを拾って、歩みを速める。それは、女の足とも思えない一定の適確な速度を崩さない歩行なのだった。

園の足が駒込片町に入って、いよいよその速度を加えた時、伊十郎は、いつかこの先の巣鴨、鴉屋敷と呼ばれる荒れ屋敷で行われた、北方切支丹の暗い争闘《たたかい》を想い出した。その記憶は、伊十郎の顔を暗くした。

吉祥寺の手前で、女の姿は右に折れた。伊十郎が、その後を追って右に曲った時、雑木の新芽が、むせるように匂っている小路に、女の姿はなかった。養源寺、とその雑木の奥の黒い寺院の構えの門柱に、伊十郎は読んだ。扉を押してみる。軽い手応えで、扉が黒い口を開いた。静かに、もとに閉ざす。次の瞬間、伊十郎の姿は、猫のように身を屈して、門内に入り、静かに本堂の階段を上る。

本堂の羽目板《はめいた》沿いに風のように走っていた。鼠行《そこう》の法という、忍法の一つである。これによれば、暗夜といえども、敵に遅れをとることなしと言われる。つまり、暗中に敵がいて、その敵に待たれた場合、優位を崩すために行うもので、鼠が必ず室内の縁を伝って歩行するように、室の縁を頼って所在を迅速に変えるのである。その時、防禦《ぼうぎょ》は半面のみで足りる。

伊十郎は、その迅速な鼠行の間に、室内に敵がいないことを確認した。

立ち止り、ゆっくりと中央の須弥壇のそばに近づき、身を伏せて耳を澄まし、立ち上って、軽く火打石を擦って、一瞬の光の中に天井の木目を読む。もう一度、よく磨かれた床に耳をつけた伊十郎は、そのまま、ぴたりと動かなくなった。習練に鋭くされた耳が、床下の微かな会話を聞き取った。

（赤雲斎《せきうんさい》さま。ここはもう危のうございます。切支丹の仕業と、感じ取ったものがございまする）

（フローラ、お静かになさい。災いは、そんなに恐れるほどのものではないのだ。私た

ちは災いの中で生きてきたではないか）

（しかし、われら宗門の所在《ありか》を知られました）

（感じ取ったものとは誰か。流れ星とかいう鼠賊《そぞく》は、まだ軟禁してある）

（いえ、如月伊十郎という北町奉行の与力と……）

（なに、如月……伊十郎と？）

（それに、私の夫、あのかたつむりのように小心な井上伊右衛門が、気づいております）

（案じるまい。静かに、ここに控えておれ、フローラ）

八

月は、新葉の雑木林の中に、はめこまれたように鈍く光っていた。

（行きはよいよい、帰りはこわい、か）

本堂の階段をゆっくりと降りてきた伊十郎は、本堂の前の空地に立つ一つの人影をみ、その人影がただの人物でないのを知って、思わず首をすくめた。

月が細く、光が鈍いので、人影ははじめ、おぼろだった。降りて行くに従って、新吉をつかまえた親爺が、神名様と呼んだ若い浪人者の姿がはっきりしてきた。伊十郎を迎えて、足の踏みようを変えたのが、伊十郎を瞠目《どうもく》させた。難敵だの、伊十郎はそう呟《つぶや》きを洩らして、最後の一段を、ゆっくりと時間をかけて地に降りた。

「あいや、待たれい」

澄んだ声で、若い浪人が呼び掛けた。

「拙者がことか」

「左様。わけあって、失礼ながら、御姓名をおうかがいしたい」

「如月伊十郎」

「ならば、お引き止め申さねばならぬ」

「通ると申せば……」

「刀にかけても」

「止むを得ぬな」

一瞬の遅速もなく、二本の白刃がきらめき、するすると三間を退いて対峙《たいじ》した。

浪人神名杏之介《きょうのすけ》の剣は、中段に構えられていた。堅実な、正攻法の構えだったが、内には強靭《きょうじん》で比類ない弾力が秘められている。伊十郎は始めから、上弦の構えをとって、これに応対していた。眉のあたりに横一文字に構えられた上弦剣は、完璧な守備と同時に、一気に攻勢に転じられる力を秘めている。

二人は微動もしない。その間に月が移った。そして月の僅かな光が、雑木林の中の下萌えの中に沈んだとき、二つの剣が吸い寄せられるように交錯し、一つが地に落ちた。

同時に飛び離れた二つの身体が空を飛んで、そのまま境内の中は、もとの沈黙に返った。

九

新吉にとっては、くそ面白くもない日が続いている。空を飛ぶ鳥のように、気ままで、制約のない毎日を送ってきた男にとって、格子のある部屋は狭く、うっとうしい。そこは地下室になっているらしく、昼さえも、差込む光は薄暗く、空気は底冷たい。

時折、聞えてくるものと言えば、アーメンという大合唱で終る、わけのわからぬお祈りと、隣の牢から時折しのびやかに聞える女の泣き声だけである。いまも、隣の女が細細と泣きじゃくっているのが聞えてくる。

「全くやり切れねえや」

新吉は、馬鹿でかい声で、そう怒鳴った。その声に驚いたように、隣の泣き声がピタリとやんだ。

「なーに、あんたのことを言ったんじゃねえよ。泣いたってかまやしねんだ。女の泣き声も色気があって悪くねえ。しかし、察するところ、お前さんも、この牢屋に入れられているらしいがよ。いってえどうしたってえ訳からだね。俺《おい》らのことを言うとな、俺らはこうして入っていても別に不思議はねえんだ。というのは、つまり俺ア泥棒だからな」

新吉は羽目板にもたれたまま、ぼそぼそと喋り続けた。あの神名という、妙に生真面目そうな浪人者の指図で、ここへ入れられてから十日ぐらいも経つだろうか。嬶《かか》アが心配していると言ったら、手紙を書けと言って懐紙と筆を貸してくれたが、文字は向うでこうこう書くのだ、と指図した。

次の日の朝、神名が、確かに届けたと言った。律儀な男だと新吉は思う。しかし、何でいつまでも留めておかれるのか、その理由がはっきりしない。それとあの、「アーメン」というお経と隣室で泣いている女。

ガラサ満ちみち給うマリアにお礼をなしたてまつる、とか天にましますす我らが御親……われらが科《とが》をゆるし給え、とか大勢でひどく熱心な調子で唱えるのが聞えてくると、新吉はいつの間にか耳をそばだてて聞いている。隣室の女は、新吉が、あのくそ力のある親爺に、ここに突込まれる前からいたようだ。一言も喋らないから、年頃の見当もつかないが、若い娘だろうと、新吉は何となくそう思っていた。

時折見廻りにくる神名という浪人が、

「心配はない。間もなく帰して進ぜる」

などと慰めているのをみても、どうやら若い娘らしい。

十

壁に吊した燈油《とうゆ》の灯が少し揺れたのは、梯子《はしご》を伝って、誰かが地下の間へ降りてきたためだった。新吉は寝ころんだまま、肱枕《ひじまくら》でそれをみていた。

柱を廻って突然姿を現したのは、濃い藍《あい》色の忍び装束に身体を包んだ、長身の男である。

無雑作にズカズカと牢格子の前まで歩いてくると、

「町人、助けてやるぞ」

と言った。よく響く声だ。

「へ、出られるんで……」

「一旦ここを出る。それから流れ星御用だ、ということになって、今度は本当の牢屋に入ることになるなア」

「冗談じゃありませんぜ、旦那。あっしはごく堅い職人で、新吉てえ髪床なんで……」

「まあまあ、そうむきになって弁解せんでもよろしい。いまのは冗談じゃ」

新吉をからかいながら伊十郎、うまい手つきで錠前を外してしまった。

「ありがてえ旦那、恩に着ますぜ」

「しっ」

伊十郎は、ものすごい力で新吉の腕を摑《つか》まえると、

「頼みがあるのだ旦那、ちょっと待て」

「いてて……」

駈け出そうとしていた新吉は、利腕《ききうで》を押えられて急におとなしくなってしまった。

「解りましたよ。ちょっと腕を放してもらいたいな。おう、痛え」

「今な、そちらの娘御も出す。それで三人でここから抜け出るというわけだが、ホラ、あれだ」

伊十郎の眼が、覆面の中で凄く光って、油煙を上げている柱の燈油を振り向いた。

「解るか」

「誰か降りてきますぜ」

「そうではない。覗いているのだ、さっきから」

新吉が、伊十郎に擦り寄った。

「だから、お主に頼みというのはだ、この娘さんを、とも角お寺の外まで連れ出すことだ、それまで、何とか防いでみるからの」

「でも旦那」

「流れ星ともあろう盗っ人が、弱音をはくんじゃない。褌《ふんどし》をしめなおしてかかれ」

伊十郎は忙しい。しきりに弱気になる新吉を叱咤《しった》しながら、力をこめてもう一つの牢舎の錠をねじ切った。隅にうつぶしている娘を抱え起して、

「さ、逃げるぞ」

と言った。まる顔の、目鼻立ちのおとなしい若い武家娘である。

「希恵どのだな」

伊十郎が囁《ささや》くのに、娘は深くうなずいた。

十一

本堂の扉を内側から開いた途端、新吉が悲鳴をあげた。

おぼろな月の光に、本堂の下の広場に黒黒と散らばっている者達の姿が浮かび上っている。手にした抜身の刀身が鈍く光っている。

「ややあ、大層なお出迎えで痛み入る」

伊十郎が声をかけた。広場の人数はひっそりしている。

「この者たちが、あまりに長い間、お世話になり申したで、引き取りに参ったところじゃ。他意はない。そこをあけて下され」

「幕府隠密《おんみつ》如月伊十郎」

群をかきわけて、ゆっくりと前に出た神名杏之介が、澄んだ声で呼びかけた。

「われらが秘密を知られた上は、止むを得ず、消えてもらわねばならぬ、とのことじゃ」

ここで、杏之介はチラと複雑な微笑を頰に刻んだ。目鼻立ちの美しい、女にも似た美剣士だ。ゆっくりと腰の刀身をゆるめ、下げ緒を外した。

「先夜は、弦月剣の主とは露知らず、思わず失礼仕《つかまつ》ったが、今宵は、もう一度ゆるやかにお手合せ願いたいものじゃ。幸い、月はまだ高い」

「仰せのとおり、先夜は当方も失礼致した」

あっさりした口調で伊十郎が答える。

「貴公こそ、一刀流の稀《まれ》な達人と見受け申した。もう一度の手合せがかなうとは、これは望外の仕合せ。では早速参ろう」

そう言って草鞋《わらじ》の紐をしめ直すふりをしてしゃがむと、小声に、後の二人に囁いた。

「隙をみて走れ。ともかく寺門を出れば、また活路もある」

「大丈夫ですかねえ、旦那」

「なに、心配はあるまい」

伊十郎は、長身を軽快に運んで階段を下りた。ざざと詰めよる黒い人影に向って、神名杏之介が声を張った。

「皆の衆、この場は、拙者におまかせ下され。先夜、むざむざと取り逃がしてござる故、今夜の仕儀と相成った。御手を煩わしては申訳ござらぬ。先ず先ずお退き下され」

そう言って、三十名はゆっくりいる人数を四囲に退がらせた。それから、下げ緒で手早く襷《たすき》をし、一刀を抜いて、静かに伊十郎を待つ構えになった。

伊十郎の右手は、刀の柄《つか》にかかって、ひっそりと立つ長身が、鳥のように見える。

やがて、杏之介の足が、そろそろと左に廻った。平行して、伊十郎の身体も動く。伊十郎の長身が、ゆっくりと右に歩むと、つきまとう影のように、杏之介の身体が右に滑る。緊迫した空気に耐えられなくなったように、見ている者の中の一人が、激しく喉をつまらせてむせんだ。

それが機になった。杏之介の剣が目にもとまらず斜めに上り、踏みこむと同時に伊十郎の肩口を撃った。絵にかいたような、きれいな打ち込みだった。然《しか》も杏之介は、その打ち込みに続く第二撃を用意していた。打ち込んだ姿勢が、そのまま地を這うように沈むと、次に、その弾力を使った右からの強烈な斬り上げが、身体の低く沈んだままの一回転とともに、伊十郎の左腕を襲った。

木の葉がひるがえるように、宙を飛んだ伊十郎の身体から、剣が月光を弾いたのは、杏之介の身体が、二撃目を終って伸び切った瞬間だった。だが、杏之介は辛うじてこれをかわした。

ふたたび、静かな対峙に返る。違っているのは、伊十郎の剣が、もうひとつの弦月のように、眉のあたりに光芒《こうぼう》をはなって構えられていることだった。杏之介は、その光芒の陰に、しばしば伊十郎の長身を見失うようすだった。弦月剣、上弦の構えの奥に、伊十郎の黒い姿が、遠のき、急にのしかかるように近付いてきたりする。

「とおう！」

捨て身の剣先《きっさき》を、その弦月の下に入れた、と思った時、杏之介は、後頭部のあたりに鈍い痛みを感じ、ゆっくりと膝をついた。

「赤雲斎！　設楽《したら》赤雲斎はあるか。伊十郎、膝つき合して談じ申したい一件がござる。出会い召されい」

杏之介はぼんやりした意識の中で、すぐそばで、よく響く太い声を張っている伊十郎の声を聞き、それから遠くに、緩慢に答える次のような声を聞いた。

「久しいかな、伊十郎殿。いまそこにまかり出る。まずまずお静かに」

十二

「一丁あたってもらおうか」

「へ。いらっしゃい」

気なしに客の顔の上から、ひょいと顔を上げて、いま入ってきた腹掛け、パッチ、印《しるし》半纏《ばんてん》姿の職人をみた新吉は、思わず剃刀を持つ手にふるえがきた。客は素知らぬふりで、若い衆が将棋盤を囲んで、何だかだと五、六人も騒いでいるそばで、読本《よみほん》をとり上げるとペラペラめくり始めたが、新吉の視線に顔を上げるとニヤリと笑った。広い肩幅、よく伸びた四肢、優しい眼、ややこけた頬が、まぎれもない如月伊十郎だった。

伊十郎の番が来て、穴のあいた腰かけに、腰をおろすと、新吉はその手に毛受けを持たせながら囁いた。

「旦那、なにかあっしに御用で」

「いや別に。何か、用がなくちゃ顔を剃りにきてもいけねえのか」

「そんなからんだ言い方は、よして下さいよ。それより旦那、嬶《かか》アには内緒ですぜ、ぜったい。神隠しにあったと信じてんですからね」

「とんだ神隠しだな。いや、実はあの節の礼を言おうと思って立ち寄ったのだ。あの連中はな、おとなしく遠国に移ったわい。取締りがきびしいのでな、遠国に移るつもりだったのだが、先立つものは金だ。大世帯だからの。それで、井上、北条あたりなら、少しぐらいおどかしても罰があたるどころか、昔の圧政で死んだ宗徒の供養にもなろうと、あの赤雲斎という老人が書いた芝居だったのじゃ。だが、北条の娘をかどわかしたのはいけなかったな」

「別嬪《べっぴん》でしたよね、旦那」

「そんなことを言っていいのか、ほら内儀さんが、妙な顔をしてみているぜ」

「われらが科をゆるし給え、アーメンだ」

「何だそれは」

「オラッチョとかいう念仏でさあ、旦那」

木地師《きじし》宗吉《そうきち》

―


「隠すことはねえやな。お前作り始めたんだろう」

「いいや」

「だが、いずれやる気だろう」

「まだ、決めちゃいないよ」

「いや、お前はきっとやる。お前も木地師《きじし》だからだ」

しつこく、市五郎《いちごろう》は言った。宗吉《そうきち》は、顔をそむけて舌打ちした。酒の香、煮物の匂い、それに幾本も立てられた百匁蠟燭《ひゃくめろうそく》の油煙の匂いが一緒になって、秋が近いというのに、店の中は真夏のようにむし暑い。罵《のの》り合いに似た、声高な話し声、しまりのない笑い声が、酔った頭に重苦しくひびく。市五郎がいると知って入ったのが、うかつだった。

市五郎が隠すな、と言ったのは競作こけしのことだ。

この春、二人を使っている宗吉には叔父にあたる角政、大宝寺の秋田屋、荒町の大海屋の三人が、高畠《たかばたけ》の新井八郎右衛門の屋敷に呼ばれた。新井は羽州十四万石の当主――酒井忠徳《ただあり》の側用人《そばようにん》として八百石を頂いている大身だった。呼ばれた三人は、御城下の木地屋として、これまでもたびたび御城の御用を蒙《こうむ》っていたが、今度の用件は違った。

　こけしを作って、殿様のお手許《てもと》まで差出すように、と新井は気さくに言った。期限は来年の桃の節句、その前に、正月に下検分《したけんぶん》を一度やって作る人間をしぼろう、と言ってから、新井は商家の隠居のように柔和な眼をまたたかして、選ばれたこけし作者には庄内藩御用を許し、諸国売出しを奨励したい殿様の意嚮《いこう》だと付け加えた。

（霊光院様〈先先代酒井忠寄公〉の時代の花紋燭《かもんしょく》のためしもある。宗吉、やってみろい）

と、角政は上気した口振りで、新井の言葉を口写しに伝えたが、宗吉は浮かぬ顔で返事を渋り、病気で寝ている母や妹のお雪の気を揉《も》ましたのだった。（こけしを御城下で初めてこさえたのはお前の親爺《おやじ》だぞ。いやさ、御城下に木地の仕事を始めたのは親爺だぞ）気の短い角政は、宗吉の顔をみるたびに、じれったそうにがなり立てるが、宗吉はあいまいに逃げまわっていた。

「秋田屋は倉蔵と喜三郎、大海屋は長七と弥一に決まったそうだ」

　市五郎は、粘っこい視線を宗吉にあてて言った。

「だがな、言っちゃ何だが、秋田屋の二人、それに長七の技倆《うで》はたかが知れてるんだ。だが、俺と弥一は違う」

　市五郎は、角政にくる前に、大海屋で木地を修業した。こけし作りもそこで覚えた。市五郎と弥一に、こけしを教えたのは、仙台藩刈田《かった》郡の遠刈田《とおがった》からきていた嘉助という男だった。背が小さく無口なその男を、宗吉も覚えていた。その男が、宗吉の父が作ったこけしとは違うこけしを作っていたからだ。こけしと呼ばれる木の人形は、おのれが生れた土地の、豊かな森や険しい山容を、尺に足らぬその小さな姿の中に刻み込んでいるのだ。

嘉助は、花のように華麗なこけしを作った。

宗吉の父、善兵衛が旅で出会ったこけしは、円錐《えんすい》に近い素朴な胴と、小さな頭部を持っていた。轆轤《ろくろ》模様を主に使って、彩色は貧しかった。頭頂から蛇の目に描いた線、それが髪だった。胴を彩った色彩は、轆轤模様を紅と墨色でなぞっただけなのだ。

嘉助が残して行ったこけしは、それとは違っていた。肩の丸味から一気に裾まで落ちる剛直な胴の線、胴に比較して頭部が大きく、その頭部には赤い手絡《てがら》模様を入れた。そして胴には、菊、桜、梅などを大胆な筆使いで描き、背にさえ、あやめを描いた。それが遠刈田のこけしだった。赤を主に、青と時にはきはだを煮つめた黄色さえ使って染め上げる花模様は豊麗を極めた。

「おめえが作るこけしは親爺ゆずりで曲《きよく》がねえものな。だがな宗吉、俺はな、結局は俺とお前の勝負になると、にらんでるぜ。弥一は筆を使えねえ男だ、うん」

「俺なんざ、兄貴の相手になれるもんか」

「そうは言わせねえぜ、宗の字。ま、一杯いこう」

肥って丈も高く押し出しの立派な男だが、眼に険がある。酔うと市五郎の眼はまるで蛇だ。宵の口から丁だ半だとのぼせ上っている中《うち》に、襦袢《じゆばん》に褌《ふんどし》ひとつという情けない恰《かつ》好《こう》にむしり取られた宗吉が、兄弟子の前に意気地なくしぼんでいる姿は、蛇に見込まれた蛙に似ていた。

「やけにいたぶられてんじゃないの、宗さん」

この店の看板になっている酌女お咲が、そばに寄ってきて言った。越後から流れてきたというこの女は、派手な目鼻立ちを厚化粧で彩ると、息を呑むように凄艶《せいえん》だった。

「やかましやい」

と宗吉は言った。その時、お雪の白い顔が暖簾《のれん》からのぞいて、

「兄《あん》ちゃん」

とふくらみのある声で呼んだ。救われたように宗吉は立ち上った。

「お前、逃げる気だな」

と市五郎が言った。

「お雪ちゃんのお迎えだってさ」

お咲が嘲《あざけ》るように声を張った。お雪の白い顔が引っ込んだ。宗吉は、もう市五郎には構わずに、お咲を入口まで引っ張って行って、

「おい、借りとくぜ」

と小さな声で言った。じろじろと、頭から足先まで見下ろしてから、

「きんたまでも置いて行きな」

と言って、お咲はのどの奥まで開け放して笑った。紅《あか》い大きな唇が、濡《ぬ》れて男の心を

そそる。

「あとは市兄いと、よろしくやりな」

「何言ってんのさ、身も心も宗さんのものだと、昨日言ったばかしじゃないのさ」

「うめえこと言いやがって、身も心もちょくちょく市兄いに貸してやがってるくせに」

「おや、嫉《や》いてんのかしら？」

「ちきしょう、誰が嫉くかい。淫売め！」

「口惜しかったら、おぜぜ持ってまたおいで」

あおられて外に出ると月明りに、お雪が膨《ふく》れ面《つら》をして立っていた。

「みっともない恰好ね。あたい恥かしくなっちゃうよ」

「何だ、お前。文句言いにここまで来たのか」

「角政の叔父さんが待ってるよ。今夜はみっちり意見してやるって」

「いやなこった」

「ほんとに兄ちゃん、この頃どうかしてるんじゃない？　丁半やお咲さんに貢ぐ前に、家の方にお金入れてよ。母ちゃんは寝てるんだし、あたしの内職だって、そう度度はないのよ」

「わかってるって」

「お咲なんて女、どこがいいのかしら。あたし大嫌いだよ」

「よ、味な科白《せりふ》を言えるようになったな、お前も」

「ほんとに、しっかりしてよ、兄ちゃん」

「よし、よし」

「あたしだって、たまには着物の一枚ぐらい欲しいわ」

お雪は、赤ん坊の時、秋田の材木屋から父が里子に預かってきて、そのまま宗吉の家で育った。十七になる。大きな黒瞳《くろめ》が、濡れているように光って、唇の小さい、美しい娘だ。お雪は、自分がもらわれた子だということを知らない。

「こけしは作らないの？」

「綱取《つなど》りがいねえ」

「あたしがやるよ」

「お前にゃ、無理だ」

二

元山《もとやま》は、金峯山《きんぽうざん》の麓《ふもと》の木樵《きこ》りが作った。あとの細工は、父の善兵衛が自分でしたのだった。支挟《しばさみ》も、尻支挟も、爪も、藤の皮を乾して、三本を一本に撚《よ》り合わせた綱も。竿《さお》（轆轤軸）だけは、土湯《つちゆ》の木地職人に作ってもらったのだと父は言った。

（これはな、オノレという樹で作ったものだ）と、手製の轆轤が出来上った時、寡黙な父が控えめな喜びのいろを顔に浮かべて言ったのを、宗吉はおぼえていた。

竿に七巻に巻いた綱を、まだ若かった母がこわごわ引いた。綱には細い木を輪に曲げた引手がついていた。竿が生きもののように廻り、支挟の外に出ている爪が目まぐるしく回転した。

（あれが御城下で初めて廻った轆轤だったのだ）

子供の俺には、そんなことは解らなかった。兄もよくは解らなかったのだろう。その時、若い父が、材木屋から、美しい椀や、菓子入れや、木皿、柄杓《ひしやく》、皿木など、はては独楽《こま》やこけしまで作りだす木地師になろうと憧れ、心に決めていたことを。秋の険しい峯伝いの柾見《まさみ》や、夜の遅い綱取り、荒取りなどが辛くて、兄は江戸に奉公に行く気になったのだろうか。

「兄ちゃん、何考えてるの、さっきから」

「ああ」

宗吉は、仕事場に降りてきそうなお雪の声を拒むように、手に持った蠟燭の灯を、フッと吹き消した。轆轤はたちまち闇の底に沈んだ。

「きんか瓜《うり》むいたから、喰べようよ」

「いま行く」

宗吉は、手探りで友鞍《ともぐら》の上に腰を下ろした。手を伸ばすと、なめらかな竿の手触りがあった。引手を握り、静かに綱を引く。闇の中に、竿の廻る音がコロコロと鳴った。外の闇で啼《な》いている虫の音のように、ひそやかな音だ。左手を引く。なめらかな竿の回転が指先から腕に伝わる。轆轤は、昔、母が、それから兄の清次郎が綱をひき、瘦《や》せた足をあぐらに組んだ父が、バンカキやシッキリを使っていた頃と少しも変らず、闇の中で宗吉を待ち続けていたようだった。その考えが、ひととき宗吉の胸を熱くした。

（こけしちゅうのは、泥人形作るのとは、少しわけが違うようだの）

（こけしは、木から生れる花みたいなもんだ）

（いちばんいい材料たら、やまつつじかな、アオハダかな、どちらも、ええ肌をしている。だんごの木もいいが、あれは「光り眼」があってな、見つけるのに厄介だて）

（眉毛も、眼も、左から右、左から右とひと思いに描く。鼻を描いて、そこで一息つく）

仕事をしながら、半ば独り言に言っていた父の言葉が、断《き》れぎれに頭の中に閃《ひらめ》いては消える。

（親爺は、こけしに惚れていたな。俺は結局まだそこまで行っていないのだ。いや、もっとはっきり言えば）

闇の中で、宗吉は苦しげに眉を寄せた。

（俺は、市五郎の作るこけしがこわいのだ）

市五郎の仕上げるこけしの華麗な色彩が、圧倒するように眼の裏に明滅する。それに対《む》い合《か》せると、自分のこけしは、墨色も紅い僅《わず》かな彩りも、みるみる色を失って、そこには、灰色の、目鼻もおぼつかない木偶《でく》が突立っているに過ぎないようだった。市五郎のこけしが勝ち誇ったように澄んだ笑い声をひびかせた。

「まだいるの、そんな暗いところに」

笑ったのはお雪だった。

「瓜、母ちゃんと二人で喰べちゃったから」

「ああ」

榾火《ほだび》が燃え、自在から吊した鉄瓶が鳴っている。宗吉は膝を抱いて炉端に背をまるめた。行灯《あんどん》のそばに真新しい生地がひろげてあるのは、お雪が頼まれた秋袷《あわせ》を縫っているのだろう。虫の声が、騒騒しい程近く聞える夜だった。

「お雪、米がもうないだろう」

「まだ、少しなら」

「おっ母あ、柾見は十月に入ってからかな」

「あーい、何か言ったかい」

「もう眠ってたのか」

「いーや、まだ眼は開いてるよ」

「柾見だがよ。いつ頃が一番いいんだろうな」

「木の葉が落ちる、ちょっと前頃だな。その頃はな、山の樹が今年の役目を終ってな、さて寝るかと支度している時だと、父ちゃんが言っていたがな」

「兄ちゃん、やるの？」

「お前に綱取りが出来ればな」

「お雪だって教われば出来るよ。やってみな、ぐずぐず考え込んでいるより、やってみることった」

三

灌木《かんぼく》の枝や草の根にすがって、漸《ようや》くその峯を越えると、大台だった。頭の上に深い杉の森に隠れて、金峯山の頂きがあった。

南から北に、東側の空にそそり立つ山脈が、けぶるような紫色の肌を日の下に露《あら》わにしている。その中で、抜きんでて高い月山と鳥海山の山頂のあたりに、華やかな紅葉の色があった。秋が冬に向って歩みを移したのだ。その紅葉の色を宗吉は待っていたのだった。その色が現れて、平野の樹樹の黄落が始まるまでは、時がはやく流れる。

こけしの材料としては、だんごの木、ギシャの木、アオハダ、それに、近頃はイタヤが用いられていることを宗吉は知っていた。中でもだんごの木は、材質が軽く軟らかで、生地の白さは群を抜いていた。材料として一番手取ばやく見つかったし、父の善兵衛が言った「光り眼」も、風通しがよく十分に日光を吸って、しかも水辺に成長したものには殆《ほと》どないのだ。それは谷間の岸に、青白い幹から、手のひらを拡げたように枝をひろげている筈《はず》だった。イタヤは固い樹だ。割った中味の、とろけるように光沢のある黄味を帯びた白。古い樹になると、その中に薄い紅さえ含んでいる。

しかし、イタヤは中干しでは使えない。雪の中に寝かせて春を待たなければならぬ。

今度のこけしの競作には使えないのだ。

アオハダ、ギシャの木は中干しで使える。だが両方とも割れ易《やす》い。それでも宗吉は、アオハダを使おうと思っていた。芯《しん》のあるものほど割れ易いから、最初に芯を削って使うつもりだった。その欠点がなければ、アオハダの青味を帯びた白い樹肌は捨て難いのだ。割った時、中に絣《かすり》模様の斑点《はんてん》のあることを宗吉は知っていた。

材質は固い。中干しでも鉋《かんな》つきがよく、鉋殻は長くのびる。磨きのかかりもよく、彩色の時、色の乗りもいい。

アオハダは、今宗吉が立っている、大台と呼ばれる頂上下の北向きの大斜面の中に、必ず見つかる筈だった。

柔らかな下草の上で、お雪が持たした握り飯を頰ばりながら、宗吉は猟師のような眼で、斜面のあちこちにかたまっている木立に眼を走らせた。手がとどくような近いところに、青い空があった。そこから降り注ぐ日の光が、明るく木立を照らしている。鋭い声で鵙《もず》が啼いた。声は斜面を滑り落ちて、遥か下の雑木林にぶつかって澄んだこだまを呼んだ。

それでも、アオハダが見つかった時、短い秋の日はもう西の絶壁の上にあった。

二十尺は十分あると見た二本のアオハダの梢を仰いで、宗吉は額の汗を拭った。熊が喰べるという樹の実が紅い玉になってぶら下っている。背負ったテンゴの中から柾切を出し、刃を返して幹を叩いてみた。充実した樹肉の手応えがあった。刃で軽く表皮を削る。青味を帯びた白い樹肉が顔を出した。艶《つや》を含んだその色を見つめながら宗吉は、この肌が割られ、荒取りされ、轆轤に挽《ひ》かれて、次第にこけしに形をととのえていくのを想像した。熱い額をつけると、樹肌は快い冷たさで彼の心の高ぶりを鎮めた。

二本のアオハダの中には、すでに無数のこけしが眼を開いていた。

山持ちの吉次郎に会って、すぐにこの樹を買おうと宗吉は思った。

四

予想したように、アオハダの材質はすばらしかった。中干しで十分飽についたし、とくさで掛ける磨きもうまくいった。墨や紅の乗りも悪くなかった。

素朴は素朴なりで十分の力を出してみようと、宗吉は思うようになっていた。叔父の角政は、決心した宗吉を喜んではくれたが、そのために、椀や鉢を作る仕事を怠けることは許さなかった。こけしの仕事は夜になった。それは市五郎にしても同じなのだと宗吉は思った。

無理だろうと思った綱取りを、お雪は懸命にやった。轆轤は、もう一度生命をとり戻したようだった。

蠟燭の光の下で、宗吉はあぐらをかき、作り上げた白木のこけしを股ぐらにはさみこんで、面相《めんそう》筆をとり上げ、墨を含ませた。

胴はほとんど円錐に近く変化に乏しい。丸に近い頭部は小さく細長いこけしになった。

胴の下の部分に、丹念に轆轤模様を入れたのは、それが胴部のただひとつの彩りになるからだ。市五郎のように、花模様を描くことを考えてみたが、すると、この細長いこけしは平衡が崩れ、品を失うようだった。やはり、父が遺したままの技法でやってみようと宗吉は決めていた。

しかし、市五郎の遠刈田こけしの華麗な色彩を思うと、胸がふるえた。

宗吉は閉じていた眼を開き、顔の描彩にとりかかった。まず三日月形の眉を描く。そして眼は三筆に描いた。上瞼《まぶた》、下瞼、黒瞳と描いて行く。黒瞳は上瞼に半ばかくれるほどに、上眼遣いに描いた父のやり方を忠実になぞった。

その時、表の戸を叩いた者があった。筆を投げて、宗吉は、

「誰だ」

と怒鳴った。母もお雪もとっくに寝ていた。人の通る刻限ではない。

「俺だ」

と、外で男の声が答えた。その時奥の寝間から、母が宗吉を呼んだ。

「何だね」

「清次郎が帰ってきたよ」

「まさか」

言ったが、宗吉はいそいで土間に下りて、桟《さん》を外した。戸が外から開いて、旅姿の男が無雑作に入ってきた。灯を慕って闇の中から飛びこんできた蝙蝠《こうもり》のように、長身の黒

い姿だった。

「お前は宗吉か。大きくなったな」

男は自分で戸を閉め、桟をかけ直すと、呆然《ぼうぜん》と立っている宗吉にニヤリと笑いかけてそう言った。頬がこけ、眼が険《けわ》しくなって、昔の面影をあらまし失っているが、兄の清次郎に違いなかった。

「兄貴か」

「ま、上らせてもらうぜ」

「お雪、起きろ。起きてお湯を沸かすんだ」

「いい、いい。水で十分だ」

清次郎は、旅馴《な》れた手つきで、さっさと草鞋《わらじ》を脱ぎ始めた。

宗吉は土間に水を汲《く》んだたらいを出し、慌てて起きてきたお雪に火を起させながら、目頭を熱くしていた。御城下の海産物商人、越後屋の口利きで、清次郎が江戸の海産物問屋に奉公に出たのは、宗吉が十二の年、いまから十三年前だった。その時、清次郎は二十だった。一人前の商人になったら便りをするから、と兄は越後屋の主人に連れられて家を出る時、宗吉を裏の柿の木の下に連れて行って、そう言ったのだ。夏の初めで、地面に壺のような形をした黄色い柿の花が、無数に散り敷いていた。匂うような紺の手《て》甲脚絆《っこうきゃはん》に、仕立下ろしの縞の着物を、尻を端折《はしょ》って、急に大人びて見える兄にそう言われて、宗吉はただ涙をためてうなずいただけだった。

だが、その兄は父の亡くなった時には、もう所在が知れなかった。清次郎を江戸に連れて行った越後屋は、それより前に店を閉め、莫大な借金を残したまま、追われるように郷里に帰っていた。

やくざ風の男たちと、両国の盛り場を歩いている清次郎をみた、という人が御城下にいた。だが、その人を訪ねてみると、よそからのまた聞きだった。風の便りだった。雲をつかむように頼りなかった。

宗吉は、さかんに燃える榾火の向うから、兄をみつめていた。清次郎は、お雪が運んできた冷えた麦飯を、幾度も湯漬けにして、がつがつと音をたてて喰った。

月代《さかやき》が伸び、凹《くぼ》んだ頰に骨が出ている。まっとうな暮しを営んで、日の下ばかりを生きてきたとは思えなかった。火が、うつむいた清次郎の顔を赤く照らした。さっきまでひっきりなしに喋っていた母が静かになったのは眠ったらしかった。

「兄貴も、苦労したらしいな」

飯を喰い終って、白湯《さゆ》をふうふう吹きながら啜《すす》っている兄に、宗吉はそう言った。

「何がよ」

じろりと宗吉を見たが、温かくうるんでいる弟の眼に、清次郎は、ふと眩《まぶ》しそうに眼を瞬《しばた》いた。

「江戸ってえとこは、恐ろしいところでな」

そう言ってから、初めて気がついたように、そばのお雪をみた。

「これは、宗吉の嫁さんか」

「何言ってんだな、お雪だよ。兄貴が江戸に行く時はこんなだった……」

宗吉は手を上げて、背丈を示して言った。

「ほう、お雪か。まだいたのかこの子」

まじまじと見詰められて、お雪が赤くなってうつむいた。

「えらくまた、別嬪《べっぴん》さんになったもんだな」

しつこく見詰めたあと、清次郎は嘆息するようにそう言ったが、急に眼を凹ませて、

「宗吉、済まねえが寝せてくれ。話は明日だ」

と言って大きな欠伸《あくび》をした。巨大な山犬が声もなく吠えたように見えた。

五

母のお芳が死んだ。まるで清次郎の帰るのを待ち焦《こが》れていたような死に方だった。二年近く寝たきりの亡骸《なきがら》は、子供のように小さく枯れていた。北風が強い十一月の初めに、葬いを出した。清次郎は、宗吉を喪主にして、自分は控え目に葬いを手伝った。

お芳がいなくなると、家の中は急にガランとした。清次郎は殆ど毎晩のように家を空けた。帰ってきた翌朝、「木でも買いな」と言って、宗吉に五両という大金を渡したが、よほど金を持っているのか、夜更けて帰ってくる兄は、したたかに酒が匂った。お咲の店に入り浸りだという噂《うわさ》もあった。足が遠くなった宗吉のかわりに、江戸仕込みの兄貴

が、角政の市五郎とお咲を張り合っているのだ、という嘲りの声も耳にした。

宗吉は、そんな噂をよそに、せっせとこけし作りに精出した。気に入ったものは、まだ出来なかった。簡単な造作なのだ。描彩も、毎日描いていれば、わけもなく運んだ。だが、その中に気品をにじみ出させる。これは難しいことだった。宗吉は、ひそかなあせりを感じてきていた。そんな宗吉を、清次郎は時おりじっと視《み》たが、何も言わないのだった。昼の間は奥座敷に敷いた万年床にごろごろ寝ていた。そうかと思うと、ある時は日射しの明るい南向きの濡縁に出、膝を抱いて、冬近い雲の行き来に長い間呆然と眼を投げていることもあった。痩せた長身のまわりに、秋風が鋭い音をたてた。

今夜も清次郎は宵のうちから外に出た。

「兄ちゃん」

綱取りが一段落したあとで、手を休めたお雪が呼んだ。眼のまわりに疲れがにじんでいる。

「疲れたか」

「あたし、上の兄ちゃんがこわいよ」

「どうした？」

宗吉は、今仕上ったばかりの、肌の白いこけしの上から眼を挙げてお雪をみた。絣の袷の上から袖無しを着て、お雪はうつむいている。灯がゆらぐと、眼鼻が微《かす》かな影を帯びて、ハッとするほど美しかった。

「兄ちゃん、あたしはもらい子だったのね。ちっとも知らなかった」

「誰がそんなこと言った？」

宗吉は、うろたえて早口に言った。

「上の兄ちゃん」

「つまらねえことを言ったもんだな、兄貴も」

「昼間、上の兄ちゃん、あたしの手をひっぱったのよ」

思わず宗吉は、こけしを下に置いて、あぐらを組み直した。

「それでどうした？」

「お前はもらいっ子なんだから、本当の兄妹じゃないから、いいんだ、いいんだって」

お雪は、その時のことを思い出したらしく、頰を青白く澄ませた。恐いのは、そのことばかりでなかった。四、五日前、庭の井戸端で水を使っている清次郎をみた。裸になった上半身は、すさまじいほどに筋肉の張りをみせていた。しかし、お雪を立ちすくませたのは、肩から背にどす黒く走る傷痕《きずあと》だった。気配に振り向いた清次郎は、さりげなく肩を入れながら、凄い眼をして言ったのだ。(宗吉に言うんじゃねえぜ)

「で、兄貴はその、何もしなかったのか」

「あたし、思い切りひっぱたいてやって、お菊さんの家に逃げたから」

お雪は笑いながら言ったが、また真剣な眼になった。

「宗兄ちゃん、隠さなくてもいいのよ。本当のこと言ってよ。もらい子だからって、いまさら、兄ちゃんの家を出て行くつもりはないけど」

「困ったな」

「やっぱりそうなのね」

「だが、いや、本当言えばそうなんだ。だがな、お雪。お前が妙な了簡《りょうけん》おこさねえよう
に、俺ははっきり言っとくが、お前の家はここよりほかないんだぜ。そうとも。お嫁に
行く時も、俺が立派に支度して出してやる。心配することはねえ」

「やっぱり、そうだったのね。あたしは、ちっとも知らなかった」

「そんなことは、どっちでも大した違いはねえやな」

「ちがうわ」

お雪はうつむいたまま暫《しばら》く黙っていたが、顔を上げて宗吉をみつめると、低い沈んだ
声で言った。

「兄ちゃん、あたしのことを話してよ」

「何を話すんだ」

「あたしが小さい時の話」

「そうだな、お前がこの家にきたのは、俺が七ツか八ツの頃だ。お前は生れたばっかり
で真赤な顔をしていたのを憶えているぜ。親爺が預かってきたのだ」

「どこから」

「秋田からだ。お前の両親は、家の親爺と同業の材木屋だったそうだ。いまは行方がわ

からない。みんな江戸に行ったという話だ」

「それから？」

「はじめは里子だったのだ、お前は。だが両親がいなくなったから、この家の子供になっちまった。お前が二ツ、三ツになるとな、俺は毎日お前を背中に背負って外に出た。それが俺の仕事だったのだ。親爺も、おふくろも、兄貴もいそがしかったのだろう。お前に構っちゃいられなかったようだ。ほかの子供はな、町端《はず》れに出て、戦ごっこや、矢投げ、根っ木遊びで、野っ原や川っぷちをどんどん走りまわっていたが、俺はお前を背負っているから走れなかった。それで、いつも仲間はずれにされていた。だからな、お前なんかいなけりゃいいのに、と何べんもそう思ったものだ。足をつねってな、赤ん坊のお前をわざと泣かしてみたこともある。一度、お前を野原におろして、矢投げで走りまわったことがあった。日が暮れて、家の近くに来るまで、お前のことを忘れていた。暗くなりかけた田圃《たんぼ》道を、泣きながら走って戻った。お前が人さらいに持っていかれたに違いないと思ったのだ」

「あたしは、いたの？」

お雪は甘えるように言った。

「うん。薄暗い田の畦《あぜ》に、置いたまんま坐っていたよ。俺をみるとな、ニコニコ笑い声を立てて抱きついてな。俺は安心して、腰が抜けたようになって、お前と抱き合っていつまでも坐っていたよ。その時から、俺はお前がもらいっ子だということを忘れちまったのだ」

お雪がうつむいて、鼻をすすり上げた。

「それに、お前は、背負ってる俺の背中に、何べんも、しょんべんをひっかけてな」

お雪が顔を上げて笑った。笑いながら見開いた眼から、続けざまに涙をこぼした。

外から戸が開いて、清次郎が仕事場をのぞき込んだ。

「どうだ、はかどるか」

「いや、だめだ」

宗吉は重苦しく答えて、かたわらのこけしをとり上げた。清次郎が仕事場に入ってきた。酒の香がむせるようだ。

「宗吉、木は何を使ったんだ」

「アオハダだが」

「アオハダか」

清次郎は落ち着きなく、立ったまま身体をゆすっていたが、

「そいつはどうかな、中干しでよく鉋は乗るがな、ひびが入るぜ」

「だが、ギシャは節があるし、イタヤは中干しでは使えないし」

「やまつつじを、お前知ってるか」

「知ってる」

「悪いことは言わねえ、あれにしろよ。あれを使う奴は、あまりいねえ筈だ」

「兄貴、俺はアオハダが好きなんだ」

「そうかよ。兄貴の意見なんざ、聞きたくもねえってわけか」

「ま、いいから、もう寝《やす》んだらどうだ。酒臭くってやり切れないよ」

「何だ？　お前、俺が邪魔なような口ぶりだな。ま、いいや、そのうち、どうせ行っちまうんだから。おおきに、仕事の邪魔したな」

ふらりと茶の間に上って行った清次郎をみて、お雪が眉をひそめた。

「大きい兄ちゃんて、昔からあんなだったの」

「馬鹿言え、昔はいい人だったよ。すっかり変っちまったんだ。江戸で苦労し過ぎたのさ」

宗吉は重い口調で、そう言った。

六

窓の外にひそひそと音をたてているのは、おとといから降り出した雪が、まだ降りやまないのだった。この冬は大雪になりそうだった。鶴岡の町は、人通りが少なくなった。御城勤めの武家衆が、黒い合羽を羽織り、番傘をさして、朝夕雪を分けて行き来するほかは、在所からの物売の姿も途絶えて、人人は雪の下に閉じこめられてしまったようだった。城のまわりの濠《ほり》も半分は雪に埋もれて、鴨《かも》の群が、吹き寄せられたように、ひとところにかたまっている。

日暮れは早くやってきた。そして今夜も、雪は降り続いているのだった。風はなく、雪の音だけがした。時おり雪の重みに耐えかねて樹の枝の折れる音が、静かな夜の中にひびき渡った。

宗吉は仕事場にいた。お雪は繕《つくろ》いものをひろげ、清次郎は暗い面持で背をまるめ、明るく燃えつづける榾火をみつめている。

表の戸が叩かれたのは、常念寺の鐘が四ツ（午後十時ごろ）を知らせ、しばらくした頃である。宗吉が立った。

「ちょっとお訊《たず》ね申しやす」

戸を開けた宗吉に、縞の合羽に厚く雪をかぶった男が、片手に脱いだ笠を下げて、歯切れのよい口調でそう言った。暗くて顔は見えないが、声はまだ若い。

「こちらが柏屋さんという木地屋さんでござんすね」

「いまはやっとりませんが、柏屋ですよ」

「あ、これはどうも」

男が薄闇の中で白い歯をみせて笑った。

「夜分遅く失礼さんでござんすが、こちらの清次さんにちょっとお目にかかりてえと思いやして、うかがったんでござんす」

「あなたは？」

「へ。江戸からきたとおっしゃって頂けば、清次さんお解りで」

その時、夜の暗さに馴れた宗吉の眼が、雪の中に、鷺《さぎ》の群のように、かたまって佇《た》っている数人の男たちを見た。厳重な旅ごしらえで、合羽の裾をはねているのは長脇差《ながどす》に違いなかった。宗吉の胸が不安に鳴った。

「兄貴は、ちょっと出ておりますが」

「でも、じきにお戻りで？」

「それが、行き先が在で、今夜は戻るかどうか、一寸《ちょっと》解りかねますです。へい」

「あんた、清次の弟か」

相手の口調が変って、凄味を帯びた。

「左様ですが」

「ふん。心がけも男ぶりも俺なんざおよびもつかねえ弟がいると、清次が自慢してたのはお前さんかい」

「………」

「兄貴をかばおうてえ気持は解るがな。今夜はわけがあって、ぜひとも清次の顔が借りてえんだ」

「だから、いないと言ってるんだが」

「ふざけるねえ」

男が一喝した。宗吉ものぼせ上った。

「ふざけるなとはこっちの言いたい事だ。いったい何様だか知らないが、見れば仰仰しい人数で夜分たずねてきて、押しつけがましい言い方は承知できないな」

「やかましやい。おう、こっちはよ、昨日からこの家を見張っていたんだぜ。清次が中にいることは解ってるんだい。出しな」

「よく知ってるな」

宗吉は、油断なく相手を睨《にら》みながら、後手に心張棒《しんばりぼう》を探しながら言った。

「だが、ここは俺らの家だぜ。めったに入れると思ったら間違いだろうぜ」

「よせよ、宗吉」

いつの間にか後にきていた清次郎が、無雑作に宗吉の手から棒をもぎ取った。

「どうするんだ、兄貴」

「ま、いいよ」

清次郎は宗吉を後に押しやると、懐手《ふところで》のまま表をのぞいた。ひとわたり見渡してから、フフンと鼻で笑った。男が呻《うめ》くように言った。

「探したぜ清次」

「ま、ま、解ってるってことよ。大勢さんで、庄内くんだりまで御苦労さんなことだ」

「親分も御一緒だぜ」

「それはそれは、ねえ、親分さんまで、この雪の中を。神経痛にひびかなけりゃいいが」

ふたたび、鼻先で笑った。凝然と立っていた人影が一斉に動いた。清次郎がそれにかぶせた。

「待ちねえ。いまさら隠れもしねえやな。ちょんの間、家の内を片づける間のこった。寒いだろうが、待っててくんな」

ピシャリと戸を閉めた。それから振りむくと、いきなり宗吉の腕を背中にねじ上げた。すさまじい力だった。

「兄貴、何しやがる」

「おとなしくしていな。お雪、紐もってこい」

息も乱さないで、清次郎が言った。呆然と立ちすくんでいるお雪に、

「腰紐でも何でもいい。ええ、早くしやがれ」

烈《はげ》しい声を浴びせると、お雪がふるえながら差出した腰紐でキリキリと宗吉の腕を縛り上げた。それから、軽軽と宗吉を肩にかついで茶の間に上ると、お雪に紐を出させて、もがき続ける宗吉の足も縛ってころがした。

「お雪、おめえ、こいつをしっかり押えてろよ」

清次郎はそう言うと、奥から持ち出した脇差をわし摑《づか》みに持ち出て行こうとしたが、振り返って言った。

「宗吉、悪いことは言わねえ、やまつつじで勝負しな。アオハダは割れる。それにな、言いてえことは、お前程の職人が、どうしてお前のこけしを新しく作り出さねえか、ということだ。親爺のこけしを真似るのが能じゃあるめえ」

「兄貴、これを解いてくれ」

「いいや、駄目だ」

柔和な眼をして、清次郎は笑った。

「お前ら二人、似合いの夫婦《めおと》だぜ。いい子を沢山生んで仲良く暮しな」

「兄貴。やい、お雪、紐を解け」

「バカ野郎、くつわも嚙《か》まされてえか」

そう言ったが、眼はまだ笑っていた。そして軽くうなずくと土間に下りて行った。すぐに戸の開く音がした。お雪が息を吞んで、ぴったりと宗吉により添った。

「紐を解けよ」

「いや」

外に人の声が罵り合ったと思うと、すぐに雪を蹴散《けち》らす重い足音が交錯した。

「お雪、解いてくれ」

「いやだ」

「兄貴が殺《や》られる」

「解けば、兄ちゃんも殺される」

「ええ、わからねえ野郎だ」

「いやだ、いやだ」

お雪は、しっかりと宗吉にしがみついたまま、泣き喚《わめ》いた。

誰かが戸にぶつかって、家が鳴った。押し殺したような掛声や鋭い悲鳴。その合間に、動物のように荒い呼吸の音が急に近く聞えたりした。雪を踏む足音が重苦しく乱れる。そして、急に静けさがやってきた。その時、人間のものとも思えぬすさまじい絶叫が二度した。それっきり、もの音はばったりと途絶えてしまった。

「ちきしょう。お雪、兄貴は殺されたぞ」

宗吉が悲痛な声で叫んだ。

「がまんして。兄ちゃん、もう少しがまんしてね」

お雪は涙に濡れた頬を、ぴったり宗吉の顔につけながら、うわごとのように言い続けた。雪の音が、また近くなった。

それきり、清次郎は戻って来なかった。

七

正月も七草が過ぎた。飾りつけも出来ない淋しい正月だった。

宗吉はまだ戻らない。今日こけしの下検分があって、昼過ぎから角政の店に呼ばれて行った。

お雪は繕いものの手を休めて耳を傾けた。雪にこもった音で、常念寺の鐘が鳴っている。五ツ（午後八時ごろ）だった。立って縁側の戸を引き、外を見た。月が青白く雪の上を照らして、黒い犬が一匹、いそぐでもなく道を横切った。お雪は胸を抱いて炉端に戻ると、また繕いものに手を戻した。

やがて、戸の外に物音がし、宗吉の声がした。いそいで土間に下り、戸を開けたお雪の足もとに、宗吉が這《は》うようにのめり込んだ。強い酒の香と血の匂いが、お雪の胸を轟《とどろ》かした。

やっとの思いで茶の間まで引きずって上げたが、宗吉は青ざめた顔を仰向けたまま、断《き》れぎれに呻き声を洩《も》らすばかりなのだ。手拭いを絞って、顔や手足に流れる血を拭いた。その間にもお雪は、いつの間にか低い泣き声を立てていた。

この時、真青な顔をした宗吉が、ギロリと眼を開いて、

「アオハダのこけしに、ひびが入った」

と呟《つぶや》いた。そして、また大きく呻いて、眼を閉じてしまった。青ざめた眼のまわりに隈《くま》が出来て死人のような顔になった。お雪は、喰いしばった歯の間から泣き声を洩らしながら、宗吉の胸を開いて耳を当てた。微かに鼓動が鳴っている。

「兄ちゃん、死んじゃいやだよ。あたし、ひとりぼっちになっちゃうよ」

お雪は宗吉の身体を揺すりながら、狂ったように泣き喚いた。

宗吉は眼を覚ました。煤《すす》けた縁側の障子に、青白い朝の光があたっていたが、家の中はまだ薄暗かった。

起き上ろうとして、思わず呻き声を立てた。腕も肩も、背中まで痛んだ。それで、ゆ

うべのことを思い出した。

新井の屋敷から戻ってきた叔父に、いきなり怒鳴られた。宗吉のこけしは、胸に一筋のひびが入っていたのだ。侍なら切腹ものだ、と言って、柔和な新井が叱ったと言う。そう言ってから、市五郎と宗吉、秋田屋の喜三郎の三人が残ったから、しっかりやれ、と角政は言葉を和らげて言ったのだ。

恥かしさに、宗吉は身体がすくんだ。職人の誇りに、ひびが入ったと思った。アオハダの欠点は知っていた。しかし、高をくくっていたのだ。そんな自分の甘さ加減が許せなかった。

ものも言わずに飛び出してお咲の店に行ったが、市五郎がきていた。残った三人のうちで筆頭に挙げられたという傲《たかぶ》りが顔に出ているのを見て、またのぼせ上った。浴びるように酒を呑み、冷たい素振りのお咲にからんで、止めに入った市五郎をなぐった。それから取っ組み合いになり、外の男たちともなぐり合ったようだ。その後が記憶になかった。

宗吉は痛む身体を起して、布団の上にあぐらをかくと眼をみはった。布団の外に、お雪が帯も解かないで、死んだもののように眠っているのだ。いろりの中に、まだチロチロと炭火が燃えているのは、お雪がついさっきまで眠らないで起きていた証拠だった。

宗吉は凝然と、お雪の寝姿を見つめた。とうとうこの娘と二人だけ残されたのだ、という感慨が胸をしめつけた。

横向きに、宗吉の方に向けた顔が青白い。そして肩から胴にかけて、滑らかに落ちるくびれ。そのくびれが、また立ち上る円い腰の盛上り。宗吉は、そんなお雪を初めてみたように思った。宗吉はお雪の寝顔をのぞいた。微かな寝息が洩れている。そして、まつげの長い眼尻から白い涙の痕が幾筋も乾いているのは、ゆうべ、この娘は心細さに泣いたのだろう。宗吉の胸を、静かな感動が満たした。

呼ぶと、お雪はとび上るように跳ね起きた。そしてキチンと坐って襟をかき合せると、ニコニコ笑って言った。

「兄ちゃん、生きていたの」

「ああ」

「よかった。死ぬのかと思ったわ」

「お雪、ちょっと立ってみろ」

と宗吉は優しく言った。怪訝《けげん》な面持で、お雪が立ち上る。あぐらをかいたままで宗吉は眼を閉じ、手を伸ばしてお雪の肩に触った。着物の下にある円い肉付き。肩から胸に指を滑らせる。形よく張った胸の膨らみが、そこに息づいていた。

「くすぐったい」

お雪が、なまめかしい声で言い、身を揉んだ。

「黙って立っていろ」

「あい」

柔らかな、さっき寝姿にみた胴のくびれが続いて、そして宗吉が予想もしていなかった、力強い腰にふくらんで行く身体の線。その時、宗吉の頭の中で、ひとつの小さな、それでいて眼も眩《くら》むばかりに輝く考えが芽生えた。宗吉はお雪の身体に手を触れたまま、凝然と眼を閉じていたが、静かに坐り直して膝を揃えると、低く言った。

「お雪、着ているものを脱いでくれ」

短い沈黙があった。そして、ほどけた帯が下に落ちる音、やさしい衣ずれの音がそれに続いた。唇を強く結んで、眼を閉じたまま、宗吉の静かにさしのべる指が、匂う女体を確かめる。まるく滑らかな肩、それに豊かに張った胸、そして誇らしげな二つの柔らかい隆起まで、おだやかになだれて行く。その線の高まりは、一度美しくくびれた胴の中に埋没するのだ。だがそれは、終りではなく休息だった。線はふたたび立ち上り、力強い腰のふくらみを盛り上げる。

宗吉の眼の奥に、一体のこけしが立っていた。円い頭部、胴は上下から美しい曲線が走り、中央で出合う形になった。すると、胴は周囲に弦月《げんげつ》の反りをめぐらせた、簡素で優雅な姿態を明らかにするのだった。肌は白く、墨を細く使った眼は瞳をもたない一筆描きだ。その眼の微かな、あるかなしの微笑。紅は白い肌に僅かに点じられる。

どこまでも続く白い雪の野。その雪の野を分ける細く黒い一筋の道。くるりと振り返って、旅姿の清次郎が笑った。

（どうだ、親爺を真似るばかりが、能じゃあるめえ）

まるく、しなやかな太ももまで指を滑らせてきて、宗吉は静かに眼を開いた。

そこに羞恥《しゅうち》に頬をそめて、ひとりの女が立っていた。明け方のおぼろな光の中に、しなやかに伸びた身体が、ほのかに浮かび上っている。いきいきときらめく眼、血の色を染めた紅い唇、形よい鼻。お雪もまた、この朝、もう一度生れたのだろうか。

「新しいこけしが生れる。もう誰にも負けないすばらしいものだ。それが出来上ったら……」

宗吉は、優しく眼を挙げた。

「叔父さんに頼んで、夫婦になろう」

お雪の匂う身体が、花のように宗吉の胸の中に崩れた。昔、そうしたように宗吉は、胸の中にお雪を抱きしめた。

戸の外に、チ、チとみそさざいが啼いた。バラ色の朝の光が、山や、雪の野を染めはじめたようだった。

霧の壁

一

お文《ふみ》が宗次郎《そうじろう》を初めてみたのは、三月の終りだった。めずらしく江戸の町に雪が降って、それが止んだ翌朝、お文は大川端に出て、隅田川の両岸に残った雪が、朝の光にも色に染まっているのを視《み》ていた。下働きのおしのがついてきていた。お文はひとりの方がいいと言ったのだが、おしのがきかなかった。おしのには、婚家から返されてから、表に顔を出さず、もう半年近くも離れにこもったきりのお文が心配でならなかった。お文がまだいとけない頃から山城屋に奉公しているおしのには、うつうつと閉じこもったきり、日に日に顔色も白く、やせて行くようなお文をみているのが辛かった。

材木問屋の山城屋とは同業の上総屋《かずさや》にお文が嫁いだのは去年の秋だった。その時の晴れがましく、浮き浮きとにぎわった家の内のありさまが、いまでも、おしのには夢のように思いかえされるのだ。ろうたけた、無垢《むく》の花嫁姿が、店先に据えられた駕籠《かご》の中にゆらりと消え、垂れがおろされた時、おしのは台所に走り戻って涙を流した。晴れがましさの中に、寂しさがあった。

そのお文が、こともあろうに、ひと月も経たないうち、婚家から戻されたのである。

上総屋との婚姻をとりもった近頃羽振りのよい札差、越後屋兼次郎《かねじろう》が当惑した暗い顔で、何度か出入りしたあとだった。

理由は、おしのにはわからなかった。誰も何とも言わなかった。手代の芳蔵《よしぞう》が、ある時、

「お嬢さんの方で、出て来たんでさ。上総屋の若旦那にゃ、何でもコレが！」

と小指を立てて、

「四、五人はあったってえ話ですぜ。いい加減なもんですよ」

と言ったが、おしのは、俄《にわ》かにそれを信じる気持にもなれなかった。上総屋の若旦那房吉《ふさきち》を、おしのは二度ばかり使いに行った時に見て知っていた。温和《おとな》しそうな色白の若者だった。おしのは、お嬢さんには似合いの旦那様とみてきたのだ。父の彦兵衛はもう年だったが、母のおぬいは後妻でまだ三十過ぎ、落ちついた美しい人だったが義理の子の房吉との間もうまく行っているようだった。

しかし、不縁になって戻ってきたあとのお文の変りようは、おしのをおびえさせた。もともと口数の少ない娘だったのが、戻ってからは、ふっつりと貝が口を閉じたように、あれほど馴《な》れ親しんだ、おしのにさえ口を利かなくなっていた。お文の父母、山城屋の当主佐治兵衛《さじべえ》とお由の夫婦、それに兄の幸之助《こうのすけ》も、そんなお文の気を引きたてようと、湯治だ、芝居だと、何かと気の紛れそうなものをすすめるのだが、お文は、そのいずれにも乗ろうとしないのだった。

おしのがぼんやり感じている疑惑を、家の者は、もっと手応えのある塊りとして受け取っている。仲人の越後屋が、こうならなければならなかった理由を長長とのべたてたが、それはごくありふれた言訳にすぎないようだった。上総屋の若旦那と、こちらのお嬢さんとは、お気持が、合いなさらなかった、と納得して頂くよりほかない、と越後屋は、困惑した表情で幾度もそう言った。先方の親御さんとお文さんがどうこうということはない。おぬいさんが継母《ままはは》だからなどというのは何のさわりにもなっていないのだとも言った。あくまで当人同士の問題だというのである。山城屋では、それを一応了承するよりほかなかった。そういうことは世にないことではなかったからだ。

疑惑は、お文の、あまりに頑なな、打ち解けない沈黙にあった。お文は婚家から啞になって戻ってきたようだった。そういうお文を、山城屋夫婦をはじめ、おしのや番頭の儀助《ぎすけ》など使用人は腫《は》れもののように、遠くから扱っていた。

その朝、おしのが、殆《ほとん》どうるさげに手を振るお文の後について表に出たのも、そんな心配からだったと言える。

大川の波の上に、まだ朝の霧が残っていた。もうまもなくくる春を思わせる真珠色に光る霧の塊りが、川向うの岸あたりにじっと動かない。

「今日も気持のよいお天気でございますよ」

と言ってから、

「でも、よく表にお出になりました」

とおしのは、お文の後姿に向って、しみじみとした調子で言葉を加えた。お文は黙然とたたずんだまま、河岸に打ち寄せる波をみている。きれいな立姿だった。紫と白の縞の着物に、黒い繻子《しゅす》の帯を結んで、白足袋をはいた清楚《せいそ》な着つけだったが肩から腰にかけて、嫁入り前とは違った豊かなふくらみの目立つのを、おしのは、むしろ悲しく見詰めた。

「これは、お嬢さまでは、ございませんか」

太い男の声が、すぐそばでした。お文も、おしのも一緒にその男をみた。それは、藤助という、神田若松町の目明《めあか》しだった。額が抜け上ってまげを結んだ髪はもう白い。だが、若い時はかなりの極道も重ねて、人に爪弾《つまはじ》きされた時期もあったといわれている。いまは、人あたりも柔らかくそういう昔を思わせるものもないが、眼に時に刺すような光の宿るのが、やはり腕利きの目明しとして名を知られた老人に違いなかった。以前、使い込みがあって、店から縄つきを出そうとした時、ものの解った取扱いをして、暖簾《のれん》に傷つかないように計らったことがあって以来、佐治兵衛と年寄り同士のつき合いをするようになっていた。

「あら、親分さん」

おしのが、愛想のよい笑顔を向けた。お文は、軽く頭を下げたきり、うつむいてしまった。藤助は二人連れだった。後に紺の盲縞に、三尺をきりりとしめた若い男が、立っていた。背の高い、筋骨すぐれた若者だったが、苦味きった眼鼻立ちの眉のあたりに、どことなく暗い影の漂うのを、おしのは見た。

「旦那はお出《いで》ですかい？」

と藤助は言った。

「いらっしゃいますよ。旦那様もお内儀《かみ》さんも」

「若旦那は？」

「若旦那は、奥多摩の方の山に仕込みに行ってらして、留守なんでございますよ」

「そいつは……」

と言って、藤助はチラリと後の若者をふり返ったが、

「ま、いいや、先ず大旦那にお目にかかろうか」
二、三歩歩き出してから、気がついたように、お文に声をかけた。
「お嬢さん、顔色が少うし、よくなられましたな」

お文はチラリと眼を上げて、藤助を視てほほえんだが、その時、藤助の後からじっと自分を視ている若者と眼を合せて、あわてて顔を伏せた。頰に、血がのぼったのを、お文は羞《は》じた。静かな眼だった。いぶかしそうに、自分を見た眼だと感じた。それは、何故か、お文の心に残った。

「ま、あまり、家に閉じこもっていなさると、身体によくありませんよ。時時は、こうして外にお出になるとよござんす」

藤助は諭すように言って、若者を促して山城屋の裏口の方に消えた。

それが宗次郎との始めての出会いだった。

二

宗次郎と、口をきいたのは、それからひと月も経った頃だろうか。離れの庭の小米花《こごめばな》の生垣を繕《つくろ》ってもらうように、母のお由に頼んだ。

「おや、気がつかないで悪いことをしたね」

お由は、娘が自分からそう言い出したことを、ひどく喜んで、すぐに誰かに直させるからと言った。

午《ひる》過ぎに、パッチに半纏《はんてん》の職人が庭に入りこんで、竹を割ったり、緒を千切ったり、甲斐甲斐しく働き始めたのを、お文は部屋の中からみていた。職人がそうして淀みなく立ち働いている姿を、お文はうらやましいと思ってみている。

まだ葉も出そろわない小米花の垣根は、雪をかぶったように小さな花をつけていた。職人が杭を打ち、枯れた下枝を折りとって、きりきりまとめ上げるたびに、花はもろくこぼれて、日向《ひなた》くさい地面を白くした。お文は威勢のいい職人の仕事ぶりが、少し乱暴に思われて心が傷んだ。

「あの、ちょっと」

お文は声をかけたが、ふり向いて無雑作に首の手拭いを外し、頭を下げた男をみて、呆然《ぼうぜん》とした。男は、この間、藤助と一緒に山城屋を訪ねてきた若者だった。静かな眼もとに、やはり自分を許しむ色のあるのをお文は感じて、僅《わず》かばかり心のうろたえるのを感じた。男は、次のお文の言葉を待つように、黙然と手拭いを握ったまま立っていた。

「あの……」

と言ったが、お文は、垣根のこと、男の仕事ぶりのことは、もうどうでもいいことのように思われてきた。その男がどうしてそこに立っているのかを確かめたい気持で、心が一杯になった。

「あなたは？」

ようやく、お文は小さな声で言った。

「へい、宗次郎と申します」

お文は、初めて男の声を聞いた。低いが、しっかりとひびく声だった。それから男は、そのやや暗い面持を柔らかく微笑《ほほえ》み崩して、

「あれから、こちらで働かしてもらっております。何分よろしく」

と言った。僅かにほころばせた笑顔が、温かった。そして眼には、やはり、お文を遠くから見定めるような色があったが、それは何故か、いたわりがこめられているように、お文には思えるのだった。

「それでは……」

お文は、頬の赤らむのを気にしながら早口に言った。

「へ。雇って頂けましてござんす」

宗次郎は、そう言った。それで、二人の間には、話すことがなくなったようであった。

お文は、軽く頭を下げて仕事に戻った宗次郎の後姿をみながら、何か、もっと話さなければならないことがあるようで心が急《せ》かれたが、それが何であるのか、どうしても思い出すことが出来ないのだった。お文はやりかけた夏着の針仕事に戻ったが、心は上の空だった。何故宗次郎というその男のことが気になるのか、自分では解らなかった。

ただひとつ、解っていることがある。それは頼まれもしないのに、お文に読本を運んできたり、反物を運んできたり、きげんをとり結ぶような真似をしている帳付けの芳蔵や、ともすると材木置場から裏木戸の陰に集まって、眼ひき袖ひきお文を覗《のぞ》き見している表の使用人たちとは、宗次郎は違っているということだった。しかしそれだけでなかった。

宗次郎には、もっとお文の心を惹《ひ》くものがあるようだった。

お文は、もう、彼女の方をふり向きもしないで、黙黙と垣を結い上げている、男の屈した長身の動きと骨組みのしっかりした肩幅を、眼で追っていた。

乾いた庭先の土を染めた午過ぎの日射しが、軒に入って、障子の裾を明るく照らしている。温かい日だった。庭の中程に花をそろえた連翹《れんぎょう》や満天星《まんてんせい》の鮮やかな色彩の中に、微《かす》かな虫の羽音がしているほかは、宗次郎の仕事の音、裏手の材木置場で数をかぞえる唱《うた》のような遠い声が聞えるばかり。眠いような春の午下りの時刻だった。

三

宗次郎と顔を合せることは、めったになかった。しかし宗次郎の仕事ぶりや性格などは、おしのや、あの妙にしつこい視線を絡ませてくる芳蔵の口から、ぽつりぽつりとお文の耳に入ってくる。

お文が、宗次郎について、少し納得出来た気がしたのは、芳蔵がこう言ったからである。

「お嬢さん、美濃屋から、御注文のひな形が届きましたが」

例によって、芳蔵は、頼まれもしない役目を自分がかって出たらしかった。部屋の中で、眉を寄せたお文には、襖《ふすま》の外に、ひな形をささげるように持って、妙に光る眼をじっと据え、耳をそばだてている芳蔵の姿が見えてくるのだった。

思わずお文は、疳《かん》の立った声を張った。

「おしのはどうしたの？」

「へい。しのさんはいまお使いで外に出てまして」

「お仲だっているだろうに、何もお前が忙しいのにくることはないでしょう」

「へいごめんなさい。今晩は」

襖が向うから開いて、芳蔵が強引に顔を出した。さっき入れた行灯《あんどん》の灯に、扁平《へんぺい》な額が、てらてら光って、その奥から、粘りつくような視線がすぐにお文にへばりついてくるのだ。

「お仲さんは、いま、若い者が御飯を頂いているものですから、手が離せませんので」

「解りました。そこにおいて引き取って頂戴」

お文は言って、露骨に顔をそむけた。

「だんだん暑くなって参りました」

芳蔵は、襖際にきちんと膝を揃えて坐ったまま、言うことはお文を歯牙《しが》にもかけない図太い口の利きようをした。

五月の末だった。庭から入ってくるものうい風に、緑の樹の葉の匂いがまじっている。その中に鼻をついてくる濃厚な花粉の香は、庭隅に立つ辛夷《こぶし》の巨木のものだった。

芳蔵の眼は、薄着の下になだらかにうねるお文の身体の線に吸いついている。

だが、口は、うらはらにのんびりした口調で言った。

「お嬢さん、宗次郎ってのは、ありゃとんだ喰わせ者ですよ」

お文は、ちらりと眼を上げて芳蔵をみた。その視線に、精一杯の軽侮をこめたつもりだったが、芳蔵はてんから感じない顔付きで、そんなお文の視線に、すぐに眼を絡ませてくるのだ。鳥肌立つ思いを、お文はした。三十五歳でまだひとり身、算盤《そろばん》の達者な男で、山城屋にはなくてはならない人のように人にも言われ、本人も、つつましそうな立居の裏に、その評判の上にあぐらをかいた倨傲《きょごう》な面構《つらがま》えを時折のぞかせるのである。

月に一度、この男は絹の肌着に、つむぎの羽織、着物、繻子の中幅帯《ちゅうはばおび》をしめて白足袋、雪駄《せった》という、吐き気をもよおすような装《な》りで、吉原に駕籠を走らせるのだ。

「宗次郎は、前科者でしたよ。あたしはね、はなから臭いと睨《にら》んでたんで。あたしは知らなかったんですが、何でも、若松町の親分が口を利きなさったんで、旦那さまも、いやとはよう言えず、引き受けたということで……」

「お父さんは、そんな風には言ってませんよ。いい若い者が来たって喜んでいます」

「冗談おっしゃってはいけません」

芳蔵は、薄い唇をゆがめ、声を立てないで笑った。

「宗次郎は、何をやってきたか解らぬ男です。たとえば、人を殺してきたか……」

「どうかまさか。口が過ぎますよ」

「あたしも、そこまではねえ、思いたくないのですが、何かこう、陰気な男で、何を考えているのかさっぱり解らぬところが、なかなかの曲者《くせもの》でございますよ」

「でも、一生懸命働いているという話じゃありませんか。おしのだって、お仲だってそう言ってるのに」

「そりゃもう、後暗いものを背負っている男ですからね。働きぶりにそつのある筈《はず》はありませんよ。ただ、どこで尻尾を出すか、あたしは見てるんでございますがね」

お文は疲れてきていた。この狐のような男との問答は、まるで沼の底にあがくように果てしがなく、くたびれてくるのだ。

「お仲さんなんか、もうすっかり丸めこまれた様子でね。何かと世話をやいたりしておりますが、あいつ、女にかけても相当の腕達者のようでがすから。お嬢さんなんか、あまり奴をお近付けなさらない方がよござんすよ」

芳蔵は、努めて憎憎しくそう言葉に力をこめた。いつからか、この男は、宗次郎のことを話す時、お文の顔に表れる生《なま》な気持の動きに気がついているのだった。話は目的ではなかった。その話に乗ってくる時の、お文の血の色をのぼらせる頰や、なまめかしい唇の動きが、男の眼を十分に楽しませるのだ。男は、嫁入り前のお文を知っていた。どちらかと言えば、ひ弱い感じの、男を知らぬ乳臭さが目立っていたお文が、婚家から戻されてきた時、男は、そこに熟した木の実のような匂いを漂わせている、ひとりの女を見出したのであった。

「お文、入っていいか」

襖の外に足音がして、返事も聞かず気短かに戸を開いたのは、お文の兄幸之助だった。芳蔵をみると、露骨に不快な顔をした。

「芳蔵は、ここで何をしているんだ。え？　みんな、今夜のうち奥多摩から入った杉材を区分けしてしまうと言って、腹ごしらえが済んだところだよ」

「へい。美濃屋さんからひな形がとどきましたので、お持ちしましたので」

「そんなものは、お仲にでも持たせて寄こしなさい。何もお前が出しゃばることはないよ」

「へい、以後気をつけましょう」

眉を動かさずに芳蔵は言うと、お文に馬鹿丁寧なお辞儀をひとつして出て行った。

「全く油断ならぬ男だ。こんなところまで押しかけてきて」

幸之助は舌打をしてから、

「お文もお文だ」

どかりと妹の前に肥った身体を据えると、色白の顔にいまいましそうな色を露《あら》わにして叱りつけた。

「何であんな男をよせつけるんだ。悪い噂《うわさ》でも立ったら、今度こそ、お前も世間に顔出しできなくなるぞ」

兄にお文はそう言われただけでも口惜しさに、眼にうっすらと涙を浮かべている。

「芳蔵が、勝手に、何のかのと理由をつけてくるんじゃありませんか。あたしなんか、もう見るのもいやなんですよ。兄さんこそ、少し気をつけて取締ってくれたらどうなの」

「ふむ」

と言って、幸之助は丸い腕を高高と胸に組んで、妹をみたが、

「あれが、勝手に離れにやってくるというのか。困った男だな。よし、厳重に言っておこう」

そう言ってから、膝の貧乏ゆすりをやめて、

「ところで、どうだ。葛西屋の縁談は考えてみたか。先方は子持ちだが、しゅうと名

のつくものは親父さんひとりだ。もうもうろくして訳も解るもんじゃない。気楽だぜ。不縁になったを承知でもらってくれるという話なんだから、お前にとっちゃここは考えどこだと思うがな。無理にはすすめていない、どうかと聞いているんだよ」
「あたしがいつまでもここにいては、兄さんにお嫁の来手もないというの」
「馬鹿言っちゃいけないよ。なんて考え方をするんだろうな。お文、お前も変ったな」

四

どうやら風向きが変ってしまったようだ、と宗次郎はこの頃思っていた。芳蔵という狐づらの帳付けは、ハナから妙な顔で見ていた。それは承知だったが、これまで他意なくつき合ってくれていた職人たちまでが、何となく探るような眼で見、話しぶりにも何か隠したようなものが見えるのは、誰かが、連中の耳に何か吹き込んだせいに違いなかった。

それを、宗次郎は百も承知していた。世の中の風当りのすさまじさは、肌で知っていた。まして前科、それも、人一人危うく殺そうとして牢につながれた前科がある。なまなかのことで人交りがかなうとは思っていなかった。それを、辛抱して働くことが出来そうだと思ったのは、あの晩、藤助に会ったからだ。

本当に殺すつもりだったのだ。お若を狂わせ、捨てたあの男。捨てられたと知った時、お若は、縊《くび》れて死んだ。いつの間に、それほど、あの色の生っ白い、意気地のない男に打ち込んでいたのか。それを思うと、宗次郎は、胸の中が、かえってしーんとうつろになるほどの、怒りに身体を焼かれるのだ。

浅草の聖天町《しょうでん》に、宗次郎がお若とままごとのような世帯を持ったのは、六年前、宗次郎が十九、お若が十七だった。大工の下職をしていた宗次郎にお若を養って行くだけの才覚はなかった。それでもいい、あたいも働くからと、お若は言ったのだ。好き合っていた。宗次郎に兄夫婦がいるばかり、血縁のうすいのが余計に、家庭を欲しがらせたのだろうか。神田の棟梁《とうりょう》にも内緒で聖天町の裏長屋に始めて世帯を持った時、長屋の人たちはこれを見て笑ったが、二人は満足だった。そのままではすぐに喰うに困るのが眼に見えていたので、お若は、深川の反物屋に奉公に出た。朝早く一緒に家を出て、駒形橋の袂《たもと》で別れた。幾度も振り返りながら橋を渡って行くお若を、宗次郎は橋の袂で見送った。

「まるで、夢みてえでござんすよ」

雷門の近くの屋台で、藤助に会い、お前の仕事のことを馬道の多吉に頼まれている。が、罪を犯した結果はよく多吉どんに聞いて解っているんだが、どういうことから、そういうしくじりを出したのか、聞かせてもらいてえ、という藤助にぽつりぽつりそこまで話して、宗次郎は寂しそうな笑いを見せたのだった。一たん牢から出てきたものに、承知はしていても娑婆《しゃば》の風は冷たかった。子供の時に両親に死に別れ、兄夫婦に育てられた宗次郎だったのに、伝馬町《てんまちょう》から解き放されて立ち寄った宗次郎を、小心な小間物商

いの兄も、おどおどと見守るばかりだった。兄は、

「宗次郎、お前は、少し旅で苦労した方がいい。な、お前が司屋の若旦那をかたわにしてしまったものだから、俺も近年商売がやりにくくってなあ。お滝があのざまなのに……」

と、ふくらんだ嫂《あによめ》の腹のあたりを指さして、

「まだ何の支度も出来ていない始末だ」

「お前をひき取ってもねえ……」

三十の初子という大役を控えて、人が変ったように頬がやつれた嫂は、もう涙を浮かべた眼で宗次郎をみ、

「御近所の手前もあるし、第一お金がねえ」

と同じことを繰り返すばかりだった。

「あらかた解った。ところで……」

とその時藤助は、皺《しわ》の奥から、きらりと強い眼を光らせて、

「おめえはいま、花屋一家でごろごろしているらしいが、どういうわけかねえ」

「へ。いま申しましたように、仕事の探しようもねえもんですから、伝馬町にいる時に知った銀助って男を頼りましたんで」

「銀助？　黒森の銀助とかいうやくざか」

「へい」

「あれは、たちのよくねえ男だ。蛇銀とか言われて、ゆすり、たかり専門の乱暴者だぜ。お前がいる時御牢へへえったのも、たしかゆすりのあげくの刃物三昧《ざんまい》で人を傷つけた罪だったな。そいつは、悪いのとひっかかりが出来てるな」

そう言って藤助は、注いだままになっている猪口《ちょこ》をぐいとあおり、それからじっと考え込んだが、ふと気がついたように後をふり返った。

「お、冷えると思ったらいつの間にか降ってきやがったな」

立ち上って、

「ま、心配いるめえ。花屋の親分にとくと談じ込んで、おめえを放してもらおう。わけを聞いたからには、何としてでも、おめえをまっとうな仕事につかせてえよ」

そう、笑顔を見せないで言ったが、

「あとは、おめえの心柄次第だぜ。世間は冷てえからの。何やかや言う奴もあろうが、辛抱が大事だぜ」

鳥目《ちょうもく》を放り出して、すたすた闇の中に消えて行った藤助を、宗次郎はぼんやり見送っていた。外は氷雨だった。ひと月経たぬうち、藤助は約束を果した。

五

山から仕入れてきた材木を区分けしたり、大八車で材木屋に運んだりする仕事はきつかった。夜になると、しばらくは仕事に馴れなかった肩や腰がみしみし痛んで眠れない夜もあった。そんな時、宗次郎は眼の裏に死んだお若の、生きていた時の顔を思い描いたりする。小造りのしなやかな身体だった。廻した腕の中で溶けてしまいそうな、骨細な女だったのだ。無口で、情の濃い女だった。いつから、そういう風に運命が狂って行ったのか、奉公先の息子に身体ばかりか、心まで奪われるような始末になって行ったのか、宗次郎にはいくら考えても解らないのだ。

いまでも、それを考えると宗次郎の胸は、灼《や》けるような痛みに乾いた。裏切って死んだお若。死ぬまで、そのことを宗次郎に、言葉の端にも出さなかった恐ろしい女だった。だが、もっと早く気がついてよかったのだ。その兆しはあったようだ。

夜の闇の底で、宗次郎の胸に、眼も鼻もぴったりと押しつけたまま、奉公が辛いと訴えたことがあった。そう言われても、どうしようもなかった俺にも罪があったのか、と宗次郎は思う。その頃からお若の表情に、ある翳《かげ》がつきまとうようになったのだ。それを、俺は、ただ世帯と奉公の両方かけ持ちの疲れだとばかり思っていた。

（お人好しだったのだ、要するに俺は）

回向院《えこういん》の裏手の空地に、恵吉という、司屋の息子を呼び出して刺した。お若よりさらに一つ二つ年の若い、温和しそうな男だった。始めから殺すつもりで行ったのだ。それを殺しかねたのは、意気地なく地面に手を突いて哀願する男をみているうちに、もしや、お若の方から誘ったのではないかという疑いに心が臆したせいだったろう。

両親も早く死に、川越の在に遠い親戚がいるばかりで、骨肉の情にめぐまれないお若であるから、あんなに餓《う》え渇くように、二人の男の愛情を欲しかったのか、と思えば、お若は哀れだった。しかしそう思う心の底から天性淫奔な女だったのだという考えが、否みようもなく、真黒に心を塗りつぶす。

そんな時、宗次郎は、おしのの口から漸《ようや》くお文という名前だと知った、離れにいた娘の顔や姿を思い浮かべるのだった。何とも言えぬ清らかな印象、にもかかわらず、悲しみのどん底をのぞいたことのある者だけが持つ、あのいたいたしい翳は何だろう。おしのには、何も解っていないようだった。解る筈もあるまいと宗次郎は思う。

離れの生垣を繕った時、心を決した風に話しかけてきたあの女。それより前、俺がこの家に藤助に連れてこられた時、黙然と川面を視ていた表情の暗さ。それを見咎《みとが》めた俺をみて、眼をみはったお文。ひとつひとつの印象が鮮やかで、しかも見過すことのできない、頼りなさを感じさせるひとだ。あの娘の心がうけた傷の深さを、誰も測ることもしないで、ただ、見守っているだけのように見える。正確に、俺は測れるだろう。それにしても、あの暗い翳はどういうことなのか。婚家を追われて、その悲しみだけでない、何かに絶望した気配があるのは何故だろう。

お若は死んだが、あの娘は生きて耐えている。だが、そこにどれほどの違いがあるとも、宗次郎には思えないのだ。

大きく寝がえりを打って、宗次郎は太い吐息を洩《も》らした。その時、闇の中でした声が、はっきりとこう言った。

「牢屋が思い出されて、眠れねえとよ」

誰の声とも解らなかった。一部屋に二十人も寝ている部屋の中には、眠りこけた男たちの歯ぎしりや、いびきの声が交差しているばかりだと、宗次郎は心を許していたのだ。彼は息を殺した。誰かが、自分の身じろぎをじっと測っていたということ、そして悪意をもって、見張っていたということは、不気味だった。

「寝んねしな。牢屋よりは寝ごこちよかろうぜ」

同じ声が、もう一度言った。そのあと、二、三人のくすくす笑う声が起り、すぐに止《や》んだ。宗次郎は凝然と闇の中に眼を開き、身体を固く縮めていた。

六

お文は、ひとりで大川べりに出た。残暑の日射しが、江戸の町の屋並みを灼き尽して、いま、上野の山の森の方に落ちるところだった。大川を漕ぎ上る荷舟の櫓《ろ》が濡れて、きらり、きらりと日をはじく。その合間を縫って、鋭く鳴き交しながら、鰺刺《あじさし》が、かなり高いところから一文字に水の上に落ち、すぐに舞い上って行く。そのたびに、水面は硬い音を立てた。空を覆うほど、白い鰺刺の群だった。

お文は、その鳥の群が、見た眼には単調とも思える動作をくり返しながら、次第に、川上から海の方へ移って行くのを見ていた。鰺刺は、お文のすぐ眼の前で烈《はげ》しい音とともに水を摑《つか》み、舞い上るのだった。青い波の中で、逃れた小魚の、きらりと光った白い腹さえ見えた。

お文は、いま、裏の材木置場をのぞいてきたのだ。はしたないことだと思った。しかしもう幾日か、宗次郎をみていなかった。声さえ聞いていなかった。しかし、兄がせめたてる縁談など、お文には口惜しいばかりで、むやみに腹が立った。いつまでもこうして厄介者になっていることも、出来ないのだろうと思う。父も母も年老いていたし、山城屋を事実上動かしているのは、幸之助だからだ。それが解っていても、縁談などに耳傾ける気持にはなれなかった。そういう現在の気持を、僅かばかりも解ろうとしないで、良縁だの、似合いだのと、またぞろ軽薄に騒ぎ立てている兄がうとましいのだ。

お文は、宗次郎に会いたかった。広い家の中、数多い肉親や使用人たちの中で、お文は宗次郎だけが自分の気持をわかってくれそうな気がしているのだった。

いつからそういうふうな気持になったか、不思議なほど、お文にはぼんやりしている。ただ、海の中に浮かぶ孤島が、もうひとつの孤島を呼ぶように、宗次郎の長身と静かな眼や声が、お文を惹きつけるのだ。

宗次郎に、あのことを話したかった。誰にも話せなかった、恥辱で、思い出すたびに頭が惑乱するような、あのことを。それを、彼だけは、軽蔑せずにそっくり聞き取ってくれるような気がするのだ。

お文は、あれこれ口実を工面した。宗次郎に、庭の盆栽を移すからと言ってきてもらおうかとが、その必要はなかった。後に、一人の男が立ち、こう言ったからだ。

「あんた、山城屋の出戻りさんかい」

お文は、びっくりして振り向いた。そこに、ずんぐり太って、髭の剃《そ》り跡の真青な、眼つきの悪い男が立っていた。腕組みをしてお文のすぐ後にいた男は、彼女が怖《おび》えた眼を大きく瞠《みは》って、夢中で後ずさりするのを面白そうに眺めていたが、にやりと笑って言った。

「なるほど。宗の字が辛抱している訳だなあ。いい形《なり》をしているぜ。痩《や》せてもいねえし、太ってもいねえし、上総屋の息子も、もったいねえことをしやがるなあ」

お文が足駄を鳴らして駈け出そうとした時、男は、

「おっとっと。待ちねえな、ちょっと」

気障《きざ》に大輪の朝顔を染め抜いた浴衣の裾を飜《ひるがえ》して、すぐに追いついた。

「放してちょうだい」

「何言ってんだな、娘さん。まだ摑まえてやしねえじゃないか。あのな、あんたに頼みがある。宗の字に、ちょっと言伝《ことづて》を願いたいんだ」

「………」

お文は立ち止った。人通りは多かった。この人通りの中で、わるさを仕かけるとも思われなかったし、宗次郎に言伝というのも気になった。

「よしよし、聞きわけのいいお姐《ねえ》ちゃんだ。みればみるほど、きれいなお姐ちゃんだぜ、

こりゃ」

「早く言ってちょうだい」

「おう、それよ。うっかり忘れるところだったたい。明日の夜、六ツ半（午後七時）にするか、いいかねえ、ここが肝心のところだぜ。六ツ半に、浅草橋まで出てくれろ、こう言ってもれえてえんだな。話は会ってからにする、とな」

お文は、それだけ聞くとあられもなく、裾を乱して逃げ出した。その後から、男が喚《わめ》いた。

「おうい。名前を忘れたぜ。俺あ銀助ってんだ。銀助が待ってるってな」

七

その銀助が、山城屋の店先に現れたのは、それからひと月もした頃だった。日射しもどことなく弱まり、樹々の黄葉が目立った。店に入ると、いきなり帳場にいた番頭の儀助と帳付けの芳蔵のそばに寄った。

「ごめんよ。お忙しいところを、真平ごめん」

そう言って、上りがまちに腰をおろした銀助をみて、芳蔵の顔色が変った。あわてて立とうとするのを、いきなり家中響くような声で怒鳴りつけた。

「うろちょろ騒ぐない」

それから、にやりと笑って、どういうわけか単衣《ひとえ》に、立派な絽《ろ》の羽織まで着込んだ片

足を上げて、雪駄の足を組んだ。それから優しい作り声で、

「宗の字はいるかい。なに、いなきゃいいんだがね。友だちなもんだから。馬鹿な奴で、何でも一生懸命、汗水たらして働いているってえ噂も聞いたんで。なになに、立たなくたっていい。宗次郎に用があるんじゃねえんだ。実は、あっしは銀助という、ま、ろくでもねえ野郎なんだが、親分じゃなかった、旦那にね、ちっとお眼にかからしてもらおうと思ってきたんだよ」

と言った。もうその頃には店に出ていた若い者が奥へ知らせたと見えて、奥からも、裏の材木置場からも、わらわらと人が集まって、店先を塞《ふさ》いでしまった。が、銀助は一向にあわてる気配もない。相変らず人を喰った調子で、

「番頭さん、旦那はまだかい」

と催促している。番頭の儀助が、白い頭をぺこぺこ下げてこう言った。

「あの、旦那様は一寸《ちょっと》外に出ておりますので、何でしたら私に用件を……」

「旦那がいねえなら、若旦那でもかまわねえんだ」

「それが、生憎《あいにく》と他出中で」

「内儀さんだって話はわかるんだぜ」

「さあそれが」

「やかましいやい、くそ爺い」

銀助がいきなり怒鳴りつけて、羽織をパッと脱いだ。

「おとなしく出てれば、こいつ、どこまでもなめやがるつもりだな」

「とんでもございません。なめるなどとはとんでもない」

「なら、出しねえ。誰もいなきゃ、あの出戻りの別嬪を出しな。差向いのしんねこで話してやらあ。おい、その小僧、どこへ行きやがるんだ。藤助親分にひとっ走りなんてえ了簡《りようけん》は、止めた方がいいな。俺あお客様だぜ。もっとも買うんじゃなくて、売る品を持ってきたんだがな」

「何をお売りになりますので」

「そこだ、爺さん。豪儀な売物だ。ま、一箱は軽いかな。下手すると、この家の身上そっくり出しても間に合わねえという、でっけえ売りものだ。お前は、引っこんでいな。主人でなきゃ、ダ……メ……だ」

佐治兵衛が奥から出てきた。後に、お由と幸之助がついていた。

「これはこれは銀助親分」

佐治兵衛は坐ると、柔らかい眼で、いきまいている銀助をみた。

「今日は、何か御用だそうで」

「親分なんて、さすがに旦那は、うまいこと言うぜ、へへへ。こちとらを、ついうっとりさせちまうものな、へへ、だが旦那、話は別。買っておくんなさい」

「何を買えとおっしゃる？」

「甲州の天領の杉一本、切餅[注1]ひとつで買ってやっておくんなさい」

「何を言われる」

「怒ったって駄目だな。後をみなよ。若旦那の顔が気の毒で見られないから」

「幸之助、これは何の話だ」

「どういうきさつで、そういうことになったか、これは知っちゃいるが、話さねえ。とも角、峯ひとつこちらの奥多摩在に、天領の杉がごろりごろりころげ落ちたんだな。調子がいいったらねえ話だ。材はよし、伐《き》らせた奴にどのぐらいやったか、俺ら人様の懐の中は勘定しねえことにしているんで、見当つかねえけどよ、何しろええ儲けだなあ。その中から、一本につき、切餅ひとつ、これは安いものですぜ」

「まま、待ってください」

「待て？　ああ、いくらでも待ちますよ。だがよ、旦那、俺ら調べてあるんだから、調べ直したって同じことだよ。ほらそこにいる狐野郎、何て言ったかな、芳蔵か。そいつに、こないだ吉原の富城屋でばったり会ってな。その時の帳面の具合も、全部吐かしてあるんだ。なあ、芳蔵」

芳蔵は隅の方にうつむいたまま、ひっそりしている。名前を呼ばれるたびに、肩が、ピクリ、ピクリと動いた。

「さあ、いい加減に往生したらどうだい。一切を控えた手帳を、書類を、おいら持ってるんだ。おうさ、この懐によ。恐れながらと訴えて出りゃ、俺ら一文にもなんねえで済むけど、こちらはんは、えらいことになりますぜ」

銀助は、さっそうと立ち上った。

「おい、出しやがれ、爺い」

その時人垣を分けて、宗次郎が出てきた。

「銀兄い、ちょっと待ってくんな」

「何だ、おめえ、宗次郎か。いいところへ出しゃばるんじゃねえぜ」

「出しゃばるわけじゃないが、今聞いた兄いの話が、ちょっと腑《ふ》に落ちねえ点もあるんで、もうちょっと詳しく俺に話してくれないか」

「ひと口乗ろうって了簡ならお断わりだ。何を言いやがる」

「そんな汚ねえことはやらないよ。次第によっては、俺から旦那に話してやってもいいってことなんだ」

「おめえ、お節介だぜ」

「いや、その方が、話がなめらかに運ぶというもんだ。任しておくんなさい」

銀助の肱《ひじ》を押えると、するすると外に出した。途中でもがいた銀助が、妙な顔をしたのは、摑まれたところが、よほど痛いのだろう。いつの間にか、奥と店の境の廊下まで出てきていたお文が、それをじっと見ていた。

八

お文が、縁側の雨戸を叩く音に眼がさめたのは、その夜更けだった。お文の身体が恐怖に硬くなった。その時、忍びやかな声が、「お嬢さん」と呼んだ。宗次郎の声だった。

お文はあわてて起き上ると、行灯に灯を入れ、雨戸を一枚繰った。

「夜分済みません」

縁側の処にうずくまった宗次郎が、低い声でそう言ったが、その肩のあたりをみて、お文は低く押えた声を挙げた。血だった。

「御心配はいりません。すぐおいとまします」

「手当をしなければ、とに角入って」

「いえ、すぐにお暇《いとま》を。ただ、ひとことお嬢さんにだけ言っておきたいと思って」

「宗次郎。入ってちょうだい」

懇願するように、お文は言った。初めて男の名前を呼んだことにも気がつかなかった。

「では、ちょっとだけ」

宗次郎は縁側にあがると、腰に下げていた手拭いで、ていねいに足を拭いた。部屋に入ると、行灯の灯に燃えるように映えた夜のものと、しびれるような女の匂いが、一瞬、宗次郎をたじろがせた。手文庫から出した何かの塗り薬を使って、お文は、男の肩を出させて懸命に手当した。

「申訳ありません、お嬢さん」

「どうしたのですか。この傷は？」

「へ。銀助を痛めつけたものですから」

「殺したの……」

息を呑んでお文は男の顔をみた。争いの後の虚脱したような静かな表情で、男は微かに笑った。

「殺しはしません。ただ、もうこちらに来ないように痛めつけましたから、御安心下さい」

「ああ、危いことを」

「私が、ここにお邪魔したのは、ひと言お嬢さんに聞いてもらいたかったので」

「あたしも聞いてもらいたいことがあるの」

「へえ。あっしは、銀助とは、何の関係もないのだということを、お嬢さんだけは信じてくださるような気がしたものですから」

「………」

「お嬢さんから言伝を頂きました時も、あっしは行きませんでした。天領の杉材の話は、皆はあっしから出たように思っているようですが、あっしは銀助には、あれまで会っておりません。信じて頂きとうございます」

「わかりました。あたしは、宗次郎の言うことを信じます」

「有難うございました。では、お達者で」

「お前、これから」

「へえ、ここにあっしがいては、浅草の方とまずくなりますし、御迷惑かけてはいけませんので、しばらく遠方に行っております」

「遠方へ……」

お文の眼が一杯に開かれ、まじまじと男の眼を見つめた。

「他国へ行くのですか」

「へい」

「江戸を去るのですね」

お文は、喰い入るように宗次郎を見詰め、呟《つぶや》いたが、突然男の手をとった。見つめた眼からどっと涙が溢《あふ》れる。長いこと、お文はそうしていた。それから、狂ったような眼になり、行灯の灯を吹き消した。宗次郎は、灯の消える一瞬の、さながら狂ったように取り乱したお文の眼を、終生忘れることがあるまいと思った。

どちらからともなく抱き合い、いざって夜の物の中に身体を横たえた。宗次郎の愛撫はいたわり深く、お文は幾度も、すすり上げて泣いた。

一夜に、生涯の情熱を投げ入れたような、激しくそれでいて優しい営みが続いた。

時おり、お文は眠り、眼覚めると男の胸や、唇や、手を探った。

夜は、短かった。開いたままの雨戸から射しこむ白っぽい明け方の光に、宗次郎は、豊かに息づいて横たわる裸身と、すでに喰い入るように見詰めている、黒黒と光るお文の眼を見た。

(房吉さんとお義母さんとは普通の仲じゃなかったのです。それを、私は、見てしまったのです）とお文は闇の中で言った。新妻の心を凍らせた情景を、宗次郎は理解できた。男の俺が人を殺そうとしたほどの怒りと悲しみを、この娘はひとりで耐えてきたのか）と、宗次郎は思う。（女房に裏切られた男と、亭主に裏切られた妻なのか）と、宗次郎は思う。

宗次郎は、お文の額に、優しく唇を捺《お》し、身体を起した。

お文も、黙って着物を着始めた。黙ったまま女の、日頃の身支度を、順序どおりすめて行くのを、宗次郎は哀れに見た。

裏口から川端に出る。濃い霧だった。大川の波の音だけが、ひたひたと岸を叩いているばかり、舟も、波さえ見えなかった。

霧は、少しずつ薄れ、白さを増して行くようだった。

「しばらく、お眼にかかれません。あるいは、一生」

宗次郎は言って、お文の身体の生生しい記憶に胸をふさがれ言葉を失った。

「でも、待っています」

お文は、一夜にして凄艶《せいえん》に、やつれた顔になっていた。眼だけが、きらきらと輝いて、男の顔を記憶に刻もうとするように瞬きもしない。

では、と呟いて、男は軽く頭を下げると、長身の肩をまるめ、河岸を北に歩き出した。

その背が、おぼろに霧の奥にうすれて行くのを、お文は、凝然と見て立っていた。

「そうじろ……」

呟いたつもりが、声にならず、唇だけがわなないた。また新しい涙が眼を覆い、お文は、一杯に涙を溢らせたまま眼をみはり、男の消えた方角を見つめ続けた。

白い、やわらかな壁があるばかりだった。

注1 一分銀百枚、すなわち二十五両を四角く紙に包んで封をしたもののこと。

老彫刻師の死

一

ヒメネスが階下に降りていくと老宮廷彫刻師カエムヘシトは、ゆっくりと時間をかけて椅子を離れ、部屋に続くテラス（露台）に出た。そこには、すでに西に傾いた太陽の、力ない光が溜《たま》って冷ややかな風が吹き通っていた。炎熱の昼から、寒冷の夜へ、四方を砂漠に囲まれたこの国の気温の変化はすみやかで激しい。

南西に開け放されたテラスからは、北方ギーザに聳《そび》える先王たちの大ピラミッドが、尖《とが》った黒い積木のような半面をみせ、南には蛇行するナイル河の流れが見える。湖のような河面は、雨期の名残りをとどめて濁っていた。

カエムヘシトはテラスに出ている木椅子に腰を埋め、長いこと、白い眉を挙げてピラミッドの間に落ちて行く落日を眺めていた。眉の下に鋭い眼がくぼみ、秀でた鼻、引き結んだ薄い口は、ファラオ（帝王）の御用彫刻師に挙げられてから三十年余。エジプトの工人の上に君臨してきた彫刻師の長に似つかわしい威厳を具《そな》えている。

カエムヘシトは、鷲《わし》のような、その眼を閉じた。疲れていた。ヒメネスが持ってきたのは、近く工事を起すサッカーラの神殿についての打合せだった。だが、打合せというのは、肥って、万事にソツのないヒメネスの、師に対する社交辞令のようなものだった。そ持参した設計図を卓の上にひろげて、ヒメネスは、能弁にその細部まで説明したが、設計だったれはほとんどカエムヘシトが口をはさむ余地のないほど完璧な構想であり、カエムヘシトは、そのだ。それだけでない。その精密な図面を検討して行くに従って、カエムヘシトは、そこに思いもかけなかった新しい工法をみ、随所にきらめいているヒメネスの独創的な才能をみたのだ。カエムヘシトの時代が去り、ヒメネスの時代が来たのだった。ヒメネスは、二重にくびれた顎《あご》をひいて、ひたすらに謙虚な態度で図面の採用を待ち、カエムヘシトは無表情に認可を与え、工人達の配分について、指示したが、二人とも胸の底でそのことを解っていた。

才能に加えて、ヒメネスは若い者に似ない社交家だ。これからはヒメネスの時代がくるだろう。かつて、私がそうだった、とカエムヘシトは思った。新しい手法、新しい美しい構図が、寝ても覚めても頭の中に汎濫《はんらん》し、それを形にまとめるために、気も狂わんばかりだったあの頃。そして、いまは地下に眠ってから久しい彫刻師キラト、あの老人を、心に軽蔑し、古さを嘲笑《ちようしよう》しながら、しかし、慇懃《いんぎん》に仕えたものだ。順番が、自分にまわってきたにすぎない。鏨《たがね》の持ち方から、手をとって教えてくれた懐しい老キラト……。

テラスの下に若い女の声がし、ヒメネスの声がそれに答えたのは、メンフィスに帰るヒメネスを、娘のタジが門まで見送るらしかった。タジの声は、死んだ妻のアギウラの声によく似て、しばしば老カエムヘシトを驚かせる。だが、何を驚くことがあろう。アギウラが、ここからも見える、アブシールのなだらかな丘に眠ってから、すでに十年の歳月が流れている。

タジは、肌もアギウラに似て、小麦色に透きとおるような女だ。三年ほど前、異民族との大きな戦いで、ファラオの忠実な戦士だった夫を失い、寡婦《かふ》の身を父の邸に寄せている。夫との生活が短く、子供もないせいだろう。時おり露《あら》わになる二の腕には、なめらかに脂がのり、少し肥ってはいるが、眼は生娘のように燦《きら》めき、美しい唇の形も、崩れをみせてはいない。朱色のガウンの裾を快活にひるがえして、父の世話をし、工房の工人達の食事の世話をする身のこなしには、むしろ妹のアナンより若若しさが溢《あふ》れる。アナンは、まだ二十前というのに、寡黙で人眼を避け、いつも黒いガウンとヴェールの陰に、若さもろとも自分を隠そうとしているように見える。

カエムヘシトは、物憂い眼を、昏《く》れそめたテラスの上から地平線に投げた。日は、すでに遠く砂漠の陰に落ちてしまったが、血のような夕焼けが、天の半ばまで染めていた。その赤い地平線に、ギーザの大ピラミッドが、三本の黒い鉾先《ほこさき》のように突き刺さり、不貞な妻アギウラが眠るアブシールの丘が、なだらかに盛り上り、眠りに入ろうとしている。ラーの神（太陽）は、明日また、東の空に快活な姿を現すだろう。しかし、私には、私の像を刻む時が来たのだ、とカエムヘシトは思った。像を刻み、静かに眠るべき時が。

そう心に決めると、老いた彫刻師の胸の底に、この日暮れにふさわしい平安が訪れた。

それは、澄明《ちょうめい》な悲しみに彩られ、静かに胸の中を循《めぐ》るようだった。死が、衰えた肉体に向って、静かな歩みを起してから久しい。カエムヘシトは、その夕、始めて死とまともに眼を合せ、挨拶したのだった。恐れは、なかった。

居間の絨毯《じゅうたん》を踏む、軽い足音がして、すぐにタジの声がした。

「ごめんなさい。お父様。まあ、こんな暗いところで、何を考えていらしたの？　アナンは、どうしたのかしら？　気の利かない子」

「タジよ」

「はい、お父様」

「食事に、セトルを呼びなさい。セトルに話がある」

二

雪花膏《せっかこう》で彫り上げた燭台《しょくだい》に、灯火が華やかに映えて、その夜、カエムヘシトの邸の窓は、遅くまで明るかった。客は、工房から呼ばれた弟子のセトル一人である。実直な若者だが、彫刻の進歩は、遅遅として目立たない。子供の時、奴隷としてこの家に買われたが、間もなく工房に廻され、彫刻の技術を習って、青年となった。

カエムヘシトは、食後の物憂い気分から眼をつぶり、盛んに燃える炉の火の音と、丘の下の村落から聞えてくる夜の祈りをラーの神に捧げる男の唱声《うたごえ》を聞いていたが、ふと眼を開くと、若者と、二人の娘を、一人ずつ眺めたあと、

「セトルに、私の像を刻んでもらう」

と言った。セトルが師の家の食卓に招かれたのは、今夜が始めてだった。子供の頃、食事を運び、客のために酒を注いで廻った食卓に、客として招かれたことで、若者は浅黒く引き緊《しま》った顔を上気させ、硬い表情をしていた。さっき、美しい姉妹の前で、慣れない美酒にむせたことに、若者は心を傷めていた。カエムヘシトの言葉を聞いて、セトルの眼が大きく瞠《みは》られ、顔はひととき赤味を帯びたが、すぐに眼は力なく伏せられた。カエムヘシトの言葉は、若い姉妹をも驚かしたようだ。まず、タジがガウンの下の手を、優雅にひろげて驚きの身振りを示した。彼女は早口に言った。

「ヒメネスがいますものを、お父様」

「そうです。ヒメネス様がおられます」

勇気をふるい起すように、セトルが言った。アナンだけは、タジが坐った椅子の後に、凝然《ぎょうぜん》とたたずんだまま、沈黙を守った。ヴェールを取った眼は、湖のように静かで、頬はなめらかに肉づき、唇はしっかりと結ばれて、しなやかな長身だった。

「ヒメネスはよい。いま、サッカーラで大きな仕事がある」

「しかし、ほかに、私より伎倆優れた者がいます。ヤノス、カイ……」

カエムヘシトは眼を和らげ、微笑した。

「それを正直に言うところが、お前のよいところだろう。その心を大切にするがよい。だが、お前は、数多い私の弟子のうち、ヒメネスの次に古い。像を刻む資格がある」

「でも……。自信がありませぬ」

「よろしい。足りぬところは、私が手を貸そう。やはり、お前が彫るのだ」

「お受けしなさい。セトル」

それまで、黙然と立っていたアナンが、ぽつりと口をはさんだ。眼は、冷ややかな光を湛《たた》えて、父のカエムヘシトに向けられている。

「いらざる口出しは無用だ。お前も、タジもただ、今宵《こよい》私が言ったことの証しとなればよい」

カエムヘシトはアナンを叱り、厳しい声で、セトルに言った。

「引き受けるか、セトル」

若者は、立っているアナンに、チラと渇仰《かつごう》に近い眼を向け、その眼を伏せると、うやうやしく答えた。

「力の限り、尽してみます」

「明日、ラーの神が砂漠に眠ったあとで、会おう。その時更に打合せしよう」

カエムヘシトは、そう言うと、もう三人を無視したように、深深と椅子に身体を沈め、眼をつむった。脳裏に、すでに幾度も修正し、反芻《はんすう》してきた一つの像が明らかに甦《よみがえ》る。

自分と、不貞な妻アギウラ、そしてその間に二人が生んだ、愛の証しを加えた群像を。

三

工房の工人達は、十年ぶりに工房の主を、彼等の仕事場に見た。斑岩で壺を彫り、黒色溶石で小群像を刻んでいる工人の傍らには、与えられた石灰岩に習作を刻んでいる者もいる。これら数十人の工人の中には、カエムヘシトの顔を知らない者さえいた。いま工房を宰領《さいりよう》しているのは、ヒメネスである。メンフィスに住み、サッカーラでいま神殿の工事を指揮しているヒメネスは、仕事の合間をみて工房に帰り、精力的に工人達に仕事を割当て、進み具合を検討し、出来上った作品を取捨選択する仕事も、ビシビシ進めている。若い工人の中に、首都メンフィスで高名な、この若い彫刻師を、工房の主だと思っている者がいたとしても不思議ではない。だから、時折工房に姿を見せセトルを相手に像を刻む仕事に取りかかっている白髪痩身《そうしん》の老人に、ヒメネスが殆《ほとん》ど貴人に対するような慇懃な物腰で接するのを見、始めてみる工房の主にひそかな畏怖《いふ》さえ感じるのだった。

像について、ヒメネスは何も触れなかった。サッカーラの仕事について報告し、工房の中の状況を説明し、手際よく工人達に指示すると駱駝《ラクダ》に乗ってメンフィスに帰って行くのが常だったが、遅くなれば、カエムヘシトの邸に泊った。

カエムヘシトも、ヒメネスに像のことは何も話さなかった。材料に決めた石灰岩の前で、セトルと打合せ、或る時は激論し、ある時は自ら鑿をふるって石面を切ったりした。

そして、日が傾き、工房の中が冷えてくる頃、迎えにきたアナンに手を引かれて、なだらかに傾斜する丘の道を、邸へ帰って行くのである。

するとセトルは素早く仕事の手を休め、工房の入口に出、柱に疲れた身体を寄せかけながら、帰って行く師とアナンの後姿を見送るのだった。裾長の亜麻布の服の下に、若い娘の、丸やかに屈折する身体の動きが見てとれた。すると、若者の胸に、淡い悲しみのようなものが、水のようにひろがり、終いには、きつく胸を緊《し》めつけてくるのだった。二人の姿が、全く家の中に入るまで、セトルは呆然《ぼうぜん》と眼を挙げて見送り、それから、ひとつふたつ灯をともし始めた仕事場の中に、眼を伏せて戻るのである。

工房から帰ると、カエムヘシトは、日暮れのテラスに出、アナンに手伝わせて身体を椅子に倒すと、落日の残光が全く消えて、空が冷たい灰色に変るまで、呆然と地平線を眺めるのが習慣だった。そして水を運ばせ、メンフィスのファラオの侍医ネフェルが届ける薬をのみ、気が向けば獣皮で足を包ませ、夜までそうしていた。アナンは、父を掛けさせ、冷えていれば膝に麻布をかけると、黙黙と階下に降りて行く。足音も立てなかった。

カエムヘシトは、今日も昏れ終ろうとする夕焼から、丘の下に塊《かたま》る泥や煉瓦、葦《あし》などの屋並みに眼を移し、冷たい手足の冷えを感じていた。すでに闇が立ちこめている軒と軒の間に、パンを焼く赤い火が見え、ラーの神を讃える物憂い祈りの声が丘の上まで這《は》い上ってくる。カエムヘシトは、今日、工房でセトルに激怒の声を上げた自分を恥じていた。何を怒ることがあるのか。セトルは普通のことを言ったに過ぎぬ。夫婦像の例にならって、アギウラの手をカエムヘシトの肩に廻した方がよくはないか、とセトルは言ったのだ。それなのに、セトルを罵《ののし》ったのは、私が、まだあの哀れなアギウラを許していないということなのか。そんなことはない。単身像でなく、群像を刻むと決めた時、私は不貞な妻アギウラを、今も心の中に温めている自分を確かめたのではなかったか。若い日の、アギウラと暮した、花のような記憶が、老いた彫刻師の胸を、ひととき明るくする。だが、すべて、遠い夢のようなことに過ぎぬ。

もう暗くてアブシールの丘さえ、定かには見えぬではないか。

カエムヘシトは、召使いに獣皮を運ばせるために、卓の上の鈴を取り上げて、振った。

四

いつの間にか、丸く大きな月が昇っていて、日が落ちたあと、いったん闇に沈んだ地上を、雪のように白く照らし始めていた。丘の下の民家の塊りは、むしろ昼の間よりも明るく触れ合った貧しい軒の影を地面に投げている。洞窟のように黒い口を開いた窓の奥に、ちらちらと火が燃え、屋根をぬいて立つ棗椰子《なつめやし》の影まで、地上に鮮やかだった。

家と家との間から、突然現れた半裸の男が、白く光る広場に出てきて、地面に跪《ひざまず》くと、太い声で、夜の祈りを唱え始めた。祈りの一区切ごとに、地面に身体を投げかけてひれ伏し、また半身を起して祈る動作を、男は倦《あ》きもせず繰り返している。

カエムヘシトは黙然とその声を聞いていた。いつか、これと寸分違わぬ風景をみたことがあったような気がしきりとするのだった。それは、妻の不貞を知り、工房を脱走した妻の情夫オマーを探していた頃かも知れない。憤怒と焦燥と、そしてもはや仇敵《かたき》のようにしか相手を見ることが出来なくなった、妻との遠い距《へだた》りに、荒涼と心をすさませながら……、こうして、やはり、木椅子に身を投げて、月に照らされた丘の下の村落をみたような気がする。その頃と、何も変っていないようだった。

だが、私は年老い、死はすぐそこにいる。カエムヘシトは、片手を上げて月の光にかざし、艶《つや》を失い、皺《しわ》にうずもれた手の甲と指を眺めた。逞《たくま》しい力を秘めていた腕は、いま、鑿を持つことさえ、心もとない。カエムヘシトは、小さく咳き込み、それから長い吐息を洩《も》らした。

師のキラトの後を襲い、宮廷彫刻師の長に挙げられた時、まだ四十代の半ばだったのだ。間もなくファラオの御用彫刻師を命じられ、ギーザ東南の丘の上に立つこの邸を建てた時、その工房には、すでに三十人をこえる工人が働いていた。ファラオの寵《ちよう》は厚く、エジプト全土に、カエムヘシトの名と伎倆を謳《うた》われながら、しかしいつも彼の地位をねらって策動する敵とも戦わねばならなかったのだ。宮廷と、邸内の工房を行き来するような、張りつめた日日。妻や、娘のタジと食卓を共にすることもない日が続いたことが、やはり責められねばならないことだったのだろうか。暴君であったかも知れぬ。しかし、妻と娘のタジをも愛していたのだ。

カエムヘシトは、肉の衰えた腕を力なく落し、北方の地平線に、再び針のように白く光るギーザのピラミッドに、物憂い眼を移した。あのように緊張し、警戒と自信とに、交互に心を満されながら生きた日があったとは、到底信じられないのである。ここには、微《かす》かな手足の冷えと、唱うような祈りの声と、月光と、そして死が、平安を装ってあるだけだ。アギウラの裏切り。それさえ、遠い想い出に思えるではないか。

五

アギウラが夫を裏切ったのは、カエムヘシトが、ファラオの命令で、南エジプトのアマダに派遣された時だった。五十人の大工、彫刻師、石工の一団を連れ、ナイル河に沿って、次第に狭くなるナイルの河谷を遡《さかのぼ》った。駱駝に乗って一月もかかる長い旅だった。アマダで、カエムヘシトは、ラーの神を祭る優雅で小さな神殿と、王家の血筋にあたる高官のマスターバ[注2]を作る仕事に、精魂を傾けた。それは、カエムヘシトが後世に遺すべき、大きな仕事のひとつだったのだ。

カエムヘシトが、その大きな仕事を終り、途中メンフィスに寄ってファラオに完成を報告し、我が家に帰ったのは、出発から数えて、あらまし一年後だった。カエムヘシトは憔悴《しょうすい》していた。

アギウラの身体に、異常を見たのは、泥のような眠りから覚めた二日目の朝だった。起しにきた妻の手をひき寄せようとしたカエムヘシトは、意外に強い力にそれを拒まれて、今度こそはっきり眼を覚ました。それでも、熟睡の後の満ち足りた気持が、心を寛大にしていた。開け放した窓から、晴れた日の光が床に射しこみ、ナイルから運ばれてくる、爽《さわ》やかに澄んだ空気が、鼻腔をくすぐった。カエムヘシトは空腹を感じていた。

「どうしたのだ？」

とカエムヘシトは言い、若い美しい妻の顔に微笑を投げかけた。アギウラは、青ざめた頬を夫に向け、眼は窓の外に向けていた。そのままの姿勢で言った。

「食事を召上れ、支度してあります」

「タジはどうしている？　眼が覚めたか？」

カエムヘシトは、床の中で頑丈な身体を思い切り伸ばしてあくびをし、それから半身を起してそう言った。微笑が、頬にのぼった。アマダに残してきた建築が、眼の裏にある。それは満足してよいものだった。カエムヘシトは、もう一度満ち足りた怠惰なあくびを嚙《か》み殺しながら、寝室を出て行く妻の、丸く、肉附きのよい後姿を眼で追った。カエムヘシトが、恐ろしいものを見たのはその時だった。

「アギウラ、待ちなさい」

妻が、寝室の入口で立ち止り、ゆっくりと振り向くのを彼はみた。が、その視線は、妻の青ざめた顔は見ないで、醜く膨らみ、恐らくはもう産月の近い妻の腹部に、打込まれた釘のように突き刺さった。頭の中を、氷のように冷たいものが一瞬つらぬき、それはやがて、すさまじい疑惑と嫉妬になった。憤怒がゆっくりとやってきたのは、確かにアギウラが不貞をはたらいたのだということを、納得した後だった。

「誰の子を身籠《みごも》った？」

言葉は、穏やかに口を放れたが、ほとばしろうとするあまりに多くの言を内に押えたために、語尾が顫《ふる》えた。アギウラは、眼を上げて窓に躍る朝の光を見ていた。頰の色だけが、青白く透いて見える。

「……」

「答えぬか、アギウラ」

「知りませぬ」

「なに、なに」

こみ上げてきた憤怒が言葉にならず、カエムヘシトは寝台から跳躍すると、裸足のまま ひと飛びに妻のそばに駆け寄り、髪を摑《つか》んで床に引き倒した。言え、売女《ばいた》め！ 男の名を言え！ 言わぬか！ もしこの時、階段をのぼってきた幼いタジが、部屋の光景をみて泣き出さなかったら、身を灼《や》いた怒りの中で、カエムヘシトは妻の命を断ったかも知れなかった。放心したように、妻の身体から手を放し、タジを見つめながら、カエムヘシトは、沈んだ声で言った。

「いま、お前を殺すべきだった。俺のためにも。お前のためにも、だ」

憔悴し、髭の伸びた顔を悲しみがよぎった。呻《うめ》き声も洩らさず、腹をかばって、無抵抗に床を引きまわされていたアギウラは、緩慢に立ち上ると、服の乱れを直し、髪を撫でた。そして無言で部屋を出て行こうとした。

「待て。一つだけ聞こう。合意の上での裏切りか、それとも犯されたのか」

振り返って、アギウラが始めて夫の眼をみた。そして、その唇に、声もなく冷たい笑いが刻まれるのをカエムヘシトは見た。その微笑はカエムヘシトの胸を凍らせた。アギウラは手を伸べて泣きじゃくっているタジの肩を抱くと、静かに部屋を出て行った。

六

三日、砂漠の熱気の中を駱駝の背に揺られ、夜はその腹に寄りそって寝た。そして三日目の日暮れに、女体のように、なだらかにうねる砂丘のひとつから、目指すオアシスを見おろした。

カエムヘシトは、振り返って、辿《たど》ってきた砂漠を眺めた。灰色の砂のくねりと、それを灼く日の光があるばかりだった。その中に、乗ってきた駱駝の足跡が続き、それも、越えてきた砂丘の頂きで消えていた。

カエムヘシトは、傾いた太陽を、手をかざして眺め、それから、砂の海の中の、緑の樹が茂る小さな村に向って、砂丘の傾斜を降りて行った。

降りてみると、棗椰子の樹立《こだち》の奥は深く、珊瑚樹や多肉質の灌木《かんぼく》がびっしりと地面を埋めて、そこに炎熱の砂漠とはかかわりもない静かな風さえ吹き通っているのだった。

泥土を塗り上げ乾した家が軒を接し、迷路のような家と家の間の道を、素裸に近い男達が歩き、立ち上り、カエムヘシトを眺めた。子供達は、砂漠から来た人と駱駝が珍しいのか、まわりに黒くまつわりついて、白い歯を剝《む》き、声高に喚《わめ》き声を交すのだった。開いた窓の奥を何気なくのぞくと、半裸の女が、素早く壁を向いて顔を隠したりした。

カエムヘシトは、その中の、家とは名ばかりの、洞穴のように底知れない闇を呑んでいる一軒の家を探しあてると、葉肉に、白粉《おしろい》のように塩を吹いている灌木のそばに駱駝を放し、入口を潜《くぐ》った。そこには、濃い闇があるばかりだったが、部屋の中は涼しいのだった。その闇に向って、カエムヘシトは、

「ハジ、いるか？」

と声をかけた。闇の中に、身じろぐ人の気配がして、微かに音が鳴ったのは、床に敷いた枯草の上から身を起したのだろう。カエムヘシトは待った。そして漸《ようや》く暗さに馴《な》れた眼が、半身を起して、物憂げに彼を見つめているハジと、その腕にすがり、汗に濡れた腕をハジの背に廻して寄り添った若いアラビヤ女の円《つぶ》らな眼を把《とら》えた。女はまだ少女と言ってよい幼い面影を、その端正な顔に残していた。その胸の膨らみに手を遊ばせながら、ハジが、髭に覆われた口を物憂く動かした。

「何か用かね、カエムの旦那」

「人を一人探してもらう。報酬はこれだ」

カエムヘシトは、腰を探って袋を取り出すと、逆さに振って、掌の上に、親指の頭ほどもある宝石を三つあけた。宝石は、薄明りを吸って、すぐに星のように煌《きら》めき始めた。

「男かね、女かね」

「男だ。三日前、私の工房から逃げた。名前はオマー。私の妻を寝取った」

不意に、はじけるようにアラビヤ女が笑い出した。女は噴き上げてくる笑いの苦しさに耐えかねて、岩のようなハジの背にまつわり、その肩に爪を立てた。なめらかな褐色の肌が笑いに波打つと、それは蛇がのたうつように見えた。それを冷ややかに無視して、カエムヘシトは、単調な声を継いだ。

「捕えたら、ここに繋《つな》いで置き、私に知らせるのだ」

七

老いた彫刻師の長、カエムヘシトは、黙然とテラスの椅子にもたれていた。さっき、召使いの代りにタジが獣皮を運んできて、足を包んで行った。

「何を考えておいでです？」

足を包んでやりながら、タジが愛想よく訊ねた。

「何も考えておらぬ。するとタジがきげんがよいのは、そのためなのだろう。泊って行くと言っていた。今日はヒメネスが来ている。こうしていると、涼しくて気持がよいのだ」

「お薬を、飲みますか」

「後でよい」

食事も後でよい、と言うと、あまり冷えないうちに階下に降りるように念を押して、タジは出て行った。タジは、声や、姿ばかりでなく、優しい気配りも、アギウラに似ているとカエムヘシトは思った。アナンは、顔はむしろ姉にも増して母に生き写しだが、心は似ていない。あれは、砂漠の中に今も眠っているオマーの魂の鎮めのために、飼って置くに過ぎぬ。しかし、最初からオマーを殺す気はなかったのだ。カエムヘシトは、無口で、時おり、刺すように自分を見つめていることのあるアナンを思い浮かべた。

半裸の男は、いつの間にか広場からいなくなって、丘の下の村は火を消してしまった。真上に来た月が、死んだように静まり返った村の扁平《へんぺい》な屋根や、道や、広場を照らし、カエムヘシトの老いた半面を照らしていた。階下で、若若しい笑い声が起ったのは、如才がなく、多弁なヒメネスが、タジやアナンや召使い達を笑わせているのだろう。

ハジからの知らせは、あの褐色の肌と美しい黒瞳《くろめ》を持つアラビヤ女が持ってきた。逃亡してから二ケ月近い月日が経っていた。遠い、人の行き来も殆どない、サハラのオアシスのひとつに隠れていたというオマーは、肌は乾き、眼ばかり大きくやつれ切っていた。カエムヘシトを見ると、顔に恐怖の色を露わにして、意気地なく許しを乞うた。カエムヘシトの胸に残忍な喜びが湧いたのは、その時だった。彼は無言で、駱駝の背にオマーを括《くく》りつけ、出発してから半日、砂漠の中に入った。水が、最後の一滴まで太陽に吸い上げられ、その後を、一面にギラギラと塩が日光をはじいている巨大な鹹湖《かんこ》を見下ろす砂丘までくると、ハジに手を振って合図し、駱駝の歩みを留めた。

日は真上にあった。鹹湖を見下ろすと、その強い白色の照り返しに、眼が痛むほどだった。ハジは、憔悴し立っていることさえおぼつかないオマーを、カエムヘシトの前に跪かせると、腕組みをして後を向いた。岩のような肌は、黒衣に包んでいた。

「お前は、私が鑿の持ち方、材料の吟味から教えた子飼いの弟子なのに、私を裏切り、愛する妻まで奪った。罪深いオマーよ、これから私の問うことに、偽らずに答えるのだ。明らかに答えるなら、このまま放しもしよう。偽りか、真実かは……」

カエムヘシトは、眉を上げて澄んだ空を見上げた。

「すべて、ラーの神がお見通しだ」

オマーは、うなだれたまま、身じろぎもしなかった。

「初めに聞こう。アギウラとの関り合いは、いつからだ？」

そう言った時、カエムヘシトの胸に、改めて嫉妬と怒りが眼を覚ました。

「私《うち》が、アマダに行ってから、盗賊のようにアギウラの心を盗んだか。それとも私がいる中にか」

「アマダに行かれる以前からでした。奥様が、淋しさを訴えられますので、私は……」

「多弁は許さぬ。聞かれたことにだけ答えるのだ」

「……」

「一度のあやまちか、それとも夫婦のごとくにか」

「……」

「答えるのだ、オマー」

「一度だけでは、ございません」

「ふむ」

カエムヘシトの眼の裏に、透きとおるように肌目《きめ》細かな、アギウラの肌や、彫りの深い目鼻立ち、熱っぽい吐息などが生生しく交錯する。カエムヘシトは、砂の上に投げ出したオマーの手の甲に、硬い獣皮の靴を乗せ、力まかせに踏みにじった。呻き声とともに、オマーの身体が烈《はげ》しい勢いでのけぞるのを冷ややかに見ながら、カエムヘシトは言葉を継いだ。

「それを隠し通せると思ったのか、オマーよ」

「足をお退き下さい。申上げますから、足を……」

「よし」

「もちろん……。いつかは露われることと、覚悟しておりました」

踏まれた手をかばいながら、胸を起し、この時だけ、オマーは昂然とカエムヘシトを見上げた。十も年取ったように、髭に埋もれ、艶を失った顔の中に、かつての眉目美《うるわ》しい若者の面影が、ふと甦ったようだった。

「ふむ。恥知らずな男だ。最後に聞こう。いまも、アギウラを愛しているのか」

「いえ」

オマーは即座に否定した。

「私は、とても奥様の煮えたぎる心には、ついて行けません。貴方の前ですが、いまは、顔を合せるのも厭《いや》です」

可哀想なアギウラよ。この男の、いまの顔を見たか。お前は間もなく、この軽薄な男の子を生み落すだろう。何も知らずに。カエムヘシトは物憂く、指を挙げてハジを呼んだ。

「この男を、打て」

ハジが、腰に下げていた鞭《むち》を手にとり、一振りすると、鞭は乾いた空気を裂いて、鋭い音を立てた。オマーが砂を蹴《け》って飛び起き、走ろうとしたが、ハジの一撃に他愛なくのめって砂を嚙んだ。

「いそげ、ハジ。風が見えてきた」

遠く、地平線に漂う雲のようなものがあった。空は晴れていたが、いつの間にか、まわりの透明な空気が、音もなくざわめいてきたようだった。砂嵐の前触れだった。オマーが叫んだ。

「お許し下さい。私はもう、誓って奥様とは何の関り合いもいたしません」

「それは聞いた。しかし冒した罪は、償わねばならぬ」

「何の罪です。私に罪はありません」

「奇怪なことを言う男だ。お前は恩を受けた私を裏切り、その上私から妻を奪った。それでも罪はないと言い張るのか。かまわぬ。打て」

鞭が、すさまじくうなって、オマーの背に喰い込んだ。蝦《えび》のように身を屈してオマーは大きく呻いた。続けざまに鞭が振られ、そのたびにオマーの身体は飛び上り、砂にまみれて転がった。空気のどよめきは、はっきりと、素早く流れて行く風になり、砂が細かく踊りはじめた。青黒く変った凄惨な顔を上げて、呻くように、オマーが言った。

「お聞き下さい。私に、罪の憶えはありませぬ」

「まだ言うか、愚かな奴」

「奥様に誘われました。私は、気がすすまなかったのだ」

「なに？」

「淫乱な女ですぞ。アギウラは……」

カエムヘシトの顔が、砂漠の砂の色とひとしく、灰色にささくれ立った。そして手を挙げて、ハジをとどめると、刺せと言った。ハジの黒衣の動きは素早かった。オマーを背後から抱くと、メロンを割るように、鋭利な刃物を、オマーの胸に刺し通した。絶叫が、長く尾を引いたが、それは、近づいてきた風の音に消された。二度、三度オマーは、ハジの部厚い胸に抱えられたまま口から血を吐いた。血はすぐに砂に吸われて、黒い跡だけが、濡れて残った。瞠《みひら》いた眼を迷わせ、漸く太陽を背にしたカエムヘシトの黒い姿をとらえると、オマーは、戦《おのの》く唇から呟《つぶや》いた。

「カエムヘシト。あなたのなさったことも、ラーの神はお見通しだ」

「オマーよ」

カエムヘシトは、その眼に、別れを告げるように答えた。

「お前も、私とアギウラの愛を、永久に殺したのだ」

オマーの首が、静かに垂れるのをみて、カエムヘシトは、背を向け駱駝に歩み寄った。ハジが、砂を掘ってオマーの屍《しかばね》を埋めた。四囲は、すでに赤らんだ砂塵《さじん》の壁に囲まれ、風は、駱駝の背に腕を投げかけて立っているカエムヘシトの足を、しばしばよろめかせる程強くなっていた。砂の荒い粒が面を打った。

屍を埋める仕事を終り、駱駝に戻ったハジが、太い息を洩らして振り向いた時、オマーの屍を埋めたあたりには、すでに美しい風紋ができ、そこがいずことも、定かには見分けることが難しかった。

八

セトルは、眠れぬままに、工房に続いている寝屋を抜け出し、庭の樹に凭《もた》れて涼んだ。むし暑い夜だった。木陰の闇の中に一人で坐っていると、完成に近づいた群像のことや、しなやかなアナンの身ごなし、美しい沈んだ声などが若者の頭の中を占め、セトルは悩ましく吐息を洩らした。師のカエムヘシトは今朝早く、突然旅に出た。身体の衰えを気遣って、タジやアナンはもちろん、セトルも懸命に思い止まるように言ったが、恐ろしい声でカエムヘシトは彼等を退け、ただひとり駱駝にのって丘を降りて行った。行先も告げないのだった。セトルには、帰るまでに像を彫り上げておけ、と言った。若者はそうすると、カエムヘシトの帰るまで、当分アナンを見ることができないのだ。

う思い、もう一度深い吐息を洩らした。

「セトル」

澄んだ低い声が、すぐ近くで彼を呼んだ。樹立の中で、そこだけ月の光が洩れている棗椰子の幹に、白い麻の服に身体を包んだアナンが身体をもたせかけて立っているのだった。セトルは、思わず立ち上った。すると、素早く、足音もなく走り寄ったアナンが、唇に指をあて、静かに、という身ぶりを示した。

「どうなさいました、アナン様」

「上で涼んでいたら、外に出てくるセトルをみたの。お前に聞きたいことがある」

「この夜更けに」

「夜更けではいけないのですか」

思いがけなく、いたずらっぽい眼に笑いかけられて、セトルは顔を赤らめた。

「何ですか？　聞きたいと言うのは」

「お前はいま、何を考えていたの？」

愛くるしく首を傾けて、アナンはまたいたずらっぽい笑いを頰に刻み、若者をもう一度当惑させたが、アナンが次に言ったのは、思いがけない言葉だった。

「お父様が、どこに出かけたのか、セトルは知りませんか」

「いいえ、アナン様」

「お前は、私が生れる前からこの家にいた人だから、父が時時出かける旅が、どこへ行くのか知っているかと思ったの」

アナンは、落胆したようにそう言って首を垂れたが、

「セトル」

と、もう一度呼びかけて、若者に寄りそい、肩に手をかけて顔をのぞき込んだ。香ぐわしい匂いが顔にまつわり、セトルは、身体が顫え出すのを、とどめることが出来なかった。

「私が、父の子でないことを、知っていますね」

「はい、アナン様」

「私がもの心ついた時、父と亡くなった母は、御夫婦でいながら、お二人の間に通うものが何もない、全くの他人でした」

「その通りです。アナン様」

「そしてその原因が私だということも、間もなく解ったの。父が、私を御覧になる眼で、解ったのです。母は、それはそれは、私を可愛がってくれたわ。でも、それは父には何の関りもないことだったのです」

「………」

「父は、いまでも、私を道端の石をみるように御覧になるわ」

「存じております。アナン様、だから私は」

「教えて頂戴、セトル。私は誰の子なの？　あなたなら知っている筈《はず》だわ」

「……」

「私の父は、誰なの？」

「それは……、私には解りません」

若者は悄然《しょうぜん》とうなだれた。

「母が亡くなる時、私は母にそのことを聞いたけど、教えてくれなかったの。涙を一杯ためた眼で私をみただけで」

「……」

「セトルは、本当に知らないのね」

「私は、まだ子供でしたから」

「誰が知っているの？　父しか知らないの」

「もし知っているとすれば……」

セトルは、ためらうように言った。

「あるいは、ヒメネス様が……」

アナンは、セトルの手をとって握りしめた。

「ありがとう、セトル」

セトルは、呆然と立ちすくんだまま、アナンが足早に消えた木陰の闇の中を見つめた。

掌の中に、湿った小さな手の感触だけが残った。

足音を忍ばせて、アナンは寝室に戻った。そして、窓から洩れる月明りに、横を向いて安らかな寝息を立てているタジを確かめた。

（豚のように幸福な姉）

アナンは、険しい眼で、タジの寝姿を見守りながら、手早く白い寝衣に着換え、髪を解くと、足音を忍ばせて、もう一度廊下に出た。今夜も、ヒメネスは、客用の寝室に泊っている。アナンはその前に立ち、息を整えてから、ドアに手をかけた。いつかの夜、このドアから、忍びやかに出てきた姉の、白い寝着姿を見たことが、ちらりと頭をかすめた。いまも、タジがこの中にいるような、錯覚に襲われそうだった。

中に入ると、静かにドアを閉め、立った。

「タジか。こちらへおいで」

闇の中に、落ちつき払った男の声がした。アナンの胸が轟《とどろ》いた。

「どうした」

アナンは、ためらわずに、闇の中でも位置を知っている寝台に向って歩いた。不意に闇から男の手が生え、荒荒しくアナンの手をひき寄せると、胸を抱いた。抵抗するひまもなく、アナンの身体が、寝台に仰向けに寝た男の上に倒れこむと、男は、その髪を撫で、肩を撫で、手をすべらせて背を撫でたが、そこで、ふと手の動きが止った。アナンは、素早く立ち上ると、寝衣の前の紐を解いた。

急いで点した燭台の灯に、ヒメネスは、肩に寝衣をまとっただけのアナンの裸身をみた。見慣れている亜麻布の服の下に、このような美しい裸身が隠されていると、誰が信じることが出来たろう。滑らかな肩、豊かに張った双《ふた》つの乳房、そして美しくくびれた腹に続く、そこに女の生命が息づいている秘部。ヒメネスが長い吐息を洩らした。それは嗟嘆《さたん》に似ていた。

「アナンか」

「私では、いけませんの？」

アナンはこわばった笑いを浮かべると、呆然としているヒメネスの手を取り、身体を寄せた。男の眼が、ふと狂暴な光を帯び、手が乳房にのびる。身体を捩《よじ》ってその手をはずすと、アナンは言った。

「あたしと姉と、どちらが美しいか、言って頂戴」

「お前の方が美しいとも。数倍も美しい」

ヒメネスの太い首が、こみ上げる喜悦に膨らみ、荒荒しく呼吸をはずませると、むしり取るように寝衣を剝《は》ぎ、アナンの裸身を抱きしめた。

「アナン、以前から私は、タジよりもお前の方が好きだったのだ。ただ、まだ子供だと思っていた」

アナンは、身体を探ってくる男の手を抑えて言った。

「ヒメネス。私の父が誰だか、あなたは知っているのね」

沈黙があった。しかし、男はそこから引き返すことが出来なかった。ヒメネスは弱弱しい声で「罠《わな》か、アナン」と言ったが、そこまでが、男の抑制の限界だった。男は進んで小さな罠の中に落ちて行った。

「名前はオマー。私の兄弟子だった」

「そして今は？」

「死んだ」

「父が殺したのね」

短い沈黙があったあと、男は乾いた声で答えた。

「そうだ。カエムヘシトが殺した」

アナンは、灯を吹き消し、静かに男のそばに身体を横たえると、冷ややかな声で言った。

「私を抱いてもいいわ。ヒメネス」

九

老いた彫刻師の長、カエムヘシトは、テラスの椅子に背を曲げて坐っていた。いま、セトルが、完成した彼と妻と子の群像を刻んだ石灰岩の彫刻を運び、彼の前に置くと、黙って一礼して引き下ったところである。その顔と、身ごなしが自信に溢れているのを、カエムヘシトは微笑して見送った。群像は、見事なでき栄えだったのだ。

顔に、やや愁いを浮かべたアギウラは、つつましく両足を揃え、右手を夫の背にまわして坐り、カエムヘシト自身は、威厳と自信に満ち溢れて、堂堂と坐っている。

日がまた、西の空に落ちるところだった。荘厳な落日の光が、遠く北の空に連なるギーザのファラオ達のピラミッドを金の鉾《ほこ》のように光らせ、眼の下に点在する村村の樹立や、泥土の壁を赤く染めている。

カエムヘシトは、長い間考えこむように背を曲げ、小さな像に眺め入った。これですべて終ったのだった。ハジにもらってきた命を断つための毒薬は帯にはさんである。疲労のために、崩れるように駱駝の背を滑り落ちたカエムヘシトを、ハジは抱えるようにして家の中に運びこんだ。

「毒をもらいにきた。ハジ」

「今度は誰のために使うんですかい。カエムの旦那」

「私自身に用いる」

ハジは、物憂くうなずいて立ち上り、すでにせむしのように曲った背をカエムヘシトに見せて毒薬を選んだが、黒衣の中に包みこまれているのは、巨大な老醜の肉塊だけになったのだろうか。ハジは、カエムヘシトの手に渡すまで、一包みの毒薬を、何度も何度も確かめるのだった。

ようやくカエムヘシトは身体を起した。その胸をすぐに落日が染めた。生きて、しなければならないことは何ひとつなく、身体は衰え、死はすぐそばにきていた。いま僅かに、身体を立てなおしたことで、もう息切れが激しいのだ。それはそこまでやってきている死の息遣いかも知れない。が、それを聞くことは、さして不快ではなかった。カエムヘシトは、鈴を取り上げて振り、タジを呼ぶと器に水を持ってくるように言いつけた。

「ネフェル様からお薬が届いておりますよ。持って参りましょう」

今日も、ヒメネスがきているのだろう。夕焼のためばかりでなく、タジの頬は赤らみ、眼はうるんで、若若しい声だった。

「薬はある。水だけでよいのだ」

タジは怪訝《けげん》そうに顔を傾けたが、黙って引き下った。しばらくして水を運んできたのは、アナンだった。

「お薬はいらないそうですね、お父様」

「ふむ」

カエムヘシトは顔をそむけて水を受け取ると卓の上に置き、また背を曲げて像を見、それから砂漠の果に落ちて行く巨大な太陽と、その残光に染まって炎《も》えているエジプトを見た。見残したものはないようだった。カエムヘシトは、一口水を含み、それから帯に指を遊ばせたが、ふと、そのまま凝然と眼も身動きもとめた。ふり返ったが、アナンの姿はなかった。カエムヘシトは、ややうろたえて帯を探った。ハジがくれた毒薬の包みは、間違いなくそこにあった。

「ふむ」

カエムヘシトの頬に微笑が湧いた。水に匂ったのは、確かに、それと同じ毒薬に違いなかった。（すると、アナンが、これをしたのだ）ふと、アナンのしたことを哀れだと思った。それは、ほとんど愛情に近い感情だった。階下から聞えてくるタジの、快活な笑い声を、この時ほど遠く、他人の声のように聞いたことはなかった。アナンは、カエムヘシトが、いま一番親しんでいる死に、密着していた。

カエムヘシトは器をとり上げ、湛《たた》えてある水を無雑作に飲み干すと、眼をつむった。太陽は全く地平線に落ち、地上を素早く夜が這って行った。唱うような、ラーの神への祈りを、それがまた物憂く始まったのを、カエムヘシトは遠くに聞き、次第に、手足の先から忍び寄ってくる冷たい死と遊んでいた。

注2　古代エジプトの個人の墳墓。

木曾の旅人

一

贄川《にえかわ》の宿。この小さな宿場町から、中山道は、東西に波のように重なり合う山山の間を縫う木曾路《きそじ》に入る。贄川から奈良井宿、鳥居峠の急峻《きゅうしゅん》を経て藪原《やぶはら》、宮ノ越、福島の宿を経て、美濃との国境馬籠《まごめ》の宿まで木曾路十一宿。奈良井と藪原の間を遮《さえぎ》る高処、鳥居峠に立てば、西に東に緑の波のうねりに似た山脈のたたずまいがひろがり、その果《はて》に、西に御嶽《おんたけ》、東に駒ケ岳の山巓《さんてん》が、夏も雪を頂いて望まれる。そこで両側から迫ってくる山岳の重圧に耐えかねるかのように、曲折も露《あら》わに痩《や》せた木曾谷が南北に走るのである。

天保十年（一八三九）七月はじめ。ひとりの旅人が福島の宿に入ったのは、夏の日もすでに山山の陰に落ちて、宿外れの家家の煤《すす》けた軒をかすめて、蝙蝠《こうもり》がおぼつかなく飛び廻っている日暮れ時である。

福島の宿は、木曾代官山村氏が陣屋を置く、いわば木曾路十一宿の要《かなめ》である。奥州白河、山陰の大山《だいせん》と並んで、寛文《かんぶん》の昔から馬市で諸国に知られる。見てくれは不恰好《ぶかっこう》だが、山路を歩かせては天下一をうたわれる木曾駒を求めて、ついこの間諸国から人が集まる夏の大馬市が仕舞ったばかりであった。中山道を往来する旅人の泊りも多く、その宿屋と、曲物《まげもの》、漆器を細工する屋並みが目立つ木曾路一番の賑《にぎ》やかな宿場町である。

周囲の奥深い山林が産する檜《ひのき》の良材を使った曲物、漆器とつげ材のお六櫛《ろくぐし》は、以前藪原の宿の特産として知られていたのだが、宝永年間に尾張侯が五木禁制《ごぼくきんせい》の令を施《し》いて後、漆器細工の業が福島に移ったからだ。豊かな山林といっても、自由に伐木出来る範囲は限られている。巣鷹《すだか》を育て、保護する建前から区切られた巣山は人民不入《いらず》のしきたりだったし、そのほかに山林保護を目的に伐採を許さない留山《とめやま》があった。そして、自由伐採の地域として明山《あきやま》の制度があったが、尾張藩の五木禁制の令は、この明山の使用も禁じてしまった。代りに、細工物の工材は藩から下げ渡される。すなわち、奈良井、藪原、福島の三宿に、この下付制度があてはめられたのだが、このため、これまで農民一般の副業として盛んだった檜物《ひもの》細工はいっぺんに下火になり、農民はあらかた副業を養蚕に乗り換えてしまった。檜物細工は農村から宿場町に移ったのである。

賑やかな宿場町といっても、宿外れとなれば、何ほどの賑わいもない。ぽつりぽつり暗い灯を点し始めた屋並みの前の道を、家に帰るのを忘れた子供たちが、長い竿を手にした腕白《わんぱく》を真中にして、入り乱れて蝙蝠を追いまわし、走りまわっているだけである。五日も続いた半夏市《はんげいち》も終った宿場には、賑わいの後の、侘《わび》しい疲れのようなものが漂っている。

東西からはさんだ谷間の町を圧《お》しつぶすように、山は樹の色の暗さを加えていたが、空にはまだ明るい光があった。ぽつりと浮かんだ孤独な雲には、さきほど、ひと時空を火のように焼いた夕焼の名残りが薄紅《あか》く留まっている。山国の日没の時は短い。そして日が暮れると、秋を思わせるように、肌に迫る涼しさが押しよせてくるのである。

男の子ばかりではない。膝までの短い着物の裾から、埃《ほこり》に真黒に汚れた足を突き出して、男の子に負けずに声をからして走りまわっている女の子もまじえた子供達は、足早に宿に入ってきた男にぶつかりそうになって傍を走り過ぎた。

「おっと、危ねえぜ」

小脇に抱えた三度笠と合羽《かっぱ》を頭の上までさし上げて、男は立ち止り、つむじ風のような子供達の群をやりすごしたが、しばらく立ち竦《すく》んだように見送って立った。白いものがまじっている髷《まげ》、額だけでなく、凹《くぼ》んだ頰にさえ、深く刻まれた皺《しわ》。子供を見送った無表情な眼と、腰にぶち込んだ黒鞘《くろざや》の長脇差《ながどす》が堅気の暮しを営んでいる者に見えなかったが、かなりの年輩である。一宿一飯《いっしゅくいっぱん》の仁義を頼りに旅から旅を渡るやくざ渡世《とせい》にしては、男は年をとり過ぎているようであった。

男は肩にかけた振分荷《ふりわけに》をひと揺りすると、後はふりかえりもせず、すたすたと足を早めて町の中に入りこみ、迷う風もなく一軒の広い店構えの前に立つと、格子戸を開けて中に消えた。

表向きは助郷《すけごう》の人足、馬匹《ばひつ》の手配をしたり、曲物、漆器の卸《おろし》まで手がけているが、半面福島から妻籠《つまご》までを縄張りに持つ博奕打《ばくちう》ち十六夜《いざよい》の瀬兵衛の家である。

二

「喜之助さん、祭に御案内しましょうか」

若い者の富蔵が、そう言って誘った。喜之助と呼ばれたのは、十日程前、この家に草鞋《わらじ》をぬいだ年輩の旅人《たびにん》である。

今日は水無《すいむ》神社の祭礼だった。昼の中宿通りを「宗助」「幸助」の掛け声も勇ましく練り歩いた暴れ神輿《みこし》は、昔幸助、宗助と呼ばれる二人の若者が、工芸の巧緻《こうち》で天下に隠れない飛驒《ひだ》の国から神輿を偸《ぬす》み出し、奉じて木曾に帰る途中、飛驒の追手に追いつかれて、神輿を深い谷底に投げ込んだ古事を模したものだという。「宗助」「幸助」と、自分の掛け声に励まされて、若者達は担いでいる神輿を横にまくり縦にまくる。天下の奇祭だった。

騒ぎをよそに喜之助は、与えられた客人部屋に、終日手枕で横になっていたようである。そうして寝ている姿をみると、喜之助は折り曲げた身体も小さく俄《にわ》かに老人めいて見えるのだった。だが、呼びに来た富蔵はそんな風には見ていない。

やくざ渡世人の貫禄は、はじめ仁義を切る時の、笠を手早く左脇にはさみ、右手を拳にして敷居につく形と、「ごめんなさい」の最初のひと言にはかられるとも言う。喜之助が瀬兵衛の家を訪れた時、応待に出たのが富蔵だった。富蔵は「旅人、お出《いで》なさいました」と返したが、喜之助の貫禄を量るどころか、逆にその無表情な眼にすっかり自分を裸にされてしまったのを感じたのだった。かような様にて失礼でござんすがお控えない、と前置きして一息に述べたてた仁義を受けとめるのに、富蔵は汗をかいたのだ。

富蔵に誘われて、喜之助はむくりと起き上った。

「ああ、富蔵さんか、これは御親切に」

「そろそろ山博奕が始まりますもんで、お誘いしてみようと思って」

富蔵の言葉には、わずかながら、この老渡世人に対する尊敬の響きがあった。喜之助はうなずいて立ち上ると、

「御案内頂きましょう」

と言った。言葉に江戸の訛《なま》りが強い。喜之助は中山道熊谷在の無職渡世だと名乗っている。

たっぷりと水を打った通りに、家家の軒に吊した祭り提灯《ぢょうちん》の灯色が映えている。通りに向けた門も格子戸も窓も、涼しげに開かれ、家の中からも、明るい灯火のゆらぎと、ざわめきが外にこぼれる。晴着を着た子供達が、三人、四人と連れだって、ひっきりなしに表を通るのは、ゆるやかな音を送ってくる太鼓の撥音《ばちおと》に惹《ひ》かれて、神社の境内にいそぐのだろう。半夏市の殺気だった賑わいとは違った、もの静かな祭の夜の賑わいだった。

「富蔵さん、つかぬことをうかがうが……」

富蔵は裾に、波に千鳥の模様を紺で染めた仕立おろしの浴衣を着ていたが、喜之助は

瀬兵衛の家に草鞋をぬいでから、一度洗ったきりの盲縞の普段着だった。その姿で喜之助は、富蔵に一歩遅れて背を曲げて歩いていたが、突然背後から、思い決めたという風に、そう声を掛けた。

富蔵が一寸《ちよつと》驚いたように振り返るのに、喜之助は伏目になって、

「いま通ってきた司屋という宿屋ねえ、あそこは誰方《どなた》が切廻しておりなさるか、御存知ですかい？」

「司屋さんですか」

何のことだというように、富蔵は白い歯をみせて笑ったが、

「あすこは婿取りで、お登世《とせ》という内儀《かみ》さんが、まあ万事取り仕切っておりますがね。おや、喜之助さんは、何か司屋さんを以前から御存知で？」

「いえ、あたしじゃなくて、あたしの故郷の友達がよく知っとりましてねえ、いずれお訪ねしなきゃならねえんでございますが。そうですか、お登世さんとおっしゃる……」

「年増ですがね。気性もしっかりしていなさるし、大層美人で、評判の内儀さんですわ」

「もひとつお聞きしますがねえ、昔司屋さんにお佐和さんという若い娘さんがおられたそうですが、今どうしていなさるか、御存知で？」

「喜之助さん」

富蔵が振り返って笑った。あまり見栄えのする男振りではないが、眼に愛嬌があり、

笑うとやくざ渡世には場違いな感じで、人の好さが丸出しになる。小肥りに太って、憎めない男だ。

「それは、昔は若い娘時代があったには違えねえでしょうが、あっしの知ってるお佐和さんは生憎《あいにく》もう小母《おば》さんでしたねえ」

「なるほど。こいつはしくじりました」

「きれいな小母さんでしたが、先年亡くなりましたよ」

「そうですかい」

喜之助は何気なくそう言ったが、そうですかい、亡くなられたんですかいと呟《つぶや》いて、そのまましばらく黙って歩いた。

「小母さんといっても、まあ大年増みたいな風でね。あれは生涯男持たずだから、あんな風に瑞瑞《みずみず》しいんだ、なんて話で、奇妙な人でした。もっともあんた、男持たずたって、若い時お登世さんという娘を生んだんだから、男を知らないというわけじゃねえんで。はあ」

「すると、お登世さんていう、いまの内儀さんは、お佐和さんの娘さんで」

「さいでござんす。ま、父《てて》なし児《ご》を生んだというんで、だいぶ評判だったらしいですよ。こいつはもっとも、あっしの生れる前のことで、くわしいことは何も解りませんがね」

「父なし児ねえ」

喜之助は、ふと顔を上げて嘆息するように言った。語尾が微《かす》かにふるえたのを、富蔵は聞き逃したようだった。

「喜之助さん、いま司屋の前を通って、何かこう人気の淋しいのに気がつきなさったかどうか。あっしとこの親分が、気の毒だと言ってましたが、司屋は高利に金を借りましてね。ずーっと、ここんところ左前でござんすよ。いえね、親分が気の毒だとおっしゃるのは、その借金に、油屋の藤七親分が絡んでいるって噂《うわさ》で。油屋も妙なことをする、とうちの親分なんか、あのとおり真当《まっとう》なんですから、気にしてなさるんで。へえ」

「お登世さんの旦那さんてえ方は、どういうお人なんですかい」

「お。もう水無様です。賑わってますなあ。へえ、その司屋の旦那さんにも、ここでお目にかかれますよ。十中八、九、今夜の御開帳《ごかいちょう》にきておられるでしょう」

三

畳を二枚ずつ鋲《びょう》を打ってつなぐ。この二畳分を三つ繋いだ三間盆《さんげんぼん》である。水無神社の裏手の広場で開かれている山博奕は、赤赤とゆらめく裸蠟燭《はだかろうそく》の下で、異様な熱気をはらんですすんでいた。

「さ、張ったり、張ったり」

と威勢のよい声をかけているのは、十六夜一家の弥八という若い者である。木曾路きっての盆に明るい男と言われているだけあって、興奮の壺の中にいながら鋭い眼で正確に丁の側、半の側の金を素早く読んでいるのは小気味よいほどだった。この中で一番冷静なのは弥八と、いま壺を伏せている佐一の二人かも知れない。丁半の金を眼で計り、その差額を平均にならす。てきぱきと運ぶと、弥八は次の畳の区切りに、やはり同じように尻を端折《はしょ》って、膝だけ畳についている若い者にうなずく。畳の区切りごとにいる若い者が、順順に眼でうなずいて最後まで行くと、

「勝負！」

と通し声がかかり、壺振りの佐一が、ぱっと伏せていた壺をあける。佐一は立て膝である。片肌を脱いだ肩から胸にかけて流れる汗だったが、鮮やかな手並みだった。三十五、六の身体の大きな、ほとんど鈍重に見える佐一だが、十六夜一家では、この男の右に出る壺振りはいない。ずしりと腹に響くような声で、

「半」

と佐一が告げた。盆の両側に、下駄や雪駄《せった》ばきのまましゃがんでいる客達が微かにどよめく。すでに眼が血走って、落ちつきなく身体を揺すっている男もいる。その横顔に蠟燭の灯りが火のように赤い。

「どうです？」

と富蔵が囁《ささや》いた。盆の上の勝負をみている人達の間にも、勝負の熱っぽい空気が伝わって、あちらこちらで興奮した囁きが交されている。そのどよめきの中を縫って、弥八の疲れを知らぬ声が「張ったり、張ったり」と夜気を裂いて響く。

「富蔵さん」

と喜之助が言った。

「さっきおっしゃった、司屋の旦那というお人は？」

「え？」

富蔵は振り返ったが、もう忘れていたらしく、

「何ですね？」

と聞き返した。

「さっきおっしゃってた、司屋の旦那さんは？」

「ああ政太郎さんですか。へい、あれです。あの方が司屋さんで」

喜之助は灯明《ほあか》りに眼を凝らして、その男をみた。三十七、八に見えた。面長《おもなが》で浅黒い顔がきりりと締り、司屋の旦那と呼ばれるにふさわしい落ち着いた人柄に見えたが、中腰にしゃがんだまま、チラリと眼を上げて壺振りの佐一を見た顔が、蒼白なのを喜之助は見逃さなかった。

盆から少し離れたところに、地べたにじかに敷いたござの上に、町の旦那衆二、三人と坐り込んで、何やら笑いながら話している瀬兵衛に挨拶を済ますと、喜之助は富蔵から離れて、人混みに紛れこみ、勝負を見守った。夜が更けるに従って、張る金がさは大きくなり、座が乱れてくるようだった。儲けた者は儲けたなりに勝ちを逃さないように、精一杯緊張していたし、負けのこんだ者は、畳ににじり上らんばかりにして、喰いつくような眼で、佐一の手許《てもと》を見つめる。すでに有金をはたいて、呆然《ぼうぜん》とした顔で、よろめ

くように人混みを掻《か》き分けて立ち去る者もいた。

政太郎は終始居ずまいを崩さないで張り続けていたが、勝負は裏目と出る数が多くなり、たまに返ってきても、額が小さかった。そして、やがて政太郎が立ち上ったのを、喜之助はみた。

いったん瀬兵衛の方に向けた足を、思い返したようにとめると、政太郎はそのまま賭場を後にして、すたすたと神社の境内の方に、暗い繁みを分けるようにして、いそいで行く。だが、通りに出ると政太郎の足は、司屋の方向とは反対の南の方に向った。

町通りをきらびやかに照らしていた提灯は、もうあらかた消えて、ぽつりぽつり残っている灯が、星もない暗い軒先を染めているのが、寂しげに見える。町はあらまし寝静まったと見えて、人声もしない。遠くで火の用心の触れ声と、拍子木《ひょうしぎ》の音が眠たげに断続するばかり、人通りも絶えていた。

通りから角を曲って一つの路地に入ろうとして、政太郎はふと立ち止ると、懐《ふところ》を探って、それから後をふり返り、人影のないのを確かめて、突然素早く角を曲った。

暗い空にそそり立つように高い二棟の土蔵。厳重な忍び返しをとりつけた練塀に、門が小さい。こぼれるような愛嬌と、人の面の皮をひん剝《む》くような酷薄な鬼面の両方を使い分け、人には蛇蝎《だかつ》のように恐れ嫌われながら、その富の力で代官にまで頭を下げさせると言われる、高利貸近江屋重兵衛の住いである。小判の色をみ、音を聞くほかに楽しみを持たないというこの男は、金の故に人を信用することが出来ないのか、身の廻りの支度を通いの婆さん女中にやらせるほかは、この広い屋敷にただひとり、金と暮している。家族もなく、木曾の宿に住みついてから、あらまし四十年にもなろうとするのに、その前身を知る者は未だにいない。奇怪な老人だった。それでも、宿場の者は勿論《もちろん》、遠く奈良井、野尻、三留野《みどの》のあたりからも、金を借りにくる者は少なくない。重兵衛のために、家屋敷を潰《つぶ》された者、そんな者は数え切れないほどいる。それでも、人人は金を借りにくるのだ。

政太郎が、懐から引き出した短刀を左手に持ち替え、小さいが頑丈な門を叩こうと拳をふり上げた時、後の闇から声がかかった。

「およしなせえ」

さっと塀に背をつけて振り向いた政太郎が、抜き放った短刀を構えて、低い声で詰《なじ》った。

「誰だ！」

「別に怪しいもんじゃねえ。お前さんの方がよっぽど怪しいくらいのもんだ。ま、その危ねえものを蔵《しま》っとくんなさい」

「見過してもらおう。わたしはただ、この家に用があるだけだ」

「それが無駄だと言うのだ、政太郎さん」

「……」

「ドスを懐に、用事もねえもんだぜ。第一、爺さんこんな夜更けに、のこのこ起き出してくるもんかね」

「わたしだと言えば、出てくるだろう」

「まあ、駄目だね。お前さん、大分ここの家に借金がかさんでいるという話だ。こんなよる夜中に金返しにきたとは思うめえよ」

長い沈黙が続いたあと、突然、政太郎は崩れるように地面に膝をついた。

「お恥かしいことだ。全くお恥かしい。誰方か知らんが、あらまし事情も知っていなさる御様子だから、お願いする。今夜のことは見逃して下さい。こうするよりほか仕方がないと思い詰めていたが、考えてみれば浅墓《あさはか》な話です」

「立ちなせえ」

と、喜之助は言った。

「心配することはねえ。無論、誰にも言うこっちゃありません」

「有難うございます。しかし……」

立ち上って、気を取り直したように膝の埃をはたいてから、政太郎は不審そうに闇を透かして喜之助をみた。

「どなたさまでございましょう？　町の方とも思われませんが、どうしてわたしの名前まで御存知でいらっしゃる？」

それには答えず、喜之助はもう歩き出しながら言った。

「政太郎さん、子供さんはおありかねえ？」

「はい。三人でございます」

「男の子かね、それとも女の子供さんで？」

「上の二人が女で、末が男の子で……」

そうですかい、上が女二人で、末が男の子ですかい。喜之助の低い囁きを、政太郎はそんな風に聞いた。水無様の賭場から持ち続けていた悲愴な昂《たか》ぶりが、水の退くように冷えて行くのを感じながら、政太郎は何か夢の中の出来事のように、今夜の自分を思い返していた。そう言えば、いま自分に背を向けて歩いている男、その男のとりとめのない言葉まで、夢のように覚束《おぼつか》ない思いに誘うのだ。

「もし、お名前を。そしてどちらの方でございますか、お聞かせ願えませんか」

「なに、十六夜の親分のところに厄介になっている喜之助という旅暮しの親爺《おやじ》でね。名乗るほどのこともいらねえのだが、それじゃ、あんたがきび悪かろうから」

「旅の方が、どうしてまた、わたしどもの事情を……」

「事情なんざ、親分とこの若い者に聞いたさ」

それでも政太郎の不審は、濃くなるばかりのようだった。その沈黙に弁解するように喜之助が言った。

「あんたの家のことは、以前江戸の友達から聞いているのだよ。宇之吉という男だがね。お前さんの家の、お佐和さんというお人を、よく存じ上げていた」

「義母を、ですか？」

「亡くなられたそうだねえ」

「もう、かれこれ六年になります」

通りが、うるんだように仄明《ほのあか》るい感じになっているのは、霧が出てきたためだった。

喜之助のチビた下駄の音と、政太郎の履いている雪駄の音だけがしばらく交錯したが、
その沈黙を破って喜之助が言った。

「一体重兵衛とこの借金は、どのくらいになんなさる？」

「七十両と少し」

恥じているように、政太郎がむっつりした口調で言う。

「利息だけでも入れとけばよかろうに」

「その利息も、この頃は払い切れないほどに嵩《かさ》んでしまったものですから」

「よそから借りても、利息だけは払わねえとなあ」

「もう、借り尽してしまって……」

政太郎は微かに笑ったようだった。

「司屋がいつ潰れるか、もう皆さんそれを待っているだけで、誰も助けてなんぞくれません。ここまでくると、それも仕方ないことで」

力なくそう言ったが、

「一人、助けてやるという方が、おられることはおられるんですが……」

と口を濁した。

「どこの方ですね」

「油屋の親分で、藤七さんといわれる方ですが、わたしは、その方からは、一家そろって餓死しようと金は借りまいと思っておりますので」

「それはまた、どういうわけですね？」

「昔、酒の席でお登世を口説いて、恥をかかされたことがあったとかですが、その後も折につけ、言い寄る素振りをみせると、お登世が怖気《おじけ》をふるっておりますので」

「そいつはいやな野郎だ。そいつはいけねえよ」

穏やかな口調で言ったが、喜之助の眼がきらりと光った。

「ま、心配しなさんな。袖摺《そです》り合うも他生《たしよう》の縁て言うが、わたしも宇之吉さんから聞いていて、一度はお邪魔してみてえと思っていたところだ。わたしは金を持っていねえが、十六夜の親分から借りてせめて利息分だけでも、あんたに廻してやりてえ。何とかなりまさあ。素人衆が賭けごとで金をこしらえようなんて思っちゃいけません」

「しかし、喜之助さんとおっしゃったか、見ず知らずのあんたにそんな御心配をかけては」

「あんたは見ず知らずだろうが、こちらが知っている分には、一向差支えのねえ話だ。お内儀さんや、子供さんを大事にしなさることだ。自棄《やけ》を起しちゃいけませんぜ」

四

「お佐和さん。俺だぜ」

買ってきた線香に火をともし、花をそなえると、これが俗名お佐和さんの墓だと住職に教えられた墓の前に、背をまるめてうずくまり、喜之助はつぶやいた。

丘の上にある墓地は、まわりを美しい樹立に囲まれて、積み重ねたような石塔の群だった。頭の上にさしかけたえごの木の枝越しに、葉洩《はも》れ日が明るく映えてチラチラと墓石の上をなめる、静かな午時《ひるどき》だった。

「とうとう、生きているうちに会えなかった。会いてえ、会いてえと、そればかり思っていたものだが。俺が悪い」

喜之助の皺深い頬が、かすかにゆがむ。

司屋のお佐和とは、幼馴染《おさななじみ》だった。喜之助は貧しい曲物職人の子、お佐和は裕福な旅籠《はたご》のお嬢さんというそんな違いも、子供の頃には何の差障りもない。夕方になれば、帰ってきた日に喜之助がみたように、お佐和の手をひいて、蝙蝠を追いかけて駈けまわったし、秋には、まわりの山に栗や椎《しい》の実を拾いに入った。

それが、いつとはなしに会うことも少なくなり、言葉を交すことも稀《まれ》になったのは、いつごろからだろうか。

借財のために、仕事も家もとり上げられた父が、はやく亡くなっていた母を追うように病気をして死んだあと、喜之助は、農家の下男に住み込んだり、父と同業の檜物職人の家で働いたりして苦労した。苦労が身にならずに、博奕に手を出し、度胸のよさと博奕の凄腕を買われて、十六夜の先代の親分嘉兵衛に養われるようになった。

（あれは、木曾踊りの夜だった）

喜之助は、墓石の前の草むらに腰をおろして、ものうく眼を閉じた。閉じた眼の裏に、若く、美しく、可憐だったお佐和の姿がうかぶ。

近郷近在はもとより、尾張、美濃、信濃からも人の押し寄せる木曾踊りの夜。喜之助も若者であれば、その日をどんなに待ち焦れたことだろう。しかも、喜之助には太鼓の役があたっていたのだ。大きな幾つもの輪になって宿場の通りを埋めた踊子の、きらびやかな群。赤赤と燃える火。手拭いに顔を包んだ娘たちの匂うような薄ものの姿。疲れを知らない美声の持主。哀調こもる歌声は、角屋の旦那だ。

喜之助がお佐和を、他国者の手から救ったのは、そんな夜だった。尾張訛りの三人の若者を地面に叩き伏せて戻った喜之助に、たしなみを忘れて、お佐和がしがみついた。薄ものの夏衣を通して、溶けるように柔らかかった女の感触を、喜之助は忘れない。若い女の香ぐわしい匂いに、喜之助は眼のくらむ思いをしたのだった。お佐和は十六、喜之助は二十になったばかりだった。

堅気になって、とお佐和は言った。三年待ってくれ、必ず堅気になって戻ってくると約束して江戸に出た。町端《はず》れの一本松まで、人眼を忍んでお佐和は喜之助を送ってきた。

すでに子供を妊《みごも》っていた。自分が去ったあとで、世間が何というか、男は気丈に笑顔をみせている女がかえって不愍《ふびん》で、それを言ったが、お佐和は黙って微笑《ほほえ》み、首を横に振っただけだった。

三年も待てぬ気持だった。手に職をおぼえて一人前の男になれたら、三年と言わず、すぐ帰るつもりだったのだ。それが、こうして帰るまで四十年の年月が流れてしまった。俺は老い、若く美しかったお佐和は、石の下に眠っている。

喜之助は呆然と、立ちのぼる香煙《こうえん》の行方を眼で追った。夢のようだった。

親分の嘉兵衛からの手紙を持って、江戸浅草の香具師《てきや》浜七を訪ねた。百人からの子分を養う香具師の親分とは見えない、浜七は好人物だった。すぐに職人か商人か、堅いところに世話して上げると喜之助に約束し、それまで仕事を手伝えと言った。浜七はまだ四十がらみで、女房のお淑《とし》は三十を出たばかり、仲のよい夫婦で、その日から喜之助を自分の家に寝起きさせた。四人いる子供達もすぐになついた。

その居心地のよさと、下地の出来ている度胸のよさ、若いに似合わず、きびきびと要領をつかんだ働きぶりなどが、かえって災いしたようである。身体が弱く、病気勝ちな浜七は、次第にそういう喜之助を頼るようになっていた。喜之助が催促するのに、浜七は、もう少し待ての一点張りになり、しまいには、そんなにここの家がいやなら、今すぐ行け、とその時ばかりは香具師の親分らしく、すさまじい剣幕で怒鳴りつけた。それでいて喜お佐和を恋しく思う気持は、月日の経つのと一緒に、募る一方だった。

之助は、堅気になることを半ばあきらめていた。身を入れて香具師の仕事に打込み、次第に周囲から、兄貴と呼ばれる身分になって行くのだった。

三年の月日が経った。が、喜之助は帰らなかった。胸の奥に、ともしびのように、お佐和の面影を抱きながら。

浜七が死んだ。死ぬ時喜之助に、お淑と子供たちを頼むと言い、おろおろと泣き沈んでいるお淑の手をとって、喜之助の手に重ねた。時には、忍んで逃げ帰ろうかと、夜も寝ないで苦しむこともあった。だが、いまは頼るのはこの人だけと頼り切っている、気の弱いお淑と四人の子供達を考えると、喜之助の気は脆《もろ》く挫《くじ》けるのだ。

男の哀れさとでも言おうか。お佐和の面影を胸の奥に蔵いながら、喜之助はお淑を抱いた。四人も子供達を生んだ、しかも年上の女房という退け目から、控えめに、痛痛しいほど気を使って仕えるお淑が、時には無性に哀れに、いじらしく男の心を揺さぶるのだった。

十年の月日が過ぎた。すると二十年の歳月は、早く過ぎるのだった。お佐和の記憶は、胸の奥に残っていた。それは、埋もれた燠《ひ》のように、時折男の胸の中で、小さな炎を噴き上げた。しかし、お佐和の面影は、日日、紙のように白く、覚束なく記憶の中で薄れて行くようだった。

「堅気になれなかった俺が合せる顔はねえのだが、お淑も死んだし、おいら、淋しくなったのよ」

喜之助はつぶやいた。美人ではなかったが、清潔で、情の深かったお淑も死んだ。四十年の時の流れは、思えば奇怪なからくりに過ぎぬようにも思いなされる。過ぎてしまえば、何もなかった。残滓《かす》のように、記憶だけが雑然と積み重なっているだけである。

「あら」

明るい若い女の声に、喜之助は立ち上ったが、振り返って呆然と立ち竦《すく》んだ。お佐和が生き返ってきたかと思われるほど、顔立ちから身体の造りまでそっくりな若い女。それがお登世だと気がつくのは早かったが、それでも喜之助の胸の轟《とどろ》きは鎮まらなかった。

「ごめん下さいまし」

しとやかに挨拶して、お登世は香華《こうげ》と閼伽桶《あかおけ》を持って近付いてきたが、墓の前に供えられている線香と花を見ると、驚きと不審のまじった眼で、喜之助を視た。

「あたくしは、十六夜の親分のところにいる喜之助という者で……」

喜之助が慌てて口を開いた時、お登世は静かにほほえんだ。

「存じ上げております。江戸の宇之吉という人のお友達なそうで。先夜は、主人が、大層不調法《ぶちようほう》なところを助けて頂きまして、有難うございました」

「なあに、助けたなんてものじゃございません。御主人は何もなさらなかった」

「一度お遊びにいらっしゃいませ。いろいろとお話もうかがいとう存じます。御存知かどうか、宇之吉というのは、私の父でございますので」

「へい。やはり左様でしたか」

「あの、父はいま、江戸で何をして暮しているのでしょうか」

「へい。御存知かどうか、江戸の浅草で香具師という商売の束《たば》ねをしておりましたが」

「………」

「宇之吉は亡くなりました」

喜之助の肌に、どっと汗が噴き出た。

それから数日経っていた。喜之助は褌《ふんどし》ひとつの裸で、客人部屋の端に寝ころんでいる。そうしていると、いくらかしのぎ易《やす》かった。風は吹き通しなのだが、その風まで熱い日盛りなのである。蟬《せみ》の声が、耳が痛むほど喧《やかま》しく聞えている。喜之助は眼をつぶっていたが、眠ってはいない。一本一本骨が数えられる痩せた肋骨《ろっこつ》の上を、たまった汗が時折すべり落ちた。いま聞えている蟬の声のように絶え間なしに、お登世の言ったひと言が、耳の中で鳴いている。(宇之吉というのは、私の父でございます)

「喜之さん、江戸から飛脚《ひきやく》ですぜ」

足音を富蔵かと思ったら、部屋をのぞいてそう言ったのは弥八だった。高高と胸まで晒《さらし》を巻いているのは、この暑いのに見上げたものだが、下はやはり褌ひとつの丸裸だった。

その夕刻。喜之助は近江屋の門を潜《くぐ》った。立ちはだかるように玄関で迎えた、小柄でしなびた顔の重兵衛は、喜之助の記憶にあった。父の与惣治を殺し、家屋敷をとり上げたのは、確かにこの男だった。先夜の政太郎を笑えない。短刀を懐に、この家の廻りを幾晩もうろついた時があったのだ。重兵衛は、あの当時からもう今のように、目鼻も口もこぢんまりとしなびていたような気がする。

司屋の借金を払いにきたと言うと、それは奇怪なことだ、と軽蔑するような笑いを鼻のあたりに浮かべて奥に通した。懐に抱いてきた金の中から、七十両と二分をきっちり払って証文を受け取った。

「俺が払ったからって、後で文句はあるめえな」

「誰でもよろしい。貸した金さえ戻れば、わしは文句など言いはせん」

「貸した金より利息の方が大きいぜ」

「それが高利貸ちゅうもんだ。だから商売が成り立っている」

「面白味のねえ爺いだ」

「別に面白い商売をやっている訳でもないわい」

「爺さん、これまで、あんた、ずいぶん人を殺してるぜ。一体お前さんに金借りたがために、死ぬ破目に落ちた者がいるなんてこと、考えたことあるのかねえ」

「くだらんことを言われる。貸してくれというから貸してやったまでだ。無理に貸したわけじゃない。貸したものは返してもらわんならん。それだけのこっちゃ」

「なるほど。ところで、司屋の借金は、お前さんと油屋の親分が組んでいじめているのだという、変な噂も聞いたが、まさか妙な後くされはあるめえな」

「お前さんが金を返してくれたから、証文をお渡しした。これで司屋の借金はなしや。油屋が、少し司屋をいじめてやってくれい、などと言うとったが、別にそんなことは本筋に関係のないこっちゃ」

五

「旦那様はお留守ですが、奥様がお会いになります。ただいまお客様がきておりますので、しばらくお待ちを」

と言って四十がらみの女中が、遠慮して玄関でいいという喜之助を、母屋の一部屋に案内した。

廊下を通る時、客部屋が少し賑やかな感じがしたのは、潰れかかっているといっても、宿屋であるからには、やはり御嶽《おんたけまい》詣りの人達でも泊っているのだろうか。母屋に通される時廊下からみた客部屋の幾つかは、灯が入って明るかった。

白衣に、杖をついた御嶽詣りの人達の姿が、町通りに目立ってきている。この行者《ぎようじや》たちの姿をみる頃、木曾に真夏が訪れるのである。以前、尾張藩の所領であることから、留山にされていた御嶽山が、諸国から人が集まる霊場として開けたのは、天明二年（一七八二）に尾張の修験道行者覚明《かくめい》が黒沢口を上って、寛政四年（一七九二）に武蔵の国秩父生れの行者普寛《ふかん》が王滝口を登り開いて以後である。遠く関西、関東からも御嶽登りの人人が福島の宿を、北から南から通りすぎる。この人たちで、夏は福島は混雑するの

である。宿宿に落として行く金も馬鹿にならなかったし、土産物の店が出るのも、この頃だった。突然、甲高い子供の泣き声と、

「帰って下さい。さ、帰ってもらいましょう」

と、聞えるお登世の強い声がし、手荒く障子の開いた音がそれに続いた。

「まあ、何も怒ることはねえやな」

と言ったのは年輩の男の声である。喜之助は、立ち上ると廊下に出た。母屋の居間と思われる部屋の戸が、ぱたりと閉まったのが見えた。足音を殺して喜之助は廊下をすすむと、近くまで行ってうずくまった。

「こっちは力になってやってもいい、と言ってるだけだ。え、旦那に貸した三両という金のことだって……」

「旦那さまは、あなたに、そんな金を借りた覚えはないと言ってますよ」

「え、こりゃ驚いた。お内儀さん、あっしは、ごらんのとおりの馬鹿で、あんたが娘の頃、手踊りをみせてもらった。あれ以来惚れ続けているしょうもねえ親爺だが……」

「汚らわしい」

「まあ聞きねえ。しょうもねえ親爺だがよ。それにしても、あんまり人をなめちゃいませんかと言いたいね。旦那には、あっしの家で賭場を開いた時、確かに三両貸した」

「証文をおみせなさいよ、証文を」

「あんな騒ぎの最中だ。証文なんてあるもんかね。まま、お待ちってんだ。あっしは司

屋の旦那を信用して貸して上げた。証文なんざ取らねえが、証人はごまんといるぜ」

「それが皆あなたのお身内衆では、いくら貧乏して意気地がなくなっていても、そうですかとも言えませんね」

「だから、あっしは言ってるんだ。それも帳消し、近江屋の借金の肩代りもしてやろう。その代り……」

「坊や、こっちにおいで」

「なあ、お登世さん。いっぺんこっきりでいいんだ。いい思いをさせてくんねえな。あっしは、もう頭が馬鹿になっちまったようで、そればっかり……」

「油屋の親分さん。もう帰って頂きますよ。たとえ司屋がつぶれようと、金輪際《こんりんざい》あなたの御厄介にはなりません。はっきり申上げましたよ。何ですか、聞くも汚らわしい」

「それじゃ、三両を返してもらおう。おう、お内儀さん。おいら男を下げて頼んでんだぜ。それも聞かれねえってんなら、三両いますぐ耳を揃えて、ここへ出しな」

「全く呆れた馬鹿だな」

声がして、喜之助がヌッと顔を出した。

「誰だ、てめえは？」

「お恥かしい、喜之助さん」

「お内儀さんは向うに行ってて下さい。この薄馬鹿と少し話があるから」

お登世が膝に引きつけていた男の子の手をひいて、逃げるように部屋を出て行くと、喜之助は後手にピシャリと障子をしめた。

「何だ、てめえは。何を余計な真似をしやがるんだ。俺を一体誰だと思っているんだ」

喜之助は立ったまま、黙って上から藤七を見下ろしていたが、いきなり躍りかかると畳に押し倒し、両手を後手にねじ上げてぎりぎりと膝で背骨を押した。藤七の身体がはね上った。

「い、痛え。放せ、何しやがる」

が、喜之助は無言で膝に力を入れる。蝦《えび》のように身体を曲げて喚《わめ》いていた藤七が、声も出なくなり、ぐったりすると始めて力を抜いた。それから相手の身体を引き起し、坐らせて、ひとつ横っ面を張った。

「おい、これを見な」

もうひとつ頰げたを張り飛ばしてから、喜之助は懐から近江屋の借用証文を出して、藤七の眼の前にひろげて見せた。

「わかったか。借金は払ってきたんだ。つまらねえことをネタに、いつまでもこの家に出入りすると、土手っ腹に穴あけてやるぜ」

「わかったよ」

青い顔をして、藤七は喜之助を見た。血色の悪い、相撲取りのように肥った顔に、撲《なぐ》られたところだけ赤く手型が残っている。

「だが、おめえは、誰だ?」

「知りてえか」

喜之助が声もなく笑った。喜之助は燭台《しょくだい》の灯を取って手に持つと、近近と藤七に顔を近づけた。

「よく見ろい」

「わからねえ。知らねえ顔だ」

「いいや、おめえは知ってる筈《はず》だ。ずーっと昔、おめえが喧嘩で殺されそうになった時」

ひっと息を引いて、藤七が眼を瞠《みは》った。

「お前は、宇之兄い」

「やっと思い出したか、この薄馬鹿野郎」

喜之助は、鋭い眼で藤七を睨《にら》んだ。

「お前も十六夜の先代から縄張りを分けてもらって、一応は親分と言われているらしいが、どだい親分なぞと呼ばれる柄じゃねえや」

「へい」

「いったい何人ぐらい子分がいるんだ」

「へ？」

「子分は何人かと聞いてるんだ」

「三十人ばかり」

「よし、勝負はきまった。おいら子分を五百人持っているぜ。お登世に手出しなんぞするなよ。そいつがわかったら、すぐに子分を寄越して手前を殺してしまう。そうしなきゃならねえ訳がある。一寸耳を貸せ」

喜之助は、藤七の耳に口を近付けると囁いた。藤七の顔が阿呆のように緩んだ。

「それじゃ、やっぱり兄貴の子……」

「人に言ったら、ただじゃおかねえぜ。俺のこともだ。おいら、いま喜之助という名前で瀬兵衛さんのところに厄介になってる。手前もそのつもりでいねえ」

「へい。兄貴悪かった。かんべんしてやっておくんなさい。ちっとも知らねえから、御無礼申上げてしまった」

「お登世のことは言うな。また、てめえをなぐりたくなる」

「へ、では」

「おい、三両持っていけよ」

「いえ、結構だ」

「でも貸したんだろう」

「兄貴、もうかんべんしてやってくんねえな」

六

（ごゆっくり召上っていて下さい）と言い残して、政太郎が、子供達を連れて踊りを見に行ったあと、しばらく沈黙が続いた。櫓太鼓《やぐらだいこ》の音が、ゆるやかに聞えてくる。開け放した障子から、秋めいた夜気が流れ込んでくる静かな夜だった。

「母は、最後まで、父が帰ってくるものと思い込んでいたようでした。いつかは帰ってくると」

おひとつどうぞ、と酒をすすめてから、お登世が言った。喜之助は黙って盃を口に運んでいた。夫婦のすすめで、この家に移ってきてから十日ばかりになる。福島の宿は盆踊りでにぎわっていた。泊りがけで、遠国から踊りを見にくる者もいた。そういう者や、御嶽登りの行者たちで、司屋は久しぶりに部屋部屋に明るく灯がともり、酒を飲んでさんざめく声が、この離れの部屋まで聞えてくる。

「お内儀さんは、宇之吉さんをどう思っていらっしゃる？」

「わたし？　そうですね。時時無闇に恋しくなることもありましたけど、なにしろ母が可哀そうで、どちらかと言えば、恨んでおりましたでしょうねえ」

しかし、一度もみたことがないから、恋しいと思うにしても、恨むにしても張り合いがないのだと言って、お登世は白い指を口にあてて笑った。その笑い顔に、喜之助はお佐和をみ、またしても胸をふさがれるのだった。酔いつぶれて、喜之助は畳にじかに眠ってしまった。

お登世が廊下側の襖《ふすま》を開いて入ってきたのは、それから半刻（一時間）ほど過ぎてからだった。入ってくると、お登世は蠟燭の芯を切り、部屋を明るくしてから、押入れから掻巻《かいまき》を出し、それから膝をついて、じっと喜之助の寝顔をみた。刻んだような皺。凹《くぼ》んだ眼窩《がんか》。しかし昔はかなり男前だったに違いない広い額と、高い鼻、そしてきつく結んだ唇。それらのひとつひとつを、調べるようにお登世はみ、それから、「お父さん」と呼んだ。一度呼ぶと、言葉はすぐに次の言葉になって出た。

「お父さん、お風邪召すといけませんよ」

そっと掻巻をかけると、ふと眼尻を指で押えて、素早く廊下に出た。廊下の角を曲ったところで、お登世は立ち止り、仄暗い中で少し涙を流した。男が父の宇之吉であることは、母の墓の前で会った時にわかっていた。踊りはまだ終らないらしく、単調な太鼓の響きが、まだ聞えてくる。

（お父さんは、太鼓打つのが上手で……）

母の父についての記憶は、子供の時か、若い衆の時代の思い出しかなく、いつになっても乏しい記憶を繰り返して語って聞かせるのだった。老境に入ってからも、母は、若い頃の父を待ち続けるしか術《すべ》がなかったのだろう。離れに寝ている父の宇之吉を、恨んでいいのか、それとも甘えていいのか、お登世にはわからなかった。

（必ず帰ってきなさる。大事にして上げなくちゃねえ）

母の声が胸の中で鳴っていた。

お登世が部屋を出て行くと、喜之助はむっくりと起き上った。そのまま凝然と瞬く灯を見つめる。始めて、老いた香具師の眼に涙が溢《あふ》れた。

涙は一度溢れ出ると、とめどもなく頬を濡らし、それはやがて低い静かな嗚咽《おえつ》に変った。

やがて喜之助は立ち上ると、押入れを開き、旅の衣類を出して調べ始めた。それが終ると振分荷を解き、胴巻から切餅を二つ出し、矢立《やたて》の筆で、考え考え鼻紙に書きつけた置手紙を添えて机にのせ、灯を消した。

あちらこちらの谷間から湧く霧は、しかし次第に薄れて、明らんで行く夜明けの光の中に、山山の緑が鮮やかに浮かび出てくるようだった。

江戸浅草の香具師宇之吉は、峠に立って木曾路の朝を眺めていた。四十年前お佐和との別れに胸をふさがれながら、やはりこうして朝の木曾路を眺めたことが思い出された。しかし、宇之吉は老いていた。そしてもはや故郷にも、江戸にもかける希望を持たなかった。蜩《ひぐらし》の声が谷間の樹林から湧き上る。老いた香具師は、ふたたび帰ることのない故郷にゆっくりと背を向け、鳥居峠を北に、奈良井の宿の方へ降りて行った。老いさらばえた胸の中に、谺《こだま》のように響き合う、お登世の呼び声を聞きながら。

残照十五里ケ原

一

重く垂れて動かぬ冬雲である。

その下に、ひと冬、海は黒くどよめきの音を断たず、風を吸い、突き刺さる雪を吸い込んで、波頭に牙のように夜も光る白い歯を剝《む》く。

羽州庄内浜。その人影も稀《まれ》な荒涼とした砂丘は、朝日磐梯山系の山山の足跡が、海に突き当って埋没するそこから荒れた貌《かお》を起し、暗い海のどよめきを聞きながら、北へ北へ海沿いの七里を走るのである。

吹き荒れる風の烈《はげ》しさに、雪は溜《たま》るいとまもなく、積雪は少ない。僅《わず》かにあちこちの砂丘の窪み、乏しい影を刻む漁村の陰に、白布を置いたように、斑《まだ》らな雪が凍っているばかりである。

天正十一年（一五八三）三月五日。

三月といっても雪解けにはまだ遠く、僅かに断《き》れた雲の間から、星ばかり凍るように光を研《と》ぎ、光を競っている夜である。南の方から砂丘を越えて、米内坂《よないざか》にさしかかった一隊があった。騎馬五十ばかり、徒歩《かち》三百ほどの軍兵は、白い息を吐きながら、黙黙と道を北へいそいでいた。鎧《よろい》の草摺《くさずり》に触れる刀、槍などの金具が硬い音を立て、馬の沓輪《くつわ》が凍った砂丘の中の道に時折赤い火花を散らす。

「止まれい！」

突然、前の方から鋭い命令の声が上り、それが、順順に行進の後尾に伝えられて行くと、夜よりも更に黒い人馬の一隊は、米内坂を越えたところに長い列となり、止まった。風はなく、砂丘の陰に砂を嚙《か》む海の音が、よく聞える。立ち止まると、突然胴丸の隙間から刺すような寒気が身内に忍びこみ、立ちながら或る者は足踏みをした。

「どうしたのだ！」

「前の方で何かあったらしい」

後尾の兵達の間で私語を交す者達もいた。が、やがてその兵達の前にも、騎馬の武者が一騎駈け戻ってきて、馬上から声を張った。

「前の方に集まれ。御大将前森《まえもり》様よりお話がある」

どういうことだ、こんなところで？　戦の手順は、お城を出る時に一応お話があったにな、ひとしきりそんなざわめきが起ったが、やがて兵達は、いつの間にか手早く火を焚《た》いたらしく、火の色に明らんでいる前の方にぞろぞろ列を崩して集まった。

篝火《かがりび》ではなく、砂地に枯れたものをじかに積んだ焚火である。火は盛んに燃えて、高く火の粉を宙に噴き上げていた。火の傍に床几《しょうぎ》を据え、ゆったりと腰を下ろしている武将の姿が、遠くからも見えた。樫鳥《かしどり》の鎧、山形の冑《かぶと》を着け、手に鞭《むち》をもてあそんでいるのは、大将の前森蔵人氏永《くらんどうじなが》であるらしかった。その後に、馬を下りた騎馬武者たちが、黒黒と塊《かたま》って立ち並んでいる。

「集まったか」

前森蔵人は坐ったままそう声をかけると、ゆらりと立ち上って足を開き気味に立ちはだかり、細く徹《とお》る声を継いだ。

「わしが、大宝寺城代前森じゃ。今宵《こよい》皆の者にひと働き所望する故、見知りおけい。我等、この道を東禅寺に急ぎ、明日より仙北に戦を仕かけるつもりでここまで参ったが、それより前に為すべきことがあるのを忘れておったようじゃ。故に、今一度、尾浦城に立ち帰る」

兵達の間に、ざわめきが起った。その声を押えるように、前森が手にした鞭をひと振りし、鋭く言った。

「忘れおったは、ほかでもない。悪屋形義氏殿《あくやかたよしうじ》の御首《みしるし》を頂くことじゃ」

ざわめきは静まり、深い沈黙が兵達を覆《おお》い包んだ。波の音が近く聞えた。それが兵達には威嚇《いかく》するように、重苦しく畳みかけるように思われる。静かな砂丘の夜の中に、投げ入れた枯枝の火に弾ける音が、高くした。

「この存念、只今急に思い立ったことにあらず。暴悪非道の悪屋形殿が所業、すでに止《や》むべくもなく募る一方にて、このまま見過すにおいては、民百姓の迷惑、ここに窮まるとみた。それのみでない。やがて庄内が領主もなく、越後が本庄殿の手に帰し申そうぞ。

今にして起ち、順逆の道を正さずんば、我ら千載《せんざい》に悔を残すこととなろう」

ひと息にここまで言って蔵人は振り返り、後の武者達に顔を向け鞭を伸べて、

「勝正。後はおことが話せ」

と指し招くと、疲れたように、どかりと床几に腰を下ろした。

騎馬武者の中から、列を離れてゆっくり火のそばに歩み寄ったのは、長身、幅広い胸、火あかりに白皙《はくせき》の額と頬を梨打《なしうち》の冑の目庇《まびさし》の下に照らし出された美丈夫である。

「兄者が申されたとおり、悪屋形殿を撃ち奉るは道を正さんための義戦じゃ。非道を退け、後には丸岡兵庫殿を迎える所存」

こう言った時、右馬頭《うまのかみ》勝正の眼に、火明りを宿すためばかりでない、強く光るものがあった。（萩の方。やがて会い申そうぞ！）

「このようにお主《ぬし》等に説くは、ほかでもない。お身《み》等ことごとく我等の股肱《ここう》というわけにてはこれ無く、納得いかぬ者もあろうと思うが故である。強《し》いはせぬ。この場より立ち去りたい者は即刻立ち去るべし。ただし尾浦に通報せんなどの才覚は無用ぞ。そういうものがあれば……」

右馬頭は肩を挙げて、黒黒と群がる兵達の群を睨《にら》んだ。

「斬る」

誰も動く者はいなかった。凝然《ぎょうぜん》と火の色と右馬頭勝正と蔵人氏永を交互に見くらべるばかりである。思いかけぬ成行に呆然《ぼうぜん》としているといった感じであった。

「不服の者がなければ、同心とみなす。働きによっては十分に恩賞を取らすつもりじゃ。列に戻れ。尾浦まで早駈けぞ」

呪縛を解かれたように兵達が機敏に動き、やがて騎馬武者の一団を先頭に真黒に混み合った一隊は、砂丘の腹を南に、尾浦城の方角に駈け下りた。

手のとどくところに、炎があり、雄叫《おたけ》びがあり、殺戮《さつりく》があり、死があった。兵達の顔に荒荒しい、ほとんど絶望的な押し流されるものの表情が刻まれ、誰も彼れもいつのまにか火のような息を吐いていた。その後に、海の音は間もなく遠退《とおの》いて行った。

二

右馬頭勝正は、主将の蔵人氏永と、馬首を並べて先頭を駈けていた。傍を駈けている兄の身体から、針のように突きつめた緊張が伝わってくる。(兄は、いま己れの運命をかけている!)

兄の蔵人氏永から、御館《おやかた》武藤義氏襲殺の決意を迫られたのは、昨夜、仙北への遠征の軍議が終って大宝寺城に帰るとすぐだった。

奥の間に呼ばれて行くと、氏永は、暗い燭台《しよくだい》の光の下に、独りつくねんと坐って酒を汲《く》んでいた。勝正をみるとすぐに盃をさし、坐るのももどかしそうに、

「義氏殿を討つ。加担せい」

と言った。全く突然の話だった。勝正は、驚愕したが、落ちついて坐り、注《つ》がれた酒

をひと口飲んでから、ゆっくりと問い返した。

「お主殺《しゅうごろし》しか、兄者」

「いかにも」

「成就しても、後が大変じゃ」

「成算はある」

氏永は言って盃を出し、注げと言った。

氏永が成算はあると言ったのは、次のような事情があるからだった。由来庄内には、越後上杉氏の勢力が、強く影響している。これは庄内三郡が南北朝時代、南朝側と北朝側に分れて烈《はげ》しく争った時、北朝側の豪族を援《たす》けて、庄内から南朝勢力を追ったのが越後の守護上杉氏だった関係からである。降《くだ》って戦国時代に入り、武藤氏がほぼ庄内の守護大名的な地位を占めてからも、この越後上杉氏との関係は、依然として変らなかった。

然《しか》るに、この武藤氏の庄内支配に、真向から対立する勢力が現れた。もと武藤氏の庶族、川北の砂越《さごし》氏で、永正九年（一五一二）、十年と叛乱を起し、武藤氏の庄内支配をおびやかした。

この砂越氏の叛乱は、永正四年、上杉定実を擁した越後守護代長尾為景が、守護上杉房能を殺害したことに始まる上杉、長尾の抗争のために、越後の庄内支配が手薄になった時期に乗じて起った。その背後に、山形の最上《もがみ》氏の手が伸びており、砂越氏はその手に踊らされたのだということは、今ではかくれもない事実だった。というのは、最上氏の陰険な謀略の匂いのする叛乱は、越後の勢力の乱れをついてその後も頻発したからである。

　武藤氏十九代目の御館、義氏が庄内に君臨してからも、越後の庄内支配、その間隙《かんげき》を縫って最上氏の進出という事情は変らない。

性傲慢《さがごうまん》、狂暴の振舞いが多く、戦いに臨んでは気力絶倫、敢《あえ》て拮抗する者がないと畏《い》怖《ふ》される義氏は、むしろ背後の上杉謙信の援護を積極的に利用し、精力的に庄内支配の体制を固めてきている。従わないものは、容赦なく討った。余目《あまるめ》の安保《あぼ》氏、横山の横山氏、藤島の土佐林氏などの豪族が、義氏のこの方針から次次と滅されている。

　しかし、その故に悪屋形と呼ばれている義氏の泣き所は、川北砂越氏を中心とする外様的な一群の勢力と、その背後にある最上義光《よしあき》の謀略であった。天正七年（一五七九）、天下統一を急ぐ織田信長に遥遥《はるばる》使を送り、馬、鷹《たか》を贈って屋形号の許しを得たのも、その前年、巨星謙信が春日山に病歿し、その後景勝、景虎が抗争する、いわゆる御館《おたて》の乱が起るに及んで、積極的に独立しようとしたことよりもむしろ、混乱の続く越後のほかに支柱を求めたという事情が強い。果して、この御館の乱の間に、飽海《あくみ》郡観音寺の城将、来次《きすぎ》孫四郎が反旗をひるがえしたが、義氏は、即刻これを攻め降したものの、来次に繋《つな》がる川北諸勢力の動揺と、最上義光の策動を恐れてかえって来次に領地を贈与して慰撫したのである。仙台の伊達政宗と結んで、庄内南方の山岳地帯大島に山道を開いたのも、背後から伊達政宗に最上義光の庄内進出を制止させようというのがねらいだった。もちろん、政宗は喜んでこれに応じた。最上氏が庄内を併せ強大になることで、最も脅威を感じるのは政宗自身だったからである。

「こういった事情は、お前も大体知っておろう。御館にとって、一番の急所は最上殿じゃ」

氏永はそう言って、勝正を視《み》た。

「わかるか？」

「は」

「その最上殿から、誘いがあった」

深い沈黙がきた。二人は黙って眼を伏せたまま盃をあけ、また酒を注ぎ合った。大宝寺城と言っても、砂越氏維の軍に焼かれ、尾浦に城を移してからは、多少構えの大きい平屋建の一郭が再建されただけで、周囲の壕《ほり》だけが、僅かに城地の体裁をしのばせる屋敷である。住む者も、前森の家族と僅かばかりの使用人だけで、五十人程いる子飼の郎党たちも、多くは尾浦の近くに住いしている。屋敷内は、ひっそりと静まり返っていた。板戸を洩《も》れる寒気は、火桶《ひおけ》に寄りそい酒を汲んでいても、ひしひしと背筋を襲ってくる。右馬頭勝正が眼を挙げた。

「しかし兄者。御館を除いても、御舎弟の兵庫殿がおられる」

勝正はそう言った時、閃《ひらめ》くように一人の女人の白い顔を思っていた。白い額、小さい形の、よく緊《しま》った唇、桜貝のように可憐な耳朶《じだ》。そのひとつひとつに記憶があり、悲しみがあった。兵庫義興の奥方萩の方。大宝寺の南、金峯山麓《きんぽうさんろく》の高坂館《たかさかだて》の館主高坂中務の娘で、勝正とは幼馴染《おさななじみ》だった。武藤家の宿将として家中に重きをなしている前森、高坂両家の父祖の時代からの濃い交わりに育《はぐく》まれて、やがては夫となり、妻となるものと、本人同士もそう思っていたし、周囲も暗黙の中《うち》にそれを諒解《りょうかい》していたのだ。

しかし、萩姫が十五の春、奪われるように、義氏の弟、当時丸岡城を守っていた兵庫義興に迎えられ、輿入《こしい》れした。御館義氏の一方的な命令だったが、勿論《もちろん》義興の執心がその背後にあった。以来十年、勝正は萩姫を見ていない。萩姫は、夫の義興とともに、いま藤島城にいる。

荒淫、無能と噂《うわさ》される義興の近況を聞く時、勝正の顔は曇った。萩姫について、輿入れ以来一言も語ったことはない。だが、いま兵庫殿と言った時の勝正の眼の光を、蔵人氏永はすぐに理解したようだった。傷ましそうに、たくましい弟を見た。

「勿論、御館を犯した後には、兵庫殿を迎える。わしの存念はほかにあるが、そうしないと領民が納得しまい」

そう言ったが、

「辛いか」

と付け加えた。暗に萩の方を指したのである。勝正の端正な顔に、酒の酔いとは別に赤味がさした。

「いや、構わぬ。しかし兵庫殿は、暗愚の聞えの高いお方だ。うまく行くとも思えぬが」

勝正は、時折尾浦城で見かける萩の夫の、青白い、それでいて好色そうなのっぺりした顔を思い浮かべながら言った。

「勝正、盃をおいて聞け」

蔵人氏永は改めてあぐらを組み直すと、顔を近付けて言った。細面《ほそおもて》で、眼は鋭く切れ、高い鼻、そして薄く引きしまった唇だが、浅黒い顔である。家中一、二と言われる器量人だが、力戦にも優れた腕を発揮する四十二歳、脂の乗り切った少壮の武将であった。

「兵庫殿は、あくまで当面の傀儡《かいらい》じゃ。御館を斃《たお》した後の諸将の乱れをこれで押え、そしてその間に、徐徐に越後の勢力を庄内から駆逐する。兵庫殿は孤立し、我等を中心にする庄内だけの結束がまとまろう。すれば、兵庫殿の存在は、もはやあって無きが如しだ。いい加減で、越後の鎖から自由にならないと、我らはもとより領民も哀れじゃ」

「しかし、兄者」

勝正は、そういう兄の自信に満ちた顔に、かえって不審の眼を当てた。

「越後の勢力はそれで切れるとしても、後に最上殿が入ってきては、いろいろと働いても無駄骨にはならぬか」

「そうはさせぬ。最上殿とは、その点きつく約定した。庄内一円を庄内の仕置にまかせる、とな。最上殿も油断ならぬお人ではあるが、越後が手を退けば、強いて庄内に入り込んで越後を刺激するのも愚か、ぐらいの思慮は早い方じゃ。心配いらぬ」

「さよう、うまく運びますか」

「おことが迷うとは、ちとおかしかろう。豪勇右馬頭の名が廃《すた》れようぞ。いや、余談はさておき、わしがこのことを考えて来て、もはやかなりの歳月が経つ。練りに練った分別の果てでじゃ。安心せい」

悠悠と言う兄に、勝正は、どちらかと言えば頭脳明晰《めいせき》な智将肌とみられている半面にひそむ胆太い勇将の面影をみた。

「越後と山形の争闘の地という庄内の宿命を、このあたりでたださねばならぬ。そうでないと戦乱は永劫《えいごう》止まないし、ものの種子をまき、芽を育むべき土地に、人はいたずらに血を流すばかりじゃ。御館が越後を恃《たの》んで統一をはかるのはよい。だが、その勢力を恃んでの近来の暴悪ぶりは、許し難いというよりは笑止と思わぬか。まことに哀れなお方じゃ。このままだと、庄内は越後の手に丸丸吸い取られよう」

「わかり申した。して、兄者。いつ？」

勝正は、胸を張って、手で斜めに刀を斬り下ろす所作をした。

「明後日の夜明け」

「………」

「驚くことはない。明日の夜、川北へ兵を催す、その兵を使う。好機じゃ」

勝正の眼の奥に、再び虹のように萩姫の面輪《おもわ》が浮かび上った。片時も胸の底に忘れた

ことのない面影は、まだ少女のものだった。会ったところで、愚にもつかぬが）
（尾浦に兵庫殿を迎えれば、萩の方に会えようか。会ったところで、愚にもつかぬが）
まだ三十にもならぬ青年でありながら、武藤家にこの人ありと言われる剛気の青年武将の眼は、矛盾した考えに惑った色を湛《たた》えたが、思いもしなかった萩の方との再会はやはり、激しく胸を揺さぶらないではいなかった。勝正はもはや、あの権力の化物じみた醜怪な御館を脳裏から消していた。

三

背後に南から加茂山、八森山、松倉山、高楯山と小高い丘の頂きが並び、海の音と、その麓《ふもと》の尾浦城をへだてている。本丸は、この丘陵の麓のまだ半ば雪に埋もれている二つの大池にはさまれるように、深沈と灯を消して静まりかえっていた。

前森蔵人氏永に率いられた手勢三百五十は、新山森の出丸の東を迂廻《うかい》し、つい一刻（二時間）ほど前通った吹浦《ふくら》道を、再びひそやかに城下に入った。木戸口は、御館に後詰めの軍のことで言い忘れたことがある故、立ち戻ったという蔵人の言葉を疑いもしないで、兵を城内に入れた。

三ノ丸の角に出る。そこから本丸までは、踏み固めた雪が凍てついている一本道だった。左に殿舎があり、右は広大な坪になっている。多分、御館武藤義氏はその殿舎の中に、少数の兵に守られて眠っている筈《はず》だった。

喚声が上ったのは、子《ね》の刻(午前零時ごろ)を少し廻った頃だった。その、背後の森を揺がす喚声を、義氏は愛妾の滝の方との烈しい愛欲の営みの後の、泥のような眠りの中でおぼろに聞いた。夢のように思いなした。が、滝の方のほうが早く眼覚めた。

「御館、御館」

揺り起されて義氏ははね起きた。

「何ごとだ!」

滝の方が無言で指さして、胸にしがみついてきた。恐怖にもはや声が出ないのだった。割れた膝前からちらりとこぼれる白い膝頭をみたと思った瞬間、義氏の眼は、滝の方の指した東向きの明りとりの障子が赤赤と火に染まるのを見、床を蹴《け》って立ち上ると、床の間から太刀を取った。大柄な滝の方の身体が、不様に乱れて転がった。

「殿!」

慌しい足音が縁先に乱れ、誰とも知れぬ声が絶叫した。

「御謀叛《ごむほん》でござる。御謀叛!」

「何者が!」

「裏山へ、御館!」

義氏は大股に障子を開け、板戸を繰《く》って廊《ろう》に出た。一瞬眼を疑う真昼のような松明《たいまつ》の明りだった。その火光の中に、三ノ丸から侍町にかけて、人影が真黒に混み合って斬り結び、怒号し、雪が積っている坪の方に雪崩れて行くのが見えた。

「何者だ。最上の手の者か？」

義氏は、しっかりした声を張って言った。

「前森殿御謀叛でござります」

前を駈け抜けた四、五人の者達の中から、ひとりが白く歯を剝いて叫んだ。

「ふむ」

義氏は不敵に笑った。背丈も抜群、力量も衆に超えるこの男は恐れを知らないようだった。太刀を抜き鞘《さや》を投げると、縁から階段を下りて雪の庭に出ようとした。

その時、漸《ようや》く屋内から廊を廻って駈けつけた二、三人の近習《きんじゅ》の者が、ものも言わず、背後から義氏の背に抱きついた。

「放せ！」

「御館、ひとまず裏山へお退き下さい」

「何を恐れる。前森がおれに何が出来る。こしゃくな」

ずるずると三人を引きずって階段を下りかけた時、三ノ丸のあたりで、すさまじい喚声が上った。迎え討った城方の者は、あらまし討たれたのだろうか。口を一杯に開いて、喚声を上げて走り寄ってくる者達は、すべて胴丸を着込み、籠手《こて》、臑当《すねあて》の武装の者ばかりだった。

「御館、ひとまず裏山へ！」

さらに背後から現れた者達も加わって殿舎の裏手に降りると、本丸の前を池の土堤に走った。

「乙坂太郎右衛門」

途中で追いついた前森の手の者が、喚《わめ》いて斬りかかった。踏み止まろうとする義氏を突き倒すように前に押しやって、金内弥兵衛と鹿野恵助が踏み止まり、刀を合せた。だが、たちまち乙坂の剛刀に斬り立てられ、傷ついたところを、どっと取り囲んだ前森の部下に、頭といわず足といわず滅多斬りに斬られて草叢《くさむら》の中に頭からのめってしまった。

「あれに行くのが御館ぞ」

誰の眼も血走っていた。血の匂いに酔ったようによろめく足を踏みしめながら、乙坂が怒号し、風を捲《ま》いて走り出した。右手にさげた刀から、血がしたたった。野犬のように舌で息をしながら、ほかの者がこれを追う。

三月六日未明。武藤義氏は新山森の出丸で自らの刀で頸《くび》を貫いて自殺した。出丸に詰めていた者もことごとく討たれ、残った七人ばかりが、義氏とともに或いは腹を切り、ある者は自分の刀で自らの頸をはね飛ばして死んだ。血の海、血のしぶきの中、前森蔵人は、やや憂鬱そうな面持で、検分して歩いた。

右馬頭勝正は、血刀を下げたまま、出丸の端《はず》れから、白く暁の光を加えて行く月山、鳥海山の連峰のあたりをみていた。庄内平野は、まだ暗い夜の底に眠っていた。その底に、萩の方も眠っている筈だった。

四

老臣、宿将の合議の結果、藤島城から丸岡兵庫義興を尾浦城に迎え、武藤家の家督を継がせた。同時に、大宝寺城代前森蔵人氏永は川北東禅寺城を預かり、東禅寺筑前守と名乗りを改めた。

東禅寺筑前が北庄内の要衝東禅寺城を預かるようになったのは、今度の武藤家改革を含めて隠然たる実力を武藤家の家中に認められたことであり、悪屋形義氏の滅亡を機会に、再び政治の表面に出てきた老臣達からの褒賞の意味もあったようだ。そして今ひとつは、表面は武藤家当主に迎えられ、恩義を感じる立場に立ったとは言うものの、兄を討たれた兵庫義興の気持を推し量って、遠く川北に東禅寺筑前を遠ざける意味もあった。老臣達の常識に長《た》けた処置である。

ここまでは東禅寺筑前、前の前森蔵人にとっては予想された事態だった。彼は、これから川北地方の諸将を手始めに、ゆるゆる庄内の結束を固めるべく、工作を始めるつもりだった。

だが、予定は意外なところから頓挫《とんざ》を来《きた》した。

予想外の事態は越後上杉の方から起った。即ち越後上杉氏の庄内支配の意志は、意外に強固だったのだ。

巨星謙信が死んだ時、そしてその後景勝と三郎景虎が家督を争って、ひと時越後が騒然となった時、武藤義氏は中央の織田信長に使者を送っている。謙信亡き後の越後の援護に心もとなさを感じたためである。

どちらかと言えば政治的駈引きよりは力によって周囲を支配してゆこうとする義氏にして、この機敏な処置があったぐらいである。逆の立場で、東禅寺筑前が、謙信時代のように手落ちないやり方は出来まい、と越後の出方を読んだとしても、さして間違いではなかった筈である。

問題は、上杉景勝という人物を十分読み切れなかったことにあったようだ。

清野助次郎、井上隼人正の「上杉将士書上《かきあげ》」には、「景勝、小男にて、月代《さかやき》をびんぐしなりに差し、面豊かにして、眼勢人を凌《しの》ぐなり。生得大剛、一大将軍なり。先年、すでに敵にくいつき、鉄砲、矢叫《やさけび》、鬨《とき》の声、天地をひびかす。諸人片唾《かたず》をのんで手に汗を握る時、幕の中にて休み居て、高鼾《たかいびき》かき、何とも存ぜず臥《ふ》せられ……」とその剛気な大将ぶりを述べたあとに、「素性、言葉少なき大将にて、一代笑顔を見たるものなし。常に刀、脇差に手をかけておらる……」と不気味な一面を描いている。

政治的な策略という点では、むしろ謙信よりも上手の大将であったようだ。そうした隠微《いんび》な性格も身についている。まして、景勝には、直江兼続《なおえかねつぐ》という当時天下に隠れのない謀将がついていた。これは後のことになるが、秀吉が天下統一の基礎事業として手をつけた全国的な検地に抵抗して、庄内にも一揆が起り、騒然とした形勢になった。この一揆を好機に、直江兼続は一挙に強固な庄内掌握の体制を作り上げる。今日《こんにち》残る彼の仕置文書は、いずれも一分の隙もない高等経済政策が当時行われたことを語っている。関ケ原の戦いのどさくさ紛れに、雄藩最上、伊達の連合軍を向うに廻し、次次に最上領の諸城を撃破、最上義光の居城間近の上山《かみのやま》まで攻め込んだが、関ケ原の決戦が東軍の勝利に終ると、直ちに軍をおさめ、巧みに最上方の追撃を退けて引き上げ領地に帰って平然と家康の出方を待った。こういう直江兼続が、景勝の後にいたのであり、ひいては、越後村上の城主本庄繁長、小国城主小国彦次郎、尾浦城主武藤義興の背後で糸をひいていたのである。

義興は、噂《うわさ》にたがわず暗愚だった。だがそのため、寧《むし》ろ越後に頼る度合は激しくなったとも言えるほどだった。逆に越後側から言えば、義興は御《ぎょ》し易い人物であり、越後の方針をすすめるのに恰好の人間であったとも言えるのである。

義興の庄内支配は、越後の目付役、小国の城将小国彦次郎の口写しであった。

義氏襲殺から三年後の天正十四年（一五八六）春。東禅寺筑前は、池田、北目、砂越、来次など川北の諸将を語らって義興打倒の軍を興したが、これは失敗した。このままずるずるべったりに越後の支配が強化されて行く気配に焦燥を感じたし、鉄は熱いうちに打たねばという気持もあった。一応庄内の諸将の胸のうちを打診し、かつ越後の出方をうかがおうとしたのである。しかしこの反乱に対する越後の対策は迅速だった。小国彦次郎が急遽《きゅうきょ》兵を率いて北上すると、東禅寺の南下に備えて藤島城に入り、同時に、義興から米沢の伊達政宗に援護を求めさせ、東禅寺らの背後にある最上勢の蠢動《しゅんどう》を牽制《けんせい》させたのである。こうがっちり備えられては、東禅寺らも兵を収めるしかなかった。

この反乱は、むしろ東禅寺らにとって一層悪い結果をもたらした。はっきり敵対関係に入った東禅寺ら、川北諸将の動きにおびえた武藤義興は、翌十五年になると、越後とのつながりを固くするために、村上城主本庄繁長の次男千勝丸（義勝）を養子に迎えたのである。小国彦次郎が、この縁組を斡旋《あっせん》した。傀儡武藤義興は、いまや完全に越後上杉氏の手に踊っていた。東禅寺筑前の予想は、丁度裏目が出たことになる。もはや義興を武藤家の当主として立てておく何の理由もなかった。越後勢力の駆逐の手始めに、先ず義興を滅ぼすのが順序だった。天正十五年十月、東禅寺筑前は再び川北諸将を誘って反乱を起した。今度は形勢打診ではなく、最上義光にも連絡をとった越後勢力との真向からの対決だった。始め、歴戦の越後勢を含む武藤義興の軍が優勢で、東禅寺らは苦戦し、窮地に立った。しかし、最上義光の大軍が間に合った。六十里越を踏破して庄内に侵入した最上の軍勢を、義興は全軍を松根、黒川方面にまとめて迎え撃ったが、勢いを盛り返した東禅寺らに背後を襲われ、腹背に敵をうけて大敗した。義興は自殺し、友軍小国彦次郎は越後境小国城に退いた。義興の養子義勝は田川郡清水城を守っていたが、尾浦城が陥《お》ちると、のがれて小国城に走った。

五

城内の抵抗は微弱だった。ほとんど血らしい血も見ないで尾浦城が手に落ちたことは、今日行われた松根、黒川の決戦に、尾浦城の全兵力が注《そそ》ぎ込まれたためであろう。秋風が、主のない孤独な城の庭や軒を吹き、背後の砂丘の松の梢を潮騒《しおさい》のように鳴らしていた。

兵二百を率い、戦場から長駆して尾浦城を襲った右馬頭勝正は、庭の坪あたりで行われている小さな争闘を無視して、勝手知った城内に踏み込んだ。

この中に萩の方がいる筈だった。

奥の一間に息をひそめた人の気配があるのを感じ、勝正は立ち止ると、障子の外から声をかけた。

「萩の方。おいでか？」

「………」

答えはなかった。微《かす》かに衣擦《きぬず》れの音が、さやいだばかりである。

「勝正じゃ。御免こうむる」

勝正は言うと、立ったまま、静かに障子を開いた。

白綾の着物を着た萩の方を真中に、五人の腰元が坐ったまま、膝に懐剣をひきつけ、勝正をみると一斉に柄《つか》に手をかけた。それが抵抗でなく、一気に萩の方を刺し、自分達も自殺するつもりであることが勝正には解った。

「早まるまい」

勝正は、穏やかに言い、太刀を抜きとると右手に持ち換えて、ずかりと部屋に入った。

地味な紺色縞の袷《あわせ》を着た三十過ぎの女が鋭い声で制した。

「お寄り召さるな」

「よろしい。ここで話そう。しかし我等は、そなたらに危害を加えるつもりもないし、どうこうするつもりもない。その懐剣は蔵《しま》われたらよかろう。拙者は東禅寺右馬頭勝正じゃ。言うことを信用してくれい」

だが女達は、眼を異様に輝かして彼を見つめたまま、その姿勢を変えようとしなかった。萩の方は、勝正の声が聞えぬもののように、やや伏目に畳に視線を落し、凝然と坐っていた。白衣の襟足が、衣裳に負けないほど白いのを勝正はみた。薄化粧をほどこした顔は、﨟《ろう》たけ、傾きかけた日の光の陰翳《かげ》を微妙に刻んで美しかった。

勝正は、どかりと畳の上に腰を下ろした。

「萩の方。お女中衆の、その刀を蔵わせてくれぬか。今申したとおり、おこと等《ら》に危害を加えるようなことはせぬ。戦は男のするものじゃ。先ず先ずその懐剣を収められい。そうしないと話すことも出来ぬではないか」

前を向いたまま、萩の方が、ぽつりと言った。

「照、菊、みなの者、刀をしまいや」

ふくらみのある美しい声が、勝正の胸を打った。（よくぞ、生きて会えたぞ。小萩）

人眼がなければ、肩に手をかけ、揺すってそう叫びたかった。

腰元達が懐剣を帯にはさむのをみて、勝正は、一息に言った。

「御館義興殿は今日の合戦に敗れ、お果てなされた。よって本日より尾浦城は、右馬頭勝正が預ることに相成り申した。城内の者手向わざる者は兵も許し、おこと等は、ゆるゆる親元まで退くようにしたらよかろうと、筑前殿の意向じゃ」

勝正の言葉の途中から、張りつめていた気がゆるんだためであろう、腰元たちの間から啜《すす》り泣きの声が洩れ、それはやがて号泣になった。袂《たもと》を絞り、あるいは畳に身を投げて泣いている女達を後にして、勝正は立ち上った。

萩の方だけが始め入ってきた時と同様に、黙然と眼を伏せて端座したままだった。

ついに最後まで、勝正に眼を当てなかった。

六

宵の口から、戦場を引き揚げてきた、汗にまみれ、埃にまみれた軍馬が続続と尾浦城に入り、坪から本丸脇の池の端まで人と馬が犇《ひしめ》き合った。

声高な笑い声や、陽気な怒声も混えた話し声が、篝火の盛んな火明りの下に次第に高まって行くのは、勝ち戦の酒宴が開かれているのだった。

その賑《にぎ》わいを外に聞きながら、本丸の広間では東禅寺筑前を中心に、川北諸将が額を集めて事後の対策を練った。客将の資格で、最上方から中山玄蕃《げんば》が顔を並べていた。深更に軍議が終り、川北の来次、砂越などの諸将を先頭に、本隊の東禅寺筑前も引き揚げると、尾浦城を突然静けさが覆い包んだ。

右馬頭勝正は、戦闘に続く軍議に綿のように疲れた足を、萩の方の寝所に運んだ。庭前に三つ、城門の外に二つ、衰えも見せず篝火が燃え、その下に槍を肩にした兵が、歩き、あるいは腰をおろして不寝の見張りについているのが見えた。

敷きのべた床から離れて窓際の小机のそばに、萩の方は、昼見た時と同じ姿勢で、凝然と眼を伏せて坐っていた。

鎧を外したばかり、籠手、臑当の軍装のまま、勝正は、その横にずかりとあぐらを組んで坐った。

「まだ、寝《ねむ》れなかったか」

勝正は、その姿に痛痛しく視線を当てながら、優しく言った。

「兵庫殿、気の毒なことを致した。が、勝敗は時の運。明日は我が身のことかも知れぬ。かようはかない時節に廻《めぐ》り合《お》うたと思って、こらえて下されい」

「……」

「さぞ我等がこと、お怨《うら》みにござろう。止むを得ぬ。ただ、お方が処置は、兄者に願って、勝正が引き受け申した。高坂館は先年滅び、中務殿は出家されたが、母者人と縁者は大宝寺に住いしていると聞いている。向後のこと、悪いようには計らぬ。勝正におまかせ下され」

「御用はそれだけでござりますか」

伏せていた眼を僅かに挙げて、正面を見たまま、萩の方は冷ややかに言った。

「なれば夜も更けました故、お引き取り下さりませ」

「萩の方！」

勝正の眼が、爛《らん》と輝いて、燭台の火に浮かぶ白い端正な横顔を睨んだ。

「さればこそ今宵おうかがいした。成程、勝正はそなたの夫兵庫殿を攻め、滅した敵に相違ござらん。しかしながら、昔をこそ思え、そなたと、この勝正は末は夫婦と語らい、約定もした間柄ではなかったか。何故に怨みを勝正に明らさまにせぬか？　怒り、悲しみ、勝正を罵倒《ばとう》せぬのだ。勝正を、何が故に見知らぬ者のごとく扱うぞ。その存念を聞こうとして今宵参ったのじゃ」

「………」

「またしても口を噤《つぐ》まれる。昔のこと、ことごとく忘れたと申されるか。兵庫殿奥方として、爛《ただ》れた年月を経る中に勝正がことなど、もはや記憶にも残らなんだか」

「………」

「ならばよいわ。今宵そなたを奪い申すも気が咎《とが》めぬと申すもの。兵庫何者ぞ。そなたを奪うに、勝正、あのうつけ殿をはばかる気持など露持たぬぞ」

「御存分になされませ。勝ち戦の大将として、戦い敗れたものを苛《さいな》むは、さぞ心地晴れようほどに」

勝正の手がひらめいて、萩の方の白い頬が烈しく鳴った。小さく悲鳴を上げて萩の方は倒れたが、すぐに起き直り、勝正を視た。静かな深い眼の色だった。その眼を、勝正は喰い入るように睨んだが、突然くるりと背を向け、深く頭を垂れてしまった。

「わりないぞ、小萩」

長い沈黙の後で、勝正は、そう沈んだ声で萩の方の幼い名前を呼んだ。

「そなた、まことに勝正を忘れ果てたと見える。勝正は、そうではなかったのだ。そなたが兵庫殿に輿入れしてからこの方、一日として、そなたの面輪、そなたと語り、遊び睦《むつ》んだ日日を忘れること、かなわなんだ。いまだに妻《めと》も娶っておらぬ。たわけたことよ」

高坂館は、金峯山麓の美しい雑木林の丘の上にあった。大宝寺から馬を飛ばして行くと、勝正は小萩を誘って丘の雑木林の中を手を曳《ひ》いて歩きまわった。落葉松《からまつ》の薄緑の葉に、煙るように気だるい日射しがかかっていた。その下の小道を、小萩のために花を折ったり、芝草の上に一緒に寝ころんで、故《ゆえ》知らない血の高まりに動かされて、少女の紅《あか》い耳朶を嚙んだりした日日。よく小鳥が啼《な》いた。或る日は勝ち気な少女の反抗に苛立《いらだ》って、頬を打って泣かせたこともあった。そして日が丘の陰に落ち、耳のそばで洞春院の鐘の音が鳴りひびくのに驚いて、すでに灯をともした館の中に帰るのだった。

勝正の閉じた眼の底に、過ぎた想い出が力なく明滅した。

「戦は戦。そなたに会える日を、心躍らせて望んでいたものを、この始末じゃ。すべて勝正ひとりの、益体《やくたい》もない想いに過ぎなかったようだの」

勝正は呟《つぶや》くと、

「寝《やす》まれい。疲れておろう程に」

そう言って立ち上ろうとした。その肩を後から柔らかい手が押えた。そして、続いて熱い涙が、勝正の首筋にこぼれ落ちてきた。

「小萩！」

振り向いた勝正の肩に、萩の方の柔らかな身体が、豊醇な香りと一緒にどっと頽《くずお》れてきた。すすり泣きの中で、萩の方は狂ったように、言葉をつまらせながら言い続けた。

「勝正さま。萩を打って下さいませ。昔のように、気のすむまで打って下さいませ」

だが、翌朝勝正が萩の方と共にした閨《しとね》に眼覚めた時、萩の方は香を焚いた小机の前で、喉《のど》を突いてすでにこと断《き》れていた。

——はやく死ぬべきところを永らえて、恥かしき体《てい》にお会い申せしも、ひと目右馬殿に逢い、御顔を見ばやと、今生の別れに望みし心と哀れに許し候え。望外にも一夜のお情にあずかりしこと、ただただ嬉しく、悲しく存じそろ。高坂館に幼かりし折の御物語り、悲しくそろ。いまはただ、涙こぼるるばかりにてそろ——

御武運ひたすらに祈り申上げ候と結んである書き置きから、勝正は茫然《ぼうぜん》と眼を萩の方の上に移した。眠っているような美しい死顔だった。静かに抱き起し、すでに乾き始めている血汐を袖でぬぐってやりながら、突然勝正の眼から涙が滴《したた》った。

七

上杉の猛将、越後村上の城主本庄繁長が、景勝の後援を得て、相川治部少輔、黒川左馬之介、同兵庫、竹俣三河守、同大隅守、大川主殿、酒井新左衛門ら諸将の兵を併せ、大挙して庄内を襲ったのは、天正十六年（一五八八）八月である。嫡子豊後守光長、次男の、先に庄内から逃げ帰った千勝丸義勝も、それぞれ一軍を率いて陣列に加わっていた。

繁長は、軍を二手に分けた。念珠《ねず》ケ関から岩川、五十川《いらがわ》を経て尾浦城に迫る海沿いの一隊は、寡兵だった。繁長自らは主力を率いて小俣川をさかのぼり、小鍋城を撃ち破って庄内領に入り、越沢、菅野代、鬼坂峠から田川に出る山道を進んだ。越沢、木の俣、菅野代を守る庄内勢は、峯から深い谷から霧の湧くように襲いかかる本庄勢に粉砕された。

勿論、庄内勢も安易に本庄勢の進出を許したのではなかった。その年の正月頃から、国境の雷峠、関川方面に越兵の蠢動があったし、繁長来襲の報せは、早く尾浦、東禅寺、藤島などの諸城に届いていた。ただ、繁長の主力が山道をくるか、海道沿いにくるか、その判断が最後までつかなかった。当然、海道の要所にも兵を配ったので、山道筋の諸砦の守りもまた手薄になった。大軍の殆《ほとん》どを山道筋に注ぎ込んだ本庄勢の前に、ひとたまりもなかったのである。

本庄勢が始めて有力な庄内勢の抵抗にぶつかったのは、田川の入口越後小国街道の押えである関根城に取りかかった時であった。石山に本陣を置き、関根城に先手を入れておいた最上の客将中山玄蕃の一軍がそれだった。矢弾が飛び交い、肉に肉をぶっつける激闘は、しかし、そう長くは続かなかった。限りもなく襲いかかる越軍の新手に、城兵の眼が疲労に眩《くら》んだ頃、木柵が燃え始めた。やがて火の中に或る者は頽れ、ある者は煙をくぐって敗走し、関根城は陥ちた。城主樋野左衛門尉は討死し、加勢として入っていた酒田民部は本陣石山まで逃れた。

関根城が陥ちると、中山玄蕃は石山を退いて楯ケ原に越軍を迎えたが、軽く一戦して尾浦に退いた。その日あたり一軍を率いて尾浦城に到着する筈の最上方の将草刈虎之助に会わねばならなかったし、玄蕃の役目は、楯ケ原に死ぬことではなく、あくまでも最上義光への連絡が任務だったからである。八月六日巳《み》の刻（午前十時ごろ）。中天にかかろうとする日は、炎《も》えるように暑く、重い武装の兵を喘《あえ》がせた。

楯ケ原に勝った後、戦さ上手らしく、絶え間なく前方に軽騎を放って敵を探りながら北上してきた本庄勢は、やがて前方、ひろびろと開けた千安《ちやす》中野の原、十五里ケ原と呼ばれる原野に、黒い壁のように連なる庄内勢をみた。

「東禅寺も、やるのう」

扁平《へんぺい》な、草原だけの傍《かたわ》らの丘に馬を乗り上げ、豆粒のような騎馬、軍兵の壁を遥かに眺めまわした後で、繁長は大川主殿を振り返って笑った。勝ち抜いてきた余裕が、その笑みの中にあった。左に尾浦城、右に大宝寺城を控え、背後に海を置く。海まで距離は遠い。しかし、兵達は背水の陣を意識するだろう。それを、繁長は言ったのだった。

「こちらとほぼ同数、あるいは多少多く、およそ六千は居りましょう」

主殿は兵力のことを言った。

「問題になるのは、あれだな」

繁長は、庄内勢の前に帯のように曲折する三筋の川を指した。赤い切岸《きりぎし》が見えているのは深い証拠だった。幅はそうない、とみた。

「物見!」

繁長は、旗指物を背負った物見の兵を呼ぶと、夜のうち、川幅、深さ、渡るところがあるかどうか調べろと言いつけた。

「すると、今日は」

竹俣三河守が不審そうな眼を挙げた。

「うかつにはかかれぬようじゃ。明日にしよう。疲れてもおる。ひと休みすべし」

そういって冑を脱ぐと、暑そうに首筋を掌で拭い、麓の樹影沿いに布いた陣列の中に降りて行った。蟬《せみ》の声が高まった。

八

星はあったが、闇に近い夜であった。

東禅寺右馬頭勝正の陣から忍ぶように出た高畠匡四郎ら三騎の巡視の兵は湯尻川、八沢川に沿って南下した。

「毛抜橋のあたりが気になる。見てこい」と勝正が言ったのである。千安川、湯尻川、八沢川は広さはいくらもないが、深さは一丈（約三メートル）を超える。天然の要害だった。

ただ、毛抜橋付近が、水深がやや浅く、流れも緩やかである。警戒の兵は配ってあった。

ところどころ雑木林が密生する原野の中を、三騎は軽い蹄《ひづめ》の音を残して通り抜けた。突然蛍の光がふわりと宙に上ったのは、水が近くなったせいであった。川の音がした。

「おい」

匡四郎が闇の中に忍んだ声をかけた。答えはなく、川の音だけが静かだった。

「おい、誰かおらぬか。右馬殿の手の者だ」

そう言った時、後にいた橋本幸蔵がうっと呻《うめ》いて、そのままどさりと馬から落ちた。

「高畠！　敵だ！」

一番後にいた大野清助が驚愕の声を挙げた。後に打ち合う太刀音を聞いたと思った瞬間、匡四郎は、闇の中から伸びた槍に脇腹を貫かれていた。

「清助！　殿に、一大事ぞ」

貫かせたまま、抜く手も見せず咄嗟《とっさ》に脇腹の槍の柄を切り離すと、匡四郎は馬首を向け直して鞭《むち》を入れた。しかし前面に立ちはだかった敵に驚いて馬が竿立《さおだ》ちになった瞬間、匡四郎の身体は地上に投げ出された。その背を、腰を、数本の刃が素早く刺した。脇腹に槍の穂をぶらさげたまま、匡四郎は虫のように腹でいざったが、すぐにおびただしい血を吐くと動かなくなった。

闇に向って小さな火縄の火が振られ、丸木を渡した川の上を、星明りに、猿のように次から次とおびただしい越兵の群が対岸から走り込んでくるのが見えた。

八月七日、濃い霧に明けた両軍の対峙《たいじ》は、右翼の東禅寺右馬頭の軍から戦闘に入った。始めから混戦だった。越軍は霧をついて後方から戦いを仕掛けてきたのである。

「うろたえるな。後の敵は少数ぞ」

右馬頭勝正は、馬上から沈着に声を張ったが、その時前面の霧の中からどっと挙がった敵の声が、兵の狼狽《ろうばい》を一層大きくした。

「川名、そちの手勢で後を防げ」

勝正は傍らの川名大膳に口早にいうと、

「続け。積年の越後との紛《まぎ》れ、今日こそ一挙に決するぞ！」

大声に呼ばわると、どっと前方に馬を走らせた。その声に励まされて、喊声《かんせい》を挙げて兵達が真黒に続いた。本陣の東禅寺筑前、千安川べりに陣した草刈虎之助の陣も戦闘に入った。

もうもうと上る土煙の中で、汗と埃で真黒になった兵の顔が、ありったけ口を開いて喚き、刀をぶっつけ合い、槍を叩きつける。悲鳴、怒号、呻き声。その中で、

「大宝寺が燃えている。尾浦もすでに火ぞ」

悲痛な声が呼ばわった。遠い青い空に、黒煙がみるみるうちに拡がるのを庄内側の兵達はみた。「今が死に時ぞ」泣くような喚声を挙げては敵にぶつかって行くのである。退け、退け、と叫ぶ声がどこかでする。寄せては退き、退いては陣を組み直してまたぶつかって行く。修羅の戦場を、雲ひとつない白日が灼《や》いた。

戦闘があらまし終ったのは、ほぼ申《さる》の刻（午後四時ごろ）だった。ところどころ討ち洩らされた庄内勢を取り囲んで、小戦闘が行われているばかり。乱軍の中に、東禅寺筑前守氏永は討死、客将草刈虎之助は、千安川を守って一歩も退かず、ことごとく兵を討たれて後、川べりの雑木林に走り込んで自殺した。庄内勢は大半討たれ、残る者は尾浦城の後方、高楯山に向って敗走していた。

右馬頭勝正は、るいるいと横たわる屍《しかばね》の中から、むっくりと起き上った。手早く鎧を脱ぎ捨て、破れた膚着《はだぎ》までむしり取り、傍らの屍から首ひとつ掻《か》き切ると、それを右手に下げて歩き出した。髪は乱れ、肩といわず背といわず、裸の皮膚の上を幾筋も血が糸

を曳いて流れる。走りまわっている兵は皆本庄勢だった。異様な右馬頭の姿は、しかし、誰も咎める者がいなかった。

咎められたのは、本庄勢の本陣と思われる人馬の一群に近づいた時だった。

「越後黒川の者にて候」

と右馬頭勝正は答えた。

「敵の大将東禅寺右馬頭を討った。御大将に御案内頼む」

「なに？　それはお手柄だぞ、お主」

越後訛《なま》りの武者は眼をみはると、

「あそこにおられる。早く見参に入られい。待て、俺が案内してやる。お主、名は何という ぞ」

「軍勢の御案内を仕《つかまつ》ったもので、名もない者にござる」

「それはお手柄」

武者は、もう一度大声で言うと、

「御大将、御大将」

と呼んで、床几にゆったりと腰をおろして振り向いた、手に霜色の扇をもてあそんでいる武者を指さした。

「あれが、本庄の殿じゃ」

「ごめん」

勝正は、その武者を血刀で押しのけると、疾風のように繁長に走り寄った。そして、いきなり右手に持った首を繁長の顔に向って投げつけると、右手に持ち換えた刀を首筋に向って振り下ろした。

「東禅寺右馬頭、見参」

「心得たり」

繁長が、床几を蹴って立ち上った。その冑の真向を、勝正の刀が続けざまに切り下ろした。

「何奴ぞ！」

「おのれ！」

思いがけない出来事に、一瞬気を奪われた形のまわりの武者が、一度に勝正に斬りかかった。乱刃の中に、勝正の身体がゆっくりと膝をつき、それから音立てて転んだ。繁長の冑の下から、ひと筋の血が流れ出し、みるみる肩当を濡らし、胸板を染めた。冑の筋四つまで切り込まれ、左の耳が剔《えぐ》りとられていた。

戦場を血のような夕映えが染めていた。庄内勢はほとんど敗走したらしく、三三五五歩きまわっているのは、越軍の兵ばかりだった。彼等が身動きすると、腰のあたりの金具が強く夕照を返すのである。

西の方、尾浦城のあたりには、まだ白っぽい煙が立ちのぼり、それは雲のように、また霧のように横にたなびいて砂丘の麓にわだかまって行くようだった。大宝寺城の方角には、すでに余燼《よじん》も見えなかった。

その頃、最上の客将、中山玄蕃は単騎最上川を渡り、荒瀬郷青沢村にさしかかっていた。玄蕃は馬を止めて西空をみた。もはや敵の追尾はなく、次第に黒ずんで行く夕焼けがあるばかりだった。

玄蕃は舌を鳴らして、馬をいたわり、ゆっくりと最上へ落ちて行った。

忍者失格

一

周囲に濠《ほり》をめぐらしたほかは、風除《よ》けとも見える自然石を積み上げた石垣少少、これが田沢の豪族、雪江作兵衛助行の砦《とりで》である。風除けというのは、その石垣が西北だけ、厚く高く積まれているからである。冬、西北庄内浜から吹きつける季節風は、しばしば人の呼吸を奪うほどに烈《はげ》しく、小高い丘の端《はず》れにある小さな砦を雪煙の中に埋めるからである。

明応二年（一四九三）十一月。風はなく、夕暮れ前に、ひとしきり時雨《しぐれ》が、寒寒と野山を濡らした後も、雲が重く垂れて動かない夜だった。亥《い》の刻（午後十時ごろ）も、よほど廻った頃である。

雪江砦の四方から、突然火の手が上り、それは忽《たちま》ち乾いた音を立てて小さな砦を包み込んでしまった。喊声《かんせい》はなかった。

「出会え、敵ぞ！」

炎の中に喚《わめ》く雪江の郎党の声が凄愴《せいそう》に呼び交すだけである。炎の中を潜《くぐ》って、外に走り出ようとした半裸の者、寝巻姿のまま刀をふりかざした者は、燃え上る木戸を蹴《け》やぶって、火光に明らむ庭に出た途端、木陰から飛んだ鋭利な刃物に喉《のど》や胸を貫かれ、絶叫を残して次次と仆《たお》れて行った。

虫のように地をいざっているものにも、続けざまに、数本の手裏剣《しゅりけん》が集まって動きをとめた。炎の色の届かない木陰や、坪の築石《つきいし》の陰に、無数の冷ややかな眼があった。裾を乱した女達の群、子供を手に曳《ひ》いた女、髪を乱した老女や、花やかな寝巻の若い女などが、火に追われて外に走り出てくると、それにも容赦のない手裏剣が飛んだ。白い太腿も露《あら》わに崩折《くずお》れる若い女。子をかばって、その背に続けざまに手裏剣を打ちこまれて悶絶する母親。母の手から転がった赤児にさえ、情を知らない武器が走って、白い柔らかな肉を嚙《か》んだ。

地獄絵だった。草の根も刈り尽すような殺戮《さつりく》だった。

叫喚《きょうかん》が、ことごとく止《や》んだ時、不思議な静寂がきた。母屋に移った火が、轟轟《ごうごう》と鳴り、昼のような明るい庭に、折り重なった、屍《しかばね》だけが累累と横たわって、火の音だけがした。

その庭に、さわらや松、杉の木陰から、この時湧くように出てきた者達がある。黒い忍び装束に、面から足先まで包まれた、鴉《からす》のような一団である。腰にさした直刀の脇差まで、鞘《さや》が黒い。出てくると首領らしい一人を囲んで、素早く円陣を作り、せわしない囁《ささや》きを交した。

そしてその中の五、六人だけが、燃え残っている母屋の方に走り去ると、残された者に首領は高く片手を挙げた。すると、一団の黒装束は、蜘蛛《くも》のように四散し、足音を忍ばせて砦の外の闇に溶け込んで行った。

母屋に向った数人の忍び装束は、裏手にまわると、いきなり雨戸を蹴破った。濛《もう》と黒煙が噴き出す。素早く覆面の顔をつき合せて眼で話したが、やがて煙をくぐって、ひとりずつ中の闇に呑まれて行った。

「推参！」

怒号が闇の中にひびいて、奥の方から近づいてくる火光を照り返して、槍の穂先が走った。猫のように、音もなく横に飛んで、黒装束の一味は、薄闇の中に立ちはだかる大男を半円に取巻くと、きらりきらりと刀を抜きつれた。

「何奴だ。名乗らぬか」

男は槍を構えたまま、油断なく眼をくばって吼《ほ》え立てた。だが、それに答えたのは、いきなり手もとに躍り込んできた刀刃である。

素早く槍の石突きで払い、左から右に駈け抜けた影を、槍をかえして突いた。危うくとんぼを切って逃れる黒装束。一切無言のままだった。猫の跳躍に似たすばやい身ごなしで、黒装束は次次と攻撃を続けるが、それを捌《さば》く、男の槍先には余裕があって、むしろ、その鋭い槍先は、しばしば黒装束の胸をかすめ、袖を裂いて血を流させた。しかし、黒装束の攻撃は、少しも怯《ひる》まない。単調で機械的とも思える連繋《れんけい》のある攻撃に、次第に速度を加えて行くようだった。

その時、開いた襖《ふすま》の間から、どっと廊下を滑ってきた火の塊《かたま》りが、一瞬部屋の中に火光を投げ入れ、中を真昼のように染めた。それを待っていたように、一歩退いた黒装束の手から大男の喉に、正確に線をひいて手裏剣が飛んだ。叫び声を嚙んで、男の身体が、ふと動きをとめる。その腹に左右からどっと抱きついた二人が、柄《つか》元まで刀を刺し貫いた。二人が飛び退くと、男の手から、からりと槍が落ち、続いて徐徐に傾いた身体が畳の上に音立てて転がった。廊下の端まで走った火の塊りが、引き返して部屋の障子をめらめらと舐《な》め始めた。

「さすが、槍の雪江じゃ」

黒装束の一人が、ポツリと言った。かすかに声が弾んでいるのは、今の闘争に全力をつくしたせいだろう。

それには答えず、一人が次の間の襖を開いた。すると仏壇の前に俯伏《うつぶ》した女の姿があった。走り寄って、無雑作にぐいと肩を抱き起す。がくりと首を垂れたのは、すでにこと切れているまだ若い女だった。

が、黒装束の男は、突然飛び退いた。その膝に縋《すが》って、俯伏していた幼児がひとり、この時顔を上げたからである。太った男の赤児だった。手は、死んだ母の膝をしっかりと握っていたが、眼はすずやかに開いて、恐れ気もなく男を見上げている。

「木兵衛、引き揚げるぞ」

部屋の外から、声がかかった。ばり、ばりと木の裂ける音がし、火炎の唸《うな》り声は近くなっていた。火炎の勢いに、家は微《かす》かに震動しているようだった。耐え難い熱気が部屋を包んでいた。

「木兵衛」

せわしなく呼ぶ声が、今度は外でした。目の前の壁がどっと崩れ、そこから吹き込んだ炎が舌のように伸びて仏壇を呑んだ。木兵衛と呼ばれた黒装束は、手に下げていた直刀を構え直し、赤児の肩を摑《つか》んだ。

しかし、その手を急にゆるめると、脇差を鞘に納め、いきなり胸に赤児を抱き上げて、部屋の中を滑ってくる炎の下を潜って外に飛び出した。眉を火が焦がした。

砦の外に出ると、道七が待っていた。木兵衛が胸に抱えているものをみると、覆面の中から眼を剝《む》いた。

「何だ、それは……」

「……」

「つまらぬものを拾ってきたな」

「……」

「育てるつもりか。後で面倒になるぞ」

道七は、疾風のように木兵衛の後に続いて山の方に走りながら言った。

「うるさい」

「変った男だな、相変らず」

これから名峰鳥海山と修験者《しゅげんじゃ》の霊山羽黒山をつなぐ脊梁《せきりょう》に入る暗い谷の入口で、またひとり待っていた。後家買《ごけが》いの平五郎だった。

「何だ、それは」

うっそりと、平五郎もそれを言った。

「見ればわかろう」

「作兵衛の子ではないだろうな」

足弱の道七がまた言った。

「知るもんかい」

谷を流れる川音を、勘で聞き分けながら、暗い川べりを走り、石を跳んで川を横切った。そして、三人が一つの峰に立った時、急に大粒の雨が降ってきた。言い合せたように、三人は振り返って西空をみた。赤い火炎の色が衰えもせず麓《ふもと》を照らし、丘の樹樹を染め、低くかぶさった雲を染めているのが見えた。

三人は二たび、黒いつむじ風のように峰伝いに鳥海山の急峻《きゆうしゆん》に向って走り始めた。

二

七年経った。

木兵衛は、孤独な草だった。草と呼ばれる、戦場に雇われて、陰の働きをする者達もまた、集団を作り、主従関係を持っていた。現に木兵衛も、草の頭領平賀善棟《ひらがよしむね》の手に属して戦場に働いたり、川北の豪族たちの争いの中で隠密として陰惨な役割を果したりしているが、平賀の庇護《ひご》は受けていない。むしろ拒否したのである。従って草達が住む山奥の村落からも離れ、細い谷川のそばの粗末な小屋に暮していた。陣触《じんぶ》れがあれば、ためらわずに平賀に従って出て行き、朋輩《ほうばい》にぬきんでた働きをする。だが、木と木の間に柱をかけ渡して棟としたような小屋に帰ってくると、そこには、妻も、子供もなく冷たい臥床《ふしど》と、山の果実を集めて醸《かも》した酒があるばかりだった。訪ねてくる者もなかった。

だが、七年前、川北地方の掌握をねらう砂越《さごし》氏の依頼で、田沢の雪江砦を焼いた時から、木兵衛の暮しは異様なものになったのだ。

終日赤児の泣き声や、笑い声が、小屋の中から洩れ、思いがけない結末に当惑顔の五十男が、赤児を抱いて谷川の縁《ふち》を歩き廻っている姿がみられた。

始めは、道七の女房お鳥に頼み込んで乳をもらって育てた。道七夫婦はもちろん、他の者も、呆れ顔にそんな木兵衛をたしなめたが、木兵衛は、彼等の危惧に表情ひとつ変えないで答えた。

「俺が拾ってきた。俺が育てるのが当り前だろう」

一度は頭領の平賀善棟に呼びつけられた。

「どうする気だ。子供を育てて悪いとは言わぬが、あれは雪江の子だというではないか」

苦苦しげに言う幅広い扁平《へんぺい》な感じの平賀の顔を、木兵衛は、冷ややかな眼で見返した。

木兵衛がまだ若い時、言い交した女を、平賀が密かに慰んで捨てた。初め、平然と木兵衛を裏切った女は、捨てられた時、木兵衛の小屋の近くの林にきて、縊《くび》れて死んだのだった。平賀の下に働きながら、木兵衛が、気儘《きまま》な独り暮しに傾いて行ったのは、その時からである。他の草は、善棟の支配に従って、平時は谷間の田畑を耕し、庇護を受けていたが、木兵衛は田畑を拒み、小屋を移ると獣を狩って暮した。穀類が欲しくなると、朋輩の田畑を掠《かす》めた。一度、平賀は激怒して木兵衛の小屋を襲わせたが、木兵衛を仆《たお》すことは出来なかった。いまも、冷ややかに平賀をみて、木兵衛は言った。

「いかにも雪江の子。雪太郎と名付けた。だが、育てようと縊ろうと俺の勝手じゃ」

「こやつ！」

平賀は、振り向いて太刀を取ると、抜いた白刃をいきなり木兵衛に投げつけたが、それは正確に木兵衛の坐っていたところに突立ち、大きくしなって揺れているにもかかわらず、木兵衛の姿はそこになかった。

端座したまま、次の間に飛んでいたのである。胸を張って、やせた顔を無表情に平賀にあてたまま、木兵衛は言った。

「さようなくだらぬ心配をするより、御自分の首の心配でもしたらどうだ。先日大宝寺の武藤に会ったことが、砂越殿にもう洩れておりますぞ」

平賀は、ふと背筋に冷たい汗のにじむのをおぼえた。木兵衛が得体の知れない男に見えた。ゆっくりと立って畳から、突立った刃を引き抜くと、木兵衛をみた。すると木兵衛もゆっくり立ち上り、一瞬鼻先でする笑い顔をみせ、小馬鹿にしたように痩せた背を向けて部屋を出て行った。

三

七ツになった雪太郎には、奇妙な日が続いていた。ものごころがつく頃になると、父の木兵衛から異様な苦行を強いられた。駈ける、跳ぶ、木に登る、谷川の深みに泳ぐ、こうした日課は、格別苦しいことはない。寧《むし》ろ楽しいぐらいだった。しかし、この頃になって始めたこと、たとえば一刻《いっとき》（二時間）近くも谷川の冷たい流れの中に入れて置いて、上るのを許さない。失神する一歩手前で引き揚げても、知覚を失った身体を火で暖めてはくれない。自分の手で摩擦して体温をとり戻すのである。そうしたことが、どういう目的で行われるのか、雪太郎には理解出来ないのだった。岸に立って、木刀を手に爛爛《らんらん》と眼を光らせている父が鬼のように見えるのである。

或る夜は、篠《しの》つく雨の中に出て、雨の打つ木の葉の音、土の音、幹の音、石の音を聞き分けた。またある時は風の中に立って、風の運んでくるさまざまのものの匂いを読む。こうした仕事のひとつひとつは、何はともあれ、強情に耐え忍ぶ気力がなければ、出来ることではなかったが、雪太郎はこうした苦行に耐えることが出来た。

時時、木兵衛は、ふっと姿を消した。ある時は、そのまま三日も四日も帰らぬ日もあった。雪太郎は別にそれを淋しいとは思わなかった。残っている野猪や鳥の肉を啖《くら》い、それも尽きれば、木の実を探し、木に登って口笛を鳴らし、寄ってくる小鳥を木刀で撃って、焼いて喰った。

木兵衛は、或る時は、手傷を負い、黒衣の上から真赤に血を垂れ流して這《は》うように帰ってくる時もあった。そういう驚きも、度重なると平気になった。父が言い出す前に山奥に走り、血止めの草の葉をむしってきた。おぼろに、父と二人だけの暮しのほかに、何か人のざわめく世界のあることを感じるばかりである。

こうした雪太郎の暮しに、或る日暮れ、変化が起った。それは、外から突然やってきたのだった。

雪太郎より小さい女の児を抱いたやや肥《ふと》り肉《じし》の年増が一人、小屋の戸を押し開けて中に飛び込んできた。

髪を乱したその女は、入ってくると、女の子を下に降ろし、いきなり木兵衛の膝に縋《すが》った。

「道七にわかってしまったよ。いま追いかけてくるよ。どうするんだね、あんた」

「やかましいわい」

と木兵衛は言った。とってきた熟《う》れた葡萄の実をつぶして、雪太郎を相手に酒を作っていたのだった。その手も休めなかった。雪太郎も黙ってそれを手伝っていた。

「どうしたらいいんだろう、わたしは」

女は身を揉《も》んだが、

「ここにおいてもらうしかないよ。あんたの方が先に手を出したんだからね。忘れてはいないだろうね」

と言い募った。

この時、開いた戸口に影が射し、男がぬっと入ってきた。足弱の道七である。

「この阿魔やっぱりここにいたか」

と道七は言った。手に脇差を提げていた。

「語るに落ちたとはこのこった。やっぱり噂《うわさ》はほんとだったな」

顔色を青くして、憎憎しくそう言ったが、すぐに木兵衛に向って、

「木兵衛、貴様ひとの女房に手を出すとは見下げた奴だ。覚悟を決めて、表に出ろ！」

と咆《ほ》えた。木兵衛はちろりと道七をみたが、黙って立ち上ると、壁にかけてある脇差を手にとった。もう一度チラと道七に眼をくれると、冷たい口調で、

「立ち合ってもいいが、お主《ぬし》俺に勝てるつもりか」

「勝たいでか！」

道七が歯を剝いて叫んだ。

「木兵衛、貴様思い上った口を利くなよ。俺も平賀七人衆に加わる忍びじゃ。術くらべでは滅多に負けんぞ」

四

足場をきめて、二人は刀の鞘を払ったと見る中《うち》に無雑作に歩み寄って、烈しく刃を交

えた。雪太郎が見たのはそこまでだった。

ふっと二人の姿が草叢《くさむら》に沈むと、草の葉が鳴り、思いがけない薄暗い立木の枝が鳴った。そしてまた刃を交す音だけが聞えた。

突然川べりに現れた道七が、蜘蛛のように地面に這うと、見失った相手の気配を聞くように地に耳を擦った。その姿に、どこからともなく、ピシピシと手裏剣が飛ぶ。弾かれたように道七の身体がくるくると地面を横になったまま回転すると、欅《けやき》の根元まで行って、そのまま一丈も上に横たわる枝に、吸い上げられるように軽軽と飛び上った。

静かな日暮れだった。どこかで蟬《せみ》の声さえしていた。だが木兵衛の小屋は、つむじ風のように眼に見えない速い動きに包まれているのだった。半刻もそんな時間が流れたであろうか。

「負けた」

という悲痛な道七の声が、どこからともなく聞えた。それに答える声はなかった。

「木兵衛、身状《みじよう》は悪いが、腕は確かなものだ。いやな奴だ」

そんな声が遠ざかり、

「女房はくれてやるわ」

そういうと、樹の枝を渡る風に似た微かな気配が細くなり、やがてぷつりと絶えた。

雪太郎の眼の前に、小屋の屋根からぽんと飛び下りてきたのは木兵衛である。別人のように青ざめた顔をしていた。すたすたと欅の巨木のそばによると、幹にぴたりと片耳をつけて暫《しばら》くそのままの姿勢で何かの気配を聞いていたが、やがて片手に下げていた刀を鞘に納め、小屋に入ってきた。

薄暗い小屋の中で、女は子供を胸に抱いたまま、身体を固くしていた。木兵衛は、刀を蓆《むしろ》の上に投げ出すと、その横にごろりと横になり、

「片付いたぜ」

と言った。それには答えないで、女は子供の頭を顎《あご》の下にかかえ込むようにしたまま、静かにすすり泣いた。三十を幾つか過ぎたと思われる女は、多分畑仕事からそのまま逃げてきたと見えて、縞目も分らぬほど洗いざらした紺の仕事着を纏《まと》っていた。短い、破れの見える袖から肉付きのよい白い腕が覗《のぞ》いて、盛り上るように豊かな胸もとだった。女の子の髪に頬をつけるようにそむけた顔は、日焼けして、目尻に小皺《こじわ》が目立ったが、目鼻立ちはきれいだった。女の子も誘われたように、小さく泣き声を上げた。

「うるせえなあ、黙らねえか」

木兵衛は半身を起してそう言ったが、細細と泣き続ける女の声に誘われたように立ち上った。立ち上ると木兵衛は、無雑作に子供を女の手からむしり取った。女の顔に、おびえの色が走り、子供は高い声を出して泣いた。

木兵衛は、いきなり女の着ているものに手をかけると、手馴《てな》れた具合に身体からひきむしり、もがく女の白い裸体に覆いかぶさって行った。

薄闇の淀んだ小屋の中に、二匹の獣のように、縺《もつ》れ、絡み合い、嚙《か》み合い、烈しい呻《うめ》

きを洩らして転転する男女の姿を、雪太郎は小屋の入口で見ていた。いつの間にか泣きやんだ女の子が雪太郎のそばにきて、指をくわえながら、大人たちの姿を見ていた。

「お前、名前は何て言うんだい」

と雪太郎は言った。

「香苗」

女の子は、きっぱりとした口調で答えた。下ぶくれの、小さな唇が花のように可憐な子供だった。女の子がそう答えた時、その母は、男の腰を抱きこんだ白い腿を空ざまにさし上げ、獣の吼えるような声を続けざまに挙げた。

造りかけの葡萄の香が、小屋に立ちこめていた。

五

羽前と羽後の両国境いにまたがり、出羽富士と呼ばれる、美しい線をもつ鳥海山は火山である。いまは眠りに入ってから久しい。しかしそれが眠っているだけにすぎぬことは、時折地の底に不気味な鳴動をひびかせ、麓の村村を驚かすことで知られるのだ。

北国の春は遅い。そして鳥海山のなだらかな広大な斜面には、春はもっと遅く訪れる。麓の平野に桜が散り、辛夷《こぶし》や李《すもも》など、五月の白い花が村村を埋めるころに、春は突然のように漠漠とひろがる山毛欅《ぶな》の森や、楢《なら》の林、黒い岩陰、乾き、河床をみせている谿川《たにがわ》のそばに姿を現すのである。

細い、深い谿は、雪解けの水を流して奔流《ほんりゅう》となった。幾日も幾日も、白い雪を浮かべた濁った水が岸を浸して溢《あふ》れ、そして、その後、流れは透明に、川底の砂の陰翳まで明らさまに澄む。

小鳥の声が森の中に谺《こだま》し、岩陰には、岩桜や山桜が可憐な桃色の花をつけた。小暗い山毛欅の森の中に、朴《ほお》がゆらゆらと青白い花をかかげ、風が吹くと濃い香りを周囲にまいた。むせるように強い香りだった。

雪太郎は風のように森を走り抜け、柔らかい牧草の斜面を駈け上った。跣足《はだし》の足裏を、牧草がこそばゆくくすぐる。

高い日が、鹿のように、しなやかに屈伸する若者の姿に、影をそえていた。黒い仕事着に紺のすり切れた股引の粗末な着物から、鍛えぬかれた鋼のような筋肉がはみ出そうに見える。

影が消えた。消えたのは、雪太郎が僅《わず》かな草地の起伏に、地を這う蜘蛛のように身体を沈めたからだった。雪太郎は、そのまま長いこと息を殺す。吐く息は、僅かずつ、長い時をかけて押し出した。

しかし、それは長い時間ではなかった。地につけた耳が、斜面を駈け上ってくる忍びやかな爪先の音をとらえる。

素早く起き上った雪太郎の胸に、鋭い掛け声とともに、礫《つぶて》が飛んだ。身体をかわそうともしないで、雪太郎は、無雑作に拳を挙げ、胸の前で礫を打ち落した。

どっとその胸に組みつき、乱暴に足搦《あしがら》みをかけたのはしなやかに伸びた身体が美しい若い女である。

「くそっ!!」

言葉まで乱暴である。足搦みをかけても、根の生えたように、動かない雪太郎に、業《ごう》を煮やしたように、いきなり腰を寄せて、腰車にかけた。雪太郎の身体が一回転して草の上に飛んだ。

その身体の上に、素早く飛びついた女は、一度地を掴んだ。くるりと雪太郎の身体が、位置を変えたからである。執拗《しつよう》にもう一度飛びつく。

「もうよせ、香苗」

と雪太郎は、女の上気した顔を下から見上げながら言った。

「勝ったよ」

「そうだ。お前が勝った」

「ね。こんど東禅寺の城に連れていってよ」

「いかん」

「勝ったら連れて行くと言ったよ」

「まだいかん。髪に手をやってみろ」

「なーに？」

香苗は、雪太郎の腹に馬乗りにまたがったまま、豊かに束ねた髪の結び目に手をやった。そこに刺されたものを、指で抜いて日にかざすと、香苗は突然白い喉を仰向けて笑い出した。一輪の黄色い土葵の花だった。

「やっぱり、あたしの負けね」

「当り前だ。お前に負けてたまるか」

「言ったな、こいつ」

香苗のしなやかな両手が、素早く雪太郎の首を絞めてくる。それを下からはねて、雪太郎は身体を入れ替えて上になった。下から、ぷッと香苗が唾《つば》を吐きかけた。

「何をする」

雪太郎はゆっくりと言って、頬にかかったしぶきを拭うと、いきなりしびれるほどの力で香苗の頬を張り、足をはね上げて暴れ出した女の身体を押えつけた。

日に蒸《む》れて、若者と若い女の体臭が混り合う。雪太郎が力を抜き、並んで草の上に寝ると、どちらからともなく、眼をのぞき込んだまま、唇を寄せた。が、やがて、香苗の瞳が閉じ、微かな吐息が洩れた。唇を離すと、香苗の瞳は、眠げに開き、唇を捺《お》すと、花がしぼむようにゆっくりと閉じた。

男の手が、やがて着物の下の、柔らかな隆起に伸び、そこに激しく喘《あえ》いでいる膨らみに触れ、掌にあまるそれを静かにもてあそぶと、女の身体は柔らかくなり、香苗は低く呻いて下肢を開いた。男の裸の膝がその間に割って入った。

遠く離れた灌木《かんぼく》の低い繁みの中で、鶯《うぐいす》が啼《な》いていた。まだ幼い啼声で、懸命に美しい啼声を習っているようだった。幾度も、同じところで囀《さえず》りを間違え、少しずつその間違いを匡《ただ》して行くような啼声だった。綿のように、ぼんやりと膨んだ雲が浮かんでいた。

その雲が、長い時間をかけて、少し位置を移した時、雪太郎は身体を起し、香苗の上から離れた。そのまま、ぽつんと膝を抱いて、蹲《うずくま》る。ひどくつまらなそうな顔をしていた。心は、香苗の身体から、父の木兵衛と二人で探ってくることになった東禅寺城のことに移っていた。大宝寺の城主武藤澄氏が新しく築いたという東禅寺の城。海に近く、最上川の河口にあるというまだ見ぬその城構えが幻のように、雪太郎の血をときめかせる。砂越氏雄の依頼をうけ、平賀善棟は砂越の南下を阻むために築かれたその城の備えを探るために、足弱の道七と雨夜の太蔵を潜行させたが、この二人は、出かけたまま、ひと月も経つのに杳《よう》として消息を絶ったままだった。そこに待ち構えている危険の予感が、若者の心を風に吹かれる草のように、快くおののかせるのだ。

雪太郎は、香苗をみた。女は帯を解いたまま、白い豊かな肌を露わに横たわっていた。いま、羞恥《しゅうち》が心を噛んでいるのか、しどろに乱れた着物の袖を引き上げて、肱《ひじ》を曲げ、顔をかくしているのだった。むせるような肌の香り、腋《わき》の青白い窪みと、その窪みにそよぐかよわい陰翳。まるく豊かな二つの乳房に、可憐な虹を点じる蕾《つぼみ》。そして脂が白く日の光を弾く下腹。その下腹に続いて甘美に息づく、いつでも夜の安らぎと暗さが立ちこめる深い谷間がある。しかし、雪太郎はその美しさに少し倦《あ》いていた。

「おい」

呼んで、顔の上の腕を除いた。羞恥と、満ち足りた安堵《あんど》をこめた、思いがけない素直な眼が真直ぐに雪太郎を見詰めていた。

小屋に帰ると、木兵衛は、破れた蓆の上に仰向いて、口を開けたまま眠っていた。髪は殆《ほとん》ど白髪に変り、開いた口は歯がほとんど欠け落ちて、暗い洞穴のように見えた。お鳥は山菜を取りにでも行ったらしく姿がなかった。この頃木兵衛は、ひまがあると横になっていた。猟も野猪や、羚羊《かもしか》などの大物はほとんど、雪太郎にまかせ、自分は鳥ばかり獲っていた。それさえも大儀そうに見えるのである。

「身体を洗ってこい」

こっそり小屋に入った雪太郎に、木兵衛は、眼を閉じたまま言った。雪太郎の足が止った。振り返ると、香苗が眼で笑った。いつも、木兵衛には、それが解るらしかった。香苗の首をすくめた蓮《はす》っ葉《ぱ》な笑いが見えたとでもいうように、木兵衛は言った。

「香苗もだ。このいたずら娘」

六

意外な強敵を見たのは、東禅寺城を探り終って、その夜砂丘を越え吹浦の村端れにかかった時だった。やはり使命を終ったという気のゆるみがあったのだろうか。気がついた時には、四方の闇が敵だった。

「これは、うっかりしたわい」

太い松の幹を小楯《こだて》にとって、闇の中の気配に備えながら、木兵衛は小声で雪太郎に囁いた。

「ひょっとすると、えらいことになる。俺はよいが、お前を死なせるわけには行かぬて」

「気の弱いことを」

雪太郎は微かに笑った。闇の中に待っていた敵が、二人を包囲するまで全く己れの位置を悟らせなかったことで、容易な相手でないことは解っていたが、雪太郎には、その包囲を破る自信があった。ふつふつと身体の中に血が躍った。筋肉のひとつひとつが、これから起る戦いにそなえて、柔軟な姿勢で立ち上って行くようだった。雪太郎は、腰を探って、火薬の位置を確かめた。

「先ず、相手を確かめよう」

包囲したまま、いつまでもじっと雪太郎たちの動きを待っているのが不気味だった。闇の中に厚く張りめぐらされた輪の気配だけがある。

「ここに蜘蛛の囲《い》の陣を張るは伊能《いのう》道心か」

木兵衛は声を張ると、さっと位置を隣の松に移した。

「いかにも伊能道心」

谺《こだま》の返るように闇の中に声があがった。

「大袈裟《おおげさ》なことじゃ」

そう言って、木兵衛はまた位置を変え、松の幹に耳を擦った。

「疾風《はやて》の木兵衛は手強いでの」

単調な声が返ってきた。すると木兵衛の手が動いて、真後の方角に手裏剣を飛ばしていた。

松林の中に、風が捲き起った。そして雨のように、松の幹に突きささる手裏剣の音が交錯した。太刀音がひびいたのは木兵衛か雪太郎が身近かに敵を迎えたのであろうか。暗黒の松林の中に必死に戦う気配だけが渦巻いて、声はなかった。

半刻余りも縺れ合う人の気配が続いた時、思いがけない遠方で、眼も眩《くら》むような火光が走った。一瞬闇を染めた明るい火光は、同時に上った白煙と、一本一本数えられるほどにはっきりと松の黒い幹を照らし出したが、その明るさの中に人影はなかった。爆発音と火光が瞬時で消え、ふたたび濃い闇が松林を埋めた時、そこにもう人の気配は失われていた。

吹浦から山に入り、打合せて置いた桑の巨木の陰にきて、雪太郎は呼吸を整えながら、木兵衛を待った。執拗な追跡だった。それを思うと、まだ来ていない木兵衛が気づかわれた。

黒い頭巾《ずきん》をとり、その端を裂いて、傷ついた腕を縛った。傷口は、ずきずきと絶え間なく傷んだが、それは、あながち不快なだけのものではなかった。むしろ快い昂《たかぶ》りが若者の胸を熱くしていた。

山道を、下から駈け登ってくる足音が研《と》ぎすました雪太郎の耳を突き刺すように響いた。その足音が、二人のものであることを、地面にぴたりとつけた耳で、雪太郎はとらえた。素早く跳ね起きて、桑の根もとに蹲り、刀に手をかけて待つ。

だが足音は、桑の樹の前で、立ち止り、次にすさまじい無声の気合と、刃風を交し合ったのを雪太郎は聞いた。

そして、しばらくすると、ひとつの足音がよろめきながら山坂を下りて行くのだった。恐らく生死にかかわる深い手傷を負った筈《はず》である。その傷をいたわりながら、黙黙と山を下りて行く敵に、雪太郎は草の孤独を感じた。

「雪太郎」

木兵衛の声がした。呪縛を解かれたように、雪太郎は、樹の下から山道に飛び出した。いま、山の斜面に、巨大な春月がのぼったところだった。そのおぼろな月明りに立っている木兵衛をみて、雪太郎は声を呑んだ。

頭巾は、引きむしって片手に持っていた。その双《ふた》つの眼は、こんこんと湧き出る血潮に盲いていた。だが、雪太郎が息を呑んだのは、黒衣の上から、ぱっくりと口を開いた肩の傷だった。月明りに鈍く光ったのは、断ち割られ、露出した白い骨である。血は胸に溢れ、滴滴と地面に音を立てていた。

「父上」

「さすがは伊能道心。よくここまで後を慕ってきたものだ」

「父上、お手当を」

「無駄だ」

そう言った時、木兵衛の腰が砕けて、ぼろぎれのような身体がどっと地面に崩れた。

駈け寄った雪太郎に、構うな、と手を振って、木兵衛は上半身を起した。

「少し話がある。そこに坐って聞け」

地面を指さして、ぜいぜいと喉を鳴らした。

「実はな。黙っていようと思ったが、やはり気になってかなわぬ。話すことにした」

「横になりなさい」

「まあいいよ。話と言うのは、お前のことだ。お前は俺の子などではない」

「何を言われる」

「お前は、田沢の豪族、雪江作兵衛の子だった。まだ赤ん坊の時に、砂越の先代の命令でな。平賀の草どもが、砦を襲い一族を根絶やしにした。豪毅な男だったお前の父親も、母親も、兄弟も、家来も皆死んだ」

木兵衛は、烈しく咳《せ》き込んだ。すると、血の泡が口から飛び散った。

「殺したのは平賀の一党だ。俺もそれに加わって働いたのだ。殺させたのは砂越の殿様だよ」

「………」

「そんなことはどうでもよいと思って生きて来たが、死ぬ時になって、どうも気がかりでならぬ。俺は、生れついての草だから、お前にも忍びの仕事しか教えてやれなんだて。そのことも今悔んでいる。草などは、虫にも劣る生きものだ。道七も太蔵も、無残な死に様だったというぞ。お前は、俺がいなくなったら、香苗を連れて人里に下りろ。そこで百姓でもすることだ。やれ、苦しくなってきたぞ」

木兵衛は、背を曲げて、また烈しく血にむせんだ。新たな血が、肩の傷口からじわりと胸にかけてひろがる。皺深い、やせた顔が紙のように白く、幽鬼が一匹そこにあぐらをかいているように見えた。

「雪太郎」

凄愴《せいそう》な顔を上げて木兵衛は、ささやくように言った。

「己れの言ったこと、納得したか」

「…………」

「ふ。妙な面《つら》をしているの」

木兵衛は腰の袋を探った。雪太郎は、立つと二間近くも背後に飛んだ。

「雪太郎。これをみろ」

凄絶な声を上げて、木兵衛は、袋からとり出した丸い火薬玉を差上げると、

「これが草じゃ」

叫んで、口に投げ込み、歯の抜けた顎で嚙んだ。月に照らされた顔が悪鬼の相だった。

鈍い音が口の中でし、木兵衛の盲いた眼、鼻、口、耳から、むくりと白煙が洩れ、血

がしぶきとなってほとばしったと思った瞬間、顔は、柘榴《ざくろ》のように内側から肉を弾いて笑み割れたのだった。

永正九年（一五一二）夏、砂越氏雄の軍を、東禅寺城に迎え撃った、大宝寺の城主武藤澄氏は、大敗を喫して千余名の将兵を失った。

七

平賀善棟の娘千勢の肌は冷たかった。だが、痴呆的な美しさをたたえている顔と、小麦色の冷たい肌は、香苗の身体とはまた違った頽廃《たいはい》的な悦楽を秘めている。この娘は、雪太郎の言葉を、ことごとくはき違えた意味に理解するくせに、情事の営みは一人前以上に情熱的なのだった。だが未練はない。

「千勢どの。お別れじゃ」

雪太郎は、楢林の中の枯れた草の上に、漸《ようや》く起き上って、もの憂げに身じまいをなおしている千勢に声をかけた。

「え？」

千勢は、まだ悦楽の炎の余燼《よじん》をみている力ない眼で雪太郎をみたが、

「今度、いつお会い出来ます？」

と言った。眼が、もう媚《こび》をたたえて、男の顔を飽かぬふうに眺めている。

「もはや、会うことはかなわぬ」

「どうか、なさいましたか」

雪太郎は、苛立《いらだ》つ心を押えて、思いきり残酷に言った。

「今日、そなたの父に、暇《いとま》を言い渡された。そなたと、こうして度度会っているのが、いかんというのだ。よって、今夜平賀の里を退散する」

それは本当だった。平賀善棟は激怒のあまり、瘧《おこり》のように身体をふるわせて雪太郎に斬りかかってきたのだ。

「父に、私から詫《わ》びを言いましょうか」

「もうよい」

雪太郎は冷たい眼で女を眺めた。

「父上を怒らせてまで、そなたに会うつもりはない。生命が惜しい故、逃げる」

「雪太郎さま」

漸く、その意味を悟ったらしく、千勢は呆然と男の眼を見上げた。

「では、別れる」

雪太郎は、言って立ちすくんでいる娘を後に、林を抜けて小屋に急いだ。急いだ方がよい。お鳥と香苗を巻きぞえにしてはならぬ。だが千勢を慰んだのはどうだったろう、と雪太郎は少し後悔していた。だがあのひね者の養父木兵衛でさえ、結局平賀の支配から逃れられなかったのだ。あの執拗な蛇のような首領の意志と、平賀党の鉄の掟《おきて》から解き放たれるためには、止むを得なかった、と雪太郎は思った。

うかつにも、同じ道を前の方から歩いてきた、中年の女にぶつかりそうになって、雪太郎は、思わず飛びのくと刀に手をかけた。

「おや。大層あわてておいでだこと」

笑いもしないで、冷たい眼で雪太郎をみ、そう言ったのは、後家買いの平五郎の女房お徳だった。この女の暗い、人を見定めるような眼の光を、雪太郎は好きでない。黙って通り過ぎた。

小屋に帰ると、それまで、ひそひそと話し込んでいたらしいお鳥と香苗が、急に口を噤《つぐ》んで顔をそむけた。空気が急に白けた。

雪太郎は、構わずに部屋の隅に行き、手早く身支度をととのえた。その後姿に、香苗の尖《とが》った声が飛んだ。

「どこへ行くの？」

「お頭にひまを出された。旅に出る」

「あたしたちを捨てる気ね」

「………」

「いままでどこにいたの？」

「どこでもよい。お前の知ったことか」

「ちきしょう！」

走り寄った香苗が、いきなり殴りかかってきた手を、雪太郎は逆にねじ上げた。

「少しは女らしくしたらどうだ」

「みんな知ってるよ。お千勢の阿呆といいことしてきたんだろ」

嫉妬と憎悪に、香苗の眼は燃えるようだった。しばらくそうして睨《にら》んでいたが、その眼に、突然みるみる涙が盛り上ってきて、溢れた。

「あたしがいやになったのね。いつからなの。でも、あたし、お千勢さんの方がよくなったなんて信じられないんだ。そんなふうに思えないんだよ。あたしが悪いのね」

「……………」

「行かないで。行ったらあたし死んじゃうよ」

「……………」

「女らしくするよ。だから行かないで」

「香苗」

雪太郎は言いかけたが、腕を離すと、黙って草鞋《わらじ》をはき、外に出た。

顔を吹いたのは、秋風だった。後に、香苗の泣き声が残った。

雪太郎は、その夜最上川を渡り、果てもなくひろがる夜の草原を、時折立ち止っては星を読みながら、南へ南へ疾駆した。やがて、行手に大宝寺城の灯が見える筈だった。

八

年が明け、また春が近づいていた。だが、出羽の山野には、まだ冷たい北風が吹き、残雪が夜になると氷のように凍てた。

夜の闇の中で、雪太郎は、やもりのように砂越城の二ノ丸の灯りを望む塀に貼りついていた。手足が竦《すく》んだ。だが、それは鍛え抜いた身体の動きを奪うほどではなかった。

この夜で三晩目だった。二ノ丸では、いま城主砂越氏雄、子息の万才丸を中心に、川北の城将たち、砂越城の重臣ことごとく集まって、軍議の最中だった。言うまでもなく、雪解けを待って最上川を渡り、南下して大宝寺城を討つ。その軍議である。

大宝寺の武藤澄氏は、川北勢の兵や、備え、攻撃の時期を知るために、十名を越える草を砂越の城下に放っていた。そしていま、残っているのは雪太郎ひとりだった。仲間の草は、あるいは捕えられ、あるいは自殺し、ことごとく死んだ。

雪太郎は、針のように耳を研《と》いでいた。二晩とも、空しく引き揚げたのは、塀の内に、蜘蛛の糸のようにつながって張りめぐらされた不気味な気配を感じとったためだった。

二ノ丸を囲む塀、樹木、築山を這って回ったが、どこにも入りこむ隙はなかった。静かな、そのくせ触れれば猛然と反撃してくる強靭《きょうじん》な糸のような気配があるのだ。木兵衛の刃に深傷《ふかで》を負いながら、伊能道心は、どうやら生きのびて、いまは砂越の手下になっているようだった。

ところがいま、ひと所だけ、その糸が断たれている。雪太郎が貼りついている塀の中である。雪太郎が、それでも、じっと動かないのは、それが伊能の仕掛けた罠《わな》だという確信があるからだった。だが軍議は大詰めに来ている。

雪太郎がそろりと動いたのは、そのことの焦りが、禁じていながら、心を動かしたのだろうか。雪太郎は縄を投げ、塀に先端の鉤《かぎ》を音もなく掛けた。縄は糸のように軽く塀下に伸びた。静かに引いてみる。そして次の瞬間、雪太郎の身体は、空を飛ぶ蝙蝠《こうもり》のようにふわりと塀の上に横たわっていた。

やはり、気配は消えていた。左右に遠く、忍び者の気配を嗅《か》いだが、それは難なく突破できそうだった。

音もなく、雪太郎は塀の内に降り、鉤縄を手もとに納めると、地を擦って高い二ノ丸の縁の下に走った。

そして一刻の後、雪太郎は、縁の下の柱の陰にじっと蹲っていた。軍議の仔細はことごとく耳に納めていた。だが動けないのだ。軍議が終り、雪太郎のひそんでいる縁の板を踏みならして、今夜招かれた武将達が帰り、二ノ丸の灯が消えても、凝然と動かない忍びの警戒線が塀の内にあった。

そして、雪太郎の退路は、今度こそ見事に塞《ふさ》がれているのだった。野猿のように背をまるめて縁の下を走り、退路を探したが、それは見つからなかった。静かな不気味な敵意が、いまは、はっきりと塀の外ではなく、雪太郎のひそむ縁の下に向けられていた。それでも、虫が自らもがいて網にかかるまで動かない、非情無残な蜘蛛の囲の陣。やはり誘い入れたのだった。

雪太郎が、ついに心を決して走り出ようとした時、塀の内に、突然耳を聾《ろう》する爆発音がひびき、閃光《せんこう》が網膜を射た。何者かが塀の上から火薬玉を投げたのである。その真昼のような閃光の中にのけぞる黒装束の男をみた時、雪太郎はそこに向って走っていた。

塀まで走る。投げた縄をたぐるその姿に、手裏剣が飛んできた。しかし、それより早く雪太郎の身体は空に跳ね上っていた。

だが、伊能道心の一党の追尾は、やはり凄みを帯びていた。足音もなく後に迫り、刃風を送ってくる。雪太郎が風のように走って、出丸の端れにかかった時、彼は、そこで戦っている一団の黒装束の者をみた。

小柄な一人を囲んで、相手は五人だった。

雪太郎が近付くと、小柄な黒装束がよろめいて膝をついた。かまわずに雪太郎は走り抜けようとした。

その時、斬り下ろした刀を受けとめて、下から猛然と反撃した小男の、思わず発した気合が、雪太郎の足を釘づけにした。

澄んだ肉声が香苗のものに紛れもなかったのだ。背筋まで凍る思いを、雪太郎はした。

「走れ」

素早く身を寄せて囁くと、雪太郎は始めて刀を抜いた。背後に遠ざかる香苗の足音で、かなり重い手傷を負っていることを知ると、雪太郎は、防ぐ姿勢から攻撃の構えをとった。刃が肉を嚙み、肉と肉がぶつかった。雪太郎は怒号し、喚きながら、刀を揮《ふる》った。忍びの、刀使いを忘れていた。いつの間にか、邪魔な覆面もとった。

その姿を星明りに透してみていた伊能道心が、眉をひそめて、そばに立っている鴉の喜助に言った。

「何だ、あれは。さっき忍びこんだ者と違うぞ」

「へい」

「退かせろ。つまらぬ死人を出すな」

それから、チッと舌打ちして呟《つぶや》いた。

「何のための蜘蛛の囲陣ぞ」

砂越の町を端れた道端で、雪太郎は仆《たお》れている香苗の姿を見つけた。肩口と背にかなり深い傷があり香苗は失神していた。だが、胸を探ると、弱弱しい鼓動があった。

手早く傷口を布で縛り、背に負うと、深夜の野道を走った。どうして香苗が出て来たのか解らなかった。この女は、父に習った忍びの術を恋のために使ったのだろうか。香苗につけられていたことを知らないようでは、俺の伎倆もそんな大層なものではないのだろう。雪太郎が、微笑した時、背中の香苗が、弱弱しく言った。

「苦しいから、下ろして」

「よし」

雪太郎は山道にかかった岩陰に香苗を下ろし、胸に抱いた。星明りに顔が朴《ほお》の花のように白い。

「痛むか？」

雪太郎は、その顔をのぞきこんで優しく言った。

「別れるのはいやよ」

香苗は、去年の続きを、昨日の続きのようにポツリと言った。

「もう別れぬ」

雪太郎は不意に、始めて契《ちぎ》りを交した後で、草を噛んで慟哭《どうこく》した香苗の姿を思い出していた。

その記憶は、ふと雪太郎の眼をうるませた。

「あたし、砂越に網を張っていたのよ。平五郎があなたを確かに見たと言ったから」

「後家買いがか」

「そう」

「もう離れぬ。草はもう止めじゃ。お前と二人で田でも打とう」

「うれしい」

「じっとしてろ。少しは女らしくしたらどうだ」

「はい」

永正十年（一五一三）春。砂越氏雄、万才丸父子は大軍を催して田川郡に進撃したが、迎え撃った武藤澄氏に撃破され、氏雄、万才丸は乱戦の中に討死、戦いは武藤澄氏の勝利に帰した。

空蟬《うつせみ》の女

—

夕餉《ゆうげ》の支度をする積りで台所に立った。がお幸《こう》は、そのまま小さな窓に映る秋色の濃い空に心を奪われて佇《たたず》んでしまった。眼も染まるような濃い藍《あい》色の秋空。小さな窓に区切られたその空に、さっきの通り雨の名残りだろう、鮮やかな虹がかかっているのだった。脚も、頂きも見えぬ、截《き》り取って貼りつけたような、大きな虹の一部が、窓一杯に拡がってみえた。

こんなきれいな色の虹をみるのは、何年この方ないことのように思った。十八の時、辰五郎と一緒になり、貧乏世帯を切り回して、何年となくやみくもに働いた。子供を二人生み、初めの子は痲疹《はしか》がもとで大病になって死なせ、後の子は八つになるまで育てて、やれやれ一安心と思った時、薬研堀《やげんぼり》に落ちて水死した。漸《ようや》く頭《かしら》とか棟梁《とうりょう》とか人に立てられるようになったと思った時、夫の辰五郎は女が出来たらしかった。初めはお幸の眼をしのんでいる風に見えた夫が、この頃は図図しくなったのか、それとも、女との仲が、もう切るにも切れないほど深くなったので糞度胸が決まったというのか、今は二晩でも、三晩でも平気で家を明けるようになっている。

お幸の胸を冷たい秋風が吹き抜けた。

これから先、生きて行く何の楽しみもなくなったように思う。（あたしは、何を頼りに生きて行ったらいいのだろう）

溜息《ためいき》が、お幸の唇を洩《も》れた。時には、繕《つくろ》いものや、拭掃除の手を休めて、お幸は溜息をつき、その後、長いこと茫然《ぼうぜん》と空に眼をすえていることが多くなった。

窓から吹きこむ涼しい風が、お幸のうなじを撫で、後れ毛を吹いた。眼は、いよいよ鮮やかに色を砥《と》ぐ虹をみていたが、お幸の心は、不毛の、砂原のように味気ない行末をみていた。いつだってそうだった。女の四十。いわば老境にさしかかっていながら、お幸は、むしろ頼るものを次次と失いひとりぼっちで立っているのだった。

ことり、と裏木戸の桟《さん》が鳴ったと思うと、台所の入口が外から開いて、参吉が顔を出した。お幸はふり向き、それからものうげに言った。

「おや、もう仕事はおしまいかね」

「へえ」

参吉は、チラとお幸の顔を見上げてから、まるで叱られでもしたように、立ったまま俯向《うつむ》いた。辰五郎の田舎、下総《しもうさ》の遠い縁続きから預かってから十年余りになる。初めてきた時十四、五だった参吉は、いまではいっぱしの若者だった。だが持って生れた愚鈍で内気な性格は、所詮江戸の水には合わないのだろう。参吉の寡黙は、年を加えるごとに、むしろひどくなって行くようだった。背丈も低く浅黒い顔に、気弱な眼の瞬きと、厚い唇が目立ち、細長い額には、もう老人くさい皺《しわ》さえ刻まれている。風采《ふうさい》が上らないばかりでない。大工の腕も、三年前にきた、年もひとつ下の信次にもう追いつかれ、追い越されようとしている。

信次は、辰五郎がつき合いの深い浅草馬道の棟梁滝蔵の家にいたのを、望んで譲り受けただけあって、参吉とは違って利口な若者だった。仕事ぶりも、江戸者らしく、眼から鼻へ抜けた。目鼻立ちもきりりと締って、いなせな男振りである。

そんな信次を辰五郎は可愛がって使ったが、参吉にも辰五郎なりの愛情は持っているようだった。酔って帰った夜など参吉を呼んで、

「信公に負けるな。そのうち一人立ちにしてやるぜ」

などと励ましていることもあった。この二人だけが住み込みで、ほかの職人は通いだった。

「信ちゃんは、一緒じゃなかったの」

「よそに回るからと言って」

「そうかい。じゃ休んでていいよ。じき御飯の支度をして上げるからね」

参吉は黙ってうなずいたが、肩に担いでいた大工道具が入っている箱を板の間に置くと、外に出て行った。間もなく玄関の前で竹箒《たけぼうき》の音が聞えた。

二

台所の戸が開いた音を聞いたのは、かなり遅かった。四ツ（午後十時ごろ）を回っていたようである。辰五郎は、どうせ今夜も帰るまいと思い、お幸は火桶《ひおけ》が欲しいほどの涼しさに負けて早目に蒲団《ふとん》にもぐっていた。ただ信次が戻るまで眠るまいと思っていたものを、やはりいつの間にか、うとうととまどろんだらしい。はっきり眼が覚めたのは、居間のそばを通って二階に行く足音を聞いてからだった。

「信ちゃんかい？」

「へい。遅くなりました」

階段の途中で答えているらしい、くぐもった声がした。お幸は起き上って、寝巻の紐を締め直した。

「お前、御飯はまだなんだろう？」

「へい」

「すぐ降りておいで、おつゆを温めるから」

「いえ、あっしがします。おかみさんは寝《やす》んでてください」

「いいよ、別に遠慮しなくとも。それにしてもいい加減遅いじゃないか」

「へい、済みません」

お幸が、行灯《あんどん》に火を入れてから、手燭《てしよく》に移した灯を持って台所に出ると、信次は、そのままとんとんと階段を降りてきた。

「夜遊びも大概におしよ。お上がこの頃また煩《うる》さいんだから」

竈《かまど》の火を焚《た》きつけながら、お幸は小言を言った。倹約倹約とやかましかった将軍補佐松平定信は、昨年辞めていたが、老中になって手を染めた改革はジリ貧のまま、成果らしいものも上がらないで終ってしまう様子だった。

だが、大田南畝《なんぽ》が「山吹のはながみばかり金入れに、みの一つだになきぞ悲しき」と揶揄《やゆ》したような貧しさは、武家、町人を問わず行きわたって、不景気な世の中だった。この秋には、倹約令《けんやくれい》がまた延びるだろうという噂《うわさ》さえあった。こんな中で、大工や左官はいくらか金回りがよかった。二年前、それに今年、寛政六年（一七九四）正月早早と二度の大火事騒ぎで、仕事はあったからである。辰五郎は、その金を、皆女に注ぎ込んでいる。

「いえ、とんでもねえ。そんなんじゃありません。ちょっと馬道の棟梁のところに遊びに行ってきたんで」

「棟梁、うちの人のこと、何か言ってたろ」

竈の前から、お幸が振り向いて言った。暗い灯影《ほかげ》に、寝乱れた、ものうげな白い顔が、たよりなく浮かんだ。その淋しそうな表情に、信次は胸をつかれた。お幸は気がついたように、両手で乱れた髪を後に掻《か》き上げ、べつに信次の答えを期待したわけでもないらしく、眼を赤く燃え始めた竈にもどした。身体に孤独な影が溢《あふ》れていた。

お幸の滑らかな頬と、白い耳が見えた。膝を揃えて、箱膳の前に坐りながら信次は、見てはならないものをみたように、生生しい感じの耳から眼を逸した。

(棟梁もいい加減におかみさんのところに戻ってくればよいのに。おかみさんがあんまり可哀想だ)信次は、今日倉地屋の仕事を早仕舞にした辰五郎の後をつけて、小日向町《こびなたちょう》の妾《めかけ》の家をつきとめてきたのだった。十七、八だろうか。辰五郎からみれば、娘のような若い女だった。酒になり、すぐだらしなく声高に卑猥《ひわい》なことを喋り出す辰五郎を、娘は強《きつ》い調子でたしなめていた。澄んだ声だった。外に使いに行く娘を見た。妾暮しに日を送っているとも見えない、明るい眼と豊かな頰の色がまだ眼に残っている。

(とても、おかみさんが太刀打ち出来る代《しろ》ものじゃねえ)

そう思うと、余計にお幸が哀れだった。またいつもの放心が、お幸を訪れてきているようだった。鉄鍋は火にぐらぐら煮え立っているのに、お幸は、しゃがんで火を見つめたまま、茫然と身じろぎもしない。声をかけようとして、信次はふとお幸の腰のあたりに眼をあてた。無防備な姿だった。虚《うつ》ろな淋しさを内に持ちながら、お幸の胴は、優しくくびれ、腰はまだ女の花を残して豊かに張っているのだった。胸をしめつけるようなお幸への憐れみが若者の胸を満した。

三

なるべく辰五郎の方を見ないようにしていた。見なくても、辰五郎が、むっつりと眉根を寄せて指金《さしがね》や墨を使っている姿は手にとるように解っていた。寡黙で仕事中は咳払《せきばら》いぐらいしか音を立てない。猫のように足音さえ軽く忍びやかに仕事場を動きまわっている、気難しい親爺《おやじ》なのだ。

（へッ。助平親爺！）

多分今日も早仕舞で、お里とかいう、あの若い妾の家にいそぐ積りだろう。何しろ仕事はいくらでもあり、大工は払底《ふってい》している。早仕舞にしても、辰五郎にすっかりまかしきりの倉地屋からは文句ひとつも出る筈《はず》がないのだ。

思ったとおり、まだ日が残っているというのに、辰五郎は仕事を早仕舞にしてしまった。後を片付けて、一人一人帰って行った後、信次は、ぼんやりと積み上げた材木の端に腰をおろしていた。倉地屋は一町とは離れていない古川町の角に反物の仮店《かりみせ》を出している。帰りに、倉地屋に寄って、明日の仕事の手順を話して行けと辰五郎に言われている。

帰りにと言うが、橘町《たちばなちょう》に帰るには、道は逆なのだ。信次は、気がすすまなかった。広小路に出て、夜店でも見て帰ろうか、とも思ってみたが、決心はつかない。遅くなるとおかみさんがまた心配をするだろうとも思うのだ。

だが、腑《ふ》抜けしたようなお幸の姿をみるのも辛かった。（それに、参吉の奴までこの頃ばかに湿っていやがる）もともと陰気な男が湿っぽい風をしているのをみるのは、やりきれなかった。

誰もいなくなると、仕事場は森閑《しんかん》と静かになってしまった。あちこちに、かためて積んである材木が匂い、ひとつ、ひとつの山が意味あり気にうずくまっている感じだった。

信次は弱弱しい秋の暮れ近い日の光の中に、いろいろに決めかねている心を持て余すように、つくねんと腰をおろしていた。

三年前、馬道の棟梁から、辰五郎の家に住み替った時、信次は、辰五郎よりもお幸の温かい人柄に心が暖まる思いをしたのだった。

女郎上りで、若い者を集めては御禁制の博打《ばくち》のひとつも打とうという、馬道のおかみ、お秀とは雲泥の差があった。信次たちの面倒をみるのも、心底子供の面倒をみるように優しい気配りが行きとどいていたし、夫の辰五郎とも、厭味《いやみ》でない程度に仲が良いところが見えた。色白でやや肥《ふと》り肉《じし》だが、柔らかい肌をしていた。もの言いが優しく、笑うと、頰にえくぼが彫れた。若い頃はかなり評判の美人だったとも聞いた。三年前はその残りの色香が、濃く匂っていた。要するに、できたおかみさんなのだ。

（それが、この頃は、見ちゃいられねえ）

信次は、いつの間にか細面《ほそおもて》に面変りして、顔色もわるい、肌が荒れ、血の色を失っているこの頃のお幸の顔を思い出していた。反射的に長い顔に、皺や、老人くさいしみが目立ってきていながら、酒と若い妾に潤おされて、艶艶《つやつや》と顔色のよい辰五郎の顔も眼に浮かべていた。

（いい気なもんだ。おかみさんを、一体どうなさるつもりなんだい）

信次の腹の中はむかむかしてきた。信次が立ち上ろうとした時、仕事場の入口あたりで、若い男女の声がした。

四

「わたしは、ここから帰ります。ごゆっくり、見てきてくださいな」

「アレ、厭なことを言うじゃねえか。せっかく案内してくれて、そういう法はないだろう」

「でも案内だけと、はじめから断わったじゃありませんか」

甘い感じの若い女の声だった。十七か、十八にはなるまい、と信次はぼんやり、囀《さえず》るように円味を帯びた軽い女の声を聞いていた。それに答えたのは、若い男の声だったが、いかにも柄が悪かった。信次が腰かけているところから、まだ二人の姿は見えない。

「そんな邪慳《じゃけん》なことを言わずにさあ、一寸《ちょっと》中に入って一緒にみようよ。大層な普請《ふしん》だと、伯父貴が自慢してるから、せっかく見にきたんじゃねえか。なに、帰りが心細かったら、俺《おい》らまた送り返してもいいんだぜ、お美輪ちゃん」

（何がお美輪ちゃんだ）信次は苦笑した。男の企《たく》らんでいることが、信次も男であるから読めた。娘は倉地屋の娘なのだろう。そして男は縁続きか何からしいが、声や節回しに、かくしてもちらちら現れる悪らしい色が、気になる。気を許して連れてきたのだろうが、女中も連れないでは、羊が狼を案内してきたようなものだ、危いぜ、信次はそう思いながら、次第に強引になって行く男の声を聞いていた。

「伊三郎さんは、相変らず悪い道楽を止《や》めていないらしいじゃないの」

という娘の声が遠くに聞えたのは、沢山置いてある材木の陰に行ったらしかった。それに答えて、「へへへ……」と品の下った男の笑い声がしたが、これも遠かった。

それっきり森閑となった。

釣瓶《つるべ》落しと形容される秋の日が、足早に落ちて行くようだった。いつの間にか、米沢町の西に黒黒と立ちならぶ武家町の、樹の多い空。その梢のあたりに、赤い盆のように丸く大きい日がひっかかっているのだった。

また、男と女の話し声がした。それはさっきよりもっと遠い声だった。

信次が、思わず立ち上った時、突然甲高い女の声が、静かな工事場の空気を裂いて走った。それは、はっきりこう言った。

「帰してちょうだいな。どうする気なの？」

それに答える男の声のしないのが、信次に、事が予想どおり進んでいることを確信させた。

「帰してちょうだい、お願いよ」

（へ。そんな甘っちょろいことで通るもんか）信次は強く舌打ちすると、声の方に向って走った。

工事場の隅。焼け残った檜《ひのき》の生垣が、僅《わず》かに青い色を澱《よど》んだ薄闇の中に溶かし込んでいるあたりに、揉《も》み合っている男女の姿があった。揉み合っていると言っても、女の身体は、もう男の腕の中にあった。もがいた足が、裾を蹴《け》ると、縞の袷《あわせ》が膝から割れて、眼にしみるような白い膝頭がのぞいた。男の手が容赦もなくそれに向って伸びる。女は、もう声が出ないようだった。必死に胸もとに手を突張って、かぶさってくる男の顔を避けようとしている。荒荒しく弾む男女の息が乱れて交錯する。

五

「おい」

いきなり信次は、背後から男の肩を叩いた。振り向いて女を離し、向き直った男の頰を、いきなり張った。

にやけた、生っ白い男だった。年は信次より、二つ三つ上だろう。信次が一歩近寄って、

「いい加減にしな」

と言った時、男は黙って後に退がると突然白い歯を剝《む》いて、にやりと笑った。それがふと不気味な印象を与えた。こいつ、よっぽどのすれっからしだな、信次はその背筋にぞくりときた気味悪さを打ち消すように、心の中で呟《つぶや》いたが、その瞬間、厄介なものに首を突込んだことを覚悟した。身体がひきしまった。

「いい加減に、消えちまえと言ってるんだ。お嬢さんは、俺が倉地屋さんに届けてやるぜ。お前のような変な真似はしねえから、心配ご無用だ」

「おめえ、誰だ？」

男が初めて、信次に声をかけた。片手を、向きなおった時から、盲縞の袷の懐《ふところ》に入れているのは、そこに刃ものでも呑んでいるのだろうか。さっき、娘に話していた時の声とは違った、低い、粘っこい声だった。眼が相変らず笑っている。

「誰でもいいやな。通りがかりの者だ」

素早く後に逃げてきた女を、後手でかばいながら、信次は正面から男に向き直っていった。

「おめえ、構わずに消えてしまいな」

「そうはいかねえぞ」

「そうか。いい度胸だな」

いきなり男の手に匕首《あいくち》がひらめいて、信次の肩を襲ってきた。後の女を突き飛ばして、信次は右に逃げたが、信次を襲ってくる刃物は、執拗《しつよう》で、容赦がなかった。

漸く相手に組みついた時、信次は、肩に一ケ所、腕に三ケ所ほど手傷を負い、温かい血の流れるのが解ったが、痛みは感じなかった。組みついてみると、やはり華奢《きゃしゃ》な骨組みの男だった。

匕首をもぎ取って、投げ倒そうとした時、男の足が絡んできて、一緒に地面に転がった。鋸屑《かんなくず》の匂いが強くした。組み合ったまま、ごろごろと二、三間も横に転げたところに、材木があって、そこで漸く信次は上になった。馬乗りになり、仰向いた相手の腕を、膝頭でぎりぎり押えつけながら、信次は夢中で、相手の顔を殴りつけた。

鼻血を出した相手が、ぐったりと力を抜いたのを見て、漸く男から身体を離すと、信次は、茫然と声も出ないで立ち竦《すく》んでいる女に近寄った。

「心配しなくていいぜ」

信次が、そう言って肩に手をやると、紙のように白い女の顔に烈《はげ》しい恐れの表情が走った。丸顔の、眼が澄んで、口もとが小さく緊《しま》っている小柄な娘だった。その唇が、微《かす》かに戦《おのの》いているのを、信次はみた。

「おいら、ここで働いている橘町の若い者だ。あんた倉地屋さんのお嬢さんだろう。安心なせえ、お家まで御一緒しますよ」

娘がうなずいた。僅かに、頰に血の色が動いた。

「さ、きなせえ」

信次が、娘の手を取って歩き出した時、背後の薄暗が這《は》っている地面から、低い笑い声が上った。ぎょっとして振り向いた信次に、陰気な声が言った。

「とんだ道行だな」

「うるせいやい」

「いい図だ。だがなあ、若いの。そのうち、礼はたっぷりするぜ」

地面に、長長と横たわりながら、男が喋っているのだった。

信次は、娘を促して、足早に工事場を横切った。掌の中に汗ばんでいる小さな手の感触に気がついたのは、道に出て一斉にきらめき始めた星を、夜空に仰いだ時である。

「一体、あの男は何です？」

「従兄妹《いとこ》なんです。ならず者の……」

「若い娘さんは、気をつけないといけません」

信次が、さりげなく手を離そうとすると、女の手があわてて探ってきた。信次は、もう一度、湿っぽく小さいその手を握ってやった。悪い気はしない。胸がとどろいた。

「もう、お家ですぜ」

「あら、血が……」

女は初めて気がついたようだった。寄って手当してゆけというのを、断わって帰りをいそいだ。親方の倉地屋への伝言を、すっかり忘れていたのに気がついたのは、橘町の家の、多分お幸がぽつねんと一人で縫物でもしているのだろう、暗い灯火の瞬きを、格子の奥に見てからだった。

六

血だらけの信次をみると、お幸は顔色を変えたが、すぐに甲斐甲斐しく湯を沸かし、ありあわせの布をびりびり裂いて繃帯《ほうたい》をつくった。沸いた湯で、傷口をきれいに洗い、焼酎をもみ込むようにまんべんなく注ぎ、ぎりぎりと布で縛った。傷は、血の量ほどに大きくはないのが幸いだった。

坐って、おとなしく手当を受けている間に、信次は、お幸の胸もとが開き、襷《たすき》をかけた二の腕がのぞき、それが次第に汗ばんで行くのを感じ取っていた。

熱っぽいのは傷のせいなのだろう。信次は、熱と、お幸の汗ばんだ体臭に息苦しさを感じ、それを打ち消すように話しかけた。

「この間、親爺さんの行先を突き止めましたよ」

そのことはいわないつもりでいたのに口を衝《つ》いて出た。お幸の手が、信次の肩の上でふと止った。がすぐに甲斐甲斐しくその手が動き始める。

「そんなことは、もうどうでもいいんだよ。お前たちが、そんなことに首突っ込んじゃいけないよ」

お幸の青白い胸の谷間が、眼の前にあった。その谷間の両側の、まだ形の崩れていないい、ももいろの丘の盛り上り。きめ細かな肌。

「どうしてそういうんです。そんな温和《おとな》しいことをいってるから、親爺さんや、あんな若い女になめられちゃうんだ」

「若い女?」

お幸が、膝を降ろして坐ると、真直ぐ信次の眼をのぞいた。長い睫毛《まつげ》、濁っていない眼、眼尻に、さすがに小皺を隠せないが、女盛りの色気はまだ濃く残っている。

「お前、その女を見たのかい」

「へい。済みません」

「何も謝ることはないよ。だけど……」

お幸は俯向いて口籠《くちごも》った。

「いまさらどうしようもないんだから」

「あたしゃ、もう諦《あきら》めているのさ」

「………」

「おかみさん」

信次は、突然はらはらと眼から涙をこぼすと、お幸の手を握った。

「おかみさんも、馬鹿だ」

お幸は、どぎまぎと身をひいて、手を抜こうとしたが、信次は離さなかった。お幸は、顔を赤らめたが、仕方なしに手をそのままにした。すると、信次に、今までとは違った打ち解けた親密な感情が湧いた。

「子供でも生きていればねえ、あたしもこんな意気地のない気持にもならないだろうけど、子供はいないし、それに……」

お幸は、愚痴っぽい調子になった。

「あたしはもう若くないし、あの人をひきとめるものを何も持っていやしないもの」

「それにしても、だからと言って親方があんなじゃ、おかみさんがあんまり可哀想だ」

「あの人だって、無理もないよ。家に帰ったところで、何の楽しみがあるわけもないものね」

「おかみさん」

信次の口調がふと乾いた。眼を挙げたお幸は、熱に浮かされたように潤んでいる信次の眼をみた。喰い入るような眼だった。

本能的に、お幸は身をひき、無理に手をふりもぎった。だがお幸が身をすざっただけの空間を、信次は膝でいざって詰めた。行灯の火が暗くまたたいた。

「いけないよ、お前……」

お幸の上ずった声がした。消したのは信次であろう。行灯の火がふっと消え、闇がたちまち部屋を呑んだ。濡《ぬ》れたように濃い闇の中で、男女の激しい息遣いだけが乱れた。

「二階に、参ちゃんがいるのに」

それに答える男の声はなかった。

「馬鹿ねえ、そんなことをしてもつまらないのに」

お幸の囁《ささや》くような声がした。それは艶めいて、拒否というより許容だった。

「後で後悔するのに」

長い時が経ち、それから、静かにすすり泣くお幸の声が闇の中を這った。

七

何ごともないような日が過ぎた。

その間に、秋は、次第に色を深め、空の色が、手も染まりそうに、藍色を加えて行った。その空を、早い渡り鳥が、飛んだ。

辰五郎は、相変らずだった。むしろ、前よりも悪くなって、滅多に家にも寄りつかなくなった。帰ってきても食事をするわけでもなく、お幸をみる眼は、全く他人をみるそれだった。夫と呼び、妻と呼ばれた時期があったとは信じられないほど、冷たい無関心な視線である。

信次とのことが度重なるにつれて、お幸は、いつかその視線に慣れている自分をおぼえて驚くのである。たとえ、情の通わない夫とは言え、初め激しかった良心の呵責《かしやく》が、その視線の前に、淡雪のように溶けるのであった。

お幸の頰に血の色が戻ってきている。それを、お幸自身は知らない。

（信ちゃんも馬鹿だけど、あたしも馬鹿だ）

お幸は心底そう思う。

（母子《おやこ》ほども年が違っているというのに……）

そう思うと、恥かしさに頰が火照《ほて》った。しかし、そう思うことは不愉快ではなかった。憐れみなら、もうよしにしておくれ、といったお幸に、信次は、おかみさんは美しい、といったのだ。初めから惚れていたのかも知れないとさえ言ったのだ。闇の中で、ひっそりと交されたそんな秘め言のひとつひとつを、お幸は全部心の中に諳《そら》んじていた。どうして忘れることが出来よう。お幸は四十になって、初めて、そんな言葉を聞いたのだ。

辰五郎と一緒になった時、大工の下職にすぎなかった辰五郎は、がつがつと貪《むさぼ》るようにお幸の身体を漁《あさ》った。安い手間賃では、安女郎を買いに行く金をひねり出すのも難しかったのだろう。世話する人があって一緒になっただけだった。お幸は、見栄えもしない男の、粗暴な夜の要求に当惑し、辛い思いもしたが、男というものは、みなこうしたものだろうか、と思い諦め、耐えたのであった。夫に妻らしい情を覚えたのは、最初の子供を亡くした頃になってからだったのだ。

お幸は、信次に、若い時分の自分の身体を見せてやれないのが口惜しい。営みの後で、信次は、おかみさんの身体は美しい、といって、いちいち乳房や、腿を押えてみせるのだ。そういう言葉のひとつひとつはお幸を酔わせる。だが、昔、乳房も腰も、もっと形よく張り、腿は円柱のように滑らかで、ひと抓《つま》みの、たるんだ肉も見つけることが出来なかったのだ。それを信次は知らないし、見ることが出来ない。みっともない小皺や、崩れた身体の線、美しいといわれると、お幸は時折むしろ口惜しさが募るのだった。

(あの子と、世帯を持つことは出来ないかしら?)

この考えは、お幸を楽しませ、頬にこみ上げる微笑を刻む。とうてい、そんなことは出来やしない。年が違う。世間様が指さして笑うだろう。それでもこの空想は、お幸の心を動かし、楽しませた。お幸はそう考えることを禁じることが出来ないのだった。

灰色の老後と死。その淋しい道しか見えていなかったこれからの生涯に、お幸は、思いがけない華やかな色どりさえ見て、驚くのだった。

裏木戸が開く音がした。足音で、信次と参吉が帰ってきたのが解った。

楽しい放心から覚めて、お幸は、水仕事にとりかかる。参吉は何も知らない。知ったところで、そして辰五郎にそれが知れたところで、それが何だろう。

八

信次は、その日も仕事の終る頃を見計らって、仕事場を訪ねてきたお美輪を温和しく帰らせるのに一苦労した。

そのうち、必ず寄ると言った。

「きっとですよ」

お美輪は、指切りげんまんでもしたそうな恰好で、信次に寄りそったが、参吉やほかの職人の視線に気づくと、急に澄ましこんで、長い袂《たもと》をひらひらさせながら帰って行った。

「兄貴、相変らずもてるねえ」

手間職の、深川から通ってきている儀七がそう言ったが、ひやかしのつもりがいかにもうらやましそうな響きになったので皆が笑った。

「そんなんじゃねえぜ」

信次はそう言って苦笑したが、

「おいら、一寸残って材木を数えて行くから、先に帰ってくんな」

といった。その声で、ふん切りがついたように、皆がぞろぞろ帰って行った後で、信次は懐から帳面を出して、残り材を数えにかかった。辰五郎のこの頃は全くでたらめだった。今日も午頃《ひる》から、もう姿が見えなかった。勢い、兄貴株の信次が、ある程度指図して仕事をすすめるような段取りになった。それでも、倉地屋の店も母屋も、八分通り建築がすすんでいる。十日ほど前から、芝の左官職たちも入って、仕事場は混雑した。

そんな中で、工事の見回りにかこつけて、お美輪が度度姿を見せるのに、信次は閉口していた。この少し蓮っ葉なところも見える下町娘が、何を望んでいるのか、信次には解っていた。

(手のひとつも握ってやれば済むというものでもあるまい)

行くところまで、行くしかなくなるのだ、一《いっ》たん手を出せば。信次は、抜きさしならなくなったお幸とのことを、苦い思いで胸の中に嚙《か》みしめた。

お幸の身体に、彼は倦《あ》いていた。そういうつもりではさらさらなかった。心からお幸を憐れと思ったし、その豊かな、女盛りの最後の花が咲き誇っているような身体にも惹《ひ》かれたのだった。だが、それが珍しかった時間は短かった。主人の妻を盗むという心の戦《おのの》きも、度重なれば麻痺《まひ》した。

そして、それらが失われた時、残ったのは、重い心の負担だった。お幸のひたむきな自分への傾き。参吉がいる前でも、話の合間に、艶な眼を流したりする。まるで初心《うぶ》な娘に似ている。

(ところが、眼尻に皺を溜めたおばあちゃんなのだ)

母子のように一緒に暮せたらどんなにいいだろうねえ、とお幸は、涼しい夜気の中で、床の中に腹這って煙草を喫っている信次に寄り添って、横になりながらそうもいった。冗談めかしていながら、その声には真剣な響きが含まれていた。その証拠に、信次がそれを一笑に付すと、くるりと寝返って身体全体にありありと失望の色を浮かべたのだ。

（冗談じゃないぜ）

信次は、呟いた。地獄が見えていた。

九

「おい」

工事場を出たところで、声を掛けられた。振り向くと、伊三郎というこの間のならず者が立っていた。仮塀の板に背をつけて、にやにや笑っている。相変らず右手を懐に入れたままだった。

「何だ、おめえか」

信次はぎくりとしたが、構わずに行こうとした。

「おいら、今日はいそぐから、おめえに構っちゃいられねえぜ」

「そうはさせねえ」

ずしりとした声で男がいった。生っ白い、にやけた風采のくせに、声の野太い男だ。そんな釣り合いのとれないところに、妙な凄味がある。

「今日は、この前のお礼にきたんだ。たっぷり礼させてもらうから、邪慳に扱ってもらいたくねえな」

「そうか。仕方がねえな」

信次は喧嘩する気もなく、全く気が乗らなかったが、逃げるわけにはいかなかった。立ち止って、向き直った。

「よしよし、いい子だぜ、おめえ」

男は、また大きく口をあけて笑ったが、後をふり返って片手を上げた。すると、工事場のどこに隠れていたのだろう。中から、あまり風体のよくない、やくざ風の男達が三人、のっそりと外に出てきた。頰に大きい傷痕《きずあと》を持っている男もいる。もう手まわしよく腕まくりをしている者もいた。伊三郎がにやにや薄馬鹿のように笑っているのにくらべて、男達は全く無表情だった。値ぶみするように、じろじろと信次を眺めて、立っているだけである。

信次の背を冷たいものが走り過ぎた。

青ざめて、懐から出した帳面を、そばの石材の上に置き、その上から石で重しをすると、裾をまくって、先を帯にはさんだ。

「卑怯《ひきよう》な奴だな、おめって男は……」

信次は伊三郎を睨《にら》んだが、伊三郎はふふんと顔をそむけただけだった。すると男たちが、一斉に動き出した。いかにも喧嘩なれたふうに、間合をとって、三方からじりじりと距離を詰めてくる。手に氷のように日暮れの空の色を吸う匕首を持っている。

「さ、きやがれ」

信次は叫んだ。一散に逃げたら逃げられたかと、チラリと後悔に似た気持が頭の中を横切ったのも束《つか》の間《ま》だった。いきなり左から身体をぶつけてきた男を、肩を力一杯殴りつけて泳がせた。がすぐに右側の男が、つつーと身体を寄せてくる。小刻みに足を運んで、腰にぴったり刃物を構えているのが、油断ならない相手のようだった。

声をかけないで、塀際まで信次を追いつめてから、男の身体がかぶさってきた。鋭い痛みを感じたのは腿のあたりだった。刺された、と思った瞬間、信次の全身にどっと冷汗が吹き出した。そのまま抱きつこうとする男を、夢中で顔をひき離し、殴った。漸く男が離れ信次がよろめいて立ち直ったとき、もう両脇から、別の男達の匕首が、吸い込まれるように迫ってきていた。

それから後を、信次ははっきりおぼえていなかった。幾度も地面にのめったような気がする。

「殺すなよ。片輪にするだけでいいぜ」

せせら笑うような伊三郎の声も、その乱闘の間で聞いたようだ。執拗にかぶさり、抱きついてくる男達の汗臭い体臭。そして絶えず身を焼く痛み。絶叫する女の声を聞いたように思った。ちらりとお幸のことを思った。

信次が気がついた時、薄闇の中に、白いお美輪の顔が覗き込んでいた。身体を動かそうとした時、全身から烈しい痛みが縦横に走った。お美輪は泣いていた。

「ここはどこだ？」

と信次はいった。

「わからないの？　工事場の中だわ」

「起してくれ。俺は帰る」

「いま、おたみが家の者を呼びに行ったから、もう少し待ってね」

お美輪は、そういうと、いきなり信次の顔に頬を寄せ、擦《こす》りつけた。温かい涙が、信次の頬を濡らした。

「あたしが悪いんだわ、みんな。あんなごろつきに見込まれちゃって、ごめんなさいね」

お美輪は、そう口走ると、信次の顔に頬をすりつけ、やたらに唇をつけてあちこちを吸った。柔らかい唇が触れるたびに信次は顔をゆがめた。くすぐったいのだ。

（とも角助かるのか）痛みはあったが、気分はそう悪くなかった。傷が急所を外れているからだろう。寝た姿のままで、お美輪の胸を探った。形よくふくらむ、柔かい乳房があった。それが大きく弾んだのは、お美輪が呼吸を乱したからだ。

「いけないわ。怪我人のくせに」

お美輪は囁いたが、信次に覆いかぶさった身体をどけようとはしなかった。信次の手がお美輪の腰を探り、乱れた着物の合わせ目から、肌を探った。堪えかねて身体を捩《ねじ》ったために、信次の指は、お美輪の肌に触れてしまった。不意に、痛みは消え、身体の中に力がみなぎってくるのを信次は感じた。身体を起し、全身の力が抜けてぐったりしたお美輪の身体を、固い板の上に横たえた。その身体に分け入ろうとする信次の手を押えて、お美輪が震える声でいった。

「おかみさんにしてね」

錐《きり》で揉むような痛みが立ち帰ってきたのは、信次が、ぐったりとお美輪の上から身体を離した時だった。

十

お幸は、狭い庭に出て、枯れ始めた草や、木の葉をみていた。澄み切った空の下で、それが枯れて行く音がするようだった。蜂が飛んでいた。澄明な午後の日の光の中に、微かなそれの翅音《はおと》が響いた。

さっき、荷物をまとめた信次が、出て行ったばかりだった。お幸には、何が何だかさっぱり解らない。信次がならず者と喧嘩をして、倉地屋に運ばれ、そこで治療を受けているということを聞いた。翌日、お幸は、とるものもとりあえず、倉地屋への手土産を持って駆けつけたのだが、そこで会った信次の態度は冷たかった。ろくにはかばかしい説明もせず、その上、帰ろうとするお幸に、心配ないから、もうきてくれるなと釘をさしたのだ。そばに、きれいな娘がつきっきりで看病していたのが、お幸を不安にさせた。

それ以来、信次に会ったのは今日が初めてだった。信次は、今度倉地屋の出入りとして独り立ちすることになった、といい、お幸とのことには何も触れず、お世話になったとだけいった。

「お世話？」

お幸は、ひとりで庭に立ちながら、その時の自分の意気地なさを思い出して、思わず自嘲《じちょう》の笑いを唇に刻んだ。お幸にとっては、新しい生涯だったのだ。変えられるかも知れない生涯を見せてくれた信次だったのだ。

だが、若い男には、お世話にすぎなかったのだろうか。

お幸は、眼の前の山茶花《さざんか》と茶の木の一株の枝の間を、出たり入ったり、せわしなく飛びまわっている蜂の姿をみていた。間もなく茶の花が咲くだろう。初めての霜が降りる頃、ひっそりと小さな花をつけるだろう。

茶の花にしろ山茶花にしろ、八ッ手にしろ、それに柊《ひいらぎ》も、冬の花はどうしてみな白いのだろうか。

ふと、お幸は茶の木の葉影にかくれた異様なものを見つけた。

褐色の、泥に汚れたその殻は、蟬《せみ》の抜け殻なのだった。遠い夏の日の形見だった。

（あたしも抜け殻……）

子供もいなかった。夫はいたが、他人よりも冷たい。

そして信次はひとときの女の生命をゆさぶっただけで、もはや手の届かないところに行ってしまった。
お幸の眼の前には、やはり細長い、灰色の道が、長く長く続いているばかりだった。
それは、何の色彩もない、味気なく、心を嚙んでくる孤独だけが漂っている道だった。
裏木戸の開く音がした。参吉が帰ってきたらしかった。
お幸はゆっくりと身体を起し、縁側に向って足を運んだ。
参吉のために、食事の支度をしなければならなかった。

佐賀屋喜七

一

喜七《きしち》は、じきじき奥の離れ座敷に通された。

そこに佐賀屋の当主郷右衛門《ごうえもん》が、寝ていた。秋の声を聞いたと言っても、日中は残暑の名残りが色濃く残っていて、中庭から離れの庇《ひさし》まで、枝をさしのべている欅《けやき》の巨木を洩《も》れる日射しは暑いぐらいである。磨かれた濡縁《ぬれえん》に弾んでいる日の光も、真夏が甦《よみがえ》ったように活き活きと眩《まぶ》しい。

暑いのか、郷右衛門は薄い夏掛けの夜具の裾をまくり上げ、両足を出していた。その足が青白くむくんでいるのを喜七はみた。顔も、これは生気なく青黒い。心の臓の病いだと喜七は聞いている。病気になった旧主人をみるのは、しかし今日が初めてだった。艶《つや》のない顔を動かして、郷右衛門は喜七に、こちらに来いと合図した。瞼《まぶた》が腫《は》れて、眼が細くなっている。その眼が無表情に喜七に据えられた。

「忙しいところを呼んで、悪かったな」

その声は重く響いて、元気な時と変りないのだった。威圧されるように、喜七は小さく身体を縮めて、畳に頭をつけた。

「へい。遅くなりまして。まだお見舞にも参上しませんで、申訳ございません」

「いいよ。忙しい身体だ。固苦しいことはせんでもよろしい」

「へい」

喜七は、もう一度畳に頭をこすりつけてから、

「お加減は、いかがでございますか」

と、これは郷右衛門と、喜七を離れまで案内してきて、郷右衛門の枕もとで、水指しの具合をなおしたり、病人の枕をなおしたり、まめに身体を動かしている郷右衛門の姪《めい》お品《しな》の両方に眼を向けるつもりで聞いた。お品は両親に死なれてから、伯父である郷右衛門に養われて育ち、佐賀屋から同業の青物《あおもの》問屋に嫁入った。しかし、病身の上、子供が出来ないのが理由で戻され、佐賀屋に戻ってからもう一年近くにもなる。郷右衛門の看病は、内儀《ないぎ》のお由も、娘のお恵《けい》も皆がお品に押しつけた形になって、もっぱらお品が甲斐甲斐しく病人の面倒をみているのだった。

面長の、長喜《ちょうき》描く浮世絵に出てくるような、繊弱《せんじゃく》な美貌が、時折男の胸を打つ。が、口が重く、滅多に笑顔を見せない女だった。

喜七の問いが自分にも向けられていることを感じると、お品は驚いたように眼を瞠《みは》ったが、すぐその眼を伏せて、

「暑い最中《さなか》よりは、幾らか気分よくなったようですけれど……」

と言った。一度嫁入った人とも思われない、澄んで濁りのない声音《こわね》だった。喜七は、

そう答えてから、お品が、眼のやり場に窮したように俯向《うつむ》いて膝の上に視線を落し、それから、何か悪いことをしたように微《かす》かに頰を染めたのをみた。

いくつになっても変らない人だ、と喜七は思った。青物問屋佐賀屋に、喜七はまだ子供と言ってよい時分《じぶん》から奉公し、足かけ十二年、お品とはいわば同じ釜の飯を食ったのだ。二十七になって叔母のお時の家の養子になり、従妹のお園《その》と一緒になるまで、喜七は、青物の仕入れ、選別、値の付け方などをみっちり習った。その間、お品と話したことがないわけではない。だが、いつもこうだった。お品は、まるで初めて会った人のように喜七をみ、見知らぬ人に話すように羞恥《しゅうち》に耳朶《みみたぶ》を赤らめるのだった。

「お園とはうまく行ってるかい？」

と郷右衛門が言った。それが不意だったので、喜七はぎくりと顔色を澄ませた。

「へい」

「叔母御が亡くなってから、お前さんのところは嬶天下《かかあでんか》になったなんぞと、誰だったかいお品、この間そんなことを言っていたのは」

「……………」

「そうそう、兼造《かねぞう》がな、そんなこと言っていたが、ほんとかな？」

「滅相《めっそう》もない、旦那様」

喜七は脇の下に冷汗をかきながら、顔色を澄ませて打ち消した。

「そんなことがあるものですか。お園は、手前の女房を何するようでお恥かしいことですが、まだ少少娘気分が抜けませんので、他人様からみましたら、そう見えるかも知れませんが……」

ちらりと、お品が眼を挙げて喜七をみたようだった。

「いいよ、いいよ。別にだからどうという話でもないのだ。だが、小さくとも佐賀屋の暖簾《のれん》を分けてやったお前さんの店だ。気にしているだけさ」

「ありがとう存じます。決して御心配かけるようなことは致しませんです」

「あのな、喜七どの」

郷右衛門の声が改まった。

「へい？」

「実は、今日がうちにもお品と一緒に行ってもらいたいところがあってな」

「どこへです」

「それは、お品に聞いてくれ。ちょっとお品ひとりじゃ心もとないのでな」

「へい？」

二

滝之川村にあるという郷右衛門の妾《めかけ》の家に行くのを、明日にした夜、喜七は佐賀屋から戻ってから天秤棒《てんびんぼう》でひと商《あきな》いして疲れた身体を、神田黒門町の家に落ち着けた。

叔母が、駄菓子を商っていた小さな店先を、郷右衛門が暖簾分けの祝いとして金を出し、店構えをなおしてくれた間口六尺の八百屋である。先年叔母のお時がなくなってからは、喜七とお園だけのひっそりした店になった。

釣瓶《つるべ》落しの秋の日だった。店に帰ると、もう足もとに暗がりが漂い、横町から横町へ駈け抜けて遊び疲れた子供たちも皆家に入ったと見えて、店先は森閑《しんかん》としている。暗い灯火の下で、店番の幸吉が居眠りをしていた。

「お内儀《かみ》さんは？」

喜七が足を洗って店に上るまで、幸吉は口を微かに開いて、木箱に寄りかかったまま、眼を覚まそうともしないのだった。喜七に揺り起されて、きょとんと眼を見開くと、あわてて立ち上り、

「お帰りなさい」

と言った。

「お園はどうした？」

「へい。踊りのお師匠さんのところに行くとか言って、出かけました」

「そうか」

「お膳の支度はしてあるから食べていてくれと言ってました」

「よし。お前も食べて、もう寝なさい」

行灯《あんどん》に灯を入れると、なるほど茶の間に、ちゃぶ台に白布をかけて夜の飯の支度がしてあった。喜七は、幸吉に湯を沸かすように言って、それから土間に降りて店の戸を閉

めた。

「明日も天気がいいらしいな」

しまいの一枚を閉める時、夜の空をのぞいて独り言が出た。

もの心つく前に死んだ亡父の癖だったと、母が折にふれ話したものだったが、その母も、喜七が佐賀屋に奉公している間に死んだ。亡父の癖が、また出たのだった。三十の声を聞いてから、それに気がついたような気がする。喜七は、いまもそれに気付いた。

空気が澄んで、眼をみひらいたような星の光だった。

「誰か、男の人と一緒でしたよ、旦那さん」

無心に箸を運んでいたとみえた幸吉が、ふと顔を挙げて言った。十四だが、利口な子である。深川の佐賀屋の近所から奉公にきて、もう二年ほどになる。利口と言っても、ひとりで留守番していれば、居眠りしているような子供だが、やはり、夫婦の間の険《けわ》しいこの頃が解るのだろうか、と喜七はぎくりと胸をつかれた。

「どんな男だった？」

「………」

幸吉は、暫《しばら》くものを噛《か》み噛み考えている風だったが、

「旦那さんより若い人で……」

「ふむ。それで……」

「羽織を着て、色の白い、いい男だったよ」

「はは……。いい男か。これは恐れ入ったな」

喜七は笑ったが、不快な気持をかくせなかった。多分それは、踊りの仲間か、仲間でなくとも、踊りの師匠のところで知り合った男に違いなく、ろくな奴ではなかろう。昼日中から踊りの稽古などに通っているような男は。そうと思ったが、世の中には、暇と金をもて余している人間も随分といるのである。お園を誘いにきたという男も、多分そういう種類の男なのだ。良い家の若旦那か何かで、それが、たまたま踊りの稽古先でお園と知り合ったのだろう。

喜七は、黙って箸を動かしたが、黒い雲のように湧き起り、ひろがって行く疑惑と嫉妬《しっと》に、真黒に塗りつぶされて行く心の中を、黙黙と覗《のぞ》きこんでいるのだった。

お園は、派手好きで、交際好きな女だ。性格がよく似た叔母が生きている時は、母子だけで、お互いの隙間を埋め合うことが出来たようだ。真面目で働くばかり、妻を喜ばせる話題も知らぬ喜七と二人だけになってしまうと、性格の相違ははっきりした。喜七に向けて放たれる矢が、ことごとく逸《そ》れるのをみると、お園はやはり外向けに自分を押出して行くしかないようだった。

お園との間の谷間の深さを、喜七は知っていた。谷間を埋める努力も、ひとかたならずやってみたことだった。しかし所詮《しょせん》水と油なのだろうか、とこの頃では思ってきている。侘《わび》しい諦《あきら》めの気持が、心を漸《ようや》くひろく彩り始めている。

それでも、喜七は、お園を愛していた。母に死なれた後、叔母を頼って生きた。叔母とお園の、まるで姉妹のように陽気なやりとりで明け暮れる日日は、暗い貧しい暮ししか知らぬ喜七には眩しく心惹《ひ》かれるものだった。佐賀屋からの、たまの暇をもらった日など、喜七は、深川から神田まで、犬ころのように駈けて叔母とお園のそばに帰ったのだ。

喜七と夫婦になることを、お園も拒みはしなかった。子供のように、夫婦になるということを喜び、はしゃいでみせたのだ。そしてお園は、まぎれもなく、喜七によって女になったのだった。

やや肥《ふと》り肉《じし》の、胸も腰もぽってりと肉が柔らかいお園。明るい眼と、小さなよく動く唇を、喜七は深く愛《いとお》しいものに思っている。

三

深川佐賀町から上野へ出て、池之端を通り、巣鴨まで行く。そこから王子へ抜ける近道を滝之川村まできた時、日射しはもう昼だった。残暑の日の照りが眩しい。

お品だけ駕籠《かご》を雇い、喜七は脇についた。駕籠について歩きながら、喜七は昨夜のことを思い出していた。

昨夜、お園は遅く帰ってきた。微かに酒気が匂った。喜七が問い詰める前に、お園はぺたりと喜七の前に坐り、

「ああ面白かった、今夜は」

と言った。酒のために、眼は潤んだように艶《つや》を帯び、頬は滑らかに血の色を浮かべて、唇は濡れて赤い。喜七は黙ってそんなお園をみたが、頭が惑乱しそうな強い嫉妬に、思わず言葉が乱れた。

「どこへ行っていたのだ。いま頃まで」

「どこへ？　お師匠さんのところよ」

けろりとした顔で、お園は答えた。小造りな円顔《まるがお》が、娘のようにあどけない。

「幸吉、言わなかった？　お師匠さんのところで、今までのおさらいがあったの。その後、お酒が出て、隠し芸をひとつずつ皆でやったのよ。お師匠さんなんか、そりゃ面白いの。蛸踊《たこおど》りとかって、こんな風に……」

と言ってお園は立ち上ると、それを真似てみせた。

「くにゃくにゃになっちゃって」

そして、喜七の肩にどさりと抱きつくと、ひくひく肩をふるわせて笑い出すのだった。

「誘いにきた男というのは、どこのお方だ？」

「幸吉が喋ったのね」

お園は、ぴたりと笑いやむと、真直ぐに喜七の眼をのぞき込んだ。それから、

「あなた、それが聞きたかったのね」

と言った。いきいきと光る眼が、意地悪く、逸らそうとする喜七の眼を追いかけてくる。

気弱く、喜七は言った。

「いや、そういうわけではないが……」

「そう、心配だったの。あたしのことが」

お園は小馬鹿にしたように、鼻先でそう言うと、ふいに喜七から身体を離した。

「ご心配いただかなくとも結構よ。あれは紀州屋の若旦那。一緒におさらいに行こうと、道筋だから寄っただけじゃないのよ。へんに勘ぐらないでよ。きびが悪い」

しかし、その夜、喜七はやはりお園の身体を確かめないではいられなかった。お園は、むしろ、いつもの夜よりも、激しい反応を示して喜七の愛撫に答えた。それが、何の証《あか》しになるのだろうか。喜七は結局お園の身体から、何の確証も得られず、浅い眠りを過したのだった。

片側が雑木林、片側がもう穂を垂れている稲田の間の道を行くと、足もとをかすめて、ばらばらと蝗《いなご》が飛んだ。雑木林の奥には、遅い蟬《せみ》の声が一匹、騒騒しく、しかしどこやら淋しげに鳴き続けていた。

四

村端《はず》れの、小さな森を背負い、前に小流れの走るところに、郷右衛門が妾のお勢《せい》のために建てた家があった。

小ぢんまりした三間しかない家だったが、庭をひろく取り、夏の名残りの葵《あおい》や瑞瑞《みずみず》しい桔梗《ききよう》、すすきなどが咲いている庭越しに、前を流れるせせらぎの音が聞えた。お由にも、娘のお恵にも全く秘密に、郷右衛門は、こんなところにお勢を囲っておいたのだった。

深川の芸者上りだというお勢は、さすがに垢抜《あかぬ》けた姿をしていた。透きとおるような白い肌。細面《ほそおもて》の、肉の薄い顔に、はっきりした眉と、切れ長の黒眼がちの眼が凄艶《せいえん》だった。初め、お品と一緒にお勢に会った時、喜七はそんなお勢の美貌に気圧《けお》されるものを感じたぐらいだった。

しかし、お品が用件を切り出すと、お勢の態度は急に変った。薄い唇をゆがめて、いま頃になって別れろという旦那の顔が見たい、深川の家まで行って納得の行く話を聞かないことには、はいそうですかとおとなしく引き退がるわけにはいかないのだ、と息まくのだった。

しかし、お品は落ち着いていた。たつみ上るお勢をなだめなだめ、郷右衛門の病状を話し、きれいに別れてもらいたいということを根気よく話して、いつの間にか、手切金の額にまで話を持って行っていた。

結局、土地もろとも妾宅をそっくりと、持ってきた二百両の金でお勢を納得させ、いつの間にかその方が得なのだと、お勢に思わせたのは見事だった。

喜七は、黙って聞いていたばかりである。無口で、目立たない存在のお品に、どうしてこんなことが出来るのだろうと、腹の中で喜七は眼をみはっていた。

漸くその気になったらしく、お勢が女中に昼食の支度を言付けに立った後で、喜七は、柄の細かい雀色の袷《あわせ》の袂《たもと》から鼻紙を出して静かに額の汗を押しぬぐっているお品に、声をかけた。

「お品さん。見直しましたよ」

お品は、振り向いて微笑した。細面のどこかに漂っている淋しさを感じさせる、白い面輪《おもわ》だった。形よく緊《しま》った唇から、さっきの粘り強い説得が洩れたとは信じられないぐらい、静かな表情だった。

喜七をみて、静かに微笑した後で、お品はうつむいて、口重げに言った。

「もう、そろそろお暇《いとま》しましょうか」

「駕籠を見つけて来ましょう」

「喜七さん」

お品が眼を上げて、不意に言った。

「街道まで歩くのは無理かしら」

「さあ、だいぶんありますがねえ」

「歩きたいの」

「疲れますよ」

「滅多にこんな田舎にくることがないでしょ」

「歩きますか」

「じつはあたし……」

お品は喜七から眼をそらして、くすりと笑った。

「はなからそのつもりで、お握りを用意してきましたの。喜七さんの分と二人分」

「そうですか」

言ったが、喜七は、何故か頰の火照《ほて》るのをおぼえた。お品は、喜七が知っているほどに、内気でも、無口でもなかったようだ。それとも、厳しい佐賀屋の奥から解き放されて、お品はもともとの自分を取り戻したのだろうか。喜七は、美しいお品に気圧されている自分を感じ、そのことに、微かにいまいましさを感じていた。

五

澄み渡った秋空だった。

風に捲《ま》かれた白い雲が、高いところに二つ三つじっと動かない。高い、意外な高さで蜻蛉《とんぼ》が飛び交い、時折に人のそばに降りてくると、耳もとで微かに翅音《はおと》を響かせて過ぎた。

田圃《たんぼ》が断れて、道は日射しが樹《き》の枝を透かしている明るい雑木林に入った。すると、急に涼しい風が吹き通り、汗ばんだ首筋のあたりがたちまち冷えた。林の中を、冷ややかな、それでいて乾いた秋が占めているのだった。楢《なら》や、えごのきなどの雑木に、時折欅や松の巨木を混えた林の中には、すでに黄ばんだ落葉さえ散らばっていた。

「疲れませんか？」

喜七は、身体の弱いお品を気づかって、そう言った。お品は、風呂敷包みを抱くようにして胸もとに抱え、黙って歩いていたが、そう声をかけられると、喜七を顧《かえり》みて微笑した。明るい笑顔だった。白い顔に、微かに上気した赤味がさし、そのために肌目《きめ》細かな色白の肌が一層目立って、匂うようだった。

「いま、昔のことを思い出していましたのよ」

喜七の問いには答えないで、お品は不意に華やいだ声で、そう言った。

「何をです？」

「昔のこと。喜七さんにも関係ありますわ」

「何でしょうねえ」

「あたしがまだ子供のころ。喜七さんも十七、八の頃だったかしら」

「……」

「あたしが伯母に叱られて、泣いていたことがあるでしょう。裏木戸で」

「そんなことがありましたか」

「もう忘れたかしら、あまり古いことで」

お品は、むしろ饒舌《じょうぜつ》だった。

「殿方って、忘れっぽいから」

一度嫁入った者らしい言葉遣いをして、それから、

「それとも、女の方がつまらないことをおぼえているのかしら」

と言い、溜息《ためいき》のように、

「あたしは一生忘れはしないけど」

と付け加えた。

多分あのことだろう、と喜七は思い出していた。しかし、お品が言うほど、それが大切なことだったのかと思い、そして、眼が覚めるように、やはり、大切なことだったかも知れないと思い返していた。

「思い出しましたよ。本当に昔のことだ」

口重く喜七は言った。

「思い出しまして」

「ええ。冬の夕暮れで、いまにも霙《みぞれ》か何かが落ちてきそうな、そんな時刻でもないのに薄暗い夕方だった」

そうだ。そういうことがあったのだ。だが、その時、喜七は手に負えない強情で、無口で、人を受け入れることを知らない少女をみ、そして、それからずーっと今日まで、お品をそういう眼でしか見てこなかったことに気づくのである。

六

それは、本当に暗い、湿ったいやな一日だったのだ。

喜七は仕入れの仕事が済んでから、午過《ひる》ぎに天秤棒を肩に触れ売りに出て歩いた。郷右衛門は、問屋として大きな荷を動かしながら、一方青物商いの店も開き、そのことで奉公人を特に厳しく仕込んでいた。

両国から柳橋、それから浅草の方へ足をのばしても、荷はどっさり残って、喜七は重い足をひきずって佐賀屋へ帰ってきたのだった。すでに、厚い雲の裏側に、日は西へ落ちたらしく、あたりは急に暗くなってきていた。

佐賀屋の近くへきた時、喜七は真直ぐ店先に回ることに気後れがし、露地をひとつ曲って裏手に出た。大川を上げる潮の匂いが微かに漂っている。そこで、喜七は立ち止り、大量の残り荷をどう言い訳しようかと、ぼんやり佇《たたず》んで考え込んだ。佐賀屋の裏木戸がついそこに見えた。

そこから、明るい灯の色が暗い道の上にこぼれて、にぎやかな、多分台所の女中達だろう、声高に言葉を投げ合ったり、笑ったりする声が、喜七の立っているところまで届いてくるのだった。

その時、裏木戸が内側から開いて、そっと、お品が道に出てきたのである。それがお品と定かにはわからぬ暗さが、もうあたりに立ち籠《こ》めていた。しかし、その小さな影が、短い石段を降りて道に出、それから小さく蹲《うずくま》るのをみた時、喜七は、痛む肩にもう一度天秤棒の荷を当て、その人影に近付いた。

「お品ちゃんじゃないか」

暗い道の上に微かなすすりなきの声を洩らしている小さな人影に、喜七は驚いて声をかけた。

蹲ったまま、お品は下から喜七を見上げていた。おぼろに、白い顔の輪郭と、眼の下の涙の筋が光って見えた。

「叱られたのかい？」

喜七は優しく言った。喜七は、この少女が孤児で、伯父夫婦に引き取られて養われているということを知った時から、両親に縁の薄い自分にひきくらべて、ひそかに遠くから見守るような気持でいた。だが、容易に人と眼を合せないで臆病な動物のように、素早い、足音を立てない歩き方で屋内を歩いているお品と、言葉をかわすのは、その日が初めてだった。

人になつくことを知らない小動物を扱うように、喜七はこわごわに言った。

「さ、立ってごらん。え？　誰に叱られた？」

そっと手を出すと、引込められるかと思った手は、案外な素直さで喜七の手にゆだねられた。それに力を得て、喜七は幼児に言うように言葉を続けた。

「さ、どっこいしょ。どうした？　誰に叱られたの？　伯父さんかい？」

立ち上ったものの、お品はうつむいて、かたくなに黙り込んだままだった。手は喜七にあずけていたが、身体は、誰をも心の中に踏み入らせまいとするもののように、固くこわばっているのが解った。

「わかったよ」

と喜七は言った。

「伯母さんに叱られたんだろ。可哀想になあ」

そう言った時、喜七はふとお品の孤独な悲しみが胸にしみ通った気がした。肉親の愛に恵まれないということで、喜七もまた、精一杯、気を張って生きている。そうしなければ、自分というものがたちまち悲しみや、空虚《うつろ》さに突き崩されてしまうことを知っているからだ。いつも、何かに反抗していることで、温める場所を知らない心を、真直ぐに支えようとする。しかし、時折、防ぎようもなく悲しみがやってくることがある。それはまるで心の隙間を見張ってでもいたように、するりとそこから内側に入りこむと、心の中を海綿のようにじっとりとひたしてしまうのである。お品は十二。この幼さで、心はいま、悲しみだけが一杯に満たされた甕《かめ》のように、戦《おの》き顫《ふる》えているのだろうか。その悲しみを吐き出す場所は、この暗い、冷たい裏通りの、人目忍んだところしかないのだろうか。

喜七は、思わずお品の手を曳《ひ》くと、小さな身体をすっぽりと胸の中に抱き込んでしまっていた。

微かに、未熟な髪の香が鼻をついた。そして痩《や》せた、骨細な肩と背中が、掌の中にあった。お品は、一度両手を突っ張って喜七の懐《ふところ》から逃れようとしたが、急におとなしくなり、喜七の胸にぴったりと顔をつけたまま、じっとして動かなくなった。

「あのな」

喜七は、お品の頭の上から低く囁《ささや》いた。

「辛いことがあったら、いつでも私に言いな。なんにも出来ないけれど……」

喜七は、少女の髪をまさぐりながら言った。

「話だけなら、いつでも聞いて上げる」

不意にお品が顔を離し、喜七の眼を見上げた。その眼をのぞき込んで、喜七はふと心が冷えた。すでに濃く立ちこめている闇の中にも、佐賀屋の裏木戸を洩れる灯りが仄《ほの》かに漂い、少女の眼の光を見ることが出来たが、その眼は突き刺すように喜七を見たまま、すでに乾いているのだった。

足音も立てず、突き放すように、そこに茫然《ぼうぜん》と立ち竦《すく》む喜七を置いたまま、お品は裏木戸を開き、明るい灯火の中に消えたのである。

七

「あの時のことを、どんなに悔んでいるか知れません」

とお品は言った。

巨大な老松《おいまつ》の根もとに坐ると、その周囲は空地のように広く、乾いた土に古い落葉が散り敷いているのだった。眼を挙げると、傘のように枝をひろげた松の梢の間から、青く澄んだ秋空がのぞまれた。

お品の持ってきた弁当をひろげて、昼飯を済ますと、お品はまた話をさっきのことに戻した。

喜七は、こうしてお品と二人で、こんな林の中で、身体を近付けて話していることが、さっきから不思議でならない気がしていた。お品は、喜七の前で、全く心を開いたように、よく食べ、よく喋っている。たびたび声に出して笑いもした。すると、可憐と呼びたいような、ぞっくりと揃った白い歯がのぞくのだった。活き活きと動く眼。力を入れて話す時、僅《わず》かにふくらむ小鼻。見栄もなにもなく大きく開いて作ってきたものを食べた口。話しながら、お品はよく身体を動かした。それが、全く男を警戒する風がなく、無雑作になまめかしい線を露《あら》わにしたりする。

お品は、喜七が漫然と考えていたような、口数の少ない、不幸な感じをいつも背負っている娘とは全く違っていた。したがって、喜七の前にいるのがお品ならば、それは喜七には初めてみる生身の女を濃く感じさせるのだ。これは、一度嫁入ってから、こういう風に変ったのだろうか。それとも、今日、古いしきたりが余りにも重重しく運ばれているだけの佐賀屋の生活から、突然日の光や木の葉や、青い空の中に解放された喜びが、こんなにもお品を変えているのだろうか、不思議だった。

その不思議を、喜七はとうとう口に出して訊《たず》ねてみた。

「お品さんは、どうも、私にはずいぶん変ったように思えるんだが……。私の考えていたというより、おぼえていたお品さんは、もっとこの、何というのか内気な人の筈《はず》だったのに」

「あたし？」

お品は喜七をみると、唇を結んでにっと笑った。

「あたし、猫を被《かぶ》っていたの」

「そうかなあ。そうとも思えないのだが」

「だって、あそこの家で、三度三度ご飯をいただいて生きて行くっていうのは、大変なことなのよ。目立たないように、目立たないようにしていないといけないの」

「それは私にも解る」

「それに、今日はあたし嬉しいの。喜七さんと二人きりでいろいろお話できる日があるなんて、思いもしなかったことですもの」

「………」

「いつかは、あのことをお話したい、とずーっと思い続けていたの」

「あのことと言うのは、さっきの話ですか？」

「そう。なんて言ったらいいのかしら。こうなの。あの時、あたしが、そっけなく家の中に入ってしまったのは、喜七さんを好いてしまったからなのね」

お品は、そういうと少し頬を染めて笑った。

「小娘のくせにね。それ以来喜七さんのことを忘れたことはないの。自分は伯父の言うところにお嫁に行きながら、喜七さんには、ずっと独りでいてもらいたかったわ。おかしいでしょう？　だから、お園さんと夫婦になったと聞いた時は、気も狂わんばかりだったのよ。呆れた女でしょ？」

喜七は黙然《もくねん》とお品をみていた。喜七はお品も眼をそらさなかった。

そんなことがあり得るのか。喜七はお品をみながらそう思った。あり得るのだろう、やはり、と喜七は思った。喜七の前に、少しもつくろわないで、ありのままの生地《きじ》をさらけ出している今日のお品。

喜七の胸を、深い感慨が押し包んだ。だが、喜七は、そこからお品の方に近付いて行くことが出来ないのだった。すでに遅過ぎる。それが喜七を押し包んだ感慨だった。お園がいた。性格の違う、そのために喜七を苦しめるお園。だが、苦しんでいるのは喜七一人ではないだろう。お園もお園なりに苦しんでいる筈だった。そのことで、喜七はお園につながれている。離れ難《がた》くつながれていた。

「喜七さん」

いつの間にか寄りそったお品が、喜七の胸に腕を投げかけた。

「昔したように、一度でいいから、あたしを抱いて下さいな」

しなやかな腕が首にまつわり、香ぐわしい息が喜七の顔に触れる。うつつともなく、喜七はお品を抱いた。思いがけない、豊かな身体だった。喜七もひとりの男に過ぎぬ。手に余る柔らかな肉の感触に、心が戦いた。思わず力が籠る腕の中で、お品が小さく呻《うめ》いて唇を開いた。花のような唇が男を誘い、閉じた眼頭に戦きが走るのである。また細い呻き声を洩らして、お品が裾を乱した。白い脛《はぎ》が露わになった。紅い襦袢《じゅばん》の色が眼を射た時、不意に喜七の腕から力が抜けた。

うっすらとお品が眼を開けた。それから、ゆっくりと身体を起すと、喜七の肩に頬を寄せて坐った。

「お園さんが、うらやましいわ」

不意に熱い涙が喜七の肩を濡らした。喜七が手をとると、素直にその手をゆだねながら、お品は涙でくぐもった声で言い足した。

「喜七さんが、そういう人だということを、あたしが一番よく知っているのにね」

お品は、身体を立てなおして、鼻紙を出し、小さく鼻をかんだ。それからはっきりした声になって言った。

「また、会ってくれる？」

八

青物商い佐賀屋喜七が、女房のお園を町内の木戸口まで追いかけ、脇差で斬殺したのは文政七年（一八二四）の春である。

佐賀屋郷右衛門が死んだのは、冬の初めだった。その葬式の時に、喜七はお品をみたが、立ち入った話をするひまはなかった。絶えず遠くから見守るような、お品の視線を感じたばかりである。

そして、それが喜七がお品をみた最後だった。年が明けて深川を訪ねた時、お品はもうそこにいなかった。突然家を出て、行方知れずなのだと、伯母のお由は腑《ふ》に落ちないような顔で喜七に言った。（また、会ってくれる？）滝之川から中山道に出る道の雑木林の中で、お品の言った言葉が、ひととき喜七の胸を鋭く突き刺したが、乱れる一方のお園の身持ちにかまけて、喜七はやがて次第にお品の記憶を胸の中で取り落して行くのだった。

紀州屋の若旦那と火遊びを楽しんでいるころは、まだ脈があったのかも知れない。近頃では、何人となく変えた男の数の果てに、文次郎《ぶんじろう》という、腕に刺青《いれずみ》のちらつくやくざ風の男が、「おかみさん、いるかい？」などと、店を覗きにくるのだ。亭主持ちの女の身状《みじよう》ではなかった。

世間の、自分を嘲《あざけ》り笑う声を、喜七はことごとく耳にとめた。しかし、喜七はそのためにお園と別れようとは思わなかった。泥沼に落ちたようにあがいているお園。豊かに膨らんでいる娘らしい頰さえやつれて、ものに憑《つ》かれたように男と遊び呆ける姿は、正気とも思われなかったが、喜七は、いつかお園が疲れ果てて自分の腕に帰ってくることを疑いもしなかった。

初めて夫婦の契《ちぎ》りを交した夜の、お園の驚きと羞恥と、そして流した涙を喜七は忘れていない。いまも呼び起せば、胸に新鮮な感動が湧いてくる。

魔がさしたのはいつからだろうか。非はやはり自分にある、と喜七は思っている。明る笑い。無邪気な話題。それをいつも遠くから眺めていたような気がするのだ。自分では、それでお園を愛情で包んでいたつもりでいたのだが、それが間違ってはいなかったろうか。初めて開いた店の忙しさにかまけて、一緒に笑ったり、話したり、外に出たりすることを怠ったかも知れぬ。いまは、お園は手のつけられない女になってしまっている。それでも喜七はお園を信じていた。深く愛していたのだ。

奉行所の調べに対して、喜七の答えた事情は次のとおりである。

その夜も、お園はついに家に帰らなかった。喜七は、幸吉を二階に上げて寝かせると、茶の間で行灯の灯を搔《か》きたてながら、遅くまで、売上げの算盤《そろばん》を入れたりしてお園を待ったのだったが、帰ってこないことがはっきりしたので布団を敷いて横になった。横になってもあれこれの思案に頭が冴えて、容易に眠りつけず、長いこと闇の中に眼覚めていた。だから、眠りについたのは、もう明け方近い時刻だったろう。お園が外に泊るのは、その夜が初めてではなかったが、その度に、喜七は心配と、言いようのない嫉妬を新しく覚えるのだった。

幾らも眠っていないと思ったのに、障子がほのかに青白いのは、やはりいつの間にかぐっすり眠っていたらしかった。喜七が眼覚めたのは、頤《おとがい》の下あたり、首のところを誰かがそろりと指で触ったからである。

薄く眼を開いた喜七は、黒い人影が、中腰のまま、いざるように障子の際《きわ》に下って行くのをみた。夜盗か何かと思った最初の驚きは、ほんのりと鼻をついた体臭で、それがお園だとわかってすぐに納まったが、喜七が声を出さなかったのは、お園の態度があまりに不審に見えたせいである。

すると、障子の陰で、ひそひそと囁き合う男女の声がした。それは、草の葉を吹く風のようにひそやかだったが、研《と》ぎすまされた喜七の耳は、その囁きを捉えていた。

「だいじょうぶ。よく眠っているよ」

と言ったのはお園の声だった。

その声に、男の太い息遣いがかぶさった。

「しかし、だいじょうぶかな。殺すのはわけないが、後がうるさくならねえか」

「まだあんなこと言っている」

じれったそうにお園が言った。

「ひと思いにやっちまいなよ。押し込みに殺されたように、後をうまくやるんだよ」

「待ちな、そう押すなよ」

「たんまり溜めてんだよ、あたしの知らない金を。稼ぐしか能のない男だから」

その声は、地獄の底から囁かれるように、凄味を帯びて喜七の耳を搏《う》った。音がしないように、喜七はそっと床を脱け出し、違い棚の上の脇差を手に握った。その時、棚の上から空の手文庫が畳の上に落ち、蓋《ふた》が開いて、乾いた音を立てて転がった。

その音がひびくと同時に、雨戸ががらがらと押しあけられ、乱れた足音が庭先に逃げたのを喜七は聞いた。ものも言わず喜七がその後を追った。片手に、鞘《さや》の抜けた脇差を摑《つか》んでいた。庭に飛び降りた喜七の眼に、背を丸めて道に飛び出した男の黒い後姿と、その後を追って、走って行くお園の姿が見えた。薄青い明け方の光の中に、髪を乱し、跣足《はだし》で逃げ惑うお園の姿が、喜七には夜の終りをうろついている変化《へんげ》のように思えた。頭の中に固い、焼けるようなものが詰めこまれていて、喜七は糸に引かれるようにそんなお園を追いつめて行くしかないのだった。

町木戸に辿《たど》りつくまで、お園は二度も音をたてて地上に転んだ。

「お園」

まだ開かれていない木戸を背に、立ち止ったお園をみて、喜七は叫んだ。

「どこへ行くつもりだ」

「あんたの知ったことじゃないよ。もう顔をみるのもいやだ。帰っておくれ」

お園は口汚く罵《ののし》った。

乱れた髪の下に頬がこけて、そう叫ぶと、口から泡が飛んだ。鬼女《きじょ》の相だった。喜七の背を絶望的な戦慄《せんりつ》が走り抜けた。すべては終ったようだった。

喜七は、わななく手で脇差を握る拳《こぶし》に力を入れた。

「いつまでも亭主面《づら》しないでおくれ。もう、あんたとは、夫婦でもなんでもないんだから」

これは、お園ではない。あの可憐で陽気なお園は、どこへいってしまったのか。

喜七は乾いた眼で、お園を探るように見た。

「何さ、その眼は。あたしだって、あんたがもう少しあたしの気持をわかってくれてれば、こんな女には……ならずに……」

お園は横に身体をずらして言った。

「出てってくれよ、あの家から。あの家はあたしのものなんだから。あんたがいると帰りにくいよ。もっとも……」

お園が、口を曲げて笑った。

「あたしと別れたら、拾ってくれる女もいないだろうから、なかなか出来ないらしいけどね」

何か叫んだような気がしたが、喜七はおぼえていない。夢中で振りおろした脇差の下に、突然ぼろのように身体を折ったお園が蹲るのをみて、喜七は呆然と佇んだ。

空は次第に明るさを加えていた。そしていつの間にか、あたりは起き出してきてこの惨事に驚いた人で一杯になった。

黒い人垣の真中に、血の滴《したた》るのを右手にさげて立ちながら、喜七はさっきから、彼に囁きかけるひとつの声を聞いていた。

(また、会ってくれる？　また、会って、くれる？)

それはお品の声のようでもあり、眼の前に頽《くずお》れているお園の声のようでもあった。

浮世絵師

一

馬喰町《ばくろうちょう》の山口屋に寄ったので遅くなった。北斎が、両国橋にさしかかった時、秋の日はあらまし暮れて、上野の山の背後に華やかな余光を残すばかり、江戸の屋並みの上に仄《ほの》かな薄闇が漂い始めていた。汐が上げてきていると見えて、足もとの橋脚を洗う波の音が、騒騒しい。河岸に、まだ灯は見えないが、やがて神田川の水が落ちるあたり、柳橋のほとりは、間もなく紅灯《こうとう》と弦歌のさざめく夜景に変ろう。

手織の粗い紺縞《こんじま》の木綿着、柿色の袖《そで》なし半天を上から羽織り、六尺もあろうと見える天秤棒《てんびんぼう》を杖にして、欄干に倚《よ》って川を見ている容貌魁偉《かいい》な老爺がいる。高く秀でた眉骨、耳も鼻も人並みすぐれて大きい。薄い唇は貼り合わせたように引き緊《し》められて、顎《あご》はがっしりと張っている。眼は細く、半ば皺《しわ》に埋れているが、刺すような鋭い光がある。ほとんど禿げ上った頭に残る僅《わず》かの髪は真白だが、広い肩幅、厚い胸もとなど、見るからに大親爺、それも一癖も二癖もありそうな老人である。

愛着の深い川景色である。東都勝景一覧にも絵本隅田川両岸一覧にも、そして富嶽三十六景にも、北斎は、この川景色を描かないでいられなかった。幼ない時、川は彼にとって驚異であった。豊かに流れる水の尽きないのが不思議でならなかったのだ。川を上り下りする屋形船、猪牙船《ちょきぶね》、荷船などの飽かぬ眺め。その川面を、時には向う岸も見えぬほど、濃い霧が埋め、また白い腹をひるがえして、鰺刺《あじさし》の群が乱れ飛んだ。すると青青と揺れ動く波の面に、その白さが映るのである。

いま、鰺刺は飛んでいなかった。日の光を失なって、黒く動いているばかりである。内に、はやくも灯の色をともした屋形船が一艘《そう》、ゆっくりと川上に上って行くのは、吉原あたりを目指す嫖客《ひょうかく》でもあろうか。薄闇が漂い始めているとはいえ、まだ川明りの残る川面の中に、灯の色はむしろ淋しそうに見えるのであった。

北斎は、その灯の色を凝然《ぎょうぜん》と見送っていた。その顔が、ひどく屈託ありげに見えたのは、好きな川景色をみても晴れない重いものが胸の中にあるからである。

(広重……。なに、青二才に過ぎぬ)

北斎は、胸の中で傲然《ごうぜん》と呟《つぶや》いてみる。しかし、そう思うことは、胸のしこりをほぐすことにはならなかった。むしろ、さっき日本橋の嵩山房《すうざんぼう》を出た時から胸の中に蟠《わだか》まった思いが、そう思うことではっきりした不安になって胸の中に棲《す》みついてしまったようだった。

「あれは、いいものです」

と嵩山房の主人、小林新兵衛ははっきり言ったのだ。北斎の胸が騒いだのは、嵩山房が滅多に作品をほめないことを知っているからだった。それは、嵩山房のほめたものが、彼の作品の場合、富嶽三十六景だけだったことを思い合わせると納得が行く。

（あの時……）

北斎の瞼《まぶた》の裏に、富嶽三十六景の下絵を見せた時の嵩山房の眼の光が甦《よみがえ》る。それは、こちらの魂までふるい立たせるような力強い保証を意味する眼だった。名声は、すでに嵩山房の眼の光の中に、輝やかしい光彩を帯びて立上っていたのだ。

安藤広重。そして東海道五十三次は、いいものです、と言った嵩山房の眼の中に、北斎は、それと同じ光をみて慄然《りつぜん》としたのだった。すると、広重は、すでに名声を約束されたのだ。

「残念なことに、版下は保永堂が取りおった」

嵩山房は、そう言って、苦笑の中に本当に残念そうな表情さえ見せたではないか。

嵩山房の帰りに、馬喰町に寄ったのは、広重がどんな男で、いままで何を描いたのかを知りたかったからだった。

「さあ、去年一幽斎がき東都名所を出したのが初めてかな。それ以前は聞かんな」

「年は幾つぐれえだ」

「それさ、まだ三十過ぎだろうな。あの若さじゃ、これから先まだまだいいものが描けそうだ。わしもひと口乗りたいと思ってな。いま躍起になってるところだが……」

山口屋は、てらてら光る額を、ぴしゃぴしゃ叩きながら、

「ちょっと遅いようだな。保永堂にうまくやられたわい。どえらい奴を掘り出したもん

だ」

「師匠は誰だえ？」

「豊広らしいの」

「歌川か」

「あんたは歌川が嫌いだったな」

山口屋は言ったが、そう言って北斎を見た眼に、憐《あわれ》みがあった。

「あんたも、三十六景あたりが花だったたな。どうです？　近頃いいものが描けましたか？」

露骨なもの言いだった。打ちのめされたように沈んだ気持を抱いて、北斎は山口屋を出た。黄表紙に描いた挿絵の画料をもらうのを忘れたことを思い出したのは、両国橋にさしかかってからだった。

二

「おや、先生」

一度行きすぎた足音が戻ってきて、若い男の声が背に呼びかけた。

「身投げの思案かね、先生」

北斎は振返った。じろりと睨《にら》みすえた眼を、ふてぶてしい笑いで受けとめたのは、棒縞の袷《あわせ》に角帯《かくおび》、麻裏の草履という身なりの、まだ若い男である。薄い唇が紅を塗ったように赤く、高くとおった鼻筋、女のように華奢《きゃしゃ》な細面《ほそおもて》だが、眼にするどい光がある。

「悪相だア、こりゃ」

「何ですい？」

「いや、こっちのこった。お前さん、誰だえ？」

「やになっちまうぜ先生。お見忘れですかい。金公だあな、ほら、達磨《だるま》横丁にいた頃の、金次郎でさあ。もっとも、日に三度も引越しする先生のこったから、あの頃と言ってもわかりゃしねえかねえ」

「思い出したよ」

「へ。なーんだ、たよりねえなあ」

「思い出しついでに、お前がどんな悪党だったかも、すっかり思い出したわい」

「お、お。こいつは御挨拶《ごあいさつ》だな。相変らず口が悪い親爺だ」

「富之助はどこにいる」

「そいつは、こっちがききてえ科白《せりふ》だぜ、親爺さん。おいら富の家に貸しがあるんだ。賭場《とば》の貸しが二両と一分、それっきりちらっとも姿を見せやがらねえ。親爺さんの前だが、あいつはひでえ悪《わる》ですぜ」

「いつの話だ、それは？」

「かれこれ二月《ふたつき》にもなるぜ。やり方が汚ねえやな。そん時はおいら途中で引揚げたんだ。ところが後で聞くと、やつはその晩に二十両近い金を稼《かせ》いでやがるんだ。それでいてそれっきりという法はねえだろう、え？　しかも、いま頃は色女を抱いて、どっかでのうのうと寝そべっているに違えねえんだ」

「ほう。色女と、か」

「おうさ、そこの薬研堀《やげんぼり》の飲み屋の女でな、お豊というのがいるんだ。親爺さんなんぞ、ぼけちまっているから知らねえだろうが、評判の女だぜ。小股の切れ上ったいい女だあ。そのお豊が、やっぱりその晩からふっつりと見えなくなっちまいやがった」

「お前も惚れていたのか、その富之助の色女に？」

「あた棒よ」

金次郎は笑ったが、本音らしくいまいましそうな表情になった。

「ま、それはそれ。さし当って貸した金を返してくんな。てめえの子のしたことだ、いやだとは言うめえな」

「証文があるのか？」

「チッ。いやなことを言うぜ。友達の間で証文もへったくれもあるかい」

「だったら友達甲斐に、富之助が出てくるまで待ってやったらどうだ」

「ふざけた言い草だなあ」

一歩金次郎が近寄って袖をまくった。二の腕までおりてきている彫物《ほりもの》が、黒く見え隠れした。

「親爺さんがそういう積りなら、こっちも覚悟があるぜ。え、加瀬様へ行こうじゃねえか、兄貴のしたことだと言ったら、裕福な家だ、わけもなく払ってくれるかも知れねえ」

「崎十郎は、お前のおどしには乗らねえよ」

崎十郎というのは、北斎の次男だ。はじめ本郷竹町の商家に養子にやったが、そこから御家人の加瀬家に再養子に行き、いまお小人頭を勤めている。北斎の二度目の妻ことが生んだ子で、富之助の異母弟に当る。実家の鏡師中島の家を継《つ》いだ富之助が放蕩《ほうとう》に身を持ち崩したのにくらべると、崎十郎は、半ば真面目に、半ば要領よく世を渡っているようだった。俳諧をたしなんだりする洒落気《しゃれけ》も持ち合わせているが、貧乏暮らしの父を遠くから眺めているようなところがあった。

「あれは、利口な男だ」

「お千絵さんからもらう手もあるぜ」

「……………」

北斎の眼が、かっと見ひらかれ、右手が、力をこめて太い天秤棒を鷲摑《わしづか》みに摑んだ。

「おっとっと」

金次郎は素早く後に飛んで、油断なく右手を懐《ふところ》に忍ばせて身構えると、

「なんでえ。何しやがんでえ」

と言った。

「千絵に近づくな。千絵をおどしたりすると、そのどたまを、水瓜《すいか》のようにぶち割って

やるぞ、若いの」
「貸しはどうなるんでえ、貸しは」
「明日にでも、俺のところにこい」

三

僅《わず》かだが樹立がある。椎《しい》の大木と楢《なら》の雑木だった。その浅い雑木林の奥に、ひっそりと隠れ棲むように灯を点している一軒家。北斎は椎の根もとに蹲《うずくま》ったまま、茫然《ぼうぜん》と窓の灯を見ている。ほのかな灯明《ひあか》りが、老いた巨体の蹲るあたりまで届き、背後は闇だった。甲高い子供の声がし、それに答える若い女の声がした。北斎の血が騒いだ。その声を聞くために、一刻近くも闇の中に蹲ったままだったのだ。

（千絵）

北斎の皺《しわ》を刻んだ頬が微《かす》かに顫《ふる》えた。

富之助の妻お千絵が、まだ産着にくるまっている赤児を抱いて、北斎の前に現われたのは、五年前だった。富之助の放蕩無頼ぶりが、もはや手の打ちようがないところまで行きついてしまっていることは、父である北斎自身が誰よりもよく知っていた。飲む、打つ、買う。そして幼ない時から修業させた鏡師という誇らしい家業さえ、いまは全く投げていた。恐らく、その技倆も、全く錆《さび》ついたものと思うしかない。それでも、貧苦の中に病死したはじめの妻、お悌《てい》との間にもうけた唯一人の子供と思えば、北斎は富之助のために湯水のように惜しみなく金を使った。

勝川春章に弟子入りしたのが十七の年だった。そして文化元年（一八〇四）、音羽の護国寺で半身の達磨像の大画像を描き、江戸市中に北斎の名を知られるまで、とことんまで貧乏とつき合った。春章の画風にあきたりないものを感じて狩野融川《かのうゆうせん》に学び春章から破門されたのが放浪の始まりだったのだろう。その狩野派も破門され、次には司馬《しば》江《こう》漢《かん》に油絵と銅版を習った。堤等琳《つつみとうりん》に、更に狩野派を確かめ、住吉内記には土佐派を学んだ。その間、是和斎という名で黄表紙を書き、自分で挿絵を描いて出したり、似たようなあまり売れない黄表紙の挿絵を描き続け、ほかには僅かばかりの一枚絵の注文に、がつがつと喉《のど》を鳴らさんばかりに喰いついて、日を過したのだ。挿絵の注文もない時は、貧に堪《こら》えかねて七色唐がらしを市中に売り歩くことさえしたのである。

或る年の暮などは、柱暦を触れ売りながら、陰鬱に垂れ下った雪催《もよ》いの空の下を、小伝馬町から蔵前に差しかかった時旧師の春章夫婦に会った。その時の恥と悲しみを、北斎はいまだに忘れない。青ざめて家に走り帰り、畳を噛《か》んで号泣した。三十を半ば過ぎ、しかも前途に一筋の光さえ見出せなかったのである。そんな彼を、お悌は片手に富之助をあやしながら、もうひとつの手で、優しく彼の背を撫で、黙って涙を流し続けていたのだ。貧しさゆえの愚痴など、ひと言も聞いたことがなかったことを、北斎は、妻に死なれた後になって気づくのだった。そのことは、後年浮世絵師として人に知られるようになった頃、むしろ深く心を噛んだ。

好き合って夫婦になったとは言え、初から貧しい暮らしだった。そして貧しい暮らしのままで、お悌は死んで行った。そんな暮らしの中でも、彼の家は不思議な明るさに満たされていたのだ。富之助を、お悌はどんなにいとしがったことだろう。「あなたが、絵師として世に出なくとも、私は富之助がいれば、もう本望」などと、半ば夫を揶揄《やゆ》しながら、富之助を抱いて幸福そうに笑っていたお悌の面影は、いつまでも北斎の胸の奥に鮮かに甦るのだった。

富之助の放蕩をかばう北斎の眼は、いつもその背後に、貧しく死んで行ったお悌の若い面影をみていたのである。たとえ、笊《ざる》で水をすくうような、せんない所業だとしても、彼は、富之助のぼろを繕《つくろ》わないわけにはいかなかった。金はあった。音羽護国寺の達磨、本所合羽干場で馬、両国回向院《えこういん》では布袋《ほてい》を描いた。いずれも群衆注視の中で、百二十畳敷きの厚紙を地上に敷いて、藁箒《わらぼうき》で墨絵を描き上げるという途方もない技だった。米粒ひとつに、躍動する二羽の雀を描いて人を驚かしたのもその頃である。そうかと思うと、指先に墨をなすって描いたり、紙を横にして逆絵を描いたりもした。

みんな芝居だった。だが、この芝居は成功し、彼の名は江戸八百八町に知られた。その後で仙鶴堂が出した「絵本隅田川両岸一覧」三冊は、飛ぶ売行きだったのである。曲亭馬琴の売本の挿絵を描いたのも、この頃からだったろう。しかも彼は、挿絵のことで、しばしば馬琴と争い、それがまた有名になった。運が向いてきたのである。錦絵、摺物《すりもの》、狂歌本の挿絵、黄表紙の挿絵など、注文はひきもきらなかった。すでに、彼は流行児だった。浮世絵師として、もはや押しも押されもしなかった。

しかし、彼の浮世絵師としての名声を決定的なものにしたのは、世の中が文政と改まった六年（一八二三）、「富嶽三十六景」を出した時だった。北斎は、すでに六十四だった。

奇想は、湧くように彼を襲い、次次と浮かぶ新しい着想、前人未到の構図は、このすでに老境に入った老絵師を狂おしく日夜さいなむのであった。須原屋市兵衛が、馬琴の三七全伝南柯夢七冊を出版した時、北斎が挿絵を描いた。その中の三勝、半七情死の景に、北斎は男女の背後に、遠景として暗夜の中に遊ぶ野狐数匹を加えた。淋しい絵だった。馬琴が激怒したのはこの時である。野狐を描き加えたのは邪道だと罵《ののし》った。だが、北斎は譲らなかった。彼は、それを描いた時、内部からつき上げてきた何かを、忠実に紙の上に再現したのである。挿絵の約束ごとなど糞喰えだ、この場はこうでなければ描けねえ、と彼は口汚なく罵り返したのだ。

富嶽三十六景は、そうした彼の内部の何かが、さながら生命を絞るように華麗な花を咲かせた作品だった。その何かを表現するために、彼は、少年の頃から学んだ画技のすべてを投げ入れたと言ってもよい。これまで、北斎の大画や、密画の評判を遠くから眺めている風だった、嵩山房が、この奇行に富む老絵師に初めて温かい笑顔をみせたのも、この時である。凱風快晴、山下白雨、神奈川沖浪裏など、一枚ずつ丁寧に下絵をめくるにつれて、小林新兵衛のととのった細面の顔が紅潮していくのを、北斎は腕を組んだ姿のまま、鋭い眼で見守っていた。最後の一枚を見終って、新兵衛は顔を挙げると、不思議なものをみるように北斎の顔をじっと視《み》た。それからゆっくりと、

「先生。いいものを描きましたなあ」

と嘆息するように言ったのだった。

「下絵では、この絵のよさはまだわからねえ。試し摺りをみたら、あんたもっと驚くぜ。色がまたいいのだ」

傲然と北斎は言った。新兵衛の頬に、温かい微笑が浮かんだ。その時、北斎は確固とした名声を手の中に入れたのだった。

金は、向うから転がり込んできた。富之助の穴埋めなど、少しも苦にならなかった。

しかし、破局がきた。富之助が、悪い仲間と組んで、辻強盗を働きしくじったことが露見し、入牢《じゅろう》したからである。

お千絵が、娘の佐代を抱いて、悄然《しょうぜん》と北斎の家の土間に立った時、北斎は初めて息子に対して激しい怒りをおぼえた。無性に腹立たしかった。無言で、手を伸べると千絵の腕の中から、眠っている赤ん坊を荒荒しく抱き取った。顔を挙げた千絵の表情に、みるみる不安の色がひろがった。

「あの……」

「お前さんも、これも、しばらくここで暮らすのだ」

北斎は、吐き捨てるように言うと、くるりと後を向き、

った。

「馬鹿野郎め！」

破れ障子がびりびりふるえるほどの大声で、そう怒鳴ると、さっさと奥に入ったのだった。

四

平和な三人暮らしの上を、意外に長い月日が流れた。

二度目の妻、おことにも数年前に先立たれ、おこととの間にもうけた子供達も長女のお美よは門人の柳川重信《やながわしげのぶ》に、父の血をうけて絵を描く三女のお栄は橋本町二丁目水油屋庄兵衛の息子で、狩野派の堤等琳のところで南沢等明と名乗っている絵描きに嫁入っている。次女のお鉄はお栄に勝る画才を持っていたが、幕府の用達を勤める商家に嫁入った後、若死した。

時折絵をみてもらいにくる北渓とか辰斎、戴斗《たいと》、浮世絵の名手と言われる薬研堀の北寿、性淡白で情の厚い北雲、師の正統を継ぐと言われている北門の名手北泉など、こうした弟子達に囲まれながら、血縁という点から言えば天涯孤独にひとしい暮らしを送っていた北斎にとって、美しい嫁と孫が一緒に住むようになったことは、思いがけない喜びだった。乞食小屋にひとしい雑然ととり散らした部屋のうちは、お千絵がきてから清清しいものになった。

一年ほど前、北斎は軽い中風を患った。言うほどの障害も残らなかったが、右手にいつも軽微な気だるさを感じるのだった。その腕を、夜になると、お千絵はたんねんに揉《も》みほぐしてくれた。お千絵は、佐久間町四丁目の紙問屋信夫屋から嫁入ってきた。裕福な暮らしの中で育ったのに、我儘《わがまま》なところがなく、素直な性格が目立った。もの言いは静かで、立っても坐ってもきれいな姿になる。眼鼻立ちが温和《おとな》しすぎるほどだが、色白で、美貌だった。

位負《くらいま》けという奴だろう、とお千絵をみながら、ふと北斎は富之助のことを哀れに思うことがある。何が不足で、と世間の人は舌打ちするだろうが、富之助には富之助なりの、女房子供を捨てても悪に走る理由があった筈《はず》だった。(馬鹿な奴だ。どだい温和しすぎるから、女房に位負けしたりする。女など、四の五の言わせずに組伏せればいいのだ)腹立たしく北斎は胸の中で呟く。だが、それも、おのずから限度というものがあろう。もはや富之助は、引返すことの出来ないところまでいってしまったようだった。多分本来自分が引返すべき場所に、もう何の感興《かんきょう》も持つことができなくなっているに違いない。

富之助が、牢を解き放たれたと聞いた時、北斎は外から戻ると、すぐにお千絵を呼んだ。暑い夏の日で、北斎はお千絵に持ってこさせた冷たい手拭《てぬぐ》いを使い、なお流れる汗を、縁側で団扇《うちわ》を使いながら、

「どうする？　捕まえるか？」

と言った。お千絵は襖際《ふすまぎわ》に、きちんと坐って、深くうつむいていた。白地の浴衣の襟もとをきっちり合わせて、それでいて汗ひとつかいていない様子だった。

「それとも……」

言い淀んだ時、お千絵が眼を挙げた。

「うっちゃっとくか」

大きな声で北斎は言い、まじまじとお千絵を見た。お千絵が微かにうなずき、それから顔をそむけて、静かにすすり上げた。やや斜めになった姿の、胸もとの豊かな盛《も》り上り、滑らかに屈曲する膝のあたりを、北斎は哀れなものにみた。

佐代は、隣座敷に昼寝をしている。天地が灼《や》ける音でもあるかのように、まばゆい日盛りの中で耳を聾《ろう》する蟬《せみ》の声だった。

一匹の巨大な淫獣と化した老絵師が、お千絵の閨《ねや》を襲ったのは、その夜である。

これが、同じお千絵かと、北斎が鼻白んだほど、佐代のかたわらで、うたた寝から覚めたお千絵の抵抗は烈《はげ》しかった。爪が肉まで削り、歯が老醜の皮膚を破った。暗い灯火がまたたいて、この陰惨で救いのない争いを照らした。しかし、北斎はすでに盲目だった。視界一杯に、白く柔かい肉が、甘い香をこぼして躍動するのを見ただけである。眠っていた放蕩無頼の血が、膨らんだ血管の中を、音をたてて狂奔していた。

長い、烈しい抵抗のあと、ほとんど裸に近い姿に剝《む》かれ、長い溜息《ためいき》のような息をひとつ洩《も》らしてお千絵が失神した。老絵師の幅広い背が、巨大な蟇《がま》のように、その白い裸身の上に覆いかぶさった。よろめいて立上った時、北斎は行灯《あんどん》の火が失神したと思ったお千絵の、眼尻を伝わる涙を弾いたのをみた。こみ上げてくる女のいとしさに心を嚙まれたのはこの時である。いまだかつて感じたことのない微かな後悔に似た気持を味わいながら、老絵師は無言で部屋を出た。背後に、堰《せき》を切った狂おしい女の泣き声を聞きながら。その泣き声は、少しばかり北斎を怯《おび》えさせたが、理不尽だろうが何だろうがこれでお千絵は俺を離れ得ないのだ、女というものはそうしたものだと思った。お千絵の温かく白い肌は、彼の手の中にあった。泣き声は、一夜細細と続いたが北斎は満ち足りた眠りを貪《むさぼ》った。名声も富も、まだ彼のものだった。北斎の眠りは深く、眼覚めは遅かった。

しかし、次の日、日が高くなってから起き出した北斎は、千絵も佐代もいない空虚な部屋を見出しただけである。そこへ初めてきた日と同じように、お千絵は、佐代を胸に抱いて北斎の前から姿を消し、戻らなかった。

その日から、お千絵の姿を求めて、黙黙と江戸市中をさまよい歩く北斎の異装が人眼をひいた。長大な杖を片手に、右脚をややひきずるようにして、眼を伏せてのろのろと町を行く。あれが高名な画狂人北斎と、彼を見知っていて指さす者もいた。暗い絶望が、彼の胸を満していた。お千絵を犯した一夜を、思い出す毎に、彼は目眩《めくる》めくばかりの後悔と焼くような思慕を交互に味わっていた。永劫《えいごう》みつからぬのではないかと思う不安が、老絵師の額の皺を深くした。

お千絵の実家の信夫屋は、今ない。お千絵が富之助に嫁入ってから間もなく、当主であるお千絵の兄が突然自殺した。後には家屋敷も残らない莫大な借財が残されたばかりだった。佐久間町のその店の跡には、いま紀州屋という同業の紙商が繁昌している。お千絵の頼るところはない筈だった。

灯台もと暗しである。北斎が住んでいる原庭町から程遠くない横網町の裏側に、ひっそりと人の着る物などを縫ってお千絵が佐代と隠れ住んでいるのを見つけたのは、翌年の春だった。隠れ住んでいると言っても、お千絵にはその理由はない。北斎がそう思っただけである。

しかし、そう思うことが、北斎の心を臆病にした。確かにお千絵がそこに住んでいることを、家主にも、近所の者にも確かめながら、北斎は、お千絵の前に姿を見せようとは思わなかった。まるで死力を尽すふうな、女ながら手ごわい抵抗と、突然の失踪が、昨日のことのようにまざまざと甦るのだ。いま顔をみせればお千絵は、即座に住む場所を変えるだろう。少しの疑いもなく、北斎はそれを信じた。

お千絵がいる間に、十軒店の万笈閣から出した「諸国滝めぐり」は不評だった。構図の工夫は富嶽三十六景の繰り返しであり、進歩がないばかりか、むしろ退歩が目立つという評価が行われた。奇想天外も繰り返されると鼻につく、鬼面も二度、三度となると、誰も驚かないよ、というような意地の悪い批評も、北斎の耳に入っていた。お千絵を失なってから、北斎はそうした風評に反駁《はんばく》する気力もなくしたようだった。むしろ北泉や、密画に長《た》けた下谷三筋町の蹄斎北馬《ていさいほくば》などの弟子が、そういう風評を師匠の家に持ち寄って、躍起になって憤慨したが、北斎は無表情に「又いいのを描けばいいのさ」と言うだけだった。それでいて、最近の彼はめったに絵筆を手にしなかった。当然衣食に窮した。するとと仕方なさそうに、黄表紙の挿絵などに手を染めたが、それも途中で投げ出して、版元と喧嘩になったりする。庭先に降りて、茫然と空を行き来する雲を眺めているような日が多くなった。南沢等明に嫁入った三女のお栄が、離別されてきて、そんな父と一緒に住んだが、北斎の暮らしぶりは変らなかった。お栄が離別されたのは、夫の等明の画才の乏しさを嘲笑《ちょうしょう》したからである。事実、美人画を描かせると、父の北斎よりもすぐれたものを描く画才を、お栄は、身につけていた。等明は本当のことを言われて激怒したのだが、離別の理由は、ほかにもあった。家庭のきりもりという女の能力を、お栄は先天的に欠いていたようだ。離別されて、父と一緒に住むようになると、お栄はさっさと自分の弟子を取って画技を教え始めたが、家庭内のことは全く放棄してしまった。女がいながら、北斎の家では、三食とも煮売屋から取り寄せて喰べるのである。そんなお栄に、北斎は何も言わなかった。

お千絵が見つかってから、北斎は、いくらか仕事に精出《せいだ》すようになった。嵩山房や、山口屋や麴町の衆星閣など版元にも時折顔を出した。しかし働いた金を家に入れる風でもない。次第に名が挙って、商家に出稽古に出たりするようになったお栄に寄りかかったような暮らしぶりだった。時折、日暮れから、ふっと居なくなり、夜更けてから帰ってきたりする。そうした無気力な父に、お栄もまた何も言わないのだった。

夜が更ける。秋も半ばの、思いがけない冷えが、北斎のうずくまった足もとから立ちのぼる。爪弾《つまび》きの三味の音が、さっきから同じところを繰返し繰返しさらっている。古い小唄だった。衰えた虫の声が微かに続く。

やがて北斎は、思い決したように大きな身体を起すと、足音を忍んで戸口に近付いた。一間に水屋だけをくっつけた、小さな家である。老絵師は、懐から懐紙《かいし》に包んだものを取り出すと、僅かに引き戸を開き、その隙間に紙包みをはさんだ。

「だれ？」

低いが、きっぱりした声が、中からその気配を咎《とが》めた。

お千絵は縁側の戸を一枚ひき、外をみたが、すぐに土間に下り、戸口を開くと足もとの紙包みを拾い上げた。眼を挙げたお千絵の視野に、大きく揺れている楢《なら》の下枝が映った。お千絵は凝然と立ちすくんだ。枝の背後に闇があるばかりだった。

五

「広重という男、あんた知ってるか」

読本の上から眼を挙げて、北渓が辰斎に不意に言った。

ひとしきり稽古が終った後で、北斎は柱に貼った日蓮像の前で、法華経の読経に余念がない。「唯願世尊。聴我説此陀羅尼。即於仏前。而説呪曰……」普賢菩薩勧発品《ふげんぼさつかんぼっぽん》の中の阿檀地《あたんだい》という呪文を、北斎は、歩きながらでも、不意にぶつぶつと唱《とな》えることがある。法華経の熱心な信者だった。中風を患う前は、池上の本門寺、堀ノ内の妙法寺などに足繁く通った。足が遠くなると、柱に日蓮像を祀《まつ》り、その前に蜜柑《みかん》箱を打ちつけ、そこに珠数《じゅず》を置いたり、到来ものを飾ったりする。

いまも、箱の上に、さっき辰斎が持ってきた桜餅の籠《かご》がそのまま飾ってある。

問いかけられたが、辰斎はまだ筆を持って紙に向っていて、ちらと北渓を見上げたが、顔をふってすぐに俯《うつむ》いてひろげた紙に眼を戻した。神田小柳町に住み、本名を半次郎という。狂歌本の摺りものを得意とし、いくらか名が売れていたが、無口な男だった。丈の低い痩《や》せた小男だ。顔色は冴えない。

「俺は多少知ってる」

そう言ったのは北雲である。本名は久五郎。もと大工だったが、絵心がないといい仕事が出来ないということで北斎に弟子入りし、いまでは本職よりもこちらの方に熱を入れている。北渓や辰斎より五ッ六ッ若く、二十七、八だろう。痩せぎすで、立居振舞にいなせな風があった。さっくりと竹を割ったような気性が師匠からも、兄弟子からも好かれているが、画技はあまり上達の跡が見えない。

「歌川のところで修業したと聞いた」

「歌川というと、豊国か」

「いや、豊広だ。初代豊国と相弟子だった」

「ああ」

「気をつけろよ。お師匠さんは歌川はあまり好かんからな」

「そうよ。骨っぽいのは皆死んでしまったわい。つまらぬ奴が繁昌する」

不意に読経《や》を止めて振り返ると、北斎は大きな声で言った。大男の北渓も、北雲も首をすくめた。辰斎まで、驚いたように顔を上げると、小心そうな顔をこわばらせて筆を置いた。北雲が、それをみて北渓を振り返るとくすりと笑った。

「初五郎、灯を入れてくれ」

と北斎は言った。初五郎というのは北渓のことである。北門の中では柳川重信と並んで最古参、もう三十を過ぎているが、北斎の眼には北渓が、入門してきた十年前と同じに見えるのだろう。気やすく北渓が立とうとするのを、北雲が手で押えた。

「いいです。私がやる」

さきほど浅草の鐘が知らせたのは、七ツ（午後四時ごろ）だったのに、そろそろ手もとに暗がりがまつわってきていた。

「江漢も死んだし、抱一も死んだ」

行灯に火の色のともるのを待って、北斎は言葉を続けた。

「豊国なぞ、俺は好かぬ。まだしも国芳の方が脂切ったところがあっていいよ。うむ、英泉も悪くないな、渓斎英泉」

「あの先生は、美人画の北斎先生といった趣きがありますから」

と北渓が言った。

「くだらぬことを言うな」

「いえ、英泉先生自身が、わたしの師匠は菊川英山ではなくて、北斎先生だと、さるところで洩らしたそうで」

「洩らしたのでなくて、堂堂と公言したのじゃないかな」

と北雲が言った。皆が何となく微笑した。英泉がつい此の間出した随筆の中に「近頃国貞も、傾城画は英泉の写意に似せてえがけし者なり」と書いたことが話題になっていたからである。彼は意識して歌川派に代表されているような最近の画壇に対して白い眼を向けていた。そう言うだけの実力もある。彼が描く女の、蛇を思わすような淫蕩《いんとう》な頽《たい》廃《はい》美は、一部に高く評価されている。〝夏姿〟の男女の姿態に表現されているのは、性慾以外の何ものでもない。〝浮世風俗美女競〟の大顔絵の女は、やはり男女媾合《だんじょこうごう》の前か後のような、不思議な顔をしているのだった。その女が、蚊帳《かや》を出ようとしているのか、入ろうとしているのかが北門の弟子たちの間に論議されたことがある。眼尻の吊り上った女の凝視、喘《あえ》ぐように小さく開いた唇、眼鼻のあたりにほのかに漂う上気した気配。髪が乱れていないから前だろう、と言ったのは北嵩である。そういう見方は皮相だ。表情、姿態で判断すべきだと北寿が反駁したが、結局結論は出なかった。

「それは迷惑だ」と北斎が言った。皆がまた微笑したのは、英泉のそういう絵を思い出したからである。

「ところで……」

北斎は何気ないふうに言った。

「広重の、東海道をお前さん見たのか」

「へえ、見ました」

「久五郎は？」

「あっしも見ました」

北雲は言ったが、不審そうに師匠をみて言った。

「お師匠さんは、まだ見ていないんで？」

「何で俺が見なきゃならねえのかい？」

北斎は言った、が機嫌が悪いふうではなかった。

「半次郎も見たかい？」

「見ました」

それが申訳ないとでも言うように、辰斎は円い肩をすくめて、小さく答えた。

「で、どんな風なのだ。その広重のものは。聞かせてもらおうじゃねえか」

「あたしは、評判ほどのものじゃない、割に平凡な感じを受けましたが……」

と北渓が言った。押して、北斎は聞いた。

「何かこう、とてつもない閃《ひらめ》きというようなものはあったかい？」

「いえ、別にありませんね。閃きという点じゃ、先生の方が古今独歩ですから後は誰が描いても、どうしても見劣りしますね」

「しかし……」

不意に口をはさんだのは辰斎だった。

「しかし、だから平凡だ、つまらないものだとは一概に言えないのじゃないですか」

「ほう、それはどういうことだねえ？」

北斎は、じっと辰斎の顔に眼をあてた。この男の摺りものの技法を、北斎はひそかに買っている。

「構図そのものは……」

辰斎は、師匠に問いつめられたことで顔を上気させ、懐紙を出すと、額のあたりを拭いて、それから、つかえながら続けた。

「構図そのものは、先生の、たとえば富嶽三十六景のような冴えは、ないと思うんです」

「ふむ、それで」

「だが、私は、私の感じなんですが、先生の風景とはまた違った、別の風景画を見たという気がしました」

「誰にも似ていないのか」

「先生の絵が誰にも似ていないように」

「余計なことを言うな」

北斎は、厳しい眼で辰斎をにらんだ。

「初めて見るような風景画なのだな」

「そうです。だけど、別に変った筆を使っているわけじゃありません。何と言ったらいいか」

「よし、解った。いいことを聞かせてくれた」

北斎はそう言って腕組みすると眼をつぶったが、気がついたように、

「久五郎はどう見た？」

と言った。

「あっしは……」

北雲は、手を挙げて首筋を掻《か》きながら、

「ぺらぺらめくっただけで、あまりよく見なかったものですから。二、三枚いいのがあったかな」

「どういう図柄だ」

「それが、はっきりしないんで。勘弁して下さいな、師匠」

お前達喰え、と言って桜餅の籠を解いてやってから、北斎は、また眼をつむり腕を組んだ。多分、辰斎の見たようなものなのだろう、と北斎は思った。彼は、どんな名人が出ても驚きはしなかった。それが風景描きでなかったなら、風景画として彼は古今独歩であり得る筈だった。しかし、今、彼をあるいは凌《しの》ぐ風景画の名手が現われたことを、認めないわけにはいかなかった。あるいは富嶽三十六景の名声さえ蹴落《けおと》すような……。

(明日嵩山房に行こう。多分そこで東海道五十三次が見られるだろう) と北斎は思った。

「ただいま。あら、お賑《にぎ》やかね。あたしも仲間に入れて」

帰ってきたお栄が、北雲と辰斎の間に割り込んで、風呂敷包みを投げ出すと、すぐに桜餅に手を伸ばした。父に似て大女だった。顎の張り出たところまで父親似だった。小男の辰斎と並んで坐ると、その坐高の高さで辰斎を圧倒するように見えた。

六

北斎は、その時初めて広重を見たのだった。初めは、嵩山房に出入りしている商人かと思ったのだ。それほど眼立たない、もの静かな風采《ふうさい》の男だった。色白で中肉中背だった。顔は円い。眼鼻立ちもどこと言って特徴がない。それが広重だと聞かされなければ、すぐ忘れてしまいそうな顔であった。いつまでも黄表紙の評判などを話しているその先客に、北斎は少しいらいらしていた。挿絵の画料のことを主人に切出そうとした時、

「御紹介しよう」

不意に新兵衛が言ったのである。

「こちらが高名な北斎先生。こちらが……」

と掌《て》を挙げて、

「近頃評判の安藤広重先生です」

と言った。北斎の顔に血がのぼった。年甲斐もない、と思ったが、それを防ぐことが出来なかった。しかしそれは急速におさまってむしろ顔色は白くなった。

「これは葛飾先生」

少し膝で後に下ると、広重は丁寧に畳に手をついて言った。

「御高名は兼兼うけたまわっております。若輩です。何分今後よろしくお願いします」

「やあ」

北斎は無愛想に言った。

「あんた、ずいぶんいいものを描いたそうだね。あたしはまだ見てねえが」

「恐れ入ります。つまらぬものですが、幸い……」

「いいや、つまらねえものなら、皆さんほめちゃくれませんよ。いいものだからほめる。そういう卑下した言い方をしちゃいけねえなあ」

「は」

広重は眼を上げて微笑した。北斎の言葉の裏にある毒を敏感に感じ取ったようだった。しかし、柔かい微笑は崩さなかった。その微笑に、北斎は何か気押《けお》されるようなものを感じた。意外に強靭《きょうじん》なものが、商人のように穏やかな風貌の下に隠されているようだった。

「しかし、何分修業中で、先生にもこれからいろいろ教えて頂きたいことがございます」

「ほう。すると何だ。うまくなるのは、これからというわけだ。若い人はうらやましい」

広重は、また柔かい微笑を頰に刻み、それから、二人の対面を興味深げに眺めている新兵衛に向うと、

「それでは、私はこれで……」

と言った。

広重が帰ったあと、北斎は、広重の話の続きのように、何気ない風に、彼の東海道五十三次を見たいと言った。新兵衛は、

「あんな若い先生だが、これですからな」

と言って、北斎の前にその絵を積み上げた。片端から北斎は見て行った。なるほど、北渓の言うことも一部あたっているな、と彼は思った。構図や工夫に格別新しいものはないようだった。しかし見て行くに従って、北斎は、それらの絵が共通して持っている何かにこだわり始めた。北斎が描く前に決めてしまう何かを、広重の絵は、描かれた後に残し、訴えて来るようだった。

一枚の絵のところで、北斎はふと手を休めた。その何かが、突然腑《ふ》に落ちたのである。それは作り上げた絵だということであった。それも無雑作に切取ったわけではない。それが、まさに人生であるような、人間の息づく風景を、数ある風景の中から、広重は取捨している。その眼で把えられる限り、平凡な家が建ちならび、平凡な人が描かれていればいるほど見る人は、その中に真実の人生を感じないわけにいかない。風景を借りて、彼は人の世の営みを描こうとしているのではないか。すると、山をどこに置き、人をど

こに立たせるなどという構図の工夫は全く二の次になるだろう。

北斎は、恐ろしいものを見るように、「東海道五十三次のうち蒲原《かんばら》」と説明書きのある一枚を見つめた。底知れない暗さと静けさをはらんだ闇が背景だった。軒先まで雪をかぶった家家が、屋根を接して並んでいるが、灯りは見えない。真夜中なのである。前面のやや坂道になっている雪の中を三人の人が歩いている。一人は傘をかたむけて、杖をついて、これは多分按摩《あんま》であろうか。いま二人はその一人とは反対側に背を曲げて歩いて行く。笠に合羽《かっぱ》、蓑《みの》のいで立ちである。面を伏せて、深夜、擦れ違い、右と左に別れて行くところである。その上に、雪がまだ降り積る気配だ。眠っている家家の屋根にも、人の去った坂道にもひそひそと雪の音だけがする。

その雪の音を、北斎は聞いたと思った。

「昨年八月に、八朔御馬献上《はっさくぎょば》の行列に加わりましてな。その時描きためたものを今度整理したということで……」

新兵衛の声は、北斎の耳にひどく遠く聞えた。

七

戸を開いたお千絵に、北斎は、おずおずと言った。

「実はな。お前に話したいことがあってな」

お千絵は黙って立っていた。後に灯明りを背負っている顔は暗く、女がどういう表情をしているのか北斎には解らなかった。それが一層彼の気持を臆したものにした。

「実は、そこで……。悪い奴に会ったのだ」

と、北斎は嵩山房を出る時から考え、さっきまで、冷たい闇の中に一刻《いっとき》近くも立ちながら考えた口実を口にした。

「お前も知っている、あれだ。金次郎というならず者だよ。それに会ってな」

「お入りなさいな」

と、初めてお千絵が言った。柔かい声だった。北斎の胸がふるえ、危うく涙ぐみそうになった。

「入ってもいいのか」

「どうぞ」

行灯の灯が温かく瞬《また》き、火鉢には炭が真赤に燃えて、鉄瓶が湯気を吹き上げていた。きちんと取り片附けられて、狭いながらきれいな部屋だった。佐代は布団の中に、無心に眠っている。北斎は、原庭町の家を思い出した。ところきらわず絵具や紙が散らばり、その間に、鮨《すし》を包んだ竹皮などが一緒くたに散っている馬小屋のように異臭を放つ部屋。北斎はその匂いが移っていはしまいかと思い、肩を縮めた。

「熱いところを、お上りなさいな」

手早くお茶をいれ、皿に餅菓子を盛って出すと、お千絵は、眼を上げて、しげしげと老絵師をみた。北斎は、その眼を見ることが出来なくて、俯いて茶をすすった。

「あら、洟水《はなみず》」

お千絵があわてて立上ると、鼻紙をとって北斎に渡した。

「済まんなあ、こんなに遅く邪魔してなあ」

「お父様らしくないこと」

お千絵は言った。その言葉が、自然で、滑らかだったのを、北斎は意外に聞いた。千絵は、あのことを忘れたとでも言うのだろうか。月日が、それとも傷口を埋め、跡かたもなく癒《なお》したとでもいうのだろうか。顔を上げると、お千絵は微かな笑いを唇に刻んでいるのだった。しかし、その顔がふと曇った。

「お顔の色が悪いこと。どうなさいました？　その金次郎とか言う人が……」

「千絵」

北斎は、ふいに深く頭を垂れると、

「許してくれ。金次郎にあったというのは嘘だ」

「まあ」

「いや、先《せん》に会ったことは会った。お前のことも言っていたが、なに、金で話がついたのだ」

「どんなことですの？」

「いいや、そんなことは何でもないのだが……」

北斎は顔を上げると、洟水をすすり上げた。

「俺も近頃意気地がなくなってなあ」

「………」

「淋しくてならねえのよ。絵師のくせに、絵は描けねえし、金もなくなったわ」

「可哀想なお父様」

「おう。可哀想だと言ってくれるか。お悌もそう言ったものだ。俺《おい》ら、こういう気性だから、若え時から人に負けるのが嫌《きれ》えでなあ。しょっちゅう喧嘩ばかりしていた。だが、時時無性に淋しくなってなあ。慰めてもらいてえ気持が、どうしようもなくつのることがあるのよ」

「お父様が、時時ここまできたこと、知っていました。お金のことも」

「そうかい。お前さん、知っていたのかい」

「もっと、早く戸を叩いてもよかったのに」

「お前さん、怒っていないのか」

「………」

「俺ら、若え時からのろくでなしだ。あのことだって、お前さんに合わせる顔なんぞねえやな。だが、今日は根《こん》も何も尽き果てた」

「何か、ありましたの」

「俺ら、絵かきだ。ところが千絵よ。今日は絵でも負けてきた」

「誰にですか」

「広重という男だ。恐ろしい男だ。心底負けてしまったわい。あーあ、何にも残っちゃいねえ。絵も駄目。金もなくなった。俺が北斎だと言っても、世間の人は誰も驚かねえ。疲れてしまったわ」

北斎は俯いた。

「死にてえが、身体が丈夫で死ぬことも出来ねえ」

閉じた眼から、涙が一筋流れて落ちた。打ちのめされた気持になっていた。お千絵に話した後は悲しみは淋しさに変った。

ふと、北斎は、背中に温かい手がかかり、静かに背を撫でるのを感じた。ふり返ると、お千絵が眼を見開いたまま涙ぐんでいるのだった。

「可哀想なお父様。でもあたしは、お金も何もない、駄目なお父様の方が好き。元気出してちょうだい」

思いがけなく、溢《あふ》れるほどの涙が、もう一度老絵師の頰を濡《ぬ》らした。お千絵の掌の温かみが誘うのだ、と北斎は思った。長い孤独な戦いが終ったことには気づかなかった。

待っている

一

文政十年（一八二七）閏《うるう》六月。一艘《そう》の赦免船《しやめんせん》が霊岸島《れいがんじま》に入った。八丈島から、赦《ゆる》された流人を運んできた船だった。

人別の引き合せが済み、役人達が、ひどくそっけない背を見せて、御船手番所の方に去って行くと、それまで待っていた出迎えの家族の群が、泣くような声を挙げて島帰りの者に駈け寄り、人垣で包んだ。もちろん、皆が皆そうであるわけではない。泣いたり、笑ったりしている人の塊《かたま》りに、白い眼を向けて、汚い風呂敷包みを小脇に、一人で立ち去って行く者もかなりいた。

江戸本所荒井町の元錺《かざり》職、徳次もそうした一人だった。二十前から身を持ち崩し、後には渡世人にも忌み嫌われるような、手目《てめし》（いかさま）博奕《ばくち》の凄腕が祟《たた》って、二十三の時島に送られた。忘れもしない五年前の五月だった。

徳次は、一緒に帰った者が、家の者に抱えられるようにして、着換えのための仮小屋の方に去って行くのを、未練そうに見送っていた。誰も迎えにきていなかった。彼が島から帰るのを誰も望まなかったのだろう。義母も腹違いの弟、藤二郎も、妹のお鹿代もそうだろうか。父はやはり、義母のお米に遠慮して来なかったのだろう。昔からそうだったのだ。

それはそれでいい。と徳次は思った。しかし、もう一人迎えにきていない顔が、彼の心を、滅入らせ、打ちひしいでいた。お勢の白い顔だった。居酒屋勤めの水商売の女だ。待っていない方に賭けるのが順当なのだ。それを解っていながら、船の上から、江戸の土を見た時、徳次の心は躍ったのだった。だが、やはり、目は裏と出た。

午過《ひる》ぎの、短い己が影を踏んで、徳次は人人に混って歩き出した。（やっぱり、一応は家に顔を出すのが順序か）居心地悪い時は、悪いには決っているが、その時はその時だ。親爺に顔を見せない訳にも行くまい。徳次は、船を降りる時そばに寄ってきた慶助という男の言葉を思い出した。

「そのうち、便りするぜ」

もう、声をひそめることもないのに、慶助はそういう間にも、あたりにじろりと油断のない眼を走らせて囁《ささや》いたのだ。

「木屋一家では、俺《おい》ら顔だぜ。島帰りにろくな仕事がある筈《はず》もあるめえ。いつでも寄ってくれな。飯ぐらい喰わしてやるぜ。女が抱きたきゃ、ヘッへ。それも考えてやらあな」

その時はその時だ。徳次はゆっくりと、まだ、揺れているような足もとを踏みこみながら、歩いて行った。耳の奥に、島の磯波の砕ける音が残っていた。すると、不意にまた、お勢の白い顔や、情を含んだ眼が、切なく思い出されてくるのだった。

「徳さん」

不意に、前に立ちふさがった女がそう言い、徳次はぎょっとして立ち止ると、眼を瞠《みは》った。

二

「あたしよ」

若い女は、徳次を見詰めたまま、にこりともしないで言った。島田の髪。絣《かすり》の袷《あわせ》に白足袋をはいて、胸に風呂敷包みを抱えている。眼は大きく、鼻と唇の小さめなのが、小造りな顔をいっそう可愛らしく見せている。色が浅黒いのが、女を勝気に見せていた。

茫然《ぼうぜん》と徳次は女の顔を見て立っていた。

「何か言ってよ」

「……………」

「あたしが、誰だか解らないのね」

娘は怒ったように徳次を睨《にら》みつけた。

「おめえ、誰だっけ」

「島でぼけたのね。あたしはお美津」

娘は言うと、ついと胸を寄せてきて、ぐいぐいと徳次を、いまきた方に押し戻した。

その様子を、三三五五帰る人達が、興味あり気に見て通る。

「おめえ、お美津坊」

「臭いわね身体。さ、早く着換えるのよ」

小屋に戻って、お美津が風呂敷から出した縞の袷に着換えながら、徳次はまだ納得いかない顔つきでいた。

「家の者が、頼んだのか」

「何をさ」

「おめえに、行ってやってくれって」

「ああ、お父っつぁんがね」

「そうか。そうか」

徳次は、仕立下ろしの藍《あい》の匂う袷を着ながら、思いがけなくにじんでくる涙にうろたえた。

「済まねえな、お美津坊」

お美津は、同じ長屋の定斎《じようさい》売りの娘だ。親爺《おやじ》の嘉平は夏は定斎屋をやり、寒くなると屋台をひいて夜泣きそばを売りに出る。うだつの上らぬ商売だった。女房のお玉は、いつも眠い顔をして、起きている時より寝ている時の方が多いくらいなのに、お美津を頭に三人も子供を生んでいるのだった。嘉平と徳次の父兼蔵は気が合うというのか、ろくに世間話らしいものもしないのに、始終行き来して、ひっそりと将棋盤を囲んだりしているのだった。

手目博奕で、徳次が遠島と決った時、お美津は、まだ十二か十三だったのだ。徳次は、いつも背中に誰かしら赤ん坊をくくりつけて、男の中に混って露地の中を騒ぎまわっていたお美津しかおぼえていない。それも、博奕だ、女だと騒ぎまわっていた頃の話だ。お美津の記憶はおぼろだった。眼の前に、質素だが、さっぱりした身なりで、それも胸や腰に若い娘らしい膨らみを見せて立っているお美津をみても、徳次にはぴったりそのことが納得出来ないもどかしさが残る。

「一休みして行こうよ」

とお美津が言ったのは、佐賀町裏の蔵構えの多い大川端べりを万年橋際の御船蔵近くまで歩いてきた時だった。御船蔵の壁に寄りかかって、日に温められた枯草に坐ると、新大橋の人の行き来が、手にとるように見えた。澄んで、豊かな大川の流れである。

「いいなあ、川は。俺ら、やっと江戸に帰ってきたって気がするぜ」

「本当にそう思うの」

「本当《ほんと》だともよ。お美津坊、いやお美津ちゃんだ。また怒られるからな」

「怒りはしないわよ」

「いや、もうおめえ、立派な娘だもんな。きれいな娘になりやがった」

「ほんとうにそう思うの」

「いやに念を押すんだな。ほんとだとも。こんな別嬪《べっぴん》になると思わなかったもんな。いつも、赤ン坊背中に背負って、膝小僧出して走りまわっていたからな」

「いやだ。それ、言わないでよ」

お美津が、思いがけなく顔を赤くして徳次を見た。徳次は声を立てて笑った。沈んでいた気持が、起ち直ったようだった。

「江戸はいいなあ。島はな、辛いぜ。皆喰うために生きるのだ。山芋を掘ったり、海のものを拾ったりだ。それでも、いつだって腹が減っててな。しかし、人の物を盗んで喰ったりすると、もっと悪いことになる。島替と言ってよ、もっと遠い、八丈より遠い島にやられちまうのだ」

三

「島で、お内儀《かみ》さんもらわなかったの？」

不意に、斬り込むようにお美津が言ったので、徳次はどぎまぎした。

「そんな、おめえ、島流しの分際で」

「そういう人もいるって話よ」

水汲《みずく》みという。徳次も短い間だったが、島の女と暮したことがあるのだ。三十近かったろう。徳次より五ツ六ツも年上で、情の濃い、無口な女だった。亭主に死なれてひとり身でいたのを徳次と一緒になった。初めは、飢えの苦しさに女が働いて喰わせる島のしきたり目当に夫婦暮しに入った徳次が、漸《ようや》く女をいとしく思い始めた頃、働きに出た海で死んだ。お美津の言葉で、徳次はふと、いままで思い出しもしなかった女の、おとなしい立居振舞などを思い出してふと心が曇った。

「徳さん」

ふと、お美津が口籠《くちごも》った。

「がっかりしないでね」

「何が？　親爺か」

ふと閃《ひらめ》くものがあって、徳次は思わずそう言った。

「亡くなったの」

徳次は頭を垂れた。初めて、島で暮した五年間の長さが身体にうそ寒くしみた。（そいつは、考えられないことではなかった）親爺が、何で死んだにしろ、親不孝の俺らが、死ぬのを手伝ったのは確かだ。徳次はそう思った。無口な親爺だった。徳次の母親が死に、お米がきてから、無口は一層ひどくなったようだった。腕のよい錺職人として江戸にも名の通るような仕事をしながら、長屋から出て行こうともせず、日の射さない暗い仕事場でこつこつ仕事をしていた。長屋から出て行かなかったのは、俺の極道も理由だったのではないか。しかし、意見がましいことをひとつも言わず、金だけをくれた親爺。やはり、暗い仕事場にうずくまって、死ぬまで仕事をしていたのだろうか。

「そうか」

徳次は顔を上げて、川の流れを見た。

「可哀想に。徳さんが帰るのを、待てなかったのよ」

ふいに、そう言ってお美津がすすり上げ、袂《たもと》で顔を覆った。涙声のまま、お美津は言った。

「死ぬ前の日、あたしが見舞に行ったら、徳の野郎に会いてえよって涙をこぼして。あいつも好きでぐれたんじゃねえ、俺らが悪かったのだ、そう言ったのよ」

川水は、ゆっくり流れているようで、それでいて時時眼の前に小さな渦を巻いたりした。徳次の濡《ぬ》れた視野の中で、川の流れが止った。

「そうか」

徳次はもう一度言った。

「すると、俺の帰る家は無くなったわけだ」

「やけ起しちゃ、だめよ」

お美津が顔から袂をはずして言った。涙に汚れた顔が、変に生生して幼く見えた。不意に気がついて徳次は言った。

「すると、さっきの、この着物は……」

「あたしが縫ったわ」

鼻をかみながら、お美津がくぐもった声で言った。それから顔を上げると、瞼《まぶた》の赤らいだ眼を徳次にあてた。

「どうするの？　そりゃあんたは大手を振ってあの家に帰ってもいいのよ。誰も何とも言う権利なんかないわ。だけど、いま働いているのは藤二郎さんなのよ」

「…………」

「お嫁の話もあるらしいし、あんたが行くの、あんまりよくないと思うの。すぐ駄目になってしまうと思うわ。そしたらあんたは、また悪いこと始める」

「俺は、別にいいこと始めようと思って、帰ってきたわけでもないさ」

「うそ、うそ」

お美津は烈《はげ》しい剣幕で打ち消した。

「徳さんはいい人なのよ。あたしをごまかそうとしても駄目。小さい時から、あんたのことを見ていたんだから」

そう言えば、この娘は、いつも黙って俺を見ていたようだ。赤ん坊を背負っている時も、一人でいる時も、俺が何かするのを黙りこくって見つめていたようだ。それでいて、そんなお美津と話した記憶はない。

「家へきてもいいのよ」

とお美津はあっさり言った。

「おっ母さん死んじゃったし、あたしも、弟もよそで働いているし、徳さんきても、寝るところぐらいあるわ。でも、喰うのは、自分で働いてね」

四

奇妙だと言えば、これ程奇妙なことはないだろう。同じ長屋にいて徳次も顔を出さなかったし、お米も藤二郎も知らない振りだった。帰ったかとも言わなかった。お鹿代だけが時時やってきた。もう娘になろうとしている、おとなしいお鹿代は感じやすい年頃のせいだろう。話らしい話もしないで、不意に涙ぐんだりする。そして来たと思うと、間もなく帰って行くのだった。お米や藤二郎に内緒で訪ねてくるのだろう。

しかし、義母や弟のことを、徳次はもう気にしていなかった。お鹿代の口から、年の内には浅草の方角に引越すらしい、それも今度は同じ店借《たなが》りでも二階屋の表店《だな》だということを聞いても、うらやましいとは思わなかった。目さきの利く藤二郎のことだから、それぐらいの小金は溜めたろうと思っただけである。その金は俺に関りがないと徳次は思った。

徳次は働いていた。嘉平が、二日ばかり仕事を休んで、左官職の手間取り仕事を見つけてきた。浅草聖天町の左官職で、親方は繁蔵という名前だった。無口な嘉平は何も言わなかったが、会った日に、繁蔵は徳次を物陰に呼んで、

「今日からすぐに稼いでもらおうか」

そう言って、ちょっと考える風に下を向いたが、

「お前さんなんざ、若えんだからいくらもやり直しがきかあな。まあ一生懸命働いてく

れりゃ、悪いようにはしねえよ。昔のことは気にしなさんな」

そう言って笑顔になった。島暮しの習慣から、徳次は眼を俯せ、無表情に聞きながら、素早く、親方の言っていることの裏を探ってみたが、何も隠されたものはなかった。小肥りに肥って、丸い顔に髭の濃い繁蔵に、徳次は好意を持った。

仕事はきつかった。やっとの思いで運び上げた足場で、土を入れた桶《おけ》をひっくり返し、まともに頭からかぶってしまったこともあった。そんな徳次を、徳次の昔のことを知らない職人達は口汚く罵《ののし》るのだった。そういう時、徳次の胸の中に激しく動くものがある。それが何んであるか、徳次はよく解り、それを恐れた。悪い血なのである。生れつき、人が作っている枠の中に住めない血を持っているのだろうか。そうではないとお美津は言った。

「そんなこと、あるもんですか。小父さんだって、あんなに働き者だったし。ただ、面白可笑《おか》しく暮した頃の毒が残っているだけよ」

きっぱりとそう言い、徳さんは顔つきまで変ってきて、昔の徳さんとちっとも変らない、と徳次をおだてたりする。

横山町の小間物問屋に、住込みで働いているお美津が、時折顔をみせるのが、いつか徳次の心を支えるようになった。骨がみしみしする程働いても、手間賃はいくらでもない。それでも日銭で入る手間賃をためて置くと、喰い扶持と店賃を助けるつもりで月に二貫文ほど入れても、四、五百の金は残った。嘉平は気の毒がって、そんなにいらぬと言ったが、お美津はもらっておけと言った。

「皆で働いて、やっと喰ってるんだから、遠慮することないわよ。それに……」

ふっと徳次を見て、

「徳さんには、あまりお金持たせない方がいいの」

と真顔で言った。徳次は苦笑いしたが、真顔で言われただけに、腹にこたえた。不思議なことに、（お美津ちゃんは、まだ、俺を信用しちゃいねえんだな）そう思った。そのことに腹が立たなかった。お美津の言葉の裏に、侮蔑ではなく、一杯に彼を気づかっている心を感じたからである。十文、二十文などという端金《はしたがね》は、道楽の限りを尽していた頃、考えもしない金がさだった。その細かな金を貯めてみる気になった。お美津が、そういう気持になった彼を喜ぶだろうと思ったからだ。

師走に入って間もなく、義母たち三人が浅草馬道に引越したことを知った。

五

嘉平が中風で倒れ、寝込んでしまった。師走の、骨にこたえるような風が、江戸の町を吹きまくった夜だった。四ツ（午後十時）を知らせる鐘に驚いて、迎えに出た徳次が、御竹蔵の前でもう意識のない嘉平を見つけたのだ。行灯《あんどん》の火が、風に消えもしないで、屋台の梶棒《かじぼう》を握ったまま倒れている嘉平を、侘《わび》しく照らしていたのだった。

「どうしようかしら、あたし」

それから五日程経った夜だった。仕事から帰るとすぐに、俄《にわ》か仕込みの夜泣きそばの屋台を引いて、徳次が一廻りして帰ってくるのを、待ちかねたように、お美津が三畳に入ってきてそう言った。嘉平が倒れた夜呼ばれて帰ると、お美津は奉公先に帰れなくなった。

お美津がいるようになったので、徳次は勝手に続いている火の気のない三畳に寝ていた。いま徳次が夜具を敷いているところに坐り込んで、どうしようかしらとお美津が言ったのは、奉公先のことだった。相模屋という小間物の問屋で、お美津は仲働きの女中をしていた。

「あれから何とも言ってやってないのよ」

「あの晩の口上で、向うも知っちゃいるだろうけど」

「黙っていていいかしら」

お美津は、看病に疲れたらしく、冴えない白っぽい顔色をしていた。少しものの言い方もぼんやりしているようだった。

「しかし、どうせ当分戻れやしめえから、誰かに断わりに行ってもらうか」

「徳さんに行ってもらおうかしら。あたしは手が離せないから」

「そりゃ、俺でよかったら、行ってくるぜ」

「徳さんも、大変ね」

お美津がぽつんと言った。徳次は黙って、敷き終った夜具の上に、あぐらをかいた。

確かに大変だった。聖天町に顔を出していれば、仕事にあぶれることはめったになかった。繁蔵は、左官の仕事のない時でも、大工職の方に頼み込んだりして、どこかで徳次が働けるように骨折ってくれる。しかし昼は昼で働いて、夜商いも出るとなると、力仕事が身についてきた徳次も身体がきしむのだった。しかし、嘉平と、お美津と二人に休まれると、この家には金の入る途がない。神田に奉公している弟の金七は、まだ喰わしてもらってるだけで一杯の子供に過ぎないのだ。徳次がやるしかなかった。

「徳さんに、ここにきていいなどと言わなければよかった」

「どうしてだ？　俺がいなかったら、もっと大変だったぜ」

「だって、悪いもの」

お美津は不意に、袂を引き上げて眼にあてた。肩が細かく顫《ふる》えているのは、泣き声を殺しているのだった。

「泣いている場合じゃねえぜ」

徳次は、お美津の丸い肩と島田の髪が、隣の嘉平が寝ている部屋から射す仄暗《ほのぐら》い明りの中で、影絵のように微《かす》かに揺れるのを見ながら、強い調子で言った。確かに弱ったことになっていた。徳次ひとりの稼ぎでやって行けるかどうかさえおぼつかないのだ。そう思うことは、しかし不愉快ではなかった。心の中に、強く張りつめたものがある。皆を養って行く。そんなことは初めてだった。勝気なお美津までいま、俺ひとりを頼りにしている。（安心しな。どんなことしたって、乞食したって、皆を喰わして行くぜ）そう言いたかったが、気障《きざ》なようで、徳次は別のことを言った。

「何とかなるだろうよ。俺も出来るだけ、やってみるつもりだ。泣くのは止《よ》しな」

「徳さんだけが頼りよ」

お美津は、顔を上げて、真直ぐ徳次をみるとそう言った。仄明りの中に、泣いたためか、顔が小さく見えた。徳次はふいに喜びのようなものを感じた。それは狂暴に胸の中で狂いまわり、徳次は唇に湧いてくる笑いを止めることが出来なかった。人のためになることなど一度もしなかった。だから、人に頼られたことも一度もなかった。いつもろくでもないことをし、八丈島まで行ってきた男だ、俺は。島に送られる日、永代の橋際まで見送りに出て泣いたお勢。そのお勢が、なぜ待っていなかったかも、これでわかるというものだ。小金をせびることばかり考えていた。お勢は、そんな俺を頼るつもりもなかったのだろう。だが、今は違う。

「なに笑っているの」

お美津がぼんやりした口調で聞いた。仄暗い明りの中で、それは影が、ものを言ったように聞えた。

六

その夜の明け方、徳次は寝苦しい夢に襲われて眼覚めた。同じ夜のものの中にお美津がいた。男の胸に顔を埋め、ほとんど必死と言いたいような勢いでぐいぐいと身体を押しつけてくるのだった。薄い肌着だけの肩も、縮めた足先も、氷のように冷たいのは、お美津は長い間男の胁に入るのをためらったのだろうか。むせるような女の香と柔らかい肌の感触が、一度に嵐のように徳次を包み、惑乱に誘った。徳次は戸惑いながら、お美津の身体は、不意に、寒気にでも襲われたように、がたがたとひどく顫え出すのだった。男は、しばらく無言のまま、冷たい女の肩を撫で続けた。胸に、ぴったりくっつけた女の顔が、火のようにほてっているのがわかった。

「おめえ、いいのか」

徳次は囁いた。答えはなかった。女は、二、三度がくがくとうなずいた後、徳次がもて余すほどの強い力で身体を押しつけてきただけだった。男の手が肩から背に滑り、か細くくびれた胴でしばらく迷ったあと、やがて豊かな腰の膨らみに触れる。すると男の中に、不意に嵐が生れた。

終った後も、お美津は汗ばんだ男の胸にぴったり顔をつけていた。しかし、男は、女の身体が、急速に柔らかさを取り戻し、呼吸が、ゆっくりと平静に帰って行くのを聞いていた。それは、やはり嵐が過ぎ去ったのに似ていた。男はいま、自分によって女になった女の身体に不愍《ふびん》を感じていた。肩を抱く腕に優しさがこもった。

「おめえ、どうしたんだ？　びっくりしたぜ」

何か気の利いた慰めの言葉でも言いたかったが、つまらない、言わでもの科白《せりふ》しか出なかった。そのことにてれて、男は低い含み声で笑った。すると、女もちらと眼をあげて、微かな笑いを見せると、すぐまた男の胸に顔をこすりつけた。その一瞬見せた女の笑いは男の胸をかき乱した。眼にも半ば開いて笑いかけた唇にも、溢《あふ》れるような羞《はじ》らいがあった。その羞らいの底に、他人でなくなった女の顔があった。それは見馴《みな》れたお美津の顔ではなかった。見知らぬ、それでいて、彼にとってかけがえのない女が、そばに寄り添っているようだった。

男は、不意に女を抱く腕に力をこめ、荒荒しく女の顔を仰向かせた。

「どうして、急にこんな気になったのだ」

男の眼の真剣な光に、お美津は、ふとおびえたように口籠った。

「心細かったから」

「うむ」

「それに……」

お美津は掌をのばして、男の裸の胸におずおずと触れた。

「徳さんが可哀想だから」

「俺が？」

「苦労させているのに、なんにも上げるものがない」

語尾を呻《うめ》くように低く切ると、お美津は不意に見開いたままの眼に、じわじわと涙を溢れさせた。

その涙に、女の狡智《こうち》は含まれていないのか。徳次は、女の身体に手を廻しながら、眼をつぶった。仕事の合間に、彼はひそかに心当りを訪ねて、お勢の行方を探していた。島に送られる朝の、別れに泣き崩れたお勢の姿が忘れられないのだった。「流人船」と書いた白木綿の幟《のぼ》りに、川風が鳴っていた。行く手には、見たこともない大海原と、そこに点のように浮かぶ黒い島影があるだけだった。荒涼として、そこには鳥さえも飛んでいないのだろう。徳次はその時そう思って、橋際の土にうずくまり、顔を覆っているお勢の姿を、焼くような眼で見つめたのだった。愛する者との、それが別離だった。心が引き裂かれるような焦燥と、淋しさが、交互に身体をひきむしるのだった。どうにもならなかった。彼は囚《とら》われていて、「流人船」に乗ってしまっていたのだ。空が真青な五月の朝のことだ。

徳次は、船が動き出した時、呆然と立ち上り、青白い顔をして視つめてきたお勢の眼を忘れていない。それなのにお勢は、彼が帰った時、迎えには来なかった。死んだのではない。派手な恰好をして向島のあたりを歩いていたお勢を、つい半年ほど前見たという女に、徳次は会っている。お勢の涙は嘘だったのか。彼の腕の中でうめき、しあわせだ、と口走ったあの言葉は、偽りだったのか。すると、お美津の涙は信じられるのか。俺をこの家につなぐための、小娘の打算はひそんでいないだろうか。それはいい、それでもいい。だがお美津は俺を本当に好いて、身体を与えたのか。

「お金のために、こうしたなどと、思わないでね」

不意にお美津が言った。徳次はぎょっとして眼を開いた。薄青い明け方の光の中に、お美津は、はっきり眼を開いて彼を見ていた。その眼が、大きく情に潤《うる》んだように濡れているのを、徳次は眩《まぶ》しい思いでみた。

「お金のためだったら、徳さんに出て行ってもらって、誰か金持のおじいちゃんのお妾《めかけ》にでもなるわ」

「そんな風に思やしねえぜ」

徳次はあわてて言った。

「だけどな、俺ら、島帰りの、いわば日陰者だ。ろくでなしだ。屑だよ」

「いやねえ」

お美津が眉をひそめた。

「そんな風に言うものじゃないわ。いまは一生懸命働いているじゃないの」

「だけど、おめえみたいな娘は、俺ら、何と言ったらいいか眩しすぎらあな」

「でも、あたしは徳さんが好きなんだもの」

「………」

「小さい時から、徳さんのこと心配してたんだから。やっぱり好きだったたのね」

「………」

不意に、徳次の胸に、まだ子供だった頃の自分の姿が鮮かに思い出された。貧しかったが、母も生きていた。あの頃もっと子供だったお美津と遊んだ俺は優しかったのだ。汚れていなかったのだ。

「どうしたの？　なぜ、黙っているの」

「おめえ、ほんとに、俺を好いてくれるのか」

「変な言い方ね。あたり前だわ」

「俺は博奕打ちで、島帰りだぜ」

「もう忘れてちょうだい。昔のことよ」

「お美津」

徳次は、女の顔を離して、じっと視た。

「それを信じられるようにしてくれ」

「いいわ」

お美津の顔に、不意に波のように羞恥《しゅうち》がひろがり、お美津はその激しさに耐え得ぬように眼をつむると、ゆっくりと身じろいで身体を仰向けた。男の掌が、柔らかに盛り上った胸の高まりを確かめ、その掌は、やがてゆっくりと滑らかな肌を腰にすべり落ちて行った。弾むような肉を盛った下肢は、今度は抗《あらが》わずに、おののきながらわれから開いて行った。男の眼の奥から、お勢の顔が消えた。

七

暑い日だった。

六月というのに、もう真夏のような日が、雲ひとつない空から地上を灼《や》いている。徳次は、手拭いを鷲《わし》摑《づか》みに摑んで、首筋や胸もとを拭きながら、浅草馬道を歩いていた。もう三軒ばかり訪ねたが、藤二郎の店は見つからなかった。錺職だと教えられて行った先は、年寄りだったし、去年の暮越してきた親子三人というところは駄菓子屋だった。

嘉平は相変らずだった。快《よ》い方にも向わず、悪くもならなかった。それでいて、喰うことは家の中で一番よく喰って、それをしまりなく垂れ流すのだ。お美津は子供のようになってしまった嘉平の、不明瞭なもつれる舌で言いつける、絶え間ない注文に揉《も》みくちゃにされ、疲労している。

日暮れまで、何としてでも金の工面をつけて帰らねばならぬ。またあの婆さんがやってくるだろう。返さなければ、途方もない声を張り上げて、品物を持って行くと喚《わめ》き出す婆あなのだ。

徳次は、ちらと途中に置いてきた青物の荷を思い出した。もうしおれかけているだろう青物の色が一瞬鮮明に眼の裏を過ぎ、徳次は追われるように足を早めた。今朝借りた金はあのしおれかけた青物を仕入れるのに全部つぎ込んだ。懐《ふところ》には朝の中《うち》に売った三百ほどの銭があるばかりだ。おさく婆さんに返すのにさえ、半分も足りない。

一息つきたかった。金の工面をつけ、久しぶりにお美津やお律の笑顔を見たかった。

徳次は立ち止り、火のような息を炎天の町の中に吐き出した。歩いている男も女も、皆ゆったりと足を運んでいるようなのが腹立たしかった。

三月の初め、親方の繁蔵が足場から落ち、怪我をして寝込んでしまったのが、徳次の運の尽きだった。誰も、徳次のために親身になって仕事を見つけてくれる者などいなかった。

初めは何とか出来ると思った。嘉平がまだ働いていた頃に、こっそりと溜めておいた金が、四十匁ほどになっていた。

「えらいわよ、あんた」

お美津は、徳次がそれを手つかずにためておいたことをほめ、顔を輝かせて喜んだ。

「俺あな、棒手《ぼて》振りで結構だから、いざという時これで商売を始めようと思って、取っておいたんだ。だが、こいつをつかわないようにするのは、苦しかったぜ」

徳次は快活にそう言って笑ったのだった。長屋のものに頼み込んで、仕入れ先を決めてもらうと、翌日から徳次は真黒になって働いた。左官の下職をして使いこなした肩には、天秤棒はさして重いとは思われなかった。お美津やお律に喰わせ、嘉平を養っていることに、喜びがあった。

「心配するなってことよ。乞食したって、皆を喰わして行くぜ」

今度はおおっぴらにそう言えた。嘉平が患いついてから始めて人を養っている自分に気付き、お美津やお律が喜んで頼っているのを見た。父親に金をせびり、お勢の金をくすねて遊んでいた自分に、である。（最初は棒手振りでもいい。だが、いつまでも棒手振りではいねえぜ）そう思っていた。心の中に燃えるものがあった。お美津や、嘉平に背中を押され、生活に押しまくられている間に、昔の毒がきれいに洗い流されて行くような気がした。お美津に対する愛撫も情が濃《こま》やかになった。自信が、それをさせるのだった。

だが、いつ頃からだろうか。商いが、思ったように運ばなくなった。商いの儲けよりも、職人の、それが下職であっても、手間の方が割がいいように、世の中が変って来たことに徳次は気付いた。しかし、徳次の戻るところはなかった。聖天町の繁蔵にも相談を持ち込んだが、まだ床の中で青白い顔をしている親方には手に余る相談だと解った。蓄えは、あっという間に消えてしまい、その日の仕入れにも困ることになった。俗に言う烏金《からすがね》、日成《ひな》し銭を借りる羽目になったのも、背に腹はかえられない立場からだ。すると今度は朝借りると夕刻七、八百文のそれを返すのに、四苦八苦の思いを味わうのだった。どうにか喰べて、その日の金を返してきた。しかし、そろそろ破綻《はたん》が見えてきていた。何もかも、米も、味噌も足りなかった。お美津の顔から、明るい笑いが消えてから何日になるだろう。

それを思うと、徳次の心は暗く閉ざされ、急に重い疲労を感じるのだった。休みたかった。一日でいい。いや半日でいい。嘉平のように、よいよいになってでもよい。お美津のそばでゆっくり休みたいのだ。

「兄《あん》ちゃん」

不意に若い娘の声で呼ばれて、徳次は立ち止り、振り返った。お鹿代の眼が、懐しそうに、そして、少し羞恥を含んで彼を見つめ、笑いかけている。徳次の肩が、がっくり落ちて、彼はしょぼしょぼと眼を瞬《またた》くと、力ない笑いを返した。

「家へ来たんじゃないの」

「そうだ。藤二郎に一寸《ちょっと》話があってな。おめえ、また大きくなったな」

「あら、いやだ」

「ちょっと見ないうちに、娘らしくなりやがった。少し肥ったかな」

「いやだってば、兄ちゃん」

八

「二両という金は、大金ですからね」

「難しいようだったら、い、一両でもいいんだ」

　商人のようにきちんと坐って、腕組みをしていた藤二郎がちらと眼を挙げて徳次をみた。冷たい眼だった。まるで、値踏みでもされたように徳次は感じ、弟の前に組んだあぐらの擦り切れたもも引きの膝を手でかばった。（何たって弟だ。会えば、話はわかるだろう）そう多寡《たか》をくってきたのはどうやら誤りだったようだ。五年も会わぬ間に、藤二郎には徳次がとまどうほどの落ちつきが出てきていた。背丈も、自分より伸び、瘦《や》せてはいるが、はしっこそうな顔立ちの、もう立派な大人だった。この春もらったというおとなしそうな嫁が、二階と下の勝手を時時行ったり来たりするのも気になった。義母のお米は、徳次の前に顔も出さなかった。二階で、嫁と何やら話す声だけがした。お鹿代だけが、兄達が向き合っている次の間で、縫物をしながら、時時空になった茶碗に麦湯の冷たいのを注いだ。そのお鹿代がいなければ、他人の家と同じだった。徳次をはじき出すような、冷たい空気がこの家にはあった。その空気に抗うように、徳次は言った。

「どうだ。一両なら何とかなるだろう」

ちらと、藤二郎の唇に浮かんだのは、冷笑だった。はっきりと蔑《さげす》んだ笑いだった。

「二両でなくともいいんですか」

「そりゃ、二両借りるにこしたことはねえが、おめえ、無理なような口ぶりだから」

「はっきりお断わりするよ」

藤二郎が、組んでいた腕をほどいてきっぱりとそう言った。お鹿代が顔を上げて、「兄ちゃん」と言ったが、藤二郎は低い声で、「お前は黙っていろ」と言った。

「どうしても駄目か」

煮え返るような思いを押えて、徳次はもう一度言った。

「どう頼んでも、貸せねえって言うんだな」

「兄さん」

藤二郎が落ちついた声で言った。

「一両、二両と軽く言うが、家だって何も金が遊んでいるわけじゃない」

「そんなこたあ、はなから解っているぜ」

「だが、それだけの金を、人に貸せねえほど貧乏もしてない」

藤二郎の顔を、ちらと誇らし気な表情がかすめた。

「いまじゃ、少しは人に知られる仕事もしている。しかし、兄さんに頼まれたから、あいよという具合には行かないんだ」

「………」

「いっそ他人なら貸しようもあるよ。証文というものがあるからな」

「おめえ、俺から証文とろうてのか」

呻くように徳次が言った。

「書くぜ、その証文をよ」

「いつ返してくれるんですか」

斬りこむように、藤二郎が言った。

「………」

「失礼だが、返すあてがあるとは思えないんだ」

そう言ってから、嘯《うそぶ》くように付け加えた。

「兄弟と言っても、他人同様だからな」

「わかった。もう言うな」

徳次は押えた声で言い、立ち上った。顔色が青ざめて行くのが自分でわかった。狂暴なものが、胸の中で噴き上げる口を探して、荒れ狂っているのがわかった。その眼のくらむような狂暴なものに言いきかせるように、徳次はもう一度低く言った。

「もう何も言うな。大きに邪魔した」

背後に、わっと泣き出したお鹿代の声を聞きながら、軒を出ると、すぐに炎天が彼を灼いた。

ちきしょう、よくも俺に恥をかかした。掠《かす》めの徳と呼ばれ手目（いかさま賭博）の腕を恐れられた俺をよくもなぶりやがった。一両や二両の端金、俺が珍しがるとでも、思ってけつかるか。（しくじったあ。行くんじゃなかった。行くんじゃなかった）

恥辱が、暑さを忘れさせた。徳次は、まるで後から追われるように、額に一杯汗を浮かべて道をいそいだ。それでも吾妻橋を渡らずに、竹町から駒形堂の脇を通り、蔵前の森田町にさしかかったのは、頭の隅に、朝柳橋の袂の茶店に置いてきた青物の荷のことがあったからだろう。うつむいたまま、荒い息を吐いて、徳次が鳥越橋を渡ろうとした時、

「おい」

と呼ばれた。自分のことではないと思った徳次は、今度は、

「掠めの兄い」

はっきりそう呼ばれた。振り返ると、橋際で慶助の顔が笑っていた。赦免船で一緒に帰り、船を下りる時、便りするぜと言い残した男だ。遊び人らしく、縞の着物に雪駄《せった》履きというしゃれた恰好をしていた。もう一人、同じような恰好の目つきの悪い若い男と

一緒だった。徳次が立ち止ると、慶助はゆっくりした足どりでそばに寄ってきた。

「ばかに急いでるじゃねえか」

そう言って、なめ廻すように徳次の風体をみると、またにやりと笑った。

「おめえ、堅気に戻ったんだってな。えれえ別嬪さんを内儀《かみ》さんにしたってことも、聞いたぜ」

お美津のことを言っているのだ、と思うと、徳次はかっとのぼせ上った。

「それにしても、堅気の暮しってえのは、楽なもんじゃねえらしいな」

「兄貴」

「おっと、こいつは皮肉を言ったわけじゃねえんだ。おめえのことを心配しての科白だ」

ついと、身体を寄せてくると、素早く懐から胴巻を出し、つかみ出したものを徳次の手に握らせた。

「一度遊びにきねえ」

徳次は汗ばむ掌を開いた。二分金が光っていた。徳次の眼の前で、この時あたりの景色が、くらりとひっくり返ったようだった。青ざめた顔に、ゆがんだ笑いを浮かべて、徳次は言った。

「兄貴、こいつをもう一枚都合してくんねえ」

「なんだと」

慶助は、険しい眼で徳次を睨んだが、無表情にその眼を見返した徳次の、不気味な眼の色を読むと、頬をゆがめて笑った。

「いいともよ」

九

熱気は、立ちならび油煙と炎を噴き上げている百匁蠟燭《ひゃくめろうそく》のせいばかりではなかった。深夜の賭場は、ほとんど殺気のようなものが渦巻くまで熱っぽくなっていた。負けた者が壺を振る廻し筒だった。徳次は、少しずつ負けをふやして行った。知った顔はいなかった。

深川木場、山本町にある木屋市兵衛の奥座敷である。市兵衛は、表向きは木場人足の口入れの看板をかかげているが、中味はこの界隈《かいわい》で知られたれっきとした、博奕打ちの親分だ。それでいて、加役《かやく》（火附盗賊改め）のお手入れの噂《うわさ》を聞かないのは、市兵衛が、急所急所に打ってある鼻薬が利いているのだと言われていた。市兵衛は、三次郎という徳次と年配の似た若者に中盆《なかぼん》をまかせ、隅の方で、年増女を相手にちびりちびり酒を含んでいた。

機を見て、徳次が声をかけた。

「親分、悪《わり》いが、札《ふだ》を五、六枚廻してくんねえ」

金コマ、一両札のことだ。中盆の脇にいる慶助が顔を上げた。その眼がきらりと光ったのを、徳次は気付かぬ振りをした。慶助が長屋を訪ねてきたのは昨日の朝だ。明日の晩賭場を開く。お前、久しぶりに手目の腕を見せてくれめえか、親分も承知の上だ、と言った。儲けは半半でいい、と付け加えた。いずれ来るだろうと、徳次は覚悟を決めていた。借りを返さなければならなかった。だが、堅気衆を相手ではいやだと徳次は言った。心配するな、お望みどおり、渡世人ばかりだ、そう言って慶助が嘲《あざけ》るように笑い声を立てた時、徳次の心が決った。押えようもないほど血が躍っていた。あらまし察したお美津が、慶助の帰った後で、泣いてなじったが、徳次の決心は変らなかった。上の空で、

「いい目を見せてやるぜ、たまにはよ」

そう言っただけである。実際そのつもりなのだ。一ぺんこっきりなのだ。一世一代というわけだ。徳次は、慎重に、また負け続け、三次郎の声のかかるのを待っていた。

「客人、壺を代って下せえ」

三次郎が言った。中盆の前に坐ると、徳次は「失礼さんでござんす」と断わって、ぱっと袖をはね上げ、双肌脱《もろはだぬ》ぎになった。慶助が、ちらりと市兵衛の方を振り向いた気配を、眼の隅に納めたが、視線は、すぐに壺に集中した。あらまし六年ぶりに握る壺の感触に、腕がしびれるようだった。骰子《さいころ》が指に吸いついた。すると、うずくような快感が、そこに生れるのだった。焼けるような、熱い視線が、彼の手もとに射込まれる。だが、徳次はそれを意識しなかった。頭は次第に冷ややかに冴え、手先と壺と骰子が触れ合い

戯れる快い戦慄《せんりつ》の中に溺れていった。少し金がさが張ると、いかさまを使った。中盆側が丁で、彼の方が半だから、半目が出るように骰子を操ればよかった。壺を伏せる一瞬前に、彼の指は火花の閃くような動きを見せて、壺の中の骰子と、指の股にはさんだいかさま骰、合わせて四ツの骰子をすり変えるのだ。だが、見た眼には彼の指はゆっくり動いた。何も見えなかった。確実に徳次は勝って行った。

その無表情な顔は、もうお美津や、嘉平をいつくしむ徳次ではなかった。掠めの徳と呼ばれたいかさま賭博師の顔がそこにあった。その感動のない顔が、彼を八丈島まで運んだのだ。

徳次が、その無表情をふと解いたのは、熱っぽい空気の中で、賭け金が五百両余りに積まれたのを見た時だった。誰もが、無言だった。多分、それがその夜の山場なのだった。

「勝負！」

声がかかった。一瞬、徳次の顔がゆがんだが、すぐに元の無表情に返った。

「一―六の半」

押し殺した息が一度に吐き出されて、座は再び騒然となった。この時、向い側の端の座から太い声がかかった。

「待った。今の勝負待った」

でっぷり肥った五十がらみの男だった。

「鳥越の親分、何ぞ今の勝負に粗相でも」

三次郎がていねいに訊いた。

「今の壺が気に喰わねえ。一寸御免してもらって改めさせてもらうぜ」

百匁蠟燭の火明りが、すっと遠のいたのを徳次は感じた。鳥越の親分と呼ばれた男が近寄ってくるのを、徳次は観念して見ていた。ぐいと捩《ね》じ上げられた指の股から、すり変えた骰が二つ畳に落ちた。落ちると、それは、生きもののように転がって、離れ離れに止った。

「市兵衛どん。これはこちらさんと、関り合いのある人かねえ」

「いいや」

今夜きた時、別部屋に呼んで、「おめえが、掠めの徳さんか。うまくやんな。眼の保養さしてもらうぜ」と言った市兵衛は、顔を真赤にして怒鳴った。

「新顔だ。誰だ、いってえそいつを連れてきたのは」

「あっしも初めて見た顔ですぜ、親分」

そう言ったのは慶助だった。徳次の身体が躍り上り、鳥越の親分と呼ばれた男を蹴倒《けたお》すと、唐紙を踏み破って逃げた。

十

靄《もや》のようなものが、江戸の町並の上にかぶさっていて、上ったばかりの月が赤らんで見えた。

その月の、おぼろな光が、徳次の逃げるのを不利にした。霊岸寺の境内を抜けて、小名木川にかかる高橋を渡り、森下町から五間堀目指して走った。徳右衛門町から三ツ目橋を渡るつもりだった。が、乱れる大勢の足音はぴったりと背後にくっついてくる。伊予橋を渡ったところで、徳次は、うしろから脇差の柄に背中を突かれ、前にのめると、土を嚙《か》んで転んだ。すぐに、その廻りを、黒黒と人影が取り囲んだ。

「立てよ」

一人が言った。徳次がふらりと立ち上った。それから、恐怖に引き攣《つ》った顔で、ぐるりと男達の顔を見廻した。眼鼻立ちも、月明りにおぼろで、のっぺらぼうの黒い影が並んでいるようだった。

「見逃してくんねえ」

徳次は喘《あえ》ぎながら言った。ぜいぜいと喉《のど》が鳴った。唾《つば》をのみ込んで、徳次がまた言った。

「俺はいい。だが、家で女房と親爺に……」

徳次は片手を突き出して、指を折って見せた。

「女房と、病気の親爺と、妹が俺を待っているんだ。俺あ、ここで死ぬわけにはいかねえ」

「可愛い、ぽちゃぽちゃっとしたのが、待ってるってよう」

二、三人の含み笑いがそれに続いた。
「心配《しんぺえ》するな。後には俺ってえ男がいらあな」

また、笑う声が低く起った。

「嘘じゃねえ。皆何も知らねえで……」

「もう、よしな」

冷たい、感動のない声がさえぎった。それが合図のようにすぐに黒い輪が縮まり、鈍く光る匕首《あいくち》が徳次の身体を無雑作に刺した。その輪から抜け出そうとするように、徳次の身体は一尺も上に跳ね上ったが、すぐに地べたに崩れ落ちた。長く尾を曳《ひ》く悲鳴が、森閑な武家屋敷の並ぶ町に響いて消えたのは、その後だった。お美津が待っている。徳次はそう呼んだつもりだったが、乾いた口が僅《わず》かにわなないただけだった。声の代りに、どっと粘っこく生臭いものが口に溢れ、不意に叩かれたように、徳次の眼を暗闇が包んだ。

「くたばったか」

と一人が言った。

「くたばった」

と、誰かが答えた。六月の赤い月が、影のような男達を、ひっそりと照らしていた。

上意討

一

湿った空気の中に、微《かす》かに花が匂う。

(桜が匂うのか)そう思って、松平甚三郎久恒《まつだいらじんざぶろうひさつね》は眼を開いた。開け放した障子の間から、庇《ひさし》に届きそうに桜の枝が見えた。曇って、日暮近い鉛色の空の中で、重なり合う花弁は、むしろ薄墨色に見える。はなやかな感じはない。

甚三郎は、視線を戻し、もう一度眼を閉じた。すると、五十五歳の彼の姿は、急に老人じみて見えた。小柄なせいもある。膝に置いた手のあたりに、微かに底冷えが通う。

(桜では、ないな)小手《こで》毬《まり》かも知れない、匂っているのは。しかしそれは池の向い岸に、雪を置いたように咲き乱れている小米花《こごめばな》かも知れなかった。彼は閉じた眼の裏に、今頃咲く花の名前を、知っている限り、あれこれと思い浮かべたが、確信はなかった。花の姿と、名前だけは、花好きな妻の信乃《しの》の仕込みで多少知ってはいる。だが、その匂いを嗅《か》いで確かめた記憶は、ない。

兄の家次《いえつぐ》、つまり庄内十四万石の当主酒井《さかい》忠勝《ただかつ》の父に従って、冬の陣、夏の陣両度の戦に加わった。忠勝が信州松代《まつしろ》十万石から庄内に転封《てんぽう》になった時、甚三郎は支城亀《かめ》ケ崎《さき》城の初代城代を勤め、その後、家老に転じた。どこに身を置いても鮮やかな取仕きりが、家中の人望を集めている。そのせいか小柄な身体と面長で聡明な額と眼を持つ彼を、一般に文治派と見る人が多い。事実、大坂両度の戦いでも、十歳年下の甥の忠勝は、徳川全軍にその勇猛を謳《うた》われる働きをしたが、甚三郎の武功は知られていない。だが、彫り上げたように端座している、小柄な彼の姿勢を支えているのは、やはり、硝煙と、人馬のどよめきであり、矢弾《やだま》の下に身を挺《てい》して血の匂いを嗅いだ記憶なのであった。老境に入ろうとしている今でも、花の匂いなど、さして興味は持たない。手代木孫兵衛《てしろぎまごべえ》を待つ間の所在なさが、微かに焦燥に変ろうとするのを、ふと花に逸《そ》らしたのである。

（それにしても……）長いのだ。手代木の戻るのが。首尾はよくないと解っている。甚三郎は、近頃生来の頑固が一種病的な傾向を帯びてきている忠勝の顔を思い浮かべた。

それは花の名前を数えるような、風流事ではなかった。

二

手代木孫兵衛が、慌《あわただ》しく控えの間に入ってきたのは、一刻《いっとき》（二時間）ほども前のことである。その時、残っていたのは次席家老の高力喜兵衛《こうりききへえ》だけで、甚三郎自身も下城の支度を調えている時だった。

孫兵衛は、部屋に入ると挨拶もそこそこに、

「御家老、しばらくお待ちを」

と、今にも立ち上りそうな甚三郎を、押えるような眼をした。切れ者の側用人《そばようにん》と言われ、いつも豊かな頬に笑いを絶やさないような孫兵衛だが、近頃は頻発する忠勝の癇癪《かんしやく》を処理することで、疲労しているのか、思いなしか顔色が青白い。

「儂《わし》か」

と甚三郎は言った。

「左様でござる。しばらくおとどまりを」

「されば、私はこれで」

と言って高力喜兵衛が立ち上った。すると孫兵衛は、両手をあげて団扇《うちわ》であおぐような手つきをした。

「しばらく。高力様にも御同席相成りとうござる」

「何のことやら」

喜兵衛は浅黒く引き緊《しま》った精悍《せいかん》な顔に苦笑いを浮かべながら、いったん立ちかけた膝を戻した。四千石を喰《は》み、酒井家中では名門として知られている。

「どうせ、ろくなことではあるまい」

「左様。結構なことではござらぬ」

手代木は、喜兵衛が、ずばりとくだけた言い方をしたのに力を得たように、やや顔色を解いて言った。

「熊谷源太夫《くまがいげんだゆう》を成敗いたせ、と仰せ付けにござる」

「熊谷！」

喜兵衛の顔色が変った。喜兵衛の父、高力但馬守《たじまのかみ》は、三河以来の家老であり、しかも、家康から、酒井家の祖忠次に預けられ、後酒井家の家臣となったもので高力家は家中の名門である。その上、忠次の子、家次の女《むすめ》田舎を、但馬は妻に迎えている。縁続きから言えば、従って、当主忠勝は、喜兵衛には母方の伯父にあたる。名門の、しかも三十歳という年齢が、喜兵衛の感情の起伏を露《あら》わにする。

戦場の猛将、必ずしも治世の能君と限らないところに、藩政の難しさがある。忠勝の豪毅《ごうき》な気性は、庄内入部以来の藩内政治の難しさ、たとえば、最上《もがみ》家の治世に慣れた農政の整備を始め、築城、町造り、家臣の統率などをよく捌《さば》いてきたが、これらの仕事が一段落すると、かえって始末の悪いものになった。頻発する家臣の成敗も、そのひとつに数えられよう。入部以来、連年十人、二十人と浪人を召抱えるのに熱中しながら、また手軽に成敗もした。それが、白岩殿と今もって呼ばれている忠勝の弟、酒井長門守忠《ただ》重《しげ》が、客分として城内に住むようになってから目立った。長門守忠重は支藩村山郡白岩八千石を拝領しながら、高利の種籾《たねもみ》の貸付け、米、酒の高値押し売りから、荒野、河原は言うに及ばず、家中屋敷、寺地まで百姓に年貢割当を行い、それも本田なみに取立てるという暴政を行った。しかもやたらに人夫は徴集する、小ぎれいな百姓の女房を城内に奪い取るという始末で、前後十余年の執政の間に一郷の百姓で、窮乏の極み、餓死する者千余人におよんだという人物である。たまりかねた領内の百姓惣代三十八名が、寛永十年（一六三三）、死を決して江戸に出、奉行所に直訴を強行した。これに呼応して白岩の百姓数百人が、蓆旗《むしろばた》を立て凶器をかざして城を襲い、城中の兵と戦って、指揮していた家老を討ち取るという騒動に発展、漸《ようや》く城主を放逐することに成功したのが、昨年である。

この一揆で、藩政の不行届《ふゆきとど》きを罰され領地を没収された長門守だが、気性が似ているという点でうまが合うのか、忠勝は、この弟を愛し、一緒に住まわせているだけでなく、立ち入った政治向きの相談までしているという噂《うわさ》であった。近頃は兄の信任を背景に、表面に出てきた長門守の専横が目立ってきている。当然これに対する反対派の動きもあり、鶴ケ岡城という優美な名で呼ばれる城の中に、二つの暗流が渦巻き始めているのであった。

高力喜兵衛の険しく挑みかかるような視線を避けて、甚三郎は、たたんだ扇子《せんす》で、ゆっくりと二度ばかり膝を打ち、

「それで、それが我らにかかわり合いがあると申すのか」

「仕手《つかいて》を選び、即刻成敗させよ、と」

「私は断わる」

憤然と、喜兵衛が言った。

「それも申しておられました。高力様は反対なさるだろうと」

「主君《との》が、申されたか」

「いや、これは長門守様の言葉にござる」

「白岩殿が同席か」

喜兵衛の顔色がまた動いた。きちっと甚三郎に膝を向け直すと、

「松平殿、私は聞かなんだことにして欲しい」

と言った。甚三郎はゆっくりと眼を挙げて、緊張した顔色の喜兵衛を眺めたが、やや暫《しばら》くして、

「よろしゅうござろう」

と低い声で言った。

三

手代木孫兵衛が、急ぎ足に部屋に戻ってきたのは、端座したままの甚三郎のまわりに、薄く夕闇がつきまとい始めた頃である。

「これは御家老。えらいお待たせ申した」

手代木は、甚三郎の前に慌しく袴《はかま》の裾をさばいて坐ったが、初めて手もとの暗がりに気付いた風で、

「誰かある」

と呼んだ。遠くで、太い声が答えた。

「いや、灯はいらぬ。で、いかが致した？」

「それが全くもって」

孫兵衛は懐から鼻紙を出して、額の汗を拭き取ったまま絶句し、後は表情にものを言わせた。

「よいわ」

と甚三郎は、ぽつりと言った。

「は？」

「いや、大儀にござった」

甚三郎は孫兵衛をねぎらった。孫兵衛を、忠勝のもとに立ち帰らせ、熊谷成敗のこと、いま一度御思案あれと言わせたのは、甚三郎自身の不承知を伝えたに過ぎない。正直な孫兵衛が額に汗して一刻もねばる程のことはなかったのだ。甚三郎自身が目通りを願う程のことではない。たとえそうしたとしても、忠勝は敬遠して会わぬことが解っている。しかし、やがて、一度は言わねばならぬ時がくる。面《おもて》を冒《おか》して言わねばならぬ時が。場合によっては長門を斬るような羽目に立ち到るかも知れぬ、その時は。

甚三郎は、薄暗がりの中に、孫兵衛のではない、もうひとつの顔を見ていた。聡明という言葉が、ひとつの面貌《めんぼう》を刻んだような、深沈《しんちん》と底知れない思慮をためているその顔を。知恵伊豆と呼ばれ、幕政の中心にいて、非凡卓抜な行政的手腕を謳われる松平伊豆守信綱。すなわち忠勝の嫡子忠当《ちゃくしただまさ》の岳父である。

庄内藩に注がれる伊豆守の視線を感じたのは、いつ頃からであろうか。忠当が伊豆守の女《むすめ》を内室に迎えたからではない。それ以後、多分長門守忠重が、客分として本家に迎えられた頃からだ、と甚三郎は思う。その遠く見守る視線は、遠いが故に不気味だった。

忠勝が、庄内移封の命を受けた時、松代十万石から庄内十四万石の加増は喜びながらも、山形城（二十二万石。同じ時に忠勝の岳父鳥居《とりい》左京亮《さきょうのすけ》忠政《ただまさ》が陸奥国《むつのくに》岩城平《いわしろだいら》から入部した）の支城のような立場に不満を洩《も》らしたことがある。これに対し、幕閣の言葉はこうだった。

「今度の儀、もっぱら外藩警守の御内意にて、貴殿家柄格別の思《おぼ》し召《め》しを以て、仰せ下されし儀なれば……永く天下の藩屏《はんぺい》たるべし云々」

つまり徳川幕府の親藩として、奥羽の外様大名の押えとして配置するのだということを明示したわけである。幕府中枢の特別の信頼と庇護《ひご》がそこに示されている。だが、それが、庄内藩の存続に何程の保証も意味するものでない、と甚三郎は考えるのだ。忠勝の粗暴、長門守の専横、これをめぐる家中の対立を注視する伊豆守信綱の沈黙は警戒しなければならなかった。

死を決して忠勝を面詰《めんきつ》する時が、伊豆守の態度と藩の内情との兼ね合いの上にいずれ訪れよう。だが、今ではない。材料が不足だった。長門の尻尾はつかめていない。同じことは伊豆守にも言えよう。伊豆守もまだ摑《つか》んでおらぬ。だから今ではないが、家臣の成敗ひとつにも、己れの姿を正しておかなくてはならない。間接にでよい。甚三郎久恒の姿勢を忠勝に知らせておくことが必要なのだ。

孫兵衛を忠勝のもとに戻らせた理由がこれだった。

「されば、手ぎわよくやることだの」

「は？」

「熊谷源太夫、惜しい者だが止《や》むを得ぬと申すのだ。成敗の理由《わけ》は何じゃ」

「……」

「大方、白岩殿の悪口でも申したか」

「御賢察のとおり」

「さあて。仕手を誰にするか。お主心当りがあるか」

「されば」

孫兵衛は腕を組んで考え込んでしまった。縁側に、今宵《こよい》の宿直《とのい》だろう、骨格すぐれた若侍がきて平伏したのが、薄闇の中に巨大な蟇《がま》のように見えた。

「何か？」

「もうよい」

孫兵衛は険しい声で言い、立ち上った若侍の背に、「遅いぞ」と叱責《しっせき》を浴びせた。恐縮したらしい忍び足で帰って行く気配を、いっとき聞き澄ます眼になったが、

「熊谷は、なかなか手練《てだ》れにござる」

と言った。

「存じている」

「彼に匹敵する者、まず大泉経四郎《おおいずみきようしろう》」

「うむ。だが、病身じゃ」

「または河西巳之助《かわにしみのすけ》」

「河西は江戸表じゃ」

「や、これは失念致しておりました。されば、しばらくお待ちを」

孫兵衛は、また慌しく立ち上ると、廊下を駈け出さんばかりに、宿直の間の方に姿を消した。

甚三郎は庇を見上げた。暗い室に溶け込んだように、すでに桜の花弁は所在が明らかでなかった。

（金谷範兵衛《かなやはんべえ》がいたわ）不意にそう思った。青白い、これと言って特徴のない顔に、始終気のよさそうな笑いを浮かべている範兵衛。小右筆にいるその男を、甚三郎は、寸時も忘れてはならない筈《はず》だったのに、忘れていた。いっとき、甚三郎の額に思案のための深い皺《しわ》が刻まれたが、廊下に孫兵衛の跫音《あしおと》を聞いた時、すでに、心は決っていた。

「お待たせ致し申した」

せかせかと入ってきた孫兵衛が、坐るのももどかしそうにしながら言った。

「経四郎は今日出仕致しておったそうで、大事なかろうと存じまする」

「よし。経四郎に仕留めさせよう。が、万一ということがある。後詰《ごづ》めの者を一人命じておくがよかろう」

「はて、少なくとも経四郎と互角の技倆《ぎりょう》がないと……」

「金谷範兵衛に命じておくがよい」

「金谷？」

「小右筆の者じゃ」

庄内藩では、上級武士である家中と、下級武士の御給人との間に、劃然《かくぜん》と身分の区別を設けている。手代木孫兵衛は、自分が知らない御給人を、家老が知っていることを訝《いぶか》しむように見上げた。甚三郎は立ち上った。

「熊谷を逃さぬように、まわりを固め、明朝までに処置することじゃ。高力殿が下城してから一刻半。熊谷はすでにこのことを知って待っていると思ってよかろう」

「いかさま」

それに、孫兵衛はうなずいた。

「では、儂は退《さが》る。いささか疲れた」

四

式台を上ると、甚三郎は腰の刀を渡す間ももどかしそうに、信乃に言いつけた。

「康平を呼べ」

言い捨ててせわしなく居間にいそぐ。夫の後に従いながら、信乃はおっとりした口調で答えた。

「山崎は、長屋にひきとりましてございます」

「かまわぬ。連れてこい」

「お着換えを遊ばせ」

「先ずそれより山崎だ。ええッ、お前ののんびりも、普段はまことによろしいがこういう時は腹が立つ。さわるなッ。袴ぐらい自分で取るわ。康平を呼べ」

「まあ、まあ」

信乃は呆れたように夫を見たが、甚三郎の眼に、いつにない焦燥を読むと、笑いを消して、機敏に立ち上った。色白で鬢《びん》のあたりに微かに白いものがまじっているのが、むしろ気品を添えてきている。松平に嫁ぐ前から美貌を謳われた面影が、初老の信乃の容姿に燻《いぶ》し銀のように目立たぬ光となって沈んでいた。夫の剣幕に、それでもおっとりした跫音を残して信乃は部屋を出たが、手早く事を運んだらしい。肩衣《かたぎぬ》と袴をはずして、小さな手焙《てあぶ》りのそばに坐り、甚三郎が一息ついたところに、信乃が茶を運んでき、続いて縁側に、山崎康平が現れて上り石に手をつかえた。

「早いのう」

甚三郎が思わず言うのに、信乃は微笑《ほほえみ》を返して出て行った。縁側に出てしゃがむと、甚三郎は山崎と鼻をつき合せるようにして囁《ささや》いた。

「火急じゃ。大泉の屋敷に参れ」

「は。口上は？」

「大泉を急病人に仕立てる」

「……？」

「仔細《しさい》はこうじゃ」

甚三郎は、手短かに熊谷成敗の成行を話した。

「大泉を病人にしてしまう。すると、どうなる？」

康平は、浅黒い眼立たない顔をうつむけて聞いていたが、不意に表情を動かして主人を視《み》た。祖父の代から松平家に仕える家士で、無口で、挙措《きよそ》極く平凡な若者だが、念流の激しい剣をよく使う。

「すると、金谷を討手に？」

「どう思う？」

康平は、もう一度うつむいて考え込んだが、顔を上げると、これも声をひそめた。

「御名案にござりましょう。しかし、金谷は逃げませぬか」

「そこじゃ。いずれ逃げる。逃げやすいようにしてやるのだ」

「はあ」

「大泉の屋敷から金谷の長屋に廻れ。初めはお前が見張る」

遠い塀のあたりで、この時微かに地上に音立てたものがあったので、甚三郎は口を嗾《つぐ》んだ。だが音は一度だけで、あとは湿った夜の気配があるばかりである。

「花だ」

「辛夷《こぶし》でござりましょう」

二人は同時に言ったが、康平の言い方には確信があった。南側の塀際に辛夷の大樹がある。中天に傘のように枝を開く巨木は、白い豊麗な花弁を競い合っていた。花は暈《かさ》が大きく、地上に落ちると、花弁とも思えぬ音を立てることがある。そう言えば、闇の中に、微かに濃厚な辛夷の花の香が流れている。甚三郎は夜の中を、空から落ち、暗い地上に転がった白い大きな花びらを何となく思い浮かべた。

「もそっと、こっちへ来い」

甚三郎は言って、にじり寄った康平に小柄な身体を覆いかぶせるようにして、長長と何か囁いた。信乃が見たら笑い出しそうな恰好《かっこう》だった。

康平は黙黙と聞いていたが、やがて主人に眼でうなずくと無言で立ち上った。その背に、ふと思いついたように甚三郎が言った。

「熊谷と、金谷とはどちらが出来る？」

「金谷の方が上にござりましょう」

打てば響くように康平が答えた。甚三郎は満足そうにうなずいたが、もう一度問いを投げた。

「金谷と大泉はどうじゃ」

その答えは、やや手間どった。

「大泉様の方に、僅《わず》かに分がござりましょうか」

「さもあらん」
その答えも、甚三郎には満足らしかった。

五

金谷範兵衛は、高畑町の長屋に住いしている。ここは小右筆の者が多く住んでいる。範兵衛は、最上家の改易によって浪人暮しをしていたもので、二年前の寛永十四年（一六三七）に庄内藩召抱えになった者だが、格別の武道鍛錬も申上げなかったので、小右筆に召上げられた。成敗の討手を受けることになった熊谷源太夫も、最上浪人である。召抱えは古く、もう十年になる。軍功状も所持し、召抱えの際に披露した試しの武技も見事だったので、これは即座に二百五十石を与えられ、家中に加えられた。近頃、高力喜兵衛の屋敷に、よく出入りしている。金谷は切米取りに甘んじているが、格別その境遇に不満もないらしく、右筆という映《は》えない勤めにも精勤している。

一体、元和《げんな》から寛永年間にかけては、幕府の権力集中政策が露骨に行われた時期で、有力な大名でお取り潰《つぶ》し、あるいは国替減封《くにがえげんぽう》の処分を受けるものが続出している。当然巷《ちまた》に浪人が溢れた。しかしこれに対する幕府の措置は強硬で、浪人払い、つまり追放や主取《しゅうどり》を禁止する武家奉公構《ぶけほうこうかまい》などの抑圧手段に出ている。大坂の陣や、寛永十四年の暮に起った島原一揆、後の慶安四年（一六五一）に発生する由井正雪の乱などは、すべて、こうした幕府の非情な強硬政策に対する、浪人の不満と反抗が背後にあると言ってよいだろう。

ところが、庄内藩の場合は、幕府の政策には一向お構いなしに、庄内入部以来どしどし浪人を召抱えている。元和八年から慶安三年までの約三十年の間に、召抱えられた浪人の数は約二百人。多い時は年に二十人も新規召抱えを行った。これは、藩主の酒井忠勝が、高崎五万石から高田十万石、松代十万石を経て庄内十四万石と加増された結果、石高に応じた軍役を負担するためには、家臣をふやす必要があったからである。元和から寛永初期にかけて、そうして召抱えられた浪人の中に最上浪人が多かったのは、手取《てっと》り早《ばや》く足もとに禄を失った最上家の浪人がいたのを、採用したためである。

金谷範兵衛が召抱えになった一昨年には、数えて十六人の新規召抱えがあったが、最上家浪人は、この時金谷だけである。採用に立ち会った上役が、後で、最上浪人ももはや目星《めぼし》いのは残っておらぬと言ったと伝えられた。係役人のお訊《たず》ねに金谷は、武技は一向に無調法、いささか書をたしなむのみと答え、余技として川釣りにはいささか自信がござる、と余計なことを付け加えたという話である。金谷範兵衛という名前が、上士の間に、口の端にでも上ったことがあるのは、この時だけであったろう。青白い、ひ弱い感じのする顔に、細い眼がいつも笑っているように見える。無口だった。それが彼をいっそう眼立たないものにしている。同じ組の中にいながら、金谷の名前を忘れている者さえいた。年は三十半ば恰好だが若い妻を持っている。子供はなく、ひっそりした二人暮しだった。

手代木孫兵衛の使いが金谷の家を訪れ忠勝の上意を伝えたのは、酉《とり》の刻（午後六時ごろ）である。日は、すでに暮れていた。

六

使者を帰すと、範兵衛は居間に戻った。

浮かない顔である。針仕事を片寄せた妻女の眼が、その顔を迎えた。

「どなた様でござりました？」

美貌である。三十にはまだよほど間があろう。小作りの華奢《きやしや》な身体で、皮の薄い顔に、眼鼻立ちがきれいだ。冴え冴えと澄んだ眼が、とりわけ美しい。

「はて……？」

範兵衛は、それには答えずに、妻女の前に膝を揃えて坐ったまま、深深と腕を組んだ。

「解《げ》せぬ」

暫く眼を伏せて考えに沈んだが、眼を上げると、ぽつりと言った。

「何ごとにござります」

「上意討の仕手を申付けられた」

「……？」

「明朝寅《とら》の刻（午前四時ごろ）には仕終《しお》せるようとのお言葉だ。もっとも、俺は後詰め、大泉経四郎殿を援護すればよい」

「お相手は？」

「熊谷源太夫殿だ。馬廻りの」

「お出来になりますか？」

「一刀流至妙の剣を使うと聞いている」

「お前様とはいずれが……」

妻女は、松平甚三郎が山崎康平に訊《ただ》したことと、同じことを夫に聞いたことになる。範兵衛の、柔和な細い眼が、チラと妻女にあてられた。範兵衛はゆっくりした口調で答えた。

「俺は、出来ぬ」

「ま。左様でござりましたなあ」

そう言ったまま、妻女の顔色がみるみる青ざめた。二人の眼が、もう一度宙で絡みつき、お互いの眼に浮かんだ疑惑を確かめ合った。

「出かけるまでは間がある。少し考えてみよう」

範兵衛は、不意に視線をはずすと、そう言って、ごろりと寝ころんだ。すぐに妻女が立って枕と掻巻《かいまき》を取ってきた。

犬が啼《な》いている。妙に切迫した啼き声に答えて、遠くの方でも啼く犬がいる。断続的に続くその声が、夜気がしめっているせいか、よく透った。その合間に、機《はた》を織る筬《おさ》の音がするのは、境を接している最上町の足軽長屋で、どこぞの女房か娘が夜なべをしているのだろう。

金谷の妻女は、立ったついでに簪《かんざし》の足で行灯《あんどん》の灯を掻きたてた。それからもう一度膝の上に縫物をひろげたが、時折仰向けに寝て眼を閉じている夫の顔に眼を投げる。顔色はやはり青ざめているが、さきほどにくらべると、よほど落ちついてきたようだった。範兵衛は、胸の上に両手を組み合せて仰臥《ぎょうが》している。眼を閉じているため、瘦《や》せた眼窩《がんか》がくぼみ、小柄な身体は、病人のように見えた。

こうして一刻余りが過ぎた。その間、路地を、小刻みな下駄の音が一度出て行き、また帰ってきた音がしたばかりである。戸を閉める音が近いところでしたのは、長屋の女が、近くの商家に用達しにでも出たものと見えた。後から吠え始めた、遠い犬の声だけが、まだしている。機の音は、いつの間にか止んでしまった。

妻女が、何度目かの針の手をとめて、気遣わしそうに夫の顔に眼をあてた時、むくりと範兵衛が上体を起した。それからあぐらの膝を妻に向けると、

「猶予ならぬことに相成ったぞ、牧江」

と言った。

「どういうことでございます？」

「そなた、すぐに此処《ここ》を発《た》て」

妻女が、その言葉を受けとめた態度は落ちついたものだった。未練なく、膝の上の縫物を畳に捨てて立ち上ると聞いた。

「お前様は？」

「後を追う。赤川に出ると見せて、酒田口から海辺に廻れ。海沿いに越後路に向うのじゃ」

「心得ました」

その声が、水屋でしたのは、旅の糧食を整えているのだった。その声に、範兵衛は向き直って声をひそめた。

「俺を仕手に加えたのは、御家老じゃ」

「ま」

「松平殿だ。いま、漸く相解った」

七

（俺の神道流を、見たものがあるとすれば、あの男しかない）

松平甚三郎の家の者山崎康平と名乗った、あの男をどうして今まで思い出さなかったのか。

範兵衛は釣り、それも、もっぱら川釣りだが、釣りが好きである。非番の日は、釣竿を担いでお城の西を流れる青竜寺川に通った。時には遠く赤川まで足をのばすこともあるが、青竜寺川の小味な流れが好ましいのだ。最上領時代の慶長年間に開かれたこの川は、すでに岸に積み上げた石垣に、緑苔を帯びているが、清冽《せいれつ》な流れは透き通って、川底の小石まで明らかに見えるのである。日の色に白く腹を返して群遊する鮎《あゆ》の群を見たことも一再にとどまらない。赤川は河幅も広く、魚獲も多いが、流れはその名のように、赤く濁っていることが多い。

このほかに、鶴ケ岡の町の中を貫流する内川（旧赤川）があるが、これはお城の要害として扱われているので、釣りは慎しまねばならないようである。一体平城《ひらじろ》である鶴ケ岡城は、これらの河川を巧みに要害に取り入れることで、平城の不利を補っている。先年定められた江戸参勤交代の道中に当る赤川に、未だに橋を渡していないのも、そのためである。藩主の出府の時は、舟を並べ、その上に板を渡して行列を通し、渡り終れば舟を解く。普段は、もちろん渡し舟があり、数艘《そう》が常備されている。

それは、昨年の六月のことだった。珍しく梅雨に晴れ間があった。そして、日が高くなる頃には、繁り合った草に埋もれた川岸も乾いてきていた。青竜寺川は濁って、水量がふえていたが、朝のうちから出てきた範兵衛の魚籠《びく》は、すでに重くなっている。金峯《きんぼう》山《ざん》が、近く見えた。眼がさめるほどの美しい翠《みどり》である。

その時範兵衛は、竿に手応えを感じていたのだ。快い戦の間《ま》が竿の中にあった。心は奪われていた。だから、不意に横から顔面を襲ってきたものの気配に、一瞬狼狽《ろうばい》したことを覚えている。竿の握りを地に突き刺したのは、釣り好きの意地汚さと言えるだろう。濁流に竿を奪われると、咄嗟《とっさ》に判断したのは、その意味で笑止だった。同時に、範兵衛の小柄な身体は一間を後ろに飛んで、襲ってきたものを斬っていた。

ゆっくりと柳の枝が川の流れに落ち、すぐに恐ろしい早さで下流に運ばれて行くのを範兵衛は見た。それと、柳の根元に、あっけにとられた顔で、釣竿と魚籠を下げた若い侍が立っているのも。範兵衛の刀が鞘《さや》の中に納まったのは早かったが、若侍は、それを見たようだった。

（あの柳の枝は……）

範兵衛は、衣類を替えている牧江を、遅いと思いながら、また仰向けに畳に寝ころんだ。

（あれは故意に、したものだ）

山崎が、故意に、範兵衛が見せた隙に枝を弾《はじ》いてよこしたのだ。そうは、いままで思ってみたことがなかった。すると松平甚三郎は、それよりもっと前に、範兵衛について何かを知っていたことになる。多分、柳の枝の一件は、松平が康平に試させたのだとみるしかない。あの時のほかに召抱えられて以後、人前で剣技を示したことはない。

（見られていた）

それも長い間である。そして、そのことに、少しも気付かなかったのだ。範兵衛は、背に冷たい戦慄《せんりつ》の走るのを感じる。不意に焦燥が芽ばえた。

「牧江」

範兵衛が呼んだ時、ひそやかに表の戸が叩かれた。範兵衛は起き上り、自分で土間に降りて行った。

「大泉様が？」

居間に戻った範兵衛に、次の間から牧江が顔を出して問いかけた。

「大泉殿が急病だという使いだ」

範兵衛は苦い笑いを洩らして坐った。

「まあ、どうなされます？」

「俺はよい。支度はよい加減にして発て」

すると、一挙に片を付ける気だな、と範兵衛は思った。よしんば、熊谷に敗れても、庄内藩士の金谷範兵衛が死ぬのだ。範兵衛は、そのことに不服を言うことは出来ない。勝っても、武道不鍛錬を申立て、小右筆に納まった男、つまりは藩主を偽った男が、このまま、庄内に留まることは出来まい。仮りにお咎《とが》めをまぬがれたとしても、一刀流の熊谷を討ちとったとなれば、藩中にその存在を知られよう。到るところに眼があり、一挙手一投足まで注目されないとは限らぬ。いずれにしろ、金谷範兵衛は、死命を断たれたようだった。範兵衛の唇に、もう一度苦い笑いがのぼった。

（もっと悪いことになるかも知れぬ）

それは熊谷を討った後で、大泉経四郎と立ち合う羽目になるかも知れない、という懸念だった。金谷に熊谷を討たせ、大泉に金谷を討たせる。武道不鍛錬の金谷が熊谷に討たれ、大泉経四郎が後詰めとして、熊谷を討ち果す。そう繕《つくろ》うことも易易たることだろう。むしろ、一般にはその方が信じられよう。大泉経四郎は、まだ二十《はたち》を幾らも出ていない若者だ。だが、天才的な剣を使う。藩命によって江戸の柳生門に学び、十八の時に、すでに江戸市中に剣名を謳われた麒麟児《きりんじ》である。範兵衛は、五年前、江戸で彼の名を知った。召抱えられてからも、朋輩《ほうばい》から、こういう話を聞いている。

ある年の夏。一人の浪人が仕官を望んだ。三富流の剣をお試しありたいというのが、口上だった。それを聞いて、藩主忠勝が見ると言い出した。

本丸脇の、夏の日射しに砂が灼《や》けている庭が、試しの場所に選ばれた。南面する襖《ふすま》を取り払って、座敷から縁側にかけて、藩主以下重臣まで並んだので、それから行われた試合は、緊張したものになった。樋口武兵衛と名乗ったその浪人だけが、悠悠としていた。藩主に対しても、チラと一度屋内に眼を投げただけで辞儀もしなかったという。くたびれた紋付の下に、衣服を弾くような、筋骨の張りが見られる大兵《たいひょう》の男である。

馬廻り二百石の幸田友之進が、試しの相手を勤めた。小野派一刀流の免許を得ている遣い手である。だが結果はすさまじいことになった。ほとんど無雑作に打ち込んだとも見えた樋口の木剣が、幸田の右肩の骨を砕いたのである。すぐに同僚の斎藤喜八郎が起った。審判をひき受けていた藩兵法指南役の一人、柏木惣衛門は、樋口が剣技見えたり、と宣言してこれを止めたが、忠勝が許した。しかし、斎藤は忽《たちま》ち腕を折られて、砂を嚙《か》んで苦痛の声を挙げた。

殺気が、庭を埋めた。幸田以下五人まで、唯一撃の木剣の前に惨敗したからである。藩では、一流を謳われる若侍たちがである。それでも忠勝は座を立たなかった。不機嫌になっていた。止むなく、柏木惣衛門が羽織の紐を解いた時、重臣の席の中から松平甚三郎が声をかけた。

「それには及ぶまい。大泉を呼んだらどうだ」

それに対して、柏木はやや難色を示した。樋口の、三富流を称する剣技は、なるほど非凡なものがあったが、その動きの中に、柏木は戦場の闘技の名残りをみていた。すさまじい気迫、木剣の試合でありながら、樋口がそこに生死を見ていることを看《み》たからである。若者達の剣は決して拙《つたな》いものではない。だが、彼等は、戦場を経験していないのだ。脆《もろ》く敗れた理由である。それは大泉の場合にも言えることだろう。

だが、惣衛門は、それを言うことが出来ない。家老の言葉に、結局は屈した。

大泉経四郎と樋口武兵衛の試合は、奇妙なものだった。樋口の木剣は、高く八双の位置にあった。経四郎はそれに対して、軽く青眼に構えただけである。そのままの形で、時間が静止したようだった。燃えるような太陽が、頭上にあった。眩《まぶ》しいほど白く光って、庭の砂が灼け続けているばかりである。

経四郎は病身である。剣を磨くために幼少の時からあまりに刻苦したためだと言われている。眼鼻だちの涼しい美貌の青年剣士だった。樋口に対《むか》って立つと、瘦身が目立った。だが、不思議なことに、対峙《たいじ》が永びくにつれて、経四郎の華奢な体軀が、磐石の重みを加え、逆に樋口の巨軀が僅かながら縮んで行くように見えたという。一度、樋口が微かに身じろいだ。その時、すさまじい無声の気合が人人の肺腑まで貫き、樋口の動きがそのまま止った。

「勝負見えた」

柏木惣衛門が、白扇を挙げてそう宣した時、樋口の身体が、巨木が倒れるように、砂の上に転んだ。経四郎は、静かに剣を引いて、藩主以下に一礼すると去った。形容の出来ない、一種の気品がその後に残り、人人を粛然《しゅくぜん》とさせたという噂であった。帰藩してから、経四郎が、人人にその剣を披露したのは、その試合だけと言われている。

大泉経四郎の剣について、範兵衛の知識は、以上のまた聞きだけである。だがそれだけで十分だと、範兵衛は思った。その大泉と立ち合うことになるか。しかしこれは牧江に言うべきことではない、と範兵衛は思った。

「では、お先に、ごめんこうむります」

牧江が、旅支度の姿で立つと、そう言った。寝ころんだまま、範兵衛は言った。

「うむ。おっつけ後を追う」

「あなた」

不意に、牧江がその傍らに跪《ひざまず》いた。

「抱いて下さりませ」

範兵衛は起き上って、妻の肩を抱え込むように抱いた。

「こうか」

「きつく、抱いて下さりませ」

範兵衛の胸に顔をうずめて、牧江が囁いた。廻した腕の中で、顫《ふる》えやまぬ妻の肩を、範兵衛は哀れに思った。庄内に密行すると決った時、遮二無二ついてきた妻である。異例じゃが、仲のよいのはめでたい、と老中伊豆守信綱が破顔したことも、範兵衛は思い出した。

「必ず追いつく。が……」

範兵衛は、暫時ためらった後で付け加えた。

「辰《たつ》の刻（午前八時ごろ）まで追いつかなんだ時は、江戸に直行し、委細を、あの方に申し上げるのだ」

「解っておりまする」

深深と、髪の香を吸い込んでから範兵衛は言った。

「では、行くがよい」

「御武運を」

牧江は、素早く眼尻にたまった涙を拭くと立ち上り、一礼すると音もなく戸外の闇に出て行った。範兵衛は再び横になると、妻が出していった掻巻を肩まで引きかぶり、眼を閉じた。

八

代官町の熊谷源太夫の屋敷についた時、物陰から、四、五人の人数が現れて、範兵衛の前に立った。町奉行の配下の者だった。

「金谷殿ですな」

一応そう改めたのは、同心の身装《みなり》をした四十恰好の男だった。範兵衛がうなずくと、

「御役目御苦労に存ずる。私、小関と申す。熊谷殿は、昨夜のうちに身の廻りを片付けられ……」

門の中に、暁の光に白さを加えている松明《たいまつ》が二本燃えているのを、指で示した。

「あの通り、待ちうけておられる」

「御苦労にござった」

「では、我等はごめんこうむり申す」

言うと、小関は手下を連れて足早に去って行った。夜の闇の名残りの中に、その姿はすぐに見えなくなった。

範兵衛は、彼等が去ったのとは反対の方向をチラと振り返った。何も見えなかった。長屋を出た時から、尾行されているのに気付いた。大泉経四郎に相違ないと範兵衛は思っている。尾行の気配に殺気はなかった。それが、かえってその確信を強めさせた。いま、尾行してきた者の気配は消えている。範兵衛は、厳重な旅支度の足もとを、一度入念に確かめると無雑作にずかずかと門内に入り込んで行った。

開け放した土間に踏み込むと、赤赤と燃える百匁蠟燭《ひゃくめろうそく》の下に、刀を抱いて横になっていた武士が、跳ね起きて立った。範兵衛が熊谷源太夫を見るのは、これが初めてである。

熊谷は、恰幅《かっぷく》のよい、五十がらみの男だった。範兵衛が予想したよりも年取っていたようだ。

「討手か」

範兵衛をみると、すぐにそう言った。野太い声だった。

「いかにも」

範兵衛は、上りがまちに片足をかけてから答えた。

「金谷範兵衛と申す。遠慮なく参る」

「まて。外に出よう。ほどなく夜も明けようからの」

源太夫はそういうと、左手に刀を下げたまま、つかつかと畳を踏んで近付いてきた。火傷《やけど》をしたように、範兵衛の身体が戸外に飛んだ。

斬り合いは短かった。範兵衛は、源太夫の一刀流が、堅実に古流を践《ふ》んだものであり、噂のとおり容易に崩すことが出来ないのを看ると、青眼から、剣を秘太刀の「隻眼崩《せきがんくず》し」に変えた。柄《つか》を胸もとに引きつけ、直立した剣の陰に、己が片眼の光を隠すのである。この秘太刀の極意は、構えを取ると同時に、己れを空《むな》しゅうするところにあった。隠されていない左眼も、同時に、相手を見ることをやめる。いわば一本の剣の裏に、遣い手は、盲目となって、敵の気配の動くのを待つのである。

自分に対しているのは、片眼だけだった。源太夫は微かに眉をひそめた。八双に近く変った敵の構えに、咄嗟に太刀を下段に構えたが、ただひとつ見開かれている眼に、敵ぽい光が、ひろがり始めていた。周囲は、ほとんど松明の光がいらないほど、明け方の白っぽい光が、ひろがり始めていた。

不意に、源太夫の眼に狼狽の色が走った。ひとつだけの、敵の眼が、この時、みるみる光を消したからである。ほとんど反射的に、源太夫は斬り込んで行った。

「やあッ!」

範兵衛の上半身が地を擦って、逆に走り抜け、踏みとどまると、ゆっくりと振り向いた。脇の下から逆袈裟《げさ》に斬り放された源太夫の身体が、よろめいて地に崩れるところだった。

範兵衛は、足早に門を出た。

「金谷殿」

不意に呼びとめられて振り返ると、白面美貌の若い武士が立っていた。これが、大泉経四郎か、と範兵衛は思った。恐れはなかった。見返した眼が、無表情な隠密の眼になっていた。

「お見事な技でござった」

「いや」

大泉経四郎の眼に、むしろ好意を読むと、範兵衛は、微かに眼を笑わせて答えた。

「貴殿にはわれらごときなかなか及びも申さぬ。ゆえに逃げ申す」

見る見る遠ざかる後姿を、すでに明け放れた路上に立ったまま、経四郎は暫くの間見送った。

九

松平甚三郎久恒は、庭に下りて、信乃が女中に手伝わせて花を剪《き》っているのを眺めていた。白と赤の、芍薬《しゃくやく》だった。花は剪られるたびに、朝の日の光の中に露をふりこぼした。

大泉経四郎が来て、帰ったばかりである。あれほどの技は、めったに見ること叶《かな》い申さぬ。若いくせに、剣のために老成したような口を利く経四郎が、そう範兵衛の剣技を激賞するのを、甚三郎は、むしろ快く聞いた。ある光景が鮮やかに記憶に残っている。それは、範兵衛が仕官してから半年も経った頃だったろう。右筆の詰めている間の廊下を、たまたま甚三郎が通りかかった。

秋の西日が、右筆部屋の障子に明るく映えていた。その部屋の中に、金谷範兵衛は、ひとりつくねんと居眠りをしていたのである。

端然と机に向い、手は膝の上に置かれていたが、時折大きく舟を漕ぐのは、明らかに居眠っているのであった。

怪《け》しからぬ。咄嗟にそう思って甚三郎は声をかけようとしたが、次の瞬間、奇怪なものを見て口を噤んだ。

障子の隙間《すきま》からでも飛び込んだものであろう。虻《あぶ》が一匹、狂ったように部屋の中を飛びまわっていたが、突然矢のように範兵衛の鼻先をかすめた。奇怪な光景は、その時に起った。

膝の上の範兵衛の右掌が、眼にもとまらず動いて、正確に虻を畳の上に打ち落したのである。畳に落ちた虻は、それっきりぴくりとも動かなかった。甚三郎は、範兵衛の手が、虻を払いのけたのではなく、明らかに手刀で撃ったのを見た。しかるに、当人は、相変らず悠然と舟を漕いでいるのだった。頭が机にぶつかるほどの醜態だった。

甚三郎は、何故か足音を忍んで、その場を離れた。山崎康平が、旧最上家に、金谷範兵衛なる家臣はいなかったことを調べてきたのは、それから間もなくであった。

（伊豆殿にも、松平甚三郎の姿勢を示しておくことが必要なのだ）

甚三郎は、越後路を、江戸にいそぐ範兵衛の姿を思った。山崎が、美人でございます、と太鼓判を押した妻女が一緒なのだろう。範兵衛が、どのような報告を持って、伊豆守のもとに帰るかは解らぬ。

だが、今のうちなら、摑むがほどの尻尾もない筈だった。

（これからが、大変なのじゃ）こうして花など賞《め》でている暇もなくなろうよ。甚三郎は、長門、高力両派の対立が深刻になって行くに違いない藩情を考えて、憂鬱な表情になった。

「浮かぬお顔をなさって」

不意に眼の前に立った信乃が、そう言って笑いかけた。

「いかがですか。この花」

見事な芍薬の束が、信乃の胸を埋めている。

「む。花も悪くはないの」

「ま。気のないおっしゃり方」

ね、というように女中を振り返って、信乃は女中と声を合せて笑い出した。

明るい初夏の日が昇り、お城の方角から、郭公《かっこう》の啼き声が、のどかに聞かれる朝だった。

ひでこ節

――

「つまらねえ真似は、やめたらどうだ」

揉《も》み合っている男女の影に近付くと、長次郎はいきなり言った。越前屋で御馳走になった酒が、酔い切れない屈託となって、胸の中にしこっている。有体《ありてい》に言えば、気持がひどくふさいでいたのだ。それで、男の振舞が疳《かん》に障《さわ》った。

初めは、寄り添って睦《むつ》み合う、若い男女と見た。それにふさわしい、朧《おぼろ》な春の月だった。浅い流れが音たてる温海川《あつみがわ》も、それをはさんで西と東に峙《そばだ》つ山も、煙ったような、やさしい光の中にある。

女の小柄な身体は、すっぽりと男の胸の中に抱えこまれていた。長次郎が、そう思ったのは極く自然だった。ところが、不意に身をもがいた女の挙げた声が長次郎の足を止めたのである。それは抗《あらが》うというより、哀願する声だったが、ひどく切迫した響きを伝えた。

相手の男は無言だった。無言だったが、動きはひどく荒っぽいものに変っている。道に立ち止った長次郎には気付いていない。両手をつっぱって、胸の中から逃れようとする女を一旦は離した。思わずよろける女の片腕を摑《つか》んで、容赦もなくもう一度引きよせると、片手をあげていきなり頰を殴った。

「いい加減往生しねえかい、この阿魔。じたばたしても、誰も来やしねえぜ、え？」

潮風が匂うような、つぶれた幅広い声は、浜の者だと長次郎は思った。湯治宿が軒を並べる湯温海《ゆあつみ》と、日本海の荒波と面《つら》つき合せる貧しい漁村、浜温海《はまあつみ》を併せたのが、羽州田川郡温海村である。二つの字《あざ》を結んで、摩耶山塊《まやさんかい》に源を発する温海川が、谷間を一直線に海まで流れ下る。湯温海と浜温海の間は、歩いて四半刻（約三十分）ほどの距離だから、浜の者は、夕刻から夜にかけて、湯治宿に浴びにくる。

そういう男の一人だろうと、長次郎は思った。

長次郎が声を掛けると、女は人がきたと知って、急に狂ったように身を揉んで男から逃れようとした。それを、まるで感じないように、腕を押えたまま、男が、

「お前は誰だ。おや、人形造りか」

と言った。月の光で、初めて男の顔が目立った。潮に焼けて、なめしたように黒い馬面に、無精髯《ぶしょうひげ》と濁った眼が荒荒しい。中年の大男だった。長次郎には見覚えがなかった。

馬面をゆがめて、男は歯を剝《む》き出して笑った。

「いいところで、邪魔するんじゃねえぜ人形屋」

「そうはいかないよ」

と長次郎は油断のない眼で、男を睨《にら》みながら言った。身を捩《よじ》って、手をのばしてきた

女の顔に確かな見覚えがあった。顔よりも、こんな際どい時にも声を立てることをしない、妙に普通でない女の所作《しょさ》に記憶があった。湯温海で一番大きな湯治宿、長次郎が、今出てきたばかりの越前屋の下働きをしている小婢《こおんな》だ。

「これは、俺の知っている女だ。離してやんな」

「しゃらくせえ小僧だ」

突然、男は一声唸《うな》ると、いきなり女を突き飛ばし、その勢いで長次郎に摑みかかってきた。受け止めて、親譲りの喧嘩上手らしく足払いをかけた。そのつもりの足が、相手に触れもせず空を蹴《け》って、手前から転んでしまったのは、醜態だった。やはり酒の酔いが廻っていたのだろう。眼の前一杯に、男の相好《そうごう》を崩した馬面がひろがり、臭い息が顔を掩《おお》った。そして、巌《いわお》のように、固くて重い男の体重が、どっとかぶさってきた時、狼狽《うろた》えながらも、長次郎は、咄嗟《とっさ》に男の急所を探っていた。

二つ、三つ。馬乗りの恰好《かっこう》で長次郎の顔を殴りつけた男の身体が、急に硬直して後にのけぞり、次いでぐにゃりと柔らかくなって、長次郎の上にかぶさってきた。

その重みを除《の》けて立ち上ると、眼を白く吊り上げた男の身体が、丸太のように地面に転がった。

二

とっくに逃げ帰ったものとばかり思っていた。それが雑木林から道に出てみると、そこに待っていて、無言で頭を下げたのに、長次郎は驚いた。

「待っているとは思わなかったぜ。喧嘩の済むのをよ」

越前屋に送り届けるつもりで、さっき来た道を逆に戻りながら、長次郎はそう言ったが、女の気配が遠いのを感じて、振り返ってみてまた驚いた。後に蹤《つ》いてはきているが、女は話し声も届かないほど離れて歩いているのだ。待つつもりで立ち止ると、女も立ち止ったので、長次郎は苦笑した。

「あんた、お才さんと言ったな。おいらを知ってるだろう？　越前屋には始終出入りしている長次郎というものだ。おいら、あんたのことよく知ってるぜ。去年の暮、あんたのところで祝い事があった時、あんた唄を唱《うた》ったな。いい声だった。滅多に聞けない、いい喉《のど》だったよ。それで、あんたの名前を憶えているんだな」

それでも近寄って来ようとしない女を、長次郎は言葉を切って、じっと見つめた。小柄だが、十七、八にはなるだろう。目立つほどの美貌ではない。が、彫りの深い一重瞼《ひとえまぶた》が、人を見上げる時、はっとする程澄んでいるのを、これまで、長次郎は度度見かけていた。滑らかで、むしろ豊かなほどの白い頰、心持ち受《う》け唇《くち》の小さい唇。全体の印象に、子供らしさが濃く残っている。身につけている絣《かすり》の袷《あわせ》がよけいにそう見せる。

去年の暮、越前屋で内内の祝い事があった。病気で、二年越し寝ていた若旦那の福之助の病気が癒《なお》って、その床上げ祝いだった。内祝いと言っても、親戚の者から、村の重だった顔触れまで招んだので、祝いの座は、時が移るにつれて、土地の芸妓も混って賑《にぎ》やかなものになっていった。

招かれて、長次郎も末席にいた。もともと長次郎の家も、越前屋と同様、古い湯治宿だったという。それが、曾祖父の時に潰《つぶ》れて、曾祖父は一介の人形師になった。どこと定まる国を持たない旅の人形師が半年程滞在し、まだ若かった曾祖父に人形作りの手ほどきをして去った。それ以来、人形に憑《つ》かれた曾祖父は、全く家業を捨て去っただけでなく、やがては人を扱う家業を嫌うほどになったので、浜屋といった長次郎の家は、自然にさびれ、宿も人手に渡ってしまったという話である。

越前屋と浜屋のつき合いは、湯治宿同士の、いわゆる商売仲間のつき合いだけでなかった。曾祖父が、温海人形と名づけた素朴な人形を、鶴ケ岡の城下から庄内一円、さらに京、大坂までひろく紹介したのが、実に越前屋の先先代である。

当主の清右衛門と、長次郎の死んだ父利助とは、わけて心を許し合ったつき合いで、長次郎は、子供の時から、父親の碁のお供をして、越前屋に出入りしている。福之助とは幼馴染《おさななじみ》だった。時折は、気に入った作りの人形を持参して、清右衛門の批評を求めたりもする。

由来《ゆらい》庄内藩は、好学の藩風を以て知られている。そのため、町人、百姓に至るまで、漢学、あるいは国学に造詣《ぞうけい》深い者が珍しくない。清右衛門も、一介の湯治宿の主でありながら、御城下の著名な漢学者、庄内藩士中台葛園と親交があったし、やはり鶴ケ岡の御用達で、鈴木重胤に国学を学んでいる広瀬巌雄とも古い友達である。漢学に明るく、相当な歌読みでもある。長次郎の人形についても常に、批評は核心をついた言い方をした。

芸者衆の唄や手踊りが繰り返され、その夜の祝い事の座がかなり乱れた頃、それまで正面に坐ってにこにこ笑っていた福之助が、盃を手にして長次郎の前にやってきた。肥っていて、人並みすぐれた大きな身体だが、もともと色白なのに、病み上りなので余計に青白い。顔もまるく手の指もまるまると肥えているだけに、ひどく病的な感じがする。瘦《や》せぎすで、かっちり引き緊《しま》った身体をしている長次郎とは、対照的だった。

「もうすっかりいいのかい？」

と長次郎は、盃を受けながら言った。

「うん。どうやらね」

福之助は、気弱く眼をしばたたいて微笑した。

「だが、癒ったと言っても、起きられるようになっただけで、病気と縁が切れたわけではない」

福之助の病いは労咳《ろうがい》だった。二年も寝ついたのは今度が初めてだが、それまでもたびたび血を吐いては、二日三日と床につくようなことを繰り返している。長次郎より一つ年上の二十五だが、越前屋の後継ぎとして、とうに嫁を迎えていなければならない年なのに、それが出来ないのも病気のためだった。

「この病気は……。根治《こんじ》するということは難しいものだそうだ」

「そんなことはあるまい。養生さえよければ癒るさ。気長に養生することだ」

「いや、順斉先生がそう言ったのだから間違いないよ」

順斉というのは、鶴ケ岡の町医だが、庄内一帯に名医の名を謳《うた》われて久しい、石川順斉のことだった。

福之助は、不意に赤い、女のように濡《ぬ》れて見える唇をゆがめて言った。

「俺にも、酒をくれよ」

「いけねえんだろう。身体に毒だな。我慢しときな」

「かまうものか、順斉先生はな、こう言ったんだ。根治は難しい。ただ無理しなければ、長生き出来ないものでもない、とな」

「だったらなおさらのことだ。酒なんざ、止《や》めときな。あんたは、別に働かなきゃならないんでもない。大事に出来る身分なんだから、ま、気長に、病気と根くらべすることだ」

「もう沢山だよ」

福之助は、不意に手を伸ばして、長次郎が押えていた徳利を奪って、自分で盃を満たし、一息に喉に流し込んだ。

「無茶だなあ。無茶だぜ、そりゃ、福さん」

「子供の時からだ」

福之助は、長次郎の手を払いのけて言った。細い眼が、じっと睨むように長次郎に据えられている。その時、どっと座敷の中が沸いた。長次郎も福之助も声のした方に顔を挙げた。すると、その時、三味線や太鼓を抱えた、男や女が部屋の中に入ってきたのが見えた。みんなで七人いた。男たちは黒の袷に白足袋をはき、きりりとした角帯姿だった。三人いる女達は、みっともない程赤い色が目立つ着物を着て、手にそれぞれ小さい扇子《せんす》を持っていた。その者たちが末座に目白押しに坐ると、座敷の真中で、清右衛門が口上を述べはじめていた。いずれを見ても珍しくもない、土地の姐《ねえ》さんたちの踊りでは退屈だったろう。そう言って、いい加減酔のまわった芸妓たちが一斉にふくれっ面をし、声をあげてみせるのに、愛想よく笑いを返してから、折よく旅の芸人さんが滞在しているので、唄をひとつ楽しんで頂きたい、という意味のことを言った。

すぐに軽妙な太鼓の音と、三味線が響き合って、女の中の一人が立った。

「子供の時からだよ。大事にしろ、乱暴なことをしちゃいけない。おとなしく寝ていなさい。え、次郎ちゃん」

「仕方がねえやな。あんたは身体が弱いんだから」

「だが、もう沢山だと言うんだ。もう一杯くれよ。大丈夫だよ。水と同じさ、こんなもの。な、これからだってそうだよ。死ぬまでそうだよ。今日は、風が強く吹くから……寝ていなさい、だ」

「あら、若旦那、いいんですか」

不意に艶《つや》めいた声がして、白粉《おしろい》の香が濃く匂った。小浜という土地の芸妓だった。湯温海の閑静を好んで、庄内藩の家中の者も来るし、城下の商人達が、ここで寄合いをしたりもする。そのため、いつの間にかそうした酒席を取り持つ芸妓がいて、置屋が出来たというのはかなり古いことになる。小浜は、近頃売れっ妓《こ》と評判の若い芸妓だった。

小浜にたしなめられると、福之助の表情は、不意に日が翳《かげ》るようにしぼんだ。気が弱い。その上、父に似て子供の時から漢籍に親しんできたせいもあって、女との応対を知らない。福之助は、そっと盃を伏せた。

「そう、いい子ね。お酒はいけないのよ」

小浜は、まだ二十ぐらいだろう。それが、まるで年下の男をあしらうような口ぶりで、嬲《なぶ》ってくるのに、福之助は、顔を染めてスッと立った。福之助が床の間の前に戻るのを、じっと見送ってから、長次郎が言った。

「酒はいけないか。女はどうだ？」

「あんたには、酒よりも女が毒」

「おや」

「そうよ。近頃お芳と懇《ねんご》ろだって噂よ。ほんと？」

お芳は、小浜とは置屋が違う。小浜より一つ二つ年上だが人気を二分する評判の妓である。長次郎は、酔のために濡れたように光って、絡みついてくる小浜の眼を外し、鼻で笑った。

「気がもめる、この人。すると噂だけじゃないね」

膳を片寄せて膝を乗り出してきた小浜を、手を挙げて制して、長次郎は眼をあげた。いままで太鼓を打っていた稚《わか》い女が立ち、すぐに唱い出したのだった。三味線の音に哀調がこもった。不意に、長次郎の眼が光って、唱っている女の横顔に吸いついた。

三

「さ。遅くなるぜ。いくらいい月夜だからと言って、お前さんと一晩突っ立っているわけにはいくめえ。歩いたり、歩いたり」

長次郎がそう言って近寄ると、近寄った距離だけ、お才が後退《あとずさ》りをしたので、長次郎は苦笑いした。

「そうか」

と言って、長次郎はお才を眺めやるようにした。女の身体全体に警戒する気配が張りつめている。眼は、表情を消してじっと長次郎に注がれたままだ。

「そうか。その方がいい。男なんぞ、あまり信用しねえ方がいいぜ。いい加減なものだ、男ってのは」

長次郎は、くるりとお才に背を向けてまた先に立って歩き出した。（そうだ。こんな感じだったのだ。唱う時以外は）と長次郎は思った。

長次郎は人形師だから、人形のようにと言うべきかも知れない。が、お才の印象はもっと強烈だった。石のように黙りこくった感じだった。眼にも口にも動くものがなかった。三味線の糸と太鼓の撥《ばち》の音に誘われて、不意にそれが生きる。奔放なほどの巧みな節廻しと美しい喉だった。その時だけ、お才は眼覚めるようだった。眼に光が宿り、頬はうっすらと赤味を帯びるのである。だが唄が終った時、みるみる花のしぼむように、お才の顔も身体も、固く、伸びやかさを失っていくのを、長次郎は見ている。

「お前の親爺《おやじ》さんにしたってそうだぜ。まるっきり信用なんて置けるものじゃねえ。お前さんを、宿料のかたに置いて行ったって言うじゃねえか」

それは本当なのだ。年の初めに挨拶に行った時、長次郎は、お才が、ほかの女中達と一緒に拭き掃除などをしているのを見て驚いたのだった。

清右衛門にただすと、清右衛門は困ったような笑い方をして、

「儂《わし》は、そうしなくともいいと言ったのだ。ずいぶん唄も聞かせてもらったし、またこちらにきた時、頂こう、そう言ったのに、お才の親爺、あれが座頭だが、あれが聞かなんだ。ここでの稼ぎは、みんな浜の衆の手慰《てなぐさ》みに加わって取られた挙句でな。娘を置いて行くと言ってきかなかった。もっとも、娘と言っても、ほかの者の話じゃ、どこかで拾って育てた子でな、実の子ではないらしいから」

清右衛門はそう言って、

「きっと迎えにくる、それまで頼むと言って行った。口べらしのつもりもあるのだろうと思ってな。使ってやることにした。お才には、結局それがしあわせかも知れぬでな」

と笑ったが、長次郎にはそうも思えなかった。お豊という、越前屋では古い女中に、

きつい声で叱られて、立ちつくしていたお才を見てきたばかりだったからだ。何故か、そんなお才が、まるで羽根をもがれた小鳥のように、哀れに思えた。もっとも、そのことはじき忘れた。

「だが、お前を忘れたわけでもあるまい。じき引き取りにくるさ」

長次郎は、元気づけるように言った。

「ひとつ、あれを唱って聞かせねえか。ひでこ節《ぶし》と言ったな？　お前さんの喉で聞いて、おいら、しんとしたぜ」

この時、後で声がした。長次郎は、お才が笑ったのかと思った。

「ほんとだぜ。何となく悲しくなるような……」

言いかけて、振り返った長次郎は、川岸にうずくまったお才が、声を忍んで泣いているのを見た。小さくまるめた肩が哀れだった。

「どうしたい？　おいら、悪いこと言ったか。そうか、気がつかねえことをしちゃったな。すっかり思い出させてしまったな」

長次郎は用心しながら近付いた。お才が顔を上げたら、素早く離れるつもりだった。

「かんべんしてくんな。ちっとでも悪気があったわけじゃない。お前があんまり黙っているから……」

長次郎は、お才のそばに立った。若い女らしい匂いが、ほのかにした。

「それで、つい、あれこれお前のことを喋っちまったよ。気に障ったら、かんべんしてくれ、な」

不意にお才が、袂《たもと》で顔を覆うと声を絞って泣き出した。背をまるめ、肩をしぼって、身も世もないといった泣き方が、長次郎の胸を突然しめつけた。

「泣きなさんな。ええ若え娘《わけ》がそんなに強勢《ごうせい》に泣くんじゃねえやな。そうか、ひとりぼっちでのこされて、心細い思いをしてるもんな。心配するな、じき迎えにくらあな」

長次郎は、誘われて自分も胸をつまらせながら、しゃがんで、お才の肩を撫でた。お才が振り払ったら、すぐに飛び退く構えになっていた。女の身体の温かみが、掌に伝わってきた。お才は、抗わなかった。やがて泣き止んで、静かに鼻をかんだが、そのまま呆然と月にきらめいて流れる川面を見つめて動かなかった。それは、やはり羽根をもがれた小鳥が、遠い空を見ているように、小さく孤独な姿に見えた。

四

湯温海は、川幅は広いが浅い温海川の両岸に、瘤《こぶ》のように取りついた峡谷の村である。その谷間の村を、秋風が吹き抜けるようになっても、誰もお才を迎えに来なかった。

古い軒を並べる温泉宿に、のしかかるように迫ってきている絶壁の上に、桐や漆《うるし》や櫨《はぜ》が、血の色を滴らせ始めた。夏の間、城下から涼を求めて集まってきた人人の姿も、いつの間にか消えたようにいなくなり、村は急に淋しくなった。それは、もとに帰ったようにも見えたが、それよりも、何かを失ったようにも見えた。

新しく作り上げた人形を、もう一度白い布に包んで懐《ふところ》に押込むと、長次郎は無言で清右衛門の部屋を出た。その背に、部屋の中からもうひと工夫してみなさい、焦《あ》せることはないよと清右衛門が声をかけたが、長次郎は振り向かなかった。絶望が、胸を空《うつ》ろにしていた。

温海人形は、素朴な形と粗い肌をしている。あまりに素朴であるために、眼鼻も分明できないほどだった。旅の人形師が遺したその形を、曾祖父も、そして祖父も、父も疑わないで踏襲してきた。だが、俺は違う、と長次郎は思う。曾祖父が、旅の人形師からその人形を示された時、そこにはやはり感動があったのだろう。家業を捨てて粘土をこねる業に打ち込むほどの感動が。そのことを、長次郎は理解出来た。曾祖父から父の利助まで、三代の人形が、狭い家の奥座敷に眠っている。粗削りだが、力感が漲《みなぎ》っている曾祖父の人形、曾祖父の人形から角ばったところをことごとく切り捨てて、まるで一塊《いっかい》の泥土がうずくまっているように、単純さを極め尽してしまった祖父も、非凡な人形師だったと思う。酒呑みで、勝負ごとが好きで、金が入れば、しがみついてくる母を蹴倒してても、芸者買いに走った父の利助。だが、長次郎は、父が遺した人形ほど、端正で、気品溢《あふ》れる作品を見たことがない。人の心を温める素朴さと、人の心を洗う清清しさがその中に同居していた。父は、温海人形を完成したのだ、と長次郎は思う。

それでも、俺は違うと思ったのはいつ頃からだろうか。暗い奥座敷で、三代の人形の、さまざまの姿態に向き合っているうちに、不意に長次郎を襲った衝動は眼鼻もおぼろな人形の群の無表情の底から、眼や、口や、鼻を彫り起してみたいという願望だった。沈黙を続けるその口を開かせ、眠ったままの眼に光を与え、囁《ささや》きや、黒瞳《くろめ》を与えたい。しかも、温海人形の素朴さを失わない人形が作れないか。

そう思った時、長次郎は、向き合っている人形の群が、この時一斉にざわめいたような、異様な気配に打たれたのだった。

清右衛門は、長次郎の着想を注意深く聞きとった後で、面白い、と言った。だが、それには、利助はんの人形を超えなければ、言うような作は出来まい、とも付け加えた。今夜もそうだった。精魂こめたつもりだったが、清右衛門ははっきり眉をひそめたのだ。

「眼も口も、鼻もある。が、それは、眼鼻がついているだけに過ぎないよ、長次郎。眼は開いているが何も見ていない。口も開かんとしてはいるが、物言えずだな」

それから、鉄槌《てっつい》を下す調子で、厳しい声で付け加えた。

「要するに、魂が入っていないよ。愁《うれ》いもなく、笑いもない」

眼鼻が判然としないお祖父さんの人形にさえ全身に笑いがあり、愁いがあったでないか、とも言った。

（今夜は、小浜のところにでも、しけこむか）懐にある人形は、すると人形でも何でもない土偶《でく》に過ぎないのだ。外に出て、地面に叩きつけたら、さぞ清清するだろう。長次郎がその捨て鉢な気持を掻《か》き立てた時、出ようとした裏木戸の横手、納屋の陰に、人の争う声を聞いた。

「な、いいだろ。何だったら、親爺に話して、お前を、嫁にしてもらう。な、言うことをきいてくれ」

それに答える女の声はなかった。ただ泣き声とも、呻《うめ》き声とも聞える微《かす》かな声と、必死に揉み合う気配だけがした。

(また、お才だ)と、長次郎は思った。その直感に狂いはないと思った。すると急に胸の中に膨れ上ったのは、お才への怒りだった。その怒りの理不尽さに、長次郎は気づいていない。ただ、だから言わないことじゃない、そういう腹立たしさで、頭が一杯になっている。

男の声は、もちろん若旦那の福之助だ。それを、長次郎はとうから解っていた気がした。越前屋に行くと、時時お才と顔を合せた。長次郎をみると、さすがに眼で挨拶だけはする。だが、お才の表情には、相変らず殆《ほとん》ど動くものがなかった。人にせがまれても、ついぞ得意の喉を聞かせたためしもないとも聞いた。羽根をもがれ、唱うことを忘れた小鳥のように見えた。そんなお才を、長次郎は遠くから眺め、しかも次第に身体にも、白い頬にも女らしい美しいふくらみが加わって行くのを、危ぶむ気持で見ていたのだ。

だが、長次郎は、それを遠くから見ているしかない。お才が、男をというよりも、誰をも信じていないことは明らかだった。浜の男の手から、長次郎に助け出されたことなど、お才は全く心に留めていないように見える。長次郎を見る眼にも、特別の感情は見られない。むしろ警戒の色さえあった。

秋の日の暮はせわしない。日が落ちて間がないというのに、あたりは闇に近かった。のっそり立ちはだかった人影を見て、福之助はお才から身を離し、おびえた声になった。

「お前は誰だ？　何の用だ？」

「……」

「用があるなら、表の方に廻ってくれ」

「若旦那」

長次郎は、冷たい声で言った。

「やめた方がいいよ。無理はいけねえや」

「長次郎か」

そう言ったが、ほっとした気配はかくせなかった。

「よしな。可哀想におびえてるじゃねえか」

「お前の説教なら、聞く耳持たないね」

福之助は、乾いた笑い声を挙げた。笑い声の中に、苛立《いらだ》たしさと、ふてぶてしい感じがあった。まだ、お才の手を離していない。お才は、と言えば、必死に逃れようとして、力くらべでもするように力んでいるくせに、やはり、助けてくれとも何とも言わないのだ。

「よしなってんだよ」

つい、邪険に福之助の胸を拳で突いたのは、福之助に対する怒りよりも、ほとんど頑ななまでに人を受け入れようとしないお才を、いまいましく思う気持が先だった。

息を呑んだような、短い叫び声を出して、福之助はお才の手を離し、自分の胸をかばうように抱いた。

「長次郎」

呼んだ声が、すっかり変っていた。ぜいぜいと喉を喘《あえ》がせて、福之助が言った。

「お前、俺の病気を承知で、手を出したな」

「だから、やめろと言ったんだ」

「ちきしょう！」

子供が泣き喚《わめ》くような、甲高い声を出して、福之助は、いきなり長次郎にむしゃぶりついてきた。

「あ、危ねえ。よしなよ、つまんねえ」

長次郎は、軽くあしらうつもりで、福之助の拳を避けたが、忽《たちま》ち胸ぐらをとられ、途方もない力で二つ三つ頭を殴られた。相手は病人だという油断があったのだが、福之助は大男の部類に入るし、それに相応した馬鹿力があった。ぐいぐいと押されて、納屋の羽目板に押しつけられた時、長次郎は、お才の短い叫び声を聞いた。逆上した福之助が、そばに積んであった薪《まき》を一本握りしめたのだった。

「危ねえ」

一撃は、辛うじて躱《かわ》した。が、避け切れなくて二度目に振りおろした薪ざっぽうを、まともに肩口に喰らった時、長次郎は痛みと同時に恐怖を感じ、力一杯相手を押しのけた。そして、それが、壁のように動かないのを知ると、渾身《こんしん》の力をこめて、肩で相手をはね飛ばしていた。

意外に脆《もろ》く、福之助の身体が地面に崩れ落ちたのを見て、長次郎は我に返った。

「大丈夫か」

覗《のぞ》き込んだ長次郎の顔に、不意に生ぬるい飛沫《しぶき》がかかった。福之助は一度大きく息を吸い込むようにして、それからごぼごぼと音を立てて血を吐いた。吐いた血にむせんで咳込《せきこ》むと、それが次の吐血を誘った。

「おい、しっかりしろよ。おい」

長次郎は、おろおろと呼びかけた。吐血はやがて止んだが、福之助は横たわったまま、虫の息だった。時折大きく喉に痰《たん》の音を響かせるのが不気味だった。

しゃがんで福之助の背を撫でている長次郎の肩に、後からお才が縋《すが》った。その手が顫《ふる》えているのが、長次郎に、お才への怒りを思い出させた。

「お前は引っ込んでな。知らんふりして戻っているんだな」

思わず冷たい声になった。それでも、お才の手が離れず、しくしく泣き始めたのを知ると、かえって長次郎の怒りが爆発した。

「今ごろ泣いても始まらねえぜ。お前が悪いんだ。お前が、男に隙《すき》を見せるからこういう始末になるんだ。いいよ。後始末は俺がする。さっさと帰んな」

不意に、お才の両手が、長次郎の両肩に力をこめてしがみつき、背にぴったりと顔を伏せてきた。女の生温かい息と涙が長次郎の背中をしめらせた。その恰好で、お才は涙声で何か言った。

「なに？　え？　帰れない？　帰れないと言ったのか」

長次郎は、片手で、福之助の手に微かに温かみが返ってくるのを測りながら、まるで無理に押し出したように、ぽつりと洩《も》らしたお才のひと言に胸を衝《つ》かれていた。それは、次第に大きな感動にまでひろがって行くようだった。長次郎は、お才が話す言葉を、初めて聞いたのだった。それは遠いところにある闇に、不意に小さな光が生れ、それがこちらの闇にとどいたように感じられた。

五

水も、夜気に洗われる、ということがあるのだろうか。それとも、空気が澄明なためだろうか。朝の谷川の水は冴え冴えと澄んで、小さな渦や、波紋を躍らせ、その底の緑苔をまとう石や、泥土の色を明らかに見せている。

雪解けの泡や、濁り水が流れ下った後の谷川は、とりわけ水が澄む。その季節、とくに朝がよいと教えた父の言葉を守って、長次郎は、暗い内に登り、温海川の上流に、粘土を探しにきたのだった。水辺の草の下にも、川底にも、粘土は青白い肌を隠して眠っていた。

掘り起し、指先に揉んでみる。結果は満足してよいものだった。かなり大量の粘土の層を、幾所か見つけることが出来た。まだじっとりと露を含んでいる蕗《ふき》の葉をもぎとり、採取した幾種類かの粘土を、それでくるんで、腰に下げた竹籠《たけかご》の中に入れると、長次郎は、山を降りにかかった。

集まって温海川となる幾筋かの渓流。それを一本一本探って、良質の粘土層を探すのが、春先の仕事だった。

楢《なら》の枝頭《えだがしら》が白っぽく膨らんで、朝の日の光に柔らかに映えているのは、木の芽の季節が近いのだった。まだ裸のえごや、楓《かえで》の枝にも、筆先で突いたほどの、仄《ほの》かな紅色が宿っている。聞き分け難い小鳥の声が、ひっきりなしに雑木林の中でし、不意に降りて行く頭上で、鶯《うぐいす》や、駒鳥が、ほとばしるように啼《な》いたりした。

雑木の中には、まだところどころ、残雪が目立つ。だが、そのすぐそばには、土葵が、小さく黄色い花をかかげている。渓流のそばを木に縋って降り、細い道のあるところまで下ると、長次郎の足は、自然に速くなった。母も、お才もまだ眠っている中《うち》に、家を抜け出してきたのだ。

昨夜のことがあった今朝も、お才は、いつものように、水屋でひっそりと竈《かまど》の火を燃やしたのだろうか。不意に長次郎はそう思った。そう思ったことで、心は急に荒荒しく亢《たか》ぶってくるのだった。

初めて、昨夜お才と契《ちぎ》った。契ったあとで、長次郎は、それが一番自然なのだと思ったが、その確信は今も変らなかった。福之助とのことがあってから、その夜から、お才は長次郎の家に住みついてしまった。幸いに福之助は間もなく回復したし、事情を知っている清右衛門からも、再三越前屋に戻るように言ってきたが、お才にその話をすると、言われた時に顔を曇らせるだけで、お才はもう越前屋に帰ることは忘れてしまったようだった。

一日中一緒にいて、僅《わず》かの畑仕事を手伝ったり、夜は縫物を習ったりしながら全く言葉らしいものを口に出さないお才を、長次郎の母も、さすがに驚いたらしかった。

「この子は唖かい」

などと言っていたが、夫の利助や、祖父の常吉のような変り者を扱い馴れてきたせいもあり、じきにそんなお才にも馴れてしまったようだった。言ったことは素直にてきぱきとやるのが結構重宝でもあり、息子の長次郎が、お才を引き取ってから、何を思ったか、ぷっつりと夜遊びをやめたのも、母親はひどく気に入っているらしい。

こうして、お才は、長次郎の家で冬を越した。この頃は、庭に築いた窯《かま》の火加減まで解るようになっている。時期がきたまでだ、と長次郎は思う。初めてお才を見た時、長次郎の心を打ったお才の無表情は、いわば、温海人形の、おぼろな表情に似ていたのだろう。その表情のない顔に、俺は、笑いや、悲しみを刻みたかったのだ、と長次郎は思った。彼は、ひでこ節を唱った時の、ほとんど華やかにさえ見えた、女の顔を忘れていない。

昨日の夕方のことだ。お才に手伝わせて、窯の火加減を見ている中に、偶然にお互いの指が触れ合った。一度、火傷《やけど》でもしたように手をひっこめたお才だったが、長次郎がゆっくり差しのべた手の中に、今度はわれから身を投げてきたのだった。夜、臥床《ねどこ》に忍んだ長次郎を、お才は拒まなかった。

白桃の肌が、そこに横たわっていた。怖れと、羞恥《しゅうち》に、交互に心を苛《さいな》まれながら、お才はほとんど傷傷《いたいた》しいほど努力して、男のために身体を開こうとするのだった。お才は処女だった。

長次郎は、ほとんど駈けるようにして急な道を下りながら、そのことを思い出し、感動に胸が亢ぶるのをおぼえた。新しい暮しが、お才に、言葉や笑いを与えるだろう。そう思い、一時も早くお才の顔をみたい気持になっていた。

家の前まできた時、長次郎は、母のおりくが、生垣《いけがき》の門口に立っているのをみた。そばに、お才の姿はない。不吉な予感が、長次郎の胸をみるみる暗くした。

「お才は？」

「行っちゃったよ」

「………」

「お才の父親だという人がきてのう。お前が帰るまで待ってくれというのに、連れて行ってしまった。あたしにゃ、わけが解らない」

もう一刻《いっとき》（約二時間）以上も前だという。だが、女連れの足だ、追いつけるだろう。長次郎は息を切らしながら、温海川の岸の道を浜温海の方に必死に駈けた。

（忘れていたア。すっかり忘れていたア）長次郎は頭の中が、まるでこわれてしまったように、そのことばかり喘ぐように考え続けながら走った。お才の父、必ず取りにくると言いのこしてお才を越前屋に置いて行った男のことを、今の今まで、すっかり忘れていたのだ。忘れていたのは、それだけでなかったのだ。

（何も言うもんかね。また唱うんだ、と言われただけで、あたしに黙って頭を下げたきり、出て行ったよ。妙な子だよ、やっぱり）と、おりくは問い質《ただ》す長次郎に答えた。唱うのだ、と言われた時、顔が、急にぱあッと輝いたように見えたとも言った。そのことは、長次郎の胸を一度に暗くした。

（お才は、俺をどう思っていたのだ？　昨夜のお才は、一体どういうのだろう？）熟した果実が落ちるように、自然に結ばれたのだと思った。越前屋から移ってきてからのお才を、じっと見つめてきた筈《はず》だった。表情の乏しい顔に、時折ひらめくように現れる安らぎも、見逃さなかった筈だ。家族のように扱ってきたのだ。とりわけ大事にもせず、しかし十分にいつくしんできた筈だ。そのことごとくが、すべて徒労だったのか。後から、

「おい」

と呼ばれた。

「おい、人形屋」

もう一度呼ばれて、長次郎は立ち止り、手につかんだ手拭いで、眼にしみる汗を拭った。いつの間にか、浜温海の村を駈け抜けていた。昼近い日に、白く乾いた砂と、おだやかな青い海が目の前にあった。

「俺を忘れたか」

と、前にまわって、立ちふさがった大男が言った。手に櫂《かい》を握りしめている。髯だらけの馬面が、ほくそ笑むような笑い方をした。お才を手籠《てご》めにしようとして、長次郎に急所を摑まれた男だ。明るい日光の下でみると、あの時の感じよりも、だいぶ若い男だということが解った。

「忘れはしないが、今いそがしい」

「いそがしい？」

男は、せせら笑った。

「こっちはいそがしくねえぞ。お礼をしてやるからそう思え」

いきなり、長大な櫂が、うなるほどの勢いで足を払いにきた。本気なのだった。長次郎の全身に、冷や汗がどっと噴き出した。

「待ちな」

「待たねえ」

「後で相手になる。今は見逃してくれや」

「やかましいやい」

また櫂が唸った。危うくよけると、足もとの砂を払った櫂が、煙のように砂を捲《ま》き上げた。猶予《ゆうよ》ならなかった。長次郎がその櫂に飛びつくと、砂を蹴散らしてそれの奪い合いになった。人家からはかなり離れている。誰も止める者も見当らなかった。揉み合う二人の力で、古い櫂が二つに折れ、折れた櫂で殴り合いが続き、やがて、取っ組み合いになった。

身体が違った。それに砂の上の喧嘩では、相手の方が一枚上だった。長次郎は組み伏せられ、馬乗りになった男が、固めた拳を打ちおろした。防ぎきれずに、まともに拳を浴びた。どっと流れ出した鼻血が、耳まで滴《したた》り落ちるのを感じながら長次郎は観念した。（あの時と、同じ恰好だな）そう思った。そう思ったことで、こんな際にも、ふっとおかしさがこみ上げたが、眼の前が急に暗くなって、長次郎はそのままのびてしまった。

最上川の、河口に近い渡し場に長次郎が辿《たど》りついた時、広い河口に、そのまま続く海の沖に、巨大な夕日が沈むところだった。真赤な、ふわふわと頼りない感じの夕日は、見なれている普段のお天道様の何倍もあって、妖怪じみて見えた。

「どうしたね、その恰好は？」

五十がらみの、潮焼けで真黒な顔をしている渡し舟の船頭は、長次郎をみると、仰天して声をかけた。その声に、小屋の中で乗合いを待っていた客が四、五人、外に出てきたが、これも、長次郎をみると驚きの声を挙げた。腫《は》れふさがった重い瞼の下から、長

次郎は、その一人一人を見つめたが、

「十八、九の絣の着物を着た女と、背の低い、こんな……」

と手で示して、

「猫背の親爺の二人連れを見なかったかい。親爺は、三味線を持ってた筈だ」

「見たよ」

と船頭が言った。長次郎は急に目まいがした。（やはり、ここを通ったのだ）

「あんたの船で、向うに渡ったんだな」

「そうだ。だが、それは昼過ぎのことだぜ、若い衆。それに二人連れじゃなかったね」

「なに？」

「おうさ。十人ぐらいはいたな。三味線、太鼓、鉦《かね》を抱えた芸人衆がな、渡ったよ。そん中に、お前さんの言う、二人も混ってたようだ、確かに」

「……」

「もう、秋田の方まで、あらまし行っただろうよ。松前《まつまえ》に行くとかで、えらくいそがしそうにしていたから」

「松前？　蝦夷《えぞ》か」

長次郎は、茫然《ぼうぜん》と眼の前にひろがる川面を見つめた。（お才は、この川を越えて行ったのだ。松前という、途方もない遠くに）

「それより、お前さん、手当してやるから、こっちにへえるといい。何事があったか知らないが、大層な血だの」

長次郎は、重く垂れ下ってくる瞼を無理に押しあけて、川を眺めた。向う岸もおぼろなほど、広い川である。緩慢な流れの上を、蓆帆《むしろほ》を立てた荷舟が二艘《そう》、ゆっくりと河口に向うのが見えた。その帆をかすめて、海鳥が飛び、白い腹を返してまた、帆のまわりに戻ってくる。帆も、水も、鳥も、次第に赤く染まり始めていた。

長次郎は石のように立ち尽した。そうしていると、お才が、もう手の届かないところに去ったことが、よく解った。耐え難い激痛が、全身を火が燃え上ったように貫き、長次郎はこらえ切れずに、低く呻くと、砂地に膝をついてうずくまった。

六

母が寝部屋に引き上げたのを機に、長次郎は仕事場に戻った。行灯《あんどん》に火を入れると、夕、沢清《さわきよ》に見せるために並べた新しい人形が、一斉に眼を上げて、長次郎を視《み》たように思った。

お才が、突然姿を消してから、あらまし三年の月日が経っていた。今度は、お前が唖になったたか、と母に言われる程口数も少なく、ただ新しい温海人形を作るのに打ち込んだ。いま、長次郎は、仄暗い燈火の下で、人形の無数の視線を感じている。温海人形は、眼を開いたようだった。

越前屋に持って行った時、清右衛門は長い時をかけて、じっくりと視た後で、

「出来たな」

と言った。それから、小首をかしげて、

「だが、みんながみんな、どうしてこう愁い顔をしているのだ」

と言い、眼を挙げて、問い質す面持になった。長次郎が答えないで微笑しているのを、不審そうに視たが、折角の人形だが、この妙な表情は気になる。まだ売りに出すべきでないだろう、と言った。

「あっしも、そう思っています」

長次郎はそう言ったのだが、清右衛門は、やはり沢清に知らせてやったらしい。一日も早く新しい人形を見せたかったのだろう。沢清《さわせい》は鶴ケ岡城下の人形問屋である。祖父の代から、温海人形を一手に引き受けて売り捌いてきた。徳兵衛という沢清の主人は、家に入るとすぐ、

「新しいのが出来たと言うじゃありませんか。どうして、もっと早く知らせて下さらなかったのです？」

と、まず怨《うら》みをのべた。そして茶を飲む間も惜しいように、自分から先立って仕事場に入り、見せてくれと言った。長い時間、徳兵衛は新しい人形の前に坐り、夕方、仕事場におりくが灯を入れに来たのを見て、初めて未練そうに腰を上げたのだった。出来ている分だけ、そっくり頂いて行くと徳兵衛は言ったが、長次郎は、もうひと工夫しなければならないから、と断わった。

仕事場の、低い杉皮葺《すぎかわぶき》の屋根に、雨の音がした。夕方、沢清が帰る頃から曇り始めた空が、いよいよ雨になったらしかった。雨の音に混って、庭先でせわしなく啼く虫の声がする。肌寒いような秋の夜だった。

長次郎は、仕事台の前に胡坐《あぐら》をかくと、そこに置いてある一塊りの粘土に眼をあてた。一塊りの、その土塊は、すでに長次郎の眼の奥に、ひっそりと形をととのえて立ち上っている。すぐに手を伸ばした。指が、敏速に土塊を圧し、もぎとり、撫でる。竹べらをとった時、長次郎は、不意にうろおぼえのひでこ節を口にしていた。

〽十七八なー　けさのなあー　どこで刈ったなあー　このひでこなあー

ひでことというのは、春先、山腹に萌え出る山菜である。しょでこともいう。姿も、喰べた味も地味な草だった。〽どこで刈ったなあと続けたが、長次郎はその先を忘れてしまっていた。その文句がいつの間にか初めの文句に帰っているのに気づかない。眼に光が加わり、指の動きが慎重になった。

どれぐらいの時が経ったろう。長次郎は、仕事場とは反対になっている入口の戸を叩く、激しい音に、眼が覚めたように背を伸ばした。行灯をそのまま持って出て行き、土間に降りると、

「誰だ」

と言った。答えはなく、戸外に、風を混えた激しい雨の音だけがした。もう一度声をかけようとして、不意に長次郎の顔色が変った。心張棒《しんばりぼう》をはずす手が顫《ふる》えて、はずれた

棒が土間に乾いた音を立てた。

どっと吹き込む雨風と一緒に、頭から水をかぶったようにぐしょ濡れになったお才が入って来、長次郎を見ると、血の気を失った唇に微かな笑いを刻んだ。

「お才！」

長次郎が叫んだ時、お才の身体は重心を失ったように、ゆらりと長次郎の胸に倒れ込んできた。


三日目の朝である。長次郎は、お才を寝かせてある座敷に仕事板を持ち込んで、人形に眼を入れていた。

眩《まぶ》しい朝の光が縁側から座敷の中に射し込んでいる。小鳥の声が騒騒しいほどだった。

昨日一日、お才はこんこんと眠り続けた。今度ほど、長次郎は母を有難いと思ったことはない。少しもあわてないで、高い熱を出しているお才をてきぱきと看病した。

昨夜は、それまで一睡もしていない長次郎に代って、起きていてくれた。ゆうべ遅く、お才は眼覚めて、粥《かゆ》を喰べたということだった。

「もう、熱が下ったから大丈夫だよ」

おりくはそう言って、朝の食事の支度を終えてから、寝部屋に入って行った。ひと眠りするつもりらしかった。

時折、長次郎は縁側から、寝ているお才を振り返ってみた。呼吸は穏やかだったし、頬にも赤味がさしてきていた。その頬のやつれているのが哀れだった。どこで、どう暮らしてきたものか、と思う。

しかし、お才がここを、帰るところと思いさだめて戻ってきたことで、長次郎は満足していた。

〽どこで刈ったなー　日干しなー
生乾きの粘土でしかない人形に、眼鼻を入れながら、長次郎は、心が明るく弾むのを感じ、小さい声で唱った。

「違《ちご》うとる」

「………」

不意に後で美しく澄んだ声がした。

長次郎は振り返った。床の上に、おりくの浴衣を着せられて、きちっと膝を揃えたお才が坐って、長次郎を真直ぐに見つめている。

その眼が、生き生きと輝き、唇には羞恥を含んだ笑いが刻まれ、血の色を取り戻した頬には、長次郎が見たこともない笑くぼが刻まれている。

「お才」

「唄が、違うとる」

「お才」

啞のようになったのは、今度は長次郎の方だった。激しい感動に、長い間言葉を失っ

ておオを見つめたが、漸《ようや》く、

「お前、よく帰ってきたな」

と言った。お才が伸べてきた手を、長次郎はしっかりと握り、それから肩を抱いた。

不意に、長次郎の眼に涙が溢れ、それは恥かしいほど頬を濡らした。

無用の隠密

一

文化九年（一八一二）四月。荒い風紋を刻む庄内浜の傾斜を、北に向って一人の男が歩いていた。真昼時の短い影が、歩くに従って、男の足もとに踊るようにまつわりつく。棒縞の袷《あわせ》を高く端折《はしよ》って、手甲《てっこう》、脚絆《きゃはん》、草鞋《わらじ》ばき。頭を包んだ白い晒手拭《さらし》いが粋にみえた。甲斐甲斐しいその旅姿と、背負った紺風呂敷の大きな荷は、ひと眼でそれと解る、越中国富山の売薬《ばいやく》商人だ。手拭いの下の顔は若い。浅黒い顔の、目鼻立ちがきりりと引き緊《しま》った若者だった。荒磯を離れて、砂浜に入ると七窪の村落。そこから最上川の河口まで、荒浜七里と呼ばれる。

男が、道をそれて、砂丘の傾斜を歩いているのは、幾重かの砂丘の陰に、そんな漁家を訪ねるためなのだろうか。

日射しが眩《まぶ》しい。遠い砂丘の上には陽炎《かげろう》が炎《も》え続けている。左手には、間断なく揺れる海があった。

その単調な波の音は、男を眠気に誘った。男は小声で口ずさんでいた越後あたりの鄙《ひな》歌《うた》をふとやめて、立ち止ると荷を緩め、腰の手拭いを外すと胸もとをひろげて汗を拭った。

不意に、そのままの恰好《かっこう》で、男の身体が前にのめり、砂にまみれて転がった。つまずいて転んだように見えた。

だが、男が顔を上げた時、いつの間に外したのか、大きな売薬の荷を楯《たて》にとる形になっていた。男は、用心深く荷の脇から、砂丘の頂きを見上げた。それを待っていたように、さっき男が聞いた、ぴゅッと軽い物音が空気を裂き、男の眼の前の荷に、かたり、と音がして何かが刺さった。男は亀の子が首を縮めるように、荷の陰に身体を縮め、迫ってくる筈《はず》の者の気配を聞きとろうとした。男は、いま自分がひどく不利な状態に立たされているのを知った。見上げた時、砂丘の頂きに、灼熱《しゃくねつ》する日を背負った形で、何者とも知れぬ黒い影がちらりと動いたのを見ている。頂きまで二十歩の距離はあろう。勾配《こうばい》も、よほど急である。肱《ひじ》を曲げて、そろそろと腹巻の中の短刀を探りながら、男は敵が降りてくるのを待つしかないと思った。滴《したた》る汗が、額を伝った。そのまま、男は四半刻《しはんとき》（三十分）ばかりの間、石になったようだった。その間にも、背後で砂を洗う波の音がし、波打ち際に群れて、打ち上げるものを啄《つい》ばむ小鳥が啼《な》き続けたが、男の耳はそれを聞かなかった。頭上に驚くべき執念深さで、沈黙を守っている敵の気配があるからだ。

男が、弾かれたように立ち上り、一気に傾斜を駈け上ったのは、海に向って吹きおろす風が微《かす》かに乱れ、頭の上の重圧がかき消すように失《う》せたのを知った時である。今度は、男が優位に立つ筈だった。

砂丘を上りきったところで、しかし、男は凝然と佇《たたず》んだ。

すでに足跡は消され、白く乾いた砂が下の松林まで続くのを見ただけである。

松林の小暗い幹の間を、地をなめるほど背を曲げた老婆がひとり、ゆっくりと歩いている。そのほかに人影はない。老婆が手に下げているのは、束ねた枯枝のように見えた。

男の唇に、苦い笑いが浮かんだ。

（俺を、何者か知っている者がいる）それは、あり得ないことだった。一昨日、鼠ケ関《ねずせき》の関所を越え庄内領に入った富山の売薬行商人は男を含めて七人。いずれも売薬商越前屋彦右衛門の家の者である。男は、彼のほかの六人の顔を次次と思いうかべてみたが、みんな半年ばかりの間、心安いつき合いをしてきた者ばかりである。男はそこで直助と呼ばれ、越前屋の奉公人に過ぎなかった。彼等が、男の身分を知る筈がなかった。

知っているのは、彦右衛門ひとりである。そう思った時、男の胸の中に恐ろしい疑いが湧いた。彦右衛門が、六人の中の誰かに耳打ちし、男が身分を隠して潜入したことを、庄内藩に知らせる。庄内藩に出入りを許されている売薬商人は、越前屋ひとりである。それだけの恩義はある。

（しかし、そうなると、一刻も早くここから引き返すしか、手はない）公儀隠密峡直《はざま》四郎は、そう思い、鮮やかな青黛《せいたい》を連ねる松林と、その松林の果にひろがる黄色い菜の花の畑地を見た。遅い春が、この北国の領内に溢《あふ》れるばかりの色彩を運んできたようだった。

(だが、それにしてはおかしい)関所を無事に通り、昨夜の三瀬《さんぜ》泊りも、異状はない。襲ってきた敵が単身であり、極めて隠密な行動に出ていることも不審だった。

直四郎は砂丘を降りて荷に戻った。予想したように、荷に突き刺っているのは吹矢だった。それを引き抜いた時、直四郎は眉をひそめた。細く裂いた竹の先に、鋭利な鋼の刃を埋めたものである。直四郎はその刃先を、鼻先に持って行って嗅《か》いだ。鋼の匂いに混って、微かな異臭がある。直四郎の顔が少し青ざめたように見えた。吹矢の作り方は、伊賀の流れを伝える忍者が、火急の時に手作りでこしらえるそれである。一撃で敵を斃《たお》すに足る鋭さを具《そな》えていることは勿論《もちろん》だ。

公儀隠密の一部に、その作り方が伝えられていることを、直四郎は知っていた。だが、直四郎の顔が青ざめたのは、そのせいではない。独特な作りではあっても、吹矢を作ったのが公儀隠密とは限らない。伊賀の忍者が作り出したのは昔の話だ。それが、庄内領で発見されたとしても、格別不審はない。疑いは、刃先に塗りこめられた毒汁の香にあった。それを伝える者は限られている。

(板垣左平太は生きている)その確信が、胸を痛いほど打ったのだった。すると、どういうことなのか。板垣が己れを襲ったとすれば、彼は公儀を裏切ったのか。とにかく使命のとおり、板垣を探すほかはない。

(今度は、引き返す手はなくなったようだ)

直四郎は、思いながら、掌の上の鏃《やじり》を丁寧に懐紙に包み、帯の下に蔵《しま》った。また、荷を背負って歩き出す。事が起る前と、姿は同じだったが、行手には、予想以上の困難が生れたようだった。

二

玄関を上ったところで会った係り女中のお次には、愛敬のある笑い声を見せ、今夜忍んで行くぜ、解っているだろう? などと軽口も叩いた。だが二階の自分の部屋に帰ると、直四郎はがっくり疲れた顔になった。

鶴ケ岡の城下に入ってから、あらましひと月になる。この松前屋に宿をとって、翌日からすぐ板垣左平太の消息を探りにかかった。目当ては、松前屋を含む七日町の旅籠《はたご》十七軒と町内に点在している御使者宿である。他に宿屋の密集している町は八日町があるが、これは比較的近年に出来た旅籠が多く、板垣の探索ということからすれば、脈はうすいと思われた。直四郎が旅籠を探索している理由はこうだ。

直四郎が老中牧野備前守忠精《ただきよ》から、庄内領潜入の密命をうけたのは、昨年の九月である。内容は、庄内に潜入している公儀隠密板垣左平太の生死を確かめることが第一。もし生存していたならば、適宜処分してくることが、命令の第二だった。

命令を受けた時、直四郎の胸に、重苦しいものが沈澱した。板垣左平太という名に、記憶があった。二十数年前、幾代という五、六歳の女児をともなって、飄然《ひょうぜん》と組屋敷から姿を消したという、その男の名前だった。誰も、男の行方を知らなかった。そのまま、二十数年が過ぎたのである。直四郎は勿論、その男も、幾代という女の子も知らない。先年病死した父が、不意に思い出したように、母にその名前を言うことがあった。すると母は決って、「ほんに、可愛いお子でござりましたなあ。亡くなられた母親が、おきれいな人でございましたゆえ」と、幾代という子供のことを言うのだった。その言葉がいつくしみに溢れているのを、直四郎は、長じるに従って快く聞くようになっていた。二歳の自分を背負ってあやしたという、その童女の面影を、心の中に思い描くこともあった。だが、それは瞬時のことだった。大方は板垣親娘のことを忘れていた。

備前守は、付け加えて、現在の楽翁侯、時の老中松平定信が、寛政の改革に手をつけるにあたって諸国に放った隠密の、板垣はそのひとりであり、しかも楽翁侯は、今日まで板垣を忘れていたのだ、と言った。しかも、当時財政的に困憊《こんぱい》していた庄内藩は、その後執政白井矢太夫の出現によって、藩政もすっかり落ちついている。先年藩主忠徳《ただあり》は家督を忠器《ただかた》に譲っており、隠密の仕事は全く無用になった、というのだ。

「白井は、松平伊豆殿（信明《のぶあきら》）がほめる程の偉物《えらぶつ》じゃそうだが、今度病気で倒れ、再起はおぼつかぬということじゃ。藩政もまた変ろう。そういう時、公儀から人を入れてあったと解ると、弊害があろう。酒井は譜代ではあるし」

と備前守は言った。

「然《しか》るべき処置ということにございますが」

直四郎は恐る恐る言った。

「生存致しておれば、連れ帰って、宜《よろ》しゅうござりますか」

「ところが、そうはいかぬ」

備前守は冷酷な為政者の眼になって言った。小柄な老人だが、威厳がある。

「伊豆殿在職の折、一度板垣から密書が届いて驚いたことがあると申すが、以来消息は絶えている。生きておれば、多分は使命を裏切ったと見るべきだ。事情を知る娘も哀れじゃが、同断じゃな」

委細は組頭の斎木市左衛門に聞けと言った。市左衛門も、左平太について詳しい事情は知らなかった。湯殿山に詣《もう》でる道者の装いで庄内領に入ったこと。その手引きをした羽黒山の修験者《しゆげんじや》のとりなしで、城下のさる旅人宿に奉公したこと。板垣への連絡は、越中国富山の売薬商、越前屋を通じて行うことなどを、おぼろな記憶の中から思い出したに過ぎなかった。板垣左平太を探す、それが手がかりだったのだ。

だが、今日の高麗屋を最後に、御使者宿と、七日町の旅籠は、全部調べ尽したことになる。

(明日から、一応八日町の方面を当ってみることにするか)直四郎は、脚絆をとったまま、着換えもしないで、薄暗い夕闇の中に坐り込んでいたが、思案は結局そこに戻って行った。

(それにしても……)心急ぐままに、探索を急いではならぬ。八日町の方は、一般の町家に薬を置いて廻る合間に、はさむことにしよう、そう思った。今日訪ねた高麗屋で、風呂焚《た》きや使い走りをしている老人が、板垣と同年輩だということを女中から聞き出し、裏手に廻った時に会った、高麗屋の主人の、疑いを含んだ視線を思い出した。莨《たばこ》の火種を借りにと言訳し、その老人にも会ったが、首筋に冷たい汗が吹き出したのである。

老人は、近在の農家から奉公にきている者だった。板垣左平太を探すのは、た易《やす》いことではなくなっていた。

(ゆっくりやることだ)重吉との約束もある、と直四郎は思った。

六月になると、鼠ケ関で別れた越前屋の者の一人、重吉が酒田から、鶴ケ岡に廻ってくる筈だった。

三

高窓《たかまど》に射していた夕日の残光が、急に薄れ、六畳部屋に行灯《あんどん》の灯影《ほかげ》が濃くなった。

(板垣は、もういないのではないか)ふと直四郎はそう思った。出来るだけの探索をやったつもりなのだ。二十年程前に、子供連れでこの旅籠町に奉公した者を知らぬか、そう聞くことは、危険なことではあった。だが不審がられたら、それは遠い身寄りの者だと答えるつもりでいた。

(板垣左平太は死んだのではないか)死んだということは、病死したか、身分が露《あら》われ、ひそかに命を断たれたかの、どちらかである。隠密とわかれば、譜代の酒井藩といえども、命を助ける筈はない。

しかし、この疑いはそう長くは続かなかった。領内に潜入して三日目。真昼の砂丘の陰から、吹矢で襲ってきた者がいるのだ。正確な吹矢の攻撃、鏃の先に塗りこめられた秘毒。それは皮膚を裂いた時、一矢《いっし》よく死命を制するに足ると言われる、烈《はげ》しい毒である。そして何よりも、直四郎が、越中の売薬商人の姿で、領内に潜入したことを知っていた。板垣左平太が、老いたその身を、鶴ケ岡の町のどこかにひそめていることは確かだった。

やはり、明日から八日町の下旅籠を当ってみよう。直四郎が、そう思った時、

「ごめん下さいまし」

と声をかけて、障子を開いたのは、松前屋のお内儀《かみ》だった。年は三十に近かろう。中背のひき緊った身体つきなのに、肩のあたりの優しさ、腰のふくらみから受ける印象は、むしろ豊満な感じだった。黒黒と濡《ぬ》れている眼、小さな唇。しっとりと艶《つや》のある頬など、美しい上に若若しい。いつも、母にまつわりつくようにしている女の子供が、四つ五つだろうから、人の母になってから大分になるわけだが、笑った顔に、まだ娘のあどけなささえ残している。亭主に、子供が生れると同時に死に別れたと聞いた。眉のあたりに、微かな憂いの翳《かげ》があり、話しぶりがひどくもの静かなのは、そういう不幸を味わったせいか、と直四郎は見ている。始めて松前屋に宿をとったその夜、挨拶にきたこのお内儀の美貌に、微かに胸がときめいたのをおぼえている。女手でこの宿を切り廻しているか

らには、芯はしっかり者なのだろうが、直四郎にはそれが不思議に思えるほどだった。もっとも廻ってみて解ったことだが、旅籠町の宿屋は女主人が多いのである。十七軒のうち十一軒まで女主人だった。

「おや、お着換えは、まだでございましたか？」

お類《るい》というそのお内儀は、行灯の脇に、むっつりと腕組みをしている直四郎を見て、驚いたように眼をみはった。そうすると、眼はひどく大きく、生き生きと輝き出すようだった。直四郎はあわてて、あぐらを正座に直して言った。

「いや、構いません。なに、ゆっくりでいい。ひと風呂浴びてからでも」

「そうなさいませ。お風呂を出る時分に御飯を差上げましょう」

お類は言って、持ってきた茶道具を畳に置いた。急須を傾けて、お茶を注ぐ手が美しい。

「お上りなさいませ」

(忝《かたじけな》い)思わず、その言葉が出かかって、直四郎は、はっと口を噤《つぐ》んだ。むっつりと押し黙ったまま、茶を口に運ぶ。自分が硬くなっているのが解った。

「大変でございましょう、毎日」

丁寧な言葉遣いである。それは、自分が一介の売薬商人であることを忘れさせる、誘導訊問のような役割をする。直四郎は、わざと砕けた口調で言った。

「なあに。慣れてますんでね。くすり九層倍、毎日もうけていると思えば、大したこっちゃありませんや」

「そうですか。でも直助さんは、こちらは今年始めてでございましょう」

「へ？　そう、そう。あたしは去年までは、江戸の方に行ってましたから」

「まあ、お江戸の方に。毎年お出《いで》になっていた？　うらやましいお話」

お類は、眼を上げて直四郎をみると、眩しそうに眼をしばたいて笑った。

「にぎやかなところだそうですね。死んだ主人が、そう申していました。あたくしも、一度は行ってみたいと思っていましたのですけど、もう、こんな風になっては駄目ですわ」

お類は嘆息するように言った。

「そうですか。道理で、言葉にお江戸の訛《なま》りがございます」

何気なく付け加えた一言のように思えたが、直四郎は、不意に顔を逆さに撫で上げられたような、不快な驚きを感じた。不快は、自分の未熟さに向けられたものだった。ことんまで富山訛りを身につけたつもりでいたのだ。直四郎の心に、臆した気持が芽生えた。

「お連れ様は、まだですか」

「六月には、ここへ来ましょう。今酒田の方を廻ってますから。ここで一緒になって、それから連れ立って、在の方を廻ります」

「去年までいらしていた、重吉さんという方かしら？」

「そうです。よく知ってますな」

直四郎はそう言ったが、軽い嫉《ねた》ましさを感じた。美しいお類が、重吉を知っていることにである。

「毎年、ここを宿にしていらしたものですから」

お類は言い、ふと気がついたように、

「お風呂、お入りなさいませ。とんだ長居を致しました」

そう言って立ち上ろうとした。が、その膝を、もう一度畳に落すと、お類は直四郎を真直ぐ見て言った。

「お客様は、どなたか人をお探しでいらっしゃいますか？」

「お？　どうしてそんなことを？」

「さっき、高麗屋の旦那が、ここに見えられまして、あたくしに、あなた様のことをいろいろお訊《たず》ねでございました」

「それは……」

と言ったが、直四郎は、顔から血の気の引いて行くのが解った。

「どんなことです？　お内儀さん」

「いろいろでございますよ。でも、別に悪いように答えようもございませんでしょ。御心配なさらないで、よござんすよ」

お類は言ったが、直四郎に静かな眼をあてたまま、こう付け加えた。

「でも御用心なさいませ。高麗屋の旦那は、あれは目明《めあか》しでございます」

その夜、直四郎は、障子の外の廊下にきてひっそりとうずくまった者の気配に眼ざめ、長いこと床の上に身構えて息を殺した。半刻（一時間）ばかりの後、気配は遠のき、微かに階段をきしませて去って行った。直四郎は闇の中に、最初お次の顔を、それから高麗屋の主人の顔を思い描き、最後にお類の顔を思った。その顔は、危険よりは、むしろ直四郎の胸を甘美な思いで満してきた。

四

大山街道口の木戸を通り、曲輪《くるわ》内に入ると、直四郎は、濠端《ほりばた》の樹陰にひそみ、柳行李《やなぎごうり》の薬箱の底から、忍びの衣類を出して着換えた。領内に入ってから、始めて身につける忍び装束だった。

鶴ケ岡城は平城である。そのために、むしろ警戒は厳重を極めている。本丸、二ノ丸を囲む三ノ丸の周囲に、巧みに青竜寺川、内川などを配置し、足りないところを濠で補った。いま、直四郎が身をひそめた濠もそうしたひとつで、三ノ丸の西から北を囲繞《いにょう》して、内川に通じる。

越前屋彦右衛門が、庄内藩で得ている信用は絶大なものがある。町人が夜間曲輪に入る時は、町役人のところから挑灯《ちょうちん》札を借りうけて木戸口を通るが、よそ者でありながら彦右衛門の家の者は、城下の有力な町人同様、個人で曲輪内通行の門札を渡されている。

松平定信が、越前屋を選んで、庄内領への手がかりとしたのは、やはり非凡な眼識と言うべきであった。

直四郎は、風呂敷の荷を、水際の樹陰に押し込めて立ち上った。暗い中に、濠の水が、星空を映して仄《ほの》かに白いばかりで、まわりは闇である。

這って傾斜をのぼり、暗い道を透して見る。誰もいなかった。目指す白井矢太夫の屋敷は、濠に面して三軒目だ。直四郎は、跳躍して路に出ると、忍びの足遣いになって、塀際を、背を曲げてするすると走った。

白井矢太夫に会おう。不意にそう思ったのは、板垣の消息が知れない一方、何者かが、自分を監視していることがはっきりした時である。高麗屋の主人という陰気な眼をした男のことも、心をせわしなくした。

板垣が生きているとすれば、多分白井がその間の事情を知っているに違いない。直四郎には確信があった。藩政のことごとくを掌《たなごころ》を指すごとく諳《そら》んじていると言われ、藩政を実際に切り盛りしているのは、藩主の忠器でも、隠居した忠徳でもましてなく、白井矢太夫だとされている。家老の竹内八郎右衛門にしても、全く白井にまかせ切りだという噂《うわさ》だった。それでいて、悪評を聞かず、誰もが、それを当然だとしているところに、白井矢太夫重行という人物の傑出した人柄才幹がうかがわれる。そうした白井であるとすれば、彼の細心な行政的触角のどこかに、板垣の一件は接触し、把握され処置されたに違いないと、直四郎は見たのだ。

縁の下にひそんでいると、濃く薬湯が匂ってくる。時折、頭上で微かな話し声がし、また消えた。長いこと、直四郎は背を屈したまま、埃臭《ほこりくさ》い闇の中で待った。

頭上の縁側を踏んで、男が一人、女が二人去った。それまで庭先を照らしていた淡い灯影が消え、邸内は全く物音がしなくなった。

半刻後、直四郎は身体を起し、縁側に吸いつくように寄ると、じわりと膝をのせた。

「誰じゃ」

障子の中から、気だるいような声が咎《とが》めた。それを白井矢太夫だと判断した直四郎の考えは、間違っていなかったようだ。声に生気がなく、病むための乱れがある。

「お静かになされませ。怪しい者ではござらぬ」

と、とりあえず直四郎は言ったが、それでは不十分だと思ったので、

「決して、危害を加えるような者ではござらぬ」

と付け加えた。

「何の用じゃな」

「少しお願いの趣《おもむ》きがあり申す。おそばに参って宜しゅうござるか」

短い沈黙があったが、少し舌のもつれる声が答えた。

「よい。入って参れ」

障子を開くと、烈しく薬湯の香が鼻を搏《う》った。闇の中に横たわる人は、白い顔を上に向けたままである。

「後ろをしめろ」

と言った。

「夜分、しかも、御病気中のところ推《お》して参上仕《つかまつ》り、恐れ入りまする」

と直四郎は言った。

「江戸者だな」

と白井は言った。直四郎は苦笑した。江戸の訛りがあると言ったお類の言葉を思い出したからだ。

「お察しのとおり、公儀より差向けの者にござる」

「隠密か、こりゃおもしろい」

病人は、俄《にわ》かに興味をおぼえたという風に、顔を枕の上で直四郎に向け直した。

「その隠密が、矢太夫に何の用じゃ。見られるとおりの中風。余命幾ばくもない有様じゃ。政治向きのことは知らんぞ」

「さよう難しいことにはござりませぬ。御中老には、板垣左平太を御存知と思いまする」

「板垣？　はてと」

長い思案の後、白井は不意に眠たげに欠伸《あくび》をひとつ洩《も》らして言った。

「知らんな」

「以前、やはり公儀より差向けられました者にござる」

「板垣？　ふむ、隠密じゃと」

「御存知ありませぬか？」

「おう、おう」

白井は大きな声を挙げた。

「知っておるわい。だが、あれはもう隠密をやめておるわ」

「御承知でございましたか。つきましては、その者、どこに住いしておりますかお聞かせを」

「それは出来ん。あれはもう、仕事をやめたで」

「しからば、いまひとつお願いがござる」

「言ってみい」

「板垣父娘、隠密の務めにて、御領内に入りましたが、以後御放念下されたい」

「それは、どういう意味じゃ」

「江戸表では、すでに、はやくから御領内の探索を必要としておりませぬ。つまり、板垣左平太は無用の隠密にござる。従いまして、板垣に対して、貴藩の隠密扱いも、以後御無用にされたいのがお願いにござる」

「なるほど、相解った。そのように計らってもよい。だが、あれが今おるかな」

「……？」

「いや、板垣という男が隠密であることを知っておるのは、わしと青地貫兵衛だけじゃよ」

「青地？」

「そうだ。あれが参ったら申し聞かせよう」

「お聞き届け下され、仕合せに存じまする。さて、かようのことで、それがし決して板垣に害意を持つ者にはござりませぬが、板垣が住居《すまい》、お聞かせ願えませぬか」

「わしは知らぬのじゃ」

矢太夫は長い欠伸をした。

「青地が知っておる。あれに聞け」

「青地様というのは？」

答えがなかった。

「もし、御中老」

不意に楽々とした鼾《いびき》が起った。そこに横たわっているのは、すでに一個の年老いた病人に過ぎなかった。

五

濠際に戻って、忍び装束を着換えた。誰にも会わず、誰にも見咎められなかった。そのことと、白井矢太夫に直接に会うということが成功したことで、心に多少のゆるみがあったのだろう。土堤の傾斜をのぼって路上に立った時、不意に背後から襲ってきた者に気づいた時は、背に微かな痛みを感じていた。荷をふり解き、地面を転回して、次の刃風を避けたのがやっとだった。立ち直った時に、直四郎は、漸《ようや》く懐《ふところ》の短刀を抜いていた。襲ってきた者は、塀を背に、刀を青眼に構えている。覆面、黒の忍び装束でかなり上背のある男だった。じりじりと迫ってくる刀身に、油断なく間合をはかって右に廻りながら、直四郎は低い声で言った。

「板垣左平太か」

「……………」

「ならば、争いは無用だぞ。いま、御中老に話してきた。お構いなしということじゃ」

黒装束の男は、無言で、やはりじりじりと間合をつめてくる。これが砂丘で襲撃をかけてきた者ならば、直四郎は襲撃者を始めて見るわけだった。

「違ったか」

と直四郎は言った。

「白井様のお家の者か。しからば、刀を引かれい。それがし、怪しい者ではござらんぞ。御中老がよく御承知じゃ」

無言で、力をこめた一撃が直四郎の胴を薙《な》いできた。一瞬早く直四郎の五体が宙に躍った。火花が夜気の中に散る。

黒装束の男は、飛び違って睨《にら》み合った後、急に背を向けて走り出した。右手で、刀を持つ左手の肩を押え、二度ほど直四郎を振り返ったが、すぐ見えなくなった。

直四郎は、荷を拾い、着物の埃を入念に払ってから歩き出したが、疑惑は実に大きくなった気がした。

七日町の松前屋に戻った時、時刻は四ツ半（午後十一時ごろ）を廻っていた。玄関に上るとすぐに、直四郎は、松前屋の奥が、異様にざわついているのに気づいた。

「おい、何かあるのか」

直四郎は、折よく慌《あわただ》しく彼の前を通り過ぎたお沢という少女に声をかけた。薄暗い中で、お沢は直四郎に全く気がつかなかったらしかった。振り返って、それが直四郎だと知ると、「あっ！」と叫んだ。

それから金切声を挙げて、

「直助さんが帰りましたよ、お内儀さん」

そう言いながら、奥に駈け込んでしまった。本能的に、直四郎は身構える気持になった。が、その必要はなかったようだ。すぐにお次が走り出してきて、いきなり直四郎の袖《そで》を摑《つか》んで引っ張った。

「あんたを待っていたんですよ」

「一体何ごとがあったんだ？」

「お嬢ちゃんが、急病で……」

直四郎の袖をぐいぐい引っ張って歩きながら、お次は不意にすすり上げた。

「もう、息をしてないんですよ。さ、早く」

「待った。俺が行っても仕方あるめえ。何で医者を呼ばねえんだ」

「医者は、さっきから来てますよ」

お次は腹立たしげに喚《わめ》いた。

「ただ腕組んで、見ているだけなんだよ。お内儀さんが、直助さんがいい薬持っているからって、さっきからあんたを待ってるんだよ」

そこが、お類の寝部屋なのだろう。入るとすぐに、なまめかしい色彩が眼を射て、直四郎は、ふとためらった。だが、一眼中の様子を見ると、入口に肩と肩をくっつけて、息を殺している男女の使用人をかきわけて、すぐに部屋の中に入った。

子供は、蒲団《ふとん》から、のけぞるように身体を乗り出して、すでに血の気を失った顔を仰向けていた。年老いた医者が、そのそばに、お次が言ったように、黙然と腕を組んでいる。お類は、子供に寄りそうようにして、子供の手首を握り脈を調べているようだった。

「癲癇《てんかん》か？」

直四郎は、子供のそばに膝をついて、眼で、口から白い粘液を吹きこぼしているのを見、握りしめて青ざめている手のひら、硬直している頸《くび》を、素早く触ってみてから、医者に言った。握った手首には、弱い脈が断続的に触れてくる。

「かも知れぬが……」

医者は、眼を挙げて弱弱しく言った。

「ここに、麻痺《まひ》があって」

と、自分ののどを撫でて見せた。

「薬を、受けつけぬのじゃよ」

「お薬を、分けて下さりませ、直助さん」

不意に、向い側から、お類が囁《ささや》くように言った。その声があまり静かなので、直四郎は、思わず、ぎょっとしてお類の青ざめた顔をみた。その直四郎の顔色を読んで、医者が、気の毒そうに言った。

「売薬では、癒《なお》りませんぞ、お内儀さん」

「お持ちでござりましょう。直助さん、宝花散を、分けて下さりませ」

直四郎を見詰めて、そう言ったお類の眼が、みるみる濡れて、きらきらと涙がこぼれ落ちるのを、彼は見た。

直四郎は驚愕《きょうがく》に顔をこわばらせ、その眼をじっと睨んだが、やがてうなずくと懐から革袋をとり出し、素早く口をひらいた。竹皮に包んだ、小指の爪程の練薬である。それは行灯の光に、銀色に光った。起死回生の秘薬といわれる宝花散。それを知る者は、直四郎が属する組の者以外にない。直四郎は、お次に水を運ばせ、盃にうけると、懐から出した短刀を抜いて素早く固く乾いた練薬を削り落した。丹念に小指で水に溶く。それから、固くこわばったままの、子供の頭をお類に押えさせると、短刀の先で喰いしばった子供の歯を、ぎりぎりと音立ててこじあけた。お類の額が蒼白《そうはく》になり、その額に、汗が粒となって吹き上げる。見ていた女中の中から悲鳴が挙がった。居たたまれず、逃げ出した者もいた。こじあけられて、開いたままこわばっている子供の口に、直四郎は、注意深く薬を注ぎ込んだ。

それから、子供を僅《わず》かに抱き起し、背骨に膝をあてると、すさまじい無声の気合をほとばしらせた。ついで、ゆっくり両肩を押えて、胸を開き、閉じる。また開いて閉じる。

直四郎の額にも、汗が滴った。

「どうやら、助かったようだ」

長い時間の後直四郎が言った時、子供の四肢が大きく痙攣《けいれん》して、長い呼吸を吐いた。みるみる額に血の色が戻り、こわばった四肢がほぐれて行くのがわかった。

「お登恵ちゃん」

呼びかけて、もぎとるように直四郎から子供を抱き取ったお類が、わっと泣き出したのを見ながら、直四郎は立ち上った。

その眼が、入口のところに突っ立っている顔にぶつかって、思わず声を挙げた。

「兄貴、いつ来たんだ」

「たったいま、着いたところさ。来る早早えらい騒ぎで、胆をつぶしたぜ。おめえ、えれえことを知ってるじゃないか」

言いながら、重吉の眼は、まるで舐《な》めるように、子供を抱いて俯している お類の襟足の白さを見ているのだった。別の意味で、直四郎も、焼くような視線をお類に当てていた。泣いているその女が、多分幾代なのだ。

六

盆踊りを境いにして、鶴ケ岡の夏は終り、秋が始まるのだと聞いた。人垣の後に立って、始めて見る盆踊りの壮観さに心を奪われながら、直四郎は、時時襟元に、秋らしい夜気の冷えを感じた。

夜が更けるにつれて、踊りはむしろ熱気を帯びてくる。今日の昼、お殿様、深昌院様（忠器生母）、お部屋様などが打ち揃って、三ノ丸の中の組屋敷で踊りを御覧になったという。

拍子木が、澄んだ音をひびかせると、一日《ひと》市《いち》町の店店の前にしゃがんで休んでいた踊り子たちが、一斉におうと掛け声をかけて立った。どっと見物の声が湧く。普通一町内三十人から四十人ぐらいである。ところが、いま立ち上った五日町組の踊り子の列は、二百人近い人数だった。路上はもちろん二階の窓、屋根の上まで、見物の者で埋まっている。人人がどよめいたのは、人数にも度胆を抜かれたが、染屋町らしい五日町組の衣裳の美しさに、思わずどっと声を挙げたのだった。立ち並ぶ高張提灯《たかはりぢょうちん》が、男女合せて二百人の、きらびやかな踊りの列を一斉に照らし出したのだ。

〽ありゃ〳〵よい〳〵してこいな

二百人の踊り子が、威勢よく前掛声をかけると、

〽豊かなる代を寿《ことほ》ぐ春の

と櫓《やぐら》の上の唄い手が、美声で唄い出した。それにかぶせるように、

「マッカセロ」

と掛声が湧き上る。踊り衣裳がひるがえり、手拍子が揃う。

〽花の咲きての梅かほる
唄い手が一番掲げから三番掲げまで交代する間に、踊りは狂ったように熱気でむんむんするものに変って、まわりの見物まで酔ったように引き込まれて行くようだった。踊っている間に、拍子木の合図で、一斉に上衣を肌脱ぎにした下が、男女とも緋《ひ》縮緬《ぢりめん》の襦《じゅ》袢《ばん》である。見物が、またどよめく。

直四郎は、そっと人混みを離れた。一日市町の角を曲り、七日町に近くなっても、大勢の威勢のよい掛け声、見物の者が挙げる声や笑いが聞えた。踊りは、夜通し続くのだということだ。

松前屋に近くなると、ざわめきは漸く遠のき、暗い、静かな屋並が続いた。静かな中に、秋の感じがあった。

(母が、待っているだろう)ふと、そう思った。待っているとすれば、牧野老中も待っているに違いなかった。だが、この考えは、直四郎の胸を鋭く刺してくる。

お類が板垣左平太の娘、幾代であることは、ほとんど間違いないことだった。直四郎は、だがそれを確かめるのが、こわいのだ。そのことがはっきりした時、どうしたらよいか、その心が決っていない。予定のとおり、板垣父娘を隠密という役目から解放させ、

牧野老中には、両人の死歿を報告する。それが一番よい解決のように思われる。それよりほかに手はなさそうだった。だが、そのためには、青地貫兵衛という人物を探さねばならぬ。その者が、恐らくは、板垣親娘の生殺与奪の権利を握っているのだ。

直四郎は、何としてでも、その男と会いたかった。それを確かめ得る唯一人の人間、執政白井矢太夫は、先月死んでいる。それとなく、曲輪内の武家屋敷を廻った折に、青地のことを聞いてみたが、全く要領を得ないのだ。名前は知っているが顔は知らない、という者もあり、青地貫兵衛、あれはとっくに死んで、家も欠所になっている、と教えてくれる者もいた。すると、青地貫兵衛というのは病執政のとりとめない妄想に過ぎなかったのか、そういう疑いさえ出てくる始末だった。

（ともかく、帰らねばならぬ）

松前屋の門を潜《くぐ》りながら、直四郎はそう思った。いつまでも、重吉の尻にくっついて薬売りの真似をしている訳にはいかないのだ。玄関を入ったが、誰も迎えにも出ない。奉公人達も、客も、大部分踊りを見に行っているのだろう。そうでない者は、もう寝てしまったのだ。

直四郎は、暗い廊下を、半ば手探りで階段の方に歩いて行った。すると、不意にお類の声がした。階段の奥の湯殿の中である。そこだけぼんやりと明るいのは、まだ行灯を残してあるのだろう。またお類の声がして、今度は、はっきりとこう聞えた。

「何をなされます、青地様。女とあなどって、慮外なことをなされますと、許しませんぞ」

直四郎は階段にかけた足をそっとひいて、耳を澄ませた。青地という男がきているのか。灯影が大きく揺れて、中の男女の争う気配が露骨になった。

「何をなされます。無体な」

居ずまいを直し青ざめた顔を挙げて、お類は低いがきっぱりした声で言った。

「そやそや、そういう言葉遣いが、まるで武家丸出しじゃ。女郎屋のお内儀が使う言葉であるまい。それが、露見もせずに、こうしていられるのは」

「あ、お放し下さりませ！」

「誰《たれ》のお陰じゃと思う。え、一度は色よい返事をするものじゃ。それとも、江戸の客人、きゃつもろとも、隠密二人召捕りましたと突き出そうか」

直四郎は、いきなり湯殿の戸を開いた。湯から上ったばかりらしい緋の長襦袢姿のお類。そのお類のなまめかしい身体を、胸に抱え込んでいる男。険しい顔付きで振り返った男は、いつもへらへら笑い声を絶やさぬ、越前屋の重吉だった。

「ほ？」

直四郎をみると、重吉は、ぽんとお類を突き放し、それから真直ぐ胸を張って直四郎に向き直ると、

「聞いたか」

と言った。

「聞いた」

　と直四郎も短く答えた。

「いま、立ち合うか」

「いや」

　と直四郎は言った。

「明日、俺は真直ぐ江戸に向う。九ツ（正午ごろ）に七窪に近い浜で待つ。貴公が俺を襲ったあたりだ」

「あれは、俺でない。そこにいる女だ」

　不意にお類が身を起し、素早く廊下に遁《のが》れ去った。

「だが、貴公の申込みは承知した。先夜は一敗地にまみれたからな」

　青地貫兵衛は、左肩を押えて、重吉の顔になって笑ってみせた。

「一緒に湯に入らなかったわけが解ったろう。ともかく、面目にかけても行く」

「待っている」

「はて、どちらが待つことになるか」

　貫兵衛は、はぐらかすように言い、

「今夜は、ゆっくり休むことだな。解った以上、同室も異なものだから、俺は家に戻る」

　と付け加えた。背を向けた後姿の、肩の張り、太い胴が、やはり濠端で襲ってきた者の後姿に似ているのを、直四郎は改めて納得した。

七

「お休みになりましたか」

障子の外で、お類の声がした。直四郎は飛び起きて、裸の肩に着物を着ながら答えた。

「いや、眠ってはおらぬ。暫時《ざんじ》待たれい。いま明りをつけて進ぜる」

行灯に火が入ると、障子が開いて、お類が入ってきた。手に茶具を捧げている。

「お茶を、お上りなさいませ」

落ちついた、ふだんの声だった。急須にそえた手が、白く美しいのを、直四郎は、黙黙と見ていた。注いだ茶碗を、直四郎の前にそっとすすめると、お類は居ずまいを直し、青ざめた顔を挙げて、低いがきっぱりした声で言った。

「板垣左平太の娘、幾代でございます。存分になさいませ」

「父上は……」

直四郎は、胸に溢れてくる感動を押えて言った。

「いかがなされた！」

「病死致しました。もう八年が程になりまする」

牧野老中が予想したように、やはり、左平太は隠密の仕事を放棄したのだった。松前屋に奉公していた幾代が、主人に嫁に望まれた時、左平太は独りで白井矢太夫を訪ねて行った、と幾代は言った。そこで、どういう話があったかは、左平太が話さなかったから幾代には知るよしもなかったが、一晩泊めおかれただけで左平太は帰された。白井はその後、青地貫兵衛を、親娘の監視につけただけである。貫兵衛は一年の中《うち》、半ばを越中の越前屋で過したが、それが、江戸表から板垣に連絡にくる者のために張った網だということを、幾代は、父が死ぬ間際に聞かされた。幾代を嫁がせ、張りを失ったのか、それとも公儀を裏切ったことが、心の負目となったのか、花嫁姿を見て涙をこぼしてから二年目に、左平太は死んだ。六十二になっていた。死ぬ時に、「死力を尽して身を護れ。そのためにお前を鍛えたのだ。なに、公儀も、隠密もあるものか」と言ったという。

それを聞いて直四郎は、左平太にも二十数年の鬱屈した憤りがあったのだろうと思った。

「幾代どの」

と直四郎は言った。

「私は、何もせぬ。江戸にはお父上も、そなたも、死歿したと言えばよい。そなたに何の負目があろう。まして、子供がいるものを」

「お登恵が……」

「さよう。公儀も、隠密もあるものか、じゃ。いま一度、吹矢を使うぐらいの元気を出されい」

幾代が、不意に顔を伏せて、そのまま低い嗚咽《おえつ》を洩らした。

「そなた、峡《はざま》という名前を記憶ないか。昔同じ組屋敷で、隣同士だったそうだが……」

「峡さま？」

幾代は、涙に濡れた顔を挙げて、じっと直四郎を見た。

「私は、峡直四郎と申す。私の父も、母もよくあなたのことを話された」

「峡さま！　直四郎さま？」

呟《つぶや》いている中に、幾代の眼に、見る見る新しい涙が溢れた。

「ああ、懐しいこと。直四郎さま、私は赤ん坊だったあなたを抱いたことがございます」

恐ろしい感動が、彼女を襲ったようだった。その感動に耐えかねたように、幾代は前に置いた茶器を押しのけ、直四郎に手をさしのべた。救いを求めるようにわなわなと慄《ふる》える手を、直四郎が優しく握りとると、幾代は膝でにじり寄り、直四郎の胸に身体を投げかけた。烈しい慟哭《どうこく》が、堰《せき》を切ったように始まった。長いこと、直四郎は腕の中に、泣きむせぶ幾代を抱いていた。その烈しい取り乱しように、直四郎は、幾代が歩いてきた道の孤独さを感じた。父と二人、常におびえ、父が死んでからはひとりで敵が現れるのを待っていたのか。直四郎は優しくその背を撫で続けながら、そう思った。

「済みませぬ」

ようやく泣き止《や》んだ幾代だが、顔を挙げると、きまり悪そうに微笑《ほほえ》んだ。

「お蔑《さげす》みでございましょう。このように取り乱して」

「いいや」

直四郎は、身を退こうとする幾代の肩を、力をこめて抱いた。

「蔑みはせぬ。苦労されたな、幾代どの」

「明日……」

不意に、幾代は顔色を変えて言った。

「青地貫兵衛が、待ち伏せます」

「心配いらぬ」

「必ず、勝って下さりませ」

幾代は、男の胸の中で、祈るようにそう囁いた。男の返事がないのを訝《いぶか》しむように、幾代は顔を挙げたが、その視線を受け止めた男の眼の奥に火を認めると、柔らかく瞼《まぶた》を閉じ、われから豊かな胸を合せ、男の肩に顔を埋めて行った。


砂にまみれて倒れた青地貫兵衛のそばに、直四郎は長いこと立ち竦《すく》んでいた。約束通り、ひとりでやって来、彼の剣技に屈した男を、直四郎は理解できたように思った。青地貫兵衛は、白井矢太夫の影なのだろう。白井が死んだいま、貫兵衛は、求めて死闘を挑むしかなかったのだ。板垣左平太がそうであったように、彼もやはり一種の無用の隠密だったのだろう。

（だが、俺は違う）直四郎はそう思った。

（必ず、帰ってきて下さいますね）闇の中で、汗ばみながら、胸に取り縋《すが》って幾度もそう囁いた女の声と、裸の胸を濡らした熱い涙が思い返された。それは甘美ではなく、むしろ胸を切なくさせる。

砂丘も、青い海も明るい。その明るい光の中に、ひと筋冷たい秋の気配が棲《す》んでいる。

直四郎は、青地貫兵衛の屍《しかばね》を見捨てて、西に向って歩き出した。胸の中に浮かんでくる幾代の面影に、俺は違う、俺は違うぞ、幾度も、そう呼びかけながら。

解説　四十年の眠りから醒めて

阿部達二

平成十八年一月の、藤沢周平が作家デビューを果たす以前に書いた作品十四篇が見つかったという知らせは、藤沢ファンを驚かせた。発見の経緯はあとで述べるとして、そういう作品があるらしいことを窺わせるデータはこれまでに三つあった。

①藤沢の死の直後、文藝春秋が発行した追悼号「藤沢周平のすべて」に載った金田明夫氏の文章。氏は「日本加工食品新聞」時代、小菅留治（藤沢の本名）の同僚であった。

「いつ頃だったでしょうか、小菅さんから、

『実はこの小説、ぼくが書いたんだ』

と教えられたことがありました。読み切り小説ばかり集めた、けっして一流とはいえない出版社から出されていた雑誌があり、小菅さんの小説が掲載されていたのです。

（中略）

時代小説でしたが、なんという雑誌だったか、内容はどうだったかは、申し訳ない

のですが忘れてしまいました。本名で書いていなかったのはたしかなのですが、なんというペンネームだったかも覚えていません。」

②平成十四年六月刊行の藤沢周平全集第二十五巻に収められた渡辺とし氏宛ての手紙。氏は湯田川中学時代、藤沢の同僚だった。

「小説書いているなどと人に言うためには、今の段階を、もうひとつ突き抜けたところが必要で、一ヶ月に一本、締切に間に合せるのが精一杯という、エネルギーを欠いた現状では、それもどうしようもありません。続けるかどうかも迷っている有様なのです。金が入るということだけでなく、小説のことを、悦子（注・最初の夫人）は㐂んでいたようです。」（昭和39・4・10）

③私自身、駒田信二氏から「あの人はこれまでにも雑誌にいろいろ書いていますから大丈夫ですよ」と聞かされていた。昭和四十六年、藤沢がオール讀物新人賞を受賞した直後のことである。駒田氏はオール讀物新人賞の選考委員の一人であり、その後も藤沢と親交を結び山形へも何度か一緒に旅行している。

当時は今日とちがい新人賞はおろか直木賞をとっても中間小説誌が毎月のように原稿を頼むという状況ではおよそなかった。大家人気作家が綺羅星のごとくひしめいており、新人には年に一、二度執筆の機会が与えられればいい方だった。既成作家に伍して新人が遜色のない作品が書けるだろうかという危惧からである。新人作家を待望しながらも、育てることには消極的だったと言ってもいいだろう。

だから駒田氏の発言は「藤沢さんならそんな心配はいりませんよ」という藤沢へのバックアップの意味をもっていたのである。私はこの助言に従って「黒い縄」、「又蔵の火」、「闇の梯子」、「雲奔る」、「檻車墨河を渡る」などを「別册文藝春秋」にほとんど毎号のように執筆してもらったのだった。

残念なのは①、②は藤沢没後のことだから当人に確かめる由もなかったわけだが、駒田氏からそういうことばを聞きながらそれがどんな雑誌でどんな作品だったのか、駒田氏にも藤沢氏にも一切問い質《ただ》さなかったことである。仕事にまぎれていつしか忘れてしまい、思い出したのは二十四年後の金田氏の文章によってであった。全く私の怠慢である。

遠藤展子《のぶこ》さん（藤沢氏長女）は平成十六年以来「藤沢周平の世界展」（平成十七年九〜十月、東京都世田谷文学館）の準備に忙殺されていた。それが済むと平成二十一年鶴岡市に開館予定の藤沢周平記念館の打合わせがある。出版社と約束のある父の回想記も年内には書き終えたい。十七年の暮、彼女はそういう情況にあった。

それらの仕事に区切りがついたら、ぜひ調べてみたいものがあった。「読切劇場」という古い雑誌が十数冊蔵《しま》ってあり、以前チラと目次を見たとき「藤沢周平」の名前があったのだ。

ちょうどおなじ頃、藤沢ファンの集まりである「藤沢周平と大泉の会」の代表者和田あき子氏も古い雑誌を探していた。彼女は前出①の金田氏の文章をながく心にかけていたのである。「大泉の会」の会員にその雑誌をもっている人がおり、誌名が「読切劇場」と判った。インターネットで検索すると古書市場に十冊出ていた。さっそく買い求めてみると中の一冊に藤沢作品が掲載されていた。

そのことを知った展子さんは十数冊を点検した。そのすべてに藤沢周平の作品が載っていたのである。

さらに仙台在住の神春美氏からも一冊が届いた。神氏は藤沢のエッセイ「まるめろ」（中公文庫『周平独言』所収）に「仙台のJさん」として登場する古くからの藤沢の愛読者である。こうして以下の十四篇が見つかった。

暗闘風の陣	読切劇場	昭和37年11月号
如月伊十郎	〃	38年3月号
木地師宗吉	〃	38年4月号
霧の壁	〃	38年7月号
老彫刻師の死	〃	38年8月号

木曾の旅人	〃	38年9月号
残照十五里ヶ原	〃	38年10月号
忍者失格	忍者読切小説	38年10月号
空蟬の女	読切劇場	38年11月号
佐賀屋喜七	〃	38年12月号
待っている	〃	39年3月号
上意討	〃	39年4月号
ひでこ節	忍者小説集	39年6月号
無用の隠密	〃	39年8月号

四十数年間眠っていた作品が、長い眠りから醒まされたのである。

いちばん古いものが「読切劇場」昭和三十七年十一月号で、この年はこの一本だけ。三十八年は九本。特に後半は七月号から十二月号まで毎月執筆、「忍者読切小説」の一篇を加えて半年に七本を量産している。このあたりは前出渡辺とし氏への手紙「一ヶ月に一本、締切に間に合せるのが精一杯」という状況と一致している。

三十九年は四本で「忍者小説集」八月号が最後となっている。

掲載作品は「読切劇場」が十一本、他に「忍者小説集」、「忍者読切小説」があるが版元はすべて高橋書店、定価はほとんどが百五十円、ビール一本が百二十円、コーヒーが八十円の時代だった。高橋書店は当時新宿区東五軒町にあり、現在も文京区音羽一丁目で営業しているが実用書、ビジネス書、日記などが中心で文芸書は出していない。

目次をながめてみると村上元三、山田風太郎、池波正太郎、伊藤桂一、多岐川恭、清水正二郎（のちの胡桃沢耕史）なども名を連ねているが、この中で例えば山田風太郎の「蟲臣蔵」（三十八年十二月号）は「オール讀物」三十一年九月号に載ったものであり、「萬太郎の耳」（三十八年七月号）も「ロック」（二十三年四月号）が初出である。池波正太郎の「刺客」（三十九年四月号）も「小説倶楽部」（三十四年九月号）が初出だから、ときどき大家の旧作を再掲載して箔をつけるという雑誌作りをしていたようである。

十四篇を概観してみると、やはり庄内あるいは広く羽前国を舞台にしたものが目につく。職人もの二本を含めて七本までがそうだ。江戸下町の市井ものが四本、忍者もの、隠れ切支丹に材をとったものと世界は多彩である。唯一の遊俠もの「木曾の旅人」は後年の「帰郷」（文春文庫『又蔵の火』所収）の原型をなすものだ。

後年、定評を得た自然描写は既にして鮮やかである。

「重く垂れて動かぬ冬雲である。

その下に、ひと冬、海は黒くどよめきの音を断たず、風を吸い、突き刺さる雪を吸い込んで、波頭に牙のように夜も光る白い歯を剝《む》く。

羽州庄内浜。その人影も稀《まれ》な荒涼とした砂丘は、朝日磐梯山系の山山の足跡が、海に突き当って埋没するそこから荒れた貌《かお》を起し、暗い海のどよめきを聞きながら、北へ北へ海沿いの七里を走るのである。」（「残照十五里ケ原」）

荒涼たる風景の中に、耳を澄ますと望郷の歌が聞えてくる。が、それは後年の故郷讃歌ではなく、〝遠きにありて思う〟者の呻き声に近い。

「夕餉《ゆうげ》の支度をする積りで台所に立った。がお幸《こう》は、そのまま小さな窓に映る秋色の濃い空に心を奪われて佇《たたず》んでしまった。眼も染まるような濃い藍《あい》色の秋空。小さな窓に区切られたその空に、さっきの通り雨の名残りだろう、鮮やかな虹がかかっているのだった。脚も、頂きも見えぬ、截《き》り取って貼りつけたような、大きな虹の一部が、窓一杯に拡がってみえた。」（「空蟬の女」）

物語の冒頭にこんな華やかな情景をおきながら、なぜか読者の心を浮き立たせない。それどころかむしろ不安定にする。それはお幸が亭主の浮気に心を悩ましているからだとじきに知れる。藤沢の風景描写はいつも、人の哀歓をとりこんでいた。

さて、これらの作品を藤沢周平は昭和三十七年の秋から三十九年の夏にかけて書いたわけであるが、その間に大きな出来事が二つあった。長女の誕生（三十八年二月）と妻の死（同年十月）である。あとには生後八ヶ月の嬰児と三十六歳の男やもめが残った。心配して郷里から母が飛んで来たが、母たきゑはこのとき六十九歳、当時の感覚では既に老女である。しかも彼女は間なしに目を患い、藤沢は毎日出勤前に車にのせて病院へ連れて行かなければならなくなる。「治療が終って、病院の前から車にのせて送り出して、駅まで駈足。」（四十一年十二月、渡辺とし氏への手紙）という生活が続いた。

冒頭引用した渡辺氏への手紙の前半にはこうもある。

「人生には、思いもかけないことがあるものです。予想も出来ないところから不意を衝かれ、徹頭徹尾叩かれて、負けて、まだ呆然とその跡を眺めているところです。（中略）西方浄土までは、十万億土の長い道を歩いて行くのだそうです。方向オンチで、何かにつけて僕に聞かないと、自分で判断できなかったあれ（注・妻）に、そんな長い旅ができるのだろうか。そんな馬鹿げた考えひとつにも、いまだに心がきりきり痛むのです。僕も、何ひとつ知ることが出来ないあの世という別世界に、一人でやるのが可哀想で、一緒に行ってやるべきかということを真剣に考えました。子供がいなかったら、多分僕はそうしたでしょう。」

悲しみに打ちひしがれ、だが自殺もできず、それでは藤沢は執筆も放擲《ほうてき》しただろうか。前に述べたように彼はこの前年九本の小説を書き、この三十九年も四本の作品を発表しているのである。月給だけでは三人の生活を維持できないという現実もあっただろう。しかし、この時期の執筆は彼にとって唯一の心の支えだったのである。

背中を丸めて机に向う男の姿が浮かぶ。書き損じても原稿用紙を丸めて捨てるような余裕はなかったろう。丁寧に切り貼りをしていたに違いない。

「窮愁著書」（窮愁シテ書ヲ著《あらわ》ス）ということばがある。中国の戦国時代、趙の虞卿《ぐけい》は、秦に追われている親友・魏斉《ぎせい》との友誼を重んじともに潜行して梁へ行った。だが魏斉は自殺し、虞卿は志を得ぬまま困窮のうちに名著「虞氏春秋」を著した。司馬遷は「虞卿窮愁に非ざれば、また書を著して以《もっ》てみずから後世に見《まみ》ゆること能わざらん」と「史記」に記している。

藤沢はこの時期に書いた十四篇によって後世に名を残したわけではないが、崩れ落ちそうな精神の支えとし、のち世に出るための助走としたのである。

だが三十九年八月号を最後に藤沢はこれらの雑誌への執筆をやめ、「オール讀物新人賞」への応募に専念する。渡辺とし氏への手紙で「小説書いているなどと人に言うためには、今の段階を、もうひとつ突き抜けたところが必要」と書いたことを実行に移すためである。この間の様子を、長女展子さんは次のように回想する。

「私の成長とともに生活に追われ、小説を書く時間もままならなくなり、一時中断されていたのですが、幸いなことにその後、現在の母と出会い、（注・昭和四十四年、和子夫人と再婚）再び『オール讀物』新人賞に挑戦することになりました。」（『藤沢周平　父の周辺』＝文藝春秋刊）

そして昭和四十六年春、新人賞を獲得していよいよ助走から本走に入ることになる。

助走時代の作品に触れることが出来るのはわれわれ読者にとって思いがけないプレゼントだった。藤沢さんは「いやぁ、参ったなあ」と薄くなった髪をかき上げて苦笑しているかもしれないが、十四篇のなかに後年さらに円熟を加える勁《つよ》さ巧みさ優しさ清冽さと、わずかな稚拙さを見てとることが出来るのはやはり嬉しいことである。

＊

「暗闘風の陣」と「如月伊十郎」は、ともに老中松平伊豆守信明（寛永のころ智恵伊豆とうたわれた信綱の孫）と隠密如月伊十郎のコンビが江戸に潜む隠れ切支丹のグループを一掃する物語で姉妹篇をなしている。一掃といっても捕縛処刑するわけではなく、切支丹側が新天地を求めて去って行くのである。

「暗闘風の陣」は、埋蔵金でどこか遠国に別天地を築こうという穏健派と、江戸で蹶起《けっき》しようと埋蔵金の地図を盗み出す過激派の対立に伊十郎がからんで三つ巴の争闘になる。本拠は庄内南部の山地にあるが物語の舞台は江戸である。

けっきょく伊十郎が肩入れする穏健派が地図をとり戻し、庄内を経て蝦夷地へ移住していくのだが、伊十郎と穏健派の結びつきがうまく説明されていないし、過激派の一員である元旗本の狼参左などは伊十郎の決闘相手としてのみ案出されたように思われる。

「如月伊十郎」はそれから数年後のことで、切支丹は「暗闘風の陣」とはまたべつのグループ、こちらは庄内とは関係がない。

やはり遠国へ移住する費用を捻出するために切支丹取締りに当っていた家系の家々を

襲うという筋立ては「暗闘風の陣」よりもスッキリしている。ただし井上伊右衛門の三度目の妻が隠れ切支丹のフローラというのはいささか作りすぎで頂けない。

この二篇は、今回発見された十四篇の第一作第二作にあたるもので、後年の無理なくしかも意外性に富んだストーリーの起伏に比べると、話の運びに安易なあるいは不自然な部分が多少あるのはやむを得ないところだろう。

決闘シーンにしても、のちに向井敏氏が「（一時代前の時代小説の）曖昧な措辞で人を煙に巻くようなことを彼はしない」「血なまぐさい剣の争いの一部始終を精細に伝えて、しかも品よく姿よく、微妙な剣の動きを的確に描いて、しかも凛として端正」（文春文庫『海坂藩の侍たち』）と絶賛した描写まではまだかなりの距離があり、向井氏が挙げた「調子はいいが模糊とした言葉を連ねて何となく状況を感じとってもらおうとする旧来の時代小説の筆法」に近いものが感じられるのは、むしろ微笑ましい気がする。

この二作は寛政十年（一七九八）とその数年後という設定になっている。『庄内藩史』には「庄内の切支丹は元文二年（一七三七）をもって消滅した」という記述があるが、宗教とか信仰というものはなかなか根絶できるものではない。この元文二年という年はちょうど島原の乱から百年目にあたるのでこういう記録を残したのではないかという見方もされている。

なお作家デビュー後の藤沢周平には、隠れ切支丹に材をとったものはないようである。

渡世人の宇之吉が数十年ぶりに故郷木曾福島へ帰ってきた。昔の恋人が生んだ娘の危機を救い、再びあて知れぬ旅へ出て行く――この筋立ては、昭和四十七年「オール讀物」十二月号に掲載された「帰郷」（文春文庫『又蔵の火』所収）とほぼおなじである。

このたび発見された藤沢周平の旧作十四篇のうち、書き直して後年もう一度発表したと考えられるのはこの「木曾の旅人」と「待っている」の二篇である。藤沢にはこの二作に特別の愛着ないしは心残りがあったのだろうか。旧新両者を読みくらべていくと、いろいろなことが思い浮かんでくる。

作品の大筋はおなじである。だが細部には大小いろいろな違いがある。潔癖な藤沢が旧作に多少手を入れただけのものを発表するはずがない。

いちばん大きな違いは、父と娘の出会い方である。「木曾の旅人」では宇之吉（喜之助と名乗っている）が昔の恋人お佐和（「帰郷」ではお秋）の墓に詣でたとき、お登世（同おくみ）も母の墓参りにやってくる。それ以前、お登世の夫政太郎を助けたとき、江戸で宇之吉と親しくしていたと話してあるのでお登世は驚かない。「父はいまどうしていますか」という問いに喜之助は、「宇之吉は亡くなりました」と答える。

その後、お登世夫婦の家に寄居するようになっても宇之吉は父とは名乗らない。だがある夜、酔いつぶれた彼に掻巻をかけながら、お登世は「お父さん、お風邪召すといけませんよ」と呟く。娘が去ったあと宇之吉は旅支度をととのえて部屋を出て行くのである。

いっぽう「帰郷」では、野馬の九蔵の子分たちと争った宇之吉はとつぜん血を吐き、おくみの家へ転がりこむ。その最初から「宇之吉だ」「お前の、父親だ」と名乗るのである。おくみの反応はあとで述べる。

お登世が旅籠「司屋」の跡とり娘であり、政太郎を婿にとって三人の子を生《な》しているのに対し、おくみは一人身で飲み屋の酌婦をしているのも大きな違いのひとつである。

登場人物は宇之吉以外はほとんど名を変えてあるが、佐一という男は同名である。「木曾の旅人」の佐一は三十五、六の腕のいい壺振りだが、「帰郷」の佐一はむかしの仲間である。だが宇之吉も思い出せないほど佐一は老いていた。「見たこともない年寄りだった。男は前歯が欠けた口を開いて、嬉しそうに笑ってから言った。『（中略）忘れたかい、俺は佐一だ』」。

佐一の老残、変貌は宇之吉を映す鏡である。宇之吉のあまり自覚していない老いを、あるいは二十数年の時の距《へだた》りを、旧友の変貌を借りて表現する手法は鮮やかだ。

さて一方が父娘の名乗りをし、一方がそれをせぬまま去って行くとなると、前者のほうが甘いように思われる。だがそうではないことは「帰郷」の結末のおくみの反応によって示される。

再び出て行く父の背中におくみは叫ぶ、「行っちまえ、行ってどっかで死んじまえ」。

おくみは、最初に宇之吉がお前の父だと名乗ったときから「お前なんて言われたくないね」「いまごろ父親でございなんて、笑わせるよ」と答えていたのである。「宇之吉はふりむいて微笑した。いまほど、おくみがぴったり寄りそってきていることを感じたことはなかった」が、それにつづく文章である。九年間の伎倆と視線の成熟を示すものと言っていいだろう。

「木曾の旅人」を書いたときの藤沢はどんな状況にあっただろうか。最初の妻・悦子は六月ごろから体調をくずし日本医科大病院でガンを宣告された。夫は昭和医大病院に転院させ、SICによる治療を試みる。だが悦子はこの雑誌（「読切劇場」昭和三十八年九月号）が出て間もなくの十月に世を去るのだから、病状がはかばかしかったはずはない。そんな状況で娘に罵られて（もちろん父への愛を秘めた罵言だが）故郷を出て行く男を描くのは、著者には辛すぎたのではあるまいか。その結果、宇之吉とお登世の関係は優しくいたわり合うものになり、同時に甘いものになった。その甘さが、藤沢にはずっと気がかりだったのではないだろうか。

悲嘆のさなかで書いた作品に甘さが残る、これは小説という営為のひとつの不思議であるように思われる。

「老彫刻師の死」のカエムヘシトは、実在の人物である。

藤沢には「展覧会の絵」というエッセイがある。『周平独言』（中公文庫）に収められており、昭和五十四年に書かれている。

「十数年前にエジプト美術五千年展というのを見たことがある。（中略）中でももっとも心を惹かれたのはカエムヘシト群像という、さほど大きくもない石灰岩の像だった。

カエムヘシトは宮廷大工で、彫刻家の長でもあったという。像は彼と彼の妻、子ども一人を刻んだものだった。その像のなにが私を感動させたのかはわからないが、そのつつましげな一家族の像は、いまも私の眼に焼きついている。」

「老彫刻師の死」の執筆は昭和三十八年夏だから、おそらくこの展覧会から間なしにその感動を小説にしたのだろう。

藤沢はそこにもう一人の家族をつけ加えた。妻アギウラが不倫の果てに生んだ妹娘アナンである。カエムヘシトはかつてアギウラの不倫相手でアナンの父であるオマーを人に命じて殺させている。アナンは姉タジのいまの恋人であり、オマーの弟子であったヒメネスに体を与え、代償としてそのことを聞き出した――。

「つつましげな一家族の像」から、すさまじい愛憎の物語を紡ぎ出した手腕は、後年「第一級のストーリーテラー」と呼ばれるようになる才能の片鱗を窺わせるに十分なものがある。

「残照十五里ケ原」

元和八年（一六二二）酒井家が信州松代から入部して領主となるまでの庄内の歴史はきわめて複雑である。南の山形（最上氏）と西の越後（上杉氏）の二大勢力に挟まれ、あるときは抵抗しあるときは手を結びながら地元勢力同士も支配権を争い、盛衰をくり返す。

藤沢周平には「鶴ヶ岡城」という三十枚をこえる長さの歴史エッセイがある（『帰省』所収）。藤沢はその前半を鎌倉時代から元和八年に至る庄内の歴史に筆を費している。

庄内地方は、鎌倉幕府の御家人で幕府から地頭に任じられた武藤氏がながく支配してきた。武藤は上杉をバックにしていたが、謙信が死ぬと織田信長に款を通じ、屋形号を許される。「残照十五里ケ原」の中で武藤義氏が「屋形様」「悪屋形」と呼ばれるのはこのためである。

天正十一年、武藤の部将前森氏永・勝正の兄弟が武藤に叛《そむ》く。仙北郡に出兵するため出発した前森軍が途中から兵を返して尾浦城を襲うというかたちは、その前年の明智光秀の反乱によく似ている。

義氏を倒したあと暫くは義氏の弟・義興と前森（改め東禅寺）の併立時代がつづくが、東禅寺は最上氏の支援をうけて義興を倒し、四百年にわたる武藤氏の庄内支配は終りを告げる（天正十五年）。しかし翌年には上杉勢の反攻が始まり、東禅寺は本庄繁長の軍勢に滅される。

「残照十五里ケ原」はこの武藤対前森、東禅寺対本庄の決戦を描いた歴史小説である。藤沢は昭和四十四年四月に帰郷したとき、いまは庄内米の美田となっているこの古戦場を訪れ、東禅寺右馬頭（勝正）の墓にも詣でている。

小説の終り近くに東禅寺がその後ろに陣を布いた千安川など三本の川は「赤い切岸が見えているのは深い証拠だった」「深さは一丈を超える。天然の要害だった」という個所がある。執筆当時は資料に拠って書いたのだが、このとき千安川を実見して、「実際に見ると、いまでもかなり底の深い川です。多分当時は三丈ぐらいあったのでしょう。それで、だだっ広い平野の真中に布陣した庄内勢のやり方がのみこめたように思いました。」と知人に書き送った手紙が残っている。

「忍者失格」は「残照十五里ケ原」よりさらに百年ほど前、明応二年（一四九三）から永正九年（一五一二）の物語だから世は戦国時代のただ中にある。庄内地方では「残照十五里ケ原」の一方の主人公・武藤氏が砂越《さごし》氏と対立していた時代になる。

木兵衛は砂越氏に雇われている草（忍び）の頭領・平賀善棟の配下、砂越の命令で雪江作兵衛の砦を襲い雪江を倒したとき遺児を助け、雪太郎と名づけて育てる。木兵衛はまた、草の仲間道七の女房に手を出し、女房は娘香苗を連れて木兵衛のもとへ逃げ込んでくる。木兵衛は雪太郎、香苗の二人にきびしい修行を課し、忍者として育てた。

木兵衛父子が武藤氏の東禅寺城に忍び込んだ帰り、二人は伊能道心の一味に囲まれ、重傷を負った木兵衛はこれが草の死に方だと火薬を嚙んで自爆死をとげた。雪太郎は父の仇を討とうとして逆に道心の蜘蛛の囲《い》の陣に誘い込まれるが香苗に助けられ、草をやめて二人で暮す決心をする。

武藤と砂越の戦いは武藤の勝利に終り、以後「残照十五里ケ原」の時代まで武藤氏の庄内支配がつづくことになる。藤沢の後年の作品「密謀」でも上杉方の草が活躍するが、伊賀甲賀とはべつに越後奥羽地方にも古くから忍者集団が存在していたらしい。

「佐賀屋喜七」

藤沢には珍しい悪女（悪妻）ものである。藤沢作品に間男をした女房が登場しないわけではない。許婚《いいなずけ》を裏切った娘もいれば、自分に恋している男に、捨てた男を殺させようとする女もいた。だが彼女たちにはそれなりに、たとえ薄弱で自分勝手な根拠でも理由はあった。

喜七の女房お園はしかし、天性の派手好き遊び好き男好きであるらしい。それでも非は自分にあると喜七は考えていた。仕事一途に打ち込んで、お園の好む明るい楽しい無邪気な話の相手をしてやらなかったのだ。だが、お園が男に夫殺しを唆《そその》かし、「稼ぐしか能のない男だから」と囁くのを聞いたとき、あらゆる分別も愛憐の情もけし飛んでしまった。「また、会ってくれる？」と言ったお品が行方知れずになってから、この世を生き抜く執着を喜七は失っていたのだった。

暗い話柄にひとつの挿話が明かりを投げかける。

お園が留守の日、喜七は自分で店の戸を閉める。しまいの一枚を閉めるとき、空を仰いで喜七は呟く、「明日も天気がいいらしいな」と。

エッセイ「六月の赤い鳥」（中公文庫『周平独言』所収）にはこうある。

「たとえば夜、雨戸をしめようとして、空を見あげる。一面に星が光っていたりすると、私はついはればれとひとりごとを言う。あしたも天気がよさそうだな、とか、あしたも上天気だぞ、とか、ひと声言うわけである。それを聞きつけると、家の者がくすくす笑う。

私自身は、おかしくも何ともないのだが、家の者は私を、家の中ではめったに音声を発しない一種の変人とみなしているらしく、突然の大きなひとりごとと、その内容が十年一日のごとく変りばえしないのは、もはや聞きあきたというふうに、いささかの軽侮をこめて笑うわけである。」

これは藤沢の父繁蔵の口癖であった。藤沢は自分を性格も体型も母親似と思っていたのだが、父の死んだ年（六十一歳）に近づいたとき思いもかけず父の癖を受けついでいたことに気づくのだった。だが、「佐賀屋喜七」を読むと藤沢はもっと早くから（このとき三十六歳）父の癖を受け伝え、懐しんでいたようである。

藤沢には笑ってくれる妻と娘がいた。お園も「またおなじことを」とくすくす笑ってくれたなら、惨劇は起らなかったかもしれない。

「待っている」は、後年発表された「割れた月」（「問題小説」昭和四十八年十月号、文春文庫『又蔵の火』所収）によく似ている。その似方は「木曾の旅人」と「帰郷」よりも濃密であると言っていい。

「割れた月」の梗概を述べると、賽子《さいころ》ばくちで手目《てめし》を使い、島送りになった鶴吉が五年の島暮しから帰ってくる。一年余りお紺と暮した長屋に戻ってみるとお紺は三年前に出て行ったきりだという。行き場のない鶴吉を隣に住む理助とお菊の父子が泊めてくれる。鶴吉は左官の下職でわずかの手間賃を得るが、理助が卒中で倒れたので夜は夜鷹そばの屋台を担って働く。しかししだいに窮迫し、おなじ船で島から戻った源七の誘いで一夜だけむかしの賽を握ることになる、というわけで大筋は酷似していると言ってもいい。

もちろん細部には微妙な違いがある。例えばお菊（「待っている」ではお美津）と身体の関係を持つそのきっかけが違う。実家に金の無心に行ったとき断わるのは異母弟ではなく母である。

だがいちばん大きな違いは大詰で、鶴吉が胴元に寄り添っているお紺の姿を目にして動揺し手目に失敗することである。「待っている」にはこの部分がない。もちろん六年も使わなかった指先の玄妙な技に、何度目かに失敗したとしても不自然ではなく、とくべつな理由は必要としないが、「割れた月」のお紺は悪意はなくても姿を見せただけで男の破滅を招き寄せる「運命の女《ファム・ファタール》」として描かれているのである。

「待っている」のお勢のほうは物語の冒頭で徳次の回想に現われるほかは、派手な格好をして向島あたりを歩いていたという人の噂にしか登場しない。もっともお勢という名は、やはり藤沢の初期の短篇「賽子無宿」（『又蔵の火』所収）にも出てくるから、藤沢にとってなにか愛着のある名前だったかもしれない。

左官の親方の名・繁蔵は、昭和二十五年に死去した藤沢の父の名前でもある。「小肥りに肥って、丸い顔に髭の濃い」という風貌が現実の父の面影だったかどうかは判らないが、「佐賀屋喜七」で父の口癖を喜七に呟かせたように父恋の気持が洩れ出たのかもしれない。繁蔵は、徳次を雇うことに決めたとき「昔のことは気にしなさんな」と言うことで包容力のある人物として描かれている。しかし「割れた月」ではこの親方の名前を兼蔵に変えた。「待っている」当時とは違い、直木賞受賞後の作品は母や兄姉たちの目に触れることを慮《おもんぱか》っての改変ではなかったろうか。

藤沢周平の初期傑作のひとつに「長門守の陰謀」（昭和五十一年「歴史読本」、文春文庫）がある。元和八年、酒井忠勝が信州松代十万石から庄内十三万八千石に移封される。

忠勝は次弟直次に左沢《あてらざわ》一万二千石を、三弟忠重に白岩八千石を分与するがこの長門守忠重が残虐非道の性格であった。苛政に耐《たま》りかねた百姓惣代三十八人が死を決して江戸へ出て直訴に及んだ。幕府に藩政不行届きを咎められ領地を没収された忠重が、客分として鶴ヶ岡城に住むようになったのは藩主忠勝がこの粗暴な弟を偏愛していたからである。

「上意討」はその忠重が鶴ヶ岡城に在留していたときの一事件をとり上げている。

長門守忠重（通称白岩殿）が熊谷源太夫の成敗を命じ、家老の松平甚三郎に討手の人選をさせる。白岩殿を誹謗したのが耳に入ったのだ。源太夫は召抱えのさい披露した武技によって二百五十石を与えられている武辺者である。なみの討手では返り討ちにあうだろう。甚三郎は側用人の手代木孫兵衛とはかって大泉経四郎を選ぶが、さらに後詰めとして孫兵衛が名も知らぬ小右筆の金谷範兵衛を指名する。

甚三郎は邸へ帰ると大泉経四郎に使いを出し、急病と称して討手を辞退するよう伝えさせる。こうして後詰めの金谷範兵衛が討手と決まった。

範兵衛はみごとに源太夫を討ち果たす。だがその帰りを大泉経四郎が待っていた。経四郎の報告を聞いて甚三郎は呟く。（伊豆殿にも、松平甚三郎の姿勢を示しておくことが必要なのだ）――。

伊豆殿とは時の老中松平伊豆守信綱のことだ。金谷範兵衛は、伊豆守が庄内藩に送り込んだ密偵だったのである。

信綱の娘が世子忠当《ただまさ》に嫁いでいるため、庄内藩の重臣たちは幕閣内での伊豆守の支援を心あてにしていた。事実、後年忠勝が死んだとき自分の子九八郎を藩主にしようとする長門守の野望をしりぞけて忠当を藩主に推したのは伊豆守であった。その伊豆守が密偵を送り込んでいたのは、なにも娘婿支援のためではない。三河以来の譜代といえども不始末があればいつでも取り潰すという冷徹な意志の表れなのである。「上意討」は単なる剣客ものではなく、そうした権力、幕府という組織の非情さを描いた作品と言えよう。

この作品では、大泉経四郎の剣技を紹介する件《くだり》にも注目しておきたい。ある年の夏、樋口武兵衛という浪人が仕官を求めてきた。藩でも屈指の遣い手五人が惨敗した。樋口の剣は戦場生き残りの豪剣で、道場剣の敵するところではないと見て取った審判役の柏木惣衛門が羽織の紐を解いたとき、松平甚三郎が大泉経四郎を指名する。病身の青年剣士経四郎は鮮やかに樋口を屠《ほふ》った。

この件は、これも藤沢初期の傑作「ただ一撃」（「オール讀物」昭和四十八年六月号、文春文庫『暗殺の年輪』所収）の原型である。「上意討」には「幸田以下五人まで、（樋口の）唯一撃の木剣の前に惨敗した」（傍点筆者）という表現もある。「ただ一撃」で相手役に選ばれるのは美貌の青年剣士ではなく、六十をすぎて耳が遠くなり水洟をたらした刈谷範兵衛なのだが、勝負の裏に美しくも悲惨な巧みが施されていることは読者ご承知の通りである。

「ひでこ節」は庄内地方温海《あつみ》温泉郷に住む人形作り長次郎とお才の物語である。「木地師宗吉」はこけし人形だったが、こちらは土人形だ。

温海は温泉山から流れ出す川の下流に古くから開けた温泉で、湯野浜・湯田川（藤沢はここで二年間教師をしていた）と並び「庄内の三楽郷」といわれた。なかでも温海は庄内藩の湯役所が置かれていたというから最も栄えた温泉らしい。海に近いというロケーションは「蟬しぐれ」の最後の邂逅の場・簑浦を思わせる。

元禄二年六月、芭蕉は曾良とともに羽黒山（三日）、月山、湯殿山（八日）登山を終え、「羽黒を立て、鶴が岡の城下、長山氏重行と云《いふ》物のふ《（武士）》の家にむかへられて、誹諧一巻有《あり》」と『おくのほそ道』に記した。ついで船上七里といわれる川舟で酒田へ入り「温海山や吹浦かけて夕涼」の句を得たのは十五日のことらしい。

長次郎の家に引き取られたお才はほとんど言葉を口にせず、お才が去ったあと長次郎も口を利かなくなって、母に「今度は、お前が、啞になったか」と言われるのだが、このへんは藤沢自身の失語症ないしは吃音体験（小学五〜六年）が投影しているようだ。

「無用の隠密」を読んで心に浮かんだ名前がある。昭和四十九年、ルバング島から帰還した小野田寛郎である。小野田は、終戦の知らせも「任務を解く」という指示も受けとることなく、二十九年を島で過したのだった。

寛政の改革のころ、松平定信は政情不安定な国々に隠密を潜入させた。財政疲弊の庄内藩に送りこまれたのは板垣左平太である。だがその後庄内藩は白井矢太夫の執政よろしきを得て藩情は安定し、探索の必要はなくなった。しかし定信は左平太の任務を解くのを忘れたまま退隠してしまった。

左平太を探してこいと老中牧野備前守に命じられたのは峡直四郎である。定信の命令から二十数年がたっており、生きていれば左平太は七十歳になっているはずである。だが左平太と小野田寛郎の違いは、牧野の命令が左平太を江戸へ連れ帰ることではなく彼の抹殺だったことである。三河以来の譜代藩に隠密を入れてあったことが知れれば、のちに痼《しこ》りを残すからである。

しかし白井矢太夫も左平太の潜入を承知しており、監視のために庄内藩の隠密青地貫兵衛をつけておいた。そして皮肉なことに八年前に左平太が亡くなったのち、矢太夫もまた貫兵衛の任務を解くのを忘れたまま先月この世を去った。

板垣左平太も青地貫兵衛も命令権者に忘れられた「残置諜者」、「無用の隠密」として長い歳月を送ったことになる。人に恐れられる隠密という存在も、巨大な組織からすれば必要がなくなっても外すことを忘れられてしまうていどの卑小な歯車に過ぎなかった。運命に甘んじて果し合いを受けて立つ貫兵衛の姿はいっそ爽やかである。

文庫版のための解説
――「浮世絵師」をめぐって――

阿部達二

平成十八年一月、作家としてデビューする以前の藤沢周平の作品十四篇が見つかり、同年十一月、『藤沢周平 未刊行初期短篇』として刊行された。ところが平成十九年の暮、さらに一篇が発見された。「浮世絵師」（「忍者読切小説」昭和三十九年一月号）である。本書は、この「浮世絵師」を加えた十五本の初期短篇集である。

先の十四篇中、主なものについては単行本の解説で述べたが、「浮世絵師」については改めて述べる必要がある。それは藤沢のデビュー作「溟い海」（昭和四十六年）との関連が極めて濃く、またのちの彼の作品群の中に大きなパートを占める浮世絵への強い関心が窺《うかが》えるからである。

昭和三十七年に始まった「読切劇場」（「忍者小説集」、「忍者読切小説」を含む）への寄稿は、三十八年には九篇の多きに達するがこの年十月、藤沢は悦子夫人の死という悲嘆にあう。そんなときに小説なんどというのは第三者の言い分で、この時期の藤沢は小説を書いていなければ精神の平衡を保ち得なかったのではなかろうか。そのとき、細密な描写、巧みな伏線を布《し》いた筋立ての起伏、ことばを選びぬく作業はやや等閑に付して（あくまでも後年の作品に比して、である）ペンはほとんど自動書記のように走っていたのではあるまいか。

　翌三十九年、執筆はやや間遠になっていく。四月、郷里の友人渡辺とし氏への手紙に「小説を書くのも、張り合いがありません」と書いた（全集25巻所収）。悲しみがやや薄らいでくると、自分の小説が中央文壇に発表されているものと比較してどのていどのレベルにあるのかという不安が頭を擡《もた》げてくる。それを知るためにはやはり大手の雑誌の新人賞に応募してみる必要があると感じはじめた。

　そこで昭和四十年、「オール讀物新人賞」（第26回）に応募してみた。なんと「北斎戯画」がいきなり最終候補に残った。選評はあまり芳しいものではなかったが、勢いこんで第27回、29回とたてつづけに応募する。だがいずれも最終候補にはならず第二次予選どまり、第三次どまりとむしろジリ貧になる。

　このあと昭和四十六年、第38回の「溟い海」で受賞するまでの四年半は応募しなかったのか、応募しても第二次予選さえ通過しなかったのかは判らない。だが、昭和四十三年十一月の渡辺とし氏への手紙に「もう一度オール讀物の新人賞に挑戦してみたい」（傍点・筆者）とあるから、あるていどのブランクをおいたと考えられる。四十四年には和子夫人と再婚して精神的にもやや安定したことから、あまり焦らず腰を据えてかかろうと考えたかもしれない。

さて「浮世絵師」である。

注目すべきは、

昭和39年「忍者読切小説」1月号　「浮世絵師」

〃40年　第26回「オール讀物」新人賞候補　「北斎戯画」

〃46年　第38回「オール讀物」新人賞受賞「溟い海」

と、葛飾北斎を主人公にした作品が三本並ぶことである。

「北斎戯画」は――新人賞の応募原稿は選考会が終ると受賞作を除き処分されてしまうので――今日、読むことが出来ない。「浮世絵師」と「溟い海」の関連についてはあとで述べるが、「北斎戯画」はこの両者を結ぶ直線上にあるのではなく（時期的にはそうなるが）、直線を大きく逸脱あるいは迂回して、「溟い海」に至るバイパスのような位置関係にあったのではないか。と言うのは「浮世絵師」を手直しして「北斎戯画」に、さらにそれを手直しして「溟い海」にとは考えにくいからである。旧作の手直し手直しでは「読切劇場」と訣別して新人賞に応募する意味あいが薄れてしまうし、まして「北斎戯画」はいちど選考委員の目を通っているからである。

「浮世絵師」は一読、「溟い海」とよく似ているという印象を与える。だがそれは、
○冒頭の北斎と金次郎（「溟い海」では鎌次郎）の、北斎の子富之助をめぐるやりとり
○北斎宅における弟子たちの広重月旦《げったん》
○嵩山房で初めて広重に会い、広重が去ったあと初めて「東海道五十三次」を手にし、「蒲原《かんばら》」に衝撃をうける件《くだり》の三ヶ所がよく似ている（なかでも弟子たちの広重評は表現までほぼ同じだ）ためである。だが、仔細に読みくらべると相似よりも相違が大きい。
①「浮世絵師」の七章中三章がバッサリ削られている。
②その結果、富之助の妻千絵の姿が消え、代りに情人お豊が登場する。千絵が北斎に犯される件はいかにもクラブ雑誌的であざといし、終章の和解も安易のそしりをまぬがれない。それに対し「溟い海」で夜鷹に淪落《りんらく》していくお豊の姿は、「小説の中の時間の推移とともに、北斎の心理の推移とも重なる」と駒田信二氏が絶賛（「溟い海」を収めた文春文庫『暗殺の年輪』解説）したもので、作品を重層的にする効果をあげている。
③「溟い海」の終章、ならず者を雇って広重を襲わせる件はもっとも大きな、重要な違いだが、それに関連して言えば、
④広重の姿は「浮世絵師」では冒頭、嵩山房と山口屋で彼の噂を耳にしたあと第六章まで登場しないのに対し、「溟い海」では終始北斎の心に重い翳《かげ》を落している。その結果、「富嶽三十六景」までの名声と栄光、老齢による衰え、その衰えを後押しする

ように登場してきた広重への憎悪が、鮮かに浮かび上がってくるのである。

また「溟い海」では北斎が根岸に渓斎英泉を訪ねる章が書き加えられている。「浮世絵師」は四、五十枚の作品であるのに対し、「溟い海」は新人賞の応募規定いっぱいの八十枚近い作品なのだが、ふえた分の大半をこの部分に費している。その第九、十章はやりかけの「木曾街道」を放擲《ほうてき》して行方知れずになった英泉に、若き日の己の反俗の姿を重ねみることで物語に厚みを加え、その「木曾街道」の残りは自分へとの予想を裏切って広重に回されたと聞いて、いっそう広重への憎悪を深めるという巧みな伏線にもなっている。

と読んでくると、完成品である「溟い海」に対し「浮世絵師」はやはり若書きの感を否めないのだが、心に残った点を一、二記しておこう。

第三章に北斎が最初の妻お悌《てい》との日々を回想する件がある。

「三十を半ば過ぎ、しかも前途に一筋の光さえ見出せなかったのである。そんな彼を、お悌は（中略）優しく彼の背を撫で、黙って涙を流し続けていたのだ。貧しさゆえの愚痴など、ひと言も聞いたことがなかったことを、北斎は、妻に死なれた後になって気づくのだった。（中略）

好き合って夫婦になったとは言え、初から貧しい暮らしだった。そして貧しい暮らしのままで、お悌は死んで行った。」

このとき藤沢三十六歳、まさに三十を半ば過ぎていた。作品と筆者の私生活を重ね合わせるのは読み方として邪道だろうが、読む者としてはこの作品執筆直前に死んで行った夫人の姿が紙面から浮かび上ってくるのを禁じることは出来ない。このあと藤沢が夫人の死を連想させる描写をするのは、「闇の梯子」(「別冊文藝春秋」昭和四十九年新春特別号)までない。

藤沢はのちに「たとえば私小説みたいに自分を小説の中に入れたりするには、時代小説は格好の器だなあ、というふうに思いましたね。現代小説ではちょっと照れくさくて書けないようなことが、時代小説だと可能なんです。そういう意味では、あっちこっちに本音みたいなものも入ってますよ」と語っている。(「オール讀物」平成四年十月号)

北斎には「千絵の海」という揃物《そろいもの》(連作)がある。天保初めの仕事で全十枚から成るがさらに数多く版行する予定であったことは、題名や校合摺《きょうごうずり》(墨版のみのもの)が数点残っていることから察せられる。私は二〇〇五年国立博物館の「北斎展」でこのシリーズを見ているが、蚊針《かばり》流し、火振《ひぶり》(夜釣り)、鯨突きなど漁法の面白さに着目した点が、ふつうの名所絵とは異なる味を出していた。

藤沢もこのシリーズを知っていて、富之助の妻の名にもってきたのであろう。

藤沢は直木賞受賞の翌年、広重を主人公にした短篇「旅の誘《いざな》い」を書いている。昭和五十年には「オール讀物」に「歌麿おんな絵暦」(のち「喜多川歌麿女絵草紙」と改題)

を隔月連載、五十六年には「文藝春秋」に「江戸おんな絵姿十二景」を執筆する。

平成三年には「別冊文藝春秋」に「広重『名所江戸百景』より」と題した連作の第一作「日暮れ竹河岸」を発表する。この連作は健康状態の悪化にともなってしだいに執筆が間遠になり、最後の「品川洲崎の男」が発表されたのは死の前年の平成八年だった。のちの「闇の傀儡師」には主人公の親友として旗本細田民之丞が登場する。鳥文斎栄之《ちょうぶんさいえいし》である。

絵師ではなく板木職人を主人公にした作品には「彫師伊之助捕物覚え」三部作（「消えた女」、「漆黒の霧の中で」、「ささやく河」）があり、短篇ならば前出の「闇の梯子」をはじめ枚挙にいとまがない。

下級武士と庶民の哀歓を描きつづけた藤沢周平は同時に、浮世絵になみなみならぬ関心を寄せる作家でもあったのだ。浮世絵の画集は高価で、昭和三十年代には今日のような廉価版はあまり出ていない。無名時代の藤沢は閑《ひま》をみては美術館や展覧会に通っていたのではあるまいか。それは失意と寂寥《せきりょう》のなかにあった藤沢にとって、大きな慰藉になったはずである。

その蓄積が後年、浮世絵にまつわる多くの佳品を生み出した。若書きながら「浮世絵師」は、その第一作であった。

初出一覧

暗闘風の陣	読切劇場	昭和37年11月号
如月伊十郎	〃	38年3月号
木地師宗吉	〃	38年4月号
霧の壁	〃	38年7月号
老彫刻師の死	〃	38年8月号
木曾の旅人	〃	38年9月号
残照十五里ケ原	〃	38年10月号
忍者失格	忍者読切小説	38年10月号
空蟬の女	読切劇場	38年11月号
佐賀屋喜七	〃	38年12月号
浮世絵師	忍者読切小説	39年1月号
待っている	読切劇場	39年3月号
上意討	〃	39年4月号
ひでこ節	忍者小説集	39年6月号
無用の隠密	〃	39年8月号

文春文庫

無用《むよう》の隠密《おんみつ》　未刊行初期短篇《みかんこうしよきたんぺん》

定価はカバーに
表示してあります

2009年9月10日　第1刷
2024年4月15日　第22刷

著　者　藤沢《ふじさわ》周平《しゆうへい》

発行者　大沼貴之
発行所　株式会社　文藝春秋

東京都千代田区紀尾井町 3-23　〒102-8008
TEL 03・3265・1211㈹
文藝春秋ホームページ　http://www.bunshun.co.jp

落丁、乱丁本は、お手数ですが小社製作部宛お送り下さい。送料小社負担でお取替致します。

印刷・TOPPAN　製本・加藤製本

Printed in Japan
ISBN978-4-16-719244-0